郦波品读

千古唯美

情诗

是为彼此

来此人世

郦波 著

学林出版社
上海人民出版社

每一首诗　都是初相遇（代序）

爱情无疑是人类文学创作的永恒主题之一。是的，不管经历怎样的磨难和挫折，欺骗和背叛，人们永远不会真的不再相信爱情。

中国诗歌史上，曾经产生过大量以爱情为主题的诗篇，这些诗篇不仅在创作时就寄托了人们的美好情感，后世也逐渐沉淀为中华民族的珍贵记忆，更构成了全人类共同的精神财富。

自 2017 年初，我在喜马拉雅 FM 开设了“郦波品千古唯美情诗”音频课程，一年多来，我与各位热心听众相望相守，不仅自己的心灵再次得到了成长，也收获了听众朋友满满的爱。我爱诗歌，我更爱电波那畔每一颗纯净的诗心。

“人生自是有情痴，此恨不关风与月。”这一联名句出自欧阳修的《玉楼春》。我对此深有同感，所以每一期节目的开头我都会重复这一千古名言。

所谓“人生自是有情痴”，是说我们的生命底色里有一道抹不去的情感底蕴。生而为人，至情至性，正所谓“太上忘情，最下不及情。情之所钟，正在我辈”。

所以，晚清词人况周颐在《蕙风词话》中说：“吾观风雨，吾览江山，常觉风雨江山之外，别有动吾心者。”既然连风雨江山都可以动我心，就更不用说我们民族文化积淀里那些绝美的诗篇了。

诗词虽美，但比诗词更美、更动人的，是诗词背后的情感。比如我们对心上人表达爱意时会有：“山有木兮木有枝，心悦君兮君不知。”比如对爱人表露思念之情时可以说：“红豆生南国，春来发几枝。愿君多采撷，此物最相思。”再比如回忆起曾经的那段感情时会想起：“此情可待成追忆，只是当时已惘然。”

这些诗句带给我们的，不仅是诗意，更是它背后的美好。

我希望不仅仅告诉人们什么是诗和远方，更重要的是把诗和远方带到人们的身旁。诗意并不遥远，诗意可以是我们正经历着的生活本身，只要有充满诗意的心境，生活处处都充满诗意。我个人的生活节奏很快，但我始终在内心保留一束光亮，照亮我的精神世界，这个精神世界比外在的物理世界广阔太多，让我能在匆忙中，从容不迫地慢慢体会生活的诗意。

通俗一点，可以这么说，最美的爱情，并不是我在最美好的时间遇到了最美好的你。而是与你在一起的岁月里，我们彼此都遇到更好的你我、更好的自己。

现在奉献给读者的这本书，是在“郦波品千古唯美情诗”音频课程的基础上，精心加工，重新编排而成。

关于编选的思路，我想做几点说明。

第一，这本书主要选收了自先秦《诗经》到清代诗歌中的爱情诗，即所谓传统古典文学中的爱情诗。因为接下来还有一个《宋词简史》的编写计划，而宋词中写爱情主题的篇什很多，为了避免重复，所以宋词中的爱情名篇暂未收入；继而为了体例上的协调，所以像纳兰词等佳作也不得不暂时忍痛割爱了，相信以后会有合适的机会以另外的形式跟读者见面。

第二，本书中除了描写男女之情的情诗，还有写姐妹之情的《燕燕》和历来有不同理解的《越人歌》，以及某些主题有争议的诗篇，比如《江南》，有人说是写男女爱情，也有人说就是写采莲的场景。在这本书里，我则把它们当作情诗来加以解读。

第三，因为这本书的主题是写情，因此与《唐诗简史》一个诗人只选一首的体例不同，有的诗人选了多首，比如李商隐、李白等。而且，其中还有些诗，如彭玉麟的《梅花百韵》（其一），虽不是文学史必讲的篇目，但却是极其凄美的情诗，也予以选录。

第四，我将一些作家为文学作品中的人物角色拟写的情诗佳作，也纳入了选录范围，所以，我从汤显祖和曹雪芹最重要的代表作《牡丹亭》《红楼梦》中各选录了一首。

爱情是上天赐予人类的珍贵礼物，爱的力量是无穷的，而失去爱的能力或将导致人类的衰亡。在东西方许多文学作品中，都有对爱的热情讴歌和对爱的失去的惋惜与慨叹。在人工智能颇有取代人类体力劳动、智力劳动乃至情感活动的当下，重温人类独有的对爱的细腻体察和微妙体验，在每个人的心中葆有一粒爱的种子，或许是保持人类永远不被机器所僭越的唯一选择吧！

是为彼此，来此人世。今天的爱人、亲人、朋友，大抵都是前世的约定；而要想在来世依然不身陷孤独黑暗之中，那就从现在开始——如果爱，请深爱！

每一首诗，都是初相遇；

每一念起，都是满庭芳……

愿与诸君共勉。

沧溟先生 郦波

戊戌季夏于金陵水云居

目录

爱情的美学修炼课

《诗经·郑风·子衿》

人间自是有情痴，此爱也关风和月。

一个人不可能经历所有的生活，但一颗心却可以感悟所有的灵魂！我想，这才是你与他与我，我们这些人的共同之处——虽历经红尘的消磨，却还能葆有一颗赤子之心！

在这本书中，我将陆续解读中国五千年来的情诗。说到古诗，自然要先说《诗经》。第一首就是《诗经·郑风》中的名作《子衿》，这首诗也是我个人的最爱。

诗云：

青青子衿，悠悠我心。
纵我不往，子宁不嗣音？
青青子佩，悠悠我思。
纵我不往，子宁不来？
挑兮达兮，在城阙兮。
一日不见，如三月兮。

读这首诗，首先要注意几个读音。

很多人会读成“子宁不嗣（sì）音”，其实这里是通假，“嗣”通“贻”，传递消息的意思，应该读“子宁不嗣（yí）音”。还有“挑兮达（tà）兮”，挑达（tà），是来回踱步的样子，不能读成挑兮达（dá）兮。

这首《诗经》如果翻译成白话文的话，应该是：

青青的是你的衣襟啊！悠悠的是我的心境。
纵然我不曾去会你，难道你就如此断音信？
青青的是你的衣佩啊！悠悠的是我的情怀。
纵然我不曾去会你，难道你不能主动来？
我来回地踱着步子啊！在这高高的城楼上。
一天不见你的面啊！好像已有三个月长。

诗歌、诗歌，诗而歌之。

这首诗写的是一个美丽的女子在城楼上等待她的恋人。它用了一个倒叙的手法，和《诗经》中普遍的三章复沓章法也不完全一样。

前两章是用我的口气自述怀人。“青青子衿”“青青子佩”，都是用恋人的衣饰来借代恋人，这是一种借代的方式。连对方的衣饰都给她留下这么深的印象，使她念念不忘，可见她相思萦怀之情！而如今恋人不能来，她等待恋人相会，可谓望穿秋水不见踪影，浓浓的爱意直抒胸臆，就通过这首著名的《子衿》唱了出来。

先秦的女子非常爽朗、直接，没有什么掩饰。钱锺书先生也说：《子衿》云：“纵我不往，子宁不嗣音”“子宁不来？”薄责己而厚望于人也。这说明了什么？这个女子是一个女汉子！她在埋怨自己的情郎。钱锺书先生说这样的表现“已开后世小说言情心理描绘矣”。这简直就是后代言情小说心理描写的祖师啊！白描的手法，非常直接。

当然，这里要说明一下，钱锺书先生肯定认为这是一首情诗。但我们知道《诗经》在特殊的历史时期成为儒家的道德教科书。像这首《子衿》,《毛诗序》就认为是“刺学校废也”，又认为写情诗只是表面，实则有讽喻之意。

讽喻的是什么呢？当时学校被废除了，知识分子没有地方去。青青子衿，无所归处。子衿就是知识分子的衣领、衣襟。因此也有学者认为，这不是写男女之间的情感，而是知识分子之间、君子之间的相互勉励，不愿须臾分离。不过，这个观点我不能同意。

虽说对于这首诗的所指有不同的看法，但是它所描述的那个场景实在让人怀想，我也非常喜欢。城阙之上，一个女子，一个性格非常爽朗、非常直接，甚至有点女汉子气质的女子在等她的情郎。情郎却久久不来。她埋怨、抱怨，甚至用责问的口气，哪怕情郎不在她的面前。“子宁不嗣音”，“子宁不来”，这真是像钱锺书先生所说，“薄责己而厚望于人”——你为什么这样对我呢！你为什么不能主动些，你为什么不早来？为什么不是你在等我，而是我在等你呢？城楼上这样一个女子直接吐露心声，让我每次读到这首诗的时候，就想到一个风姿绰约的女子，她就是《大话西游》里的紫霞仙子。

《大话西游》可谓是经典中的经典。至尊宝在最后变成孙悟空的时候，转世的紫霞仙子和夕阳武士——她今世的恋人，在城墙之上约会。他们也是相互指责、相互埋怨。但是在至尊宝（也就是孙悟空）的帮助下，他们尽释前嫌。终于，有情人相拥在了一起。

这个结尾有一个非常有意思的片段。当转世的紫霞仙子和夕阳武士相互拥抱的时候，他们看到了渐渐走向大漠深处的孙悟空苍凉的背影。

这时，紫霞仙子突然说：哎？这个人的样子有些怪。

夕阳武士掉过头来看看：确实哎，好像狗哎，他好像一条狗唉。

这样一句结尾成为整部电影最无厘头的一句话。这也是周星驰无厘头创作的最神来之笔。

很多人对这一点都非常疑惑，不知道为什么抱着紫霞仙子的夕阳武士最后要说这么一番话。孔子当年也曾被说过“累累若丧家之犬”。至尊宝走向大漠深处那个落寞的背影，曾经是紫霞仙子一万年不可忘记的爱人。然而，至尊宝把爱情还给了她，跟着唐僧走上了漫漫的取经道路。

那一刻，时间深处的怅惘和人生背后爱的悲凉，真是让人感慨万千。紫霞仙子让我想起她的那句名言：“我的意中人是一个盖世英雄。有一天，他终究会身披金甲圣衣，脚踏七彩祥云，来娶我。”那是一个多么美好的愿望，也是人世间多么深切的坚信——一种对爱情深切的坚信。

正是因为对爱情有一种忠贞，有一种深切的坚信，紫霞也经常表现出女汉子的一面来。我也因此总觉得《子衿》里的这个女子特别像紫霞，像那个让所有男人都心爱不已的紫霞仙子。

《子衿》中那一句“青青子衿，悠悠我心”，代表了爱情中最真挚的感慨。曹操后来在《短歌行》中借用了这一句，并做了更好的创造，画龙点睛一般。“对酒当歌，人生几何？譬如朝露，去日苦多。慨当以慷，忧思难忘。何以解忧？唯有杜康。青青子衿，悠悠我心。但为君故，沉吟至今。”果真让人沉吟至今，就凭这一句，曹操真不愧是改造文章的祖师啊！

这一句改动真是神来之笔。我非常喜欢《子衿》这首诗，但我更喜欢曹操这句改动。我们体会一下：“青青子衿，悠悠我心。但为君故，沉吟至今。”当然曹操所作的“但为君故”指的是贤士文人，对人才的渴望。但是我们把它移到爱情诗里来，想一想“青青子衿，悠悠我心”对爱情真挚的坚守与渴望。那种清澈之爱，加上“但为君故，沉吟至今”，立刻就让人觉得柔肠百转。这是另外一种美。虽然不像“纵我不往，子宁不嗣音”，“纵我不往，子宁不来”那么爽朗，那么直接，那么有气势，却“但为君故，沉吟至今”，却平添了一种悠长的深情与婉转。

最古老的一见钟情

《诗经·郑风·野有蔓草》

生而为人，至情至性，正所谓“太上忘情，最下不及情，情之所钟，正在我辈”。所以，况周颐《蕙风词话》里说，“吾观风雨，吾览江山，常觉风雨江山之外，别有动吾心者”。

事实上，既然连风雨江山都可以动我心，就更不用说，我们民族文化积淀里那些绝美的诗与词了。

我们要解读的《野有蔓草》是《诗经·郑风》中的一首名作，诗云：

野有蔓草，零露漙兮。
有美一人，清扬婉兮。
邂逅相遇，适我愿兮。
野有蔓草，零露瀼瀼。
有美一人，婉如清扬。
邂逅相遇，与子偕臧。

这首诗是说，一个年轻的小伙子在野外偶遇一个美丽的姑娘，于是他吟唱道：

野外的青草一片片，草上的露珠一团团，美丽的姑娘眼波顾盼，既然有缘如此相遇，嫁给我吧，让我如愿。野外的青草一片片，草上的露珠多又圆，美丽的姑娘流水一般，既然有缘如此相遇，让我们好好地爱一番。

整首诗直白、浅露又唯美如斯。

首先，我们要说一说这首诗题目的读音。

有些人会读成“野有蔓（màn）草”，也有人会读成“野有蔓（wàn）草”。到底哪一个是标准的呢？

我们知道，从训诂学的角度来讲，“蔓”这个字有三种读音，其中最主要的当然是 màn 和 wàn。

读 màn，是动词滋蔓的意思，就是滋生生长，快速地生长。而读作 wàn 这个音，则是最后生长状态很茂盛的样子，是名词或形容词。我们知道，在生物学中就要读作藤蔓（wàn），而不读藤蔓（màn）。所以当我们去描述野草疯长的时候，可以用蔓（màn）延的蔓，滋蔓（màn）的蔓（màn），不枝不蔓（màn），但如果是说已经很茂盛的野外的青草，我个人认为最好还是读成“野有蔓（wàn）草”。

这首诗呢，描写的是一对青年男女在田野间不期而遇，非常自然的情景。

小伙子是一见倾心，一见钟情，立刻表现出内心的无限喜悦。诗歌以田野郊外春草露浓为背景，既是一种起兴，同时也是一种象征。因为这样的场景，一定是春天，有露珠，有青草，而且是长得非常茂盛的青草，这种背景同时也是一种象征。情长意浓，男女相遇，自然情景交融。人不期而遇，爱情也就不期而至了。宋代的理学大师朱熹都不免动心地解释说："男女相遇于田野草蔓之间，故赋其所在以起兴。"说明他也认为这是一首自然而然的求爱的情歌，是一个小伙子在露珠晶莹的田野，偶然遇见了一位漂亮姑娘，她有着一对水汪汪的大眼睛。小伙子为她的美丽着了迷，那种兴奋激动，不由自主地唱出了心声，向她倾吐了爱慕之情。

你看，"野有蔓草，零露漙兮"。春日早晨的郊野，春草葳蕤，枝叶蔓延，那种绿是满眼的绿，嫩绿的春草，缀满了露珠，在初升的朝阳照耀下，明澈晶莹。这么清丽幽静的春天早晨的郊外田野，"有美一人，清扬婉兮"。在这个背景的衬托下，这个女子简直美得不可方物。

美丽的姑娘含情不语，飘然而至，那露水般晶莹的美目，顾盼流转，妩媚动人。这里其实先写景后写人，主要说的是她的目光清扬婉兮。诗中有画，画中有人。"野有蔓草，零露漙兮。有美一人，清扬婉兮。"这四句俨然一幅春娇丽人图。而在茂盛的蔓草、晶莹的露珠和少女的形象之间，有着微妙的隐喻，引发我们丰富的联想。

这四句中，"清扬婉兮"是点睛之笔，可以想见那女孩惊人的美丽，金庸先生在写《笑傲江湖》的时候，便把那个最传奇的大侠取名叫风清扬。令狐冲的独孤九剑就是向风清扬风大侠学的。所以那样传奇的一个人物，他的名字一定要美到给人无限的遐想，连他的剑法都符合清扬之姿。清扬这个名字，其实就是从《野有蔓草》这首诗里取来。

在《诗经》的时代，写这种人世间常遇的一见钟情，实在有着后世难以匹敌的美妙。

说到当代小伙子对姑娘的一见钟情，可以举两首比较耳熟能详的歌曲。一首是民歌，就是西部歌王王洛宾创作的，那首最有名的《在那遥远的地方》。其实，这首歌的音乐是他在甘肃的时候，从流浪的哈萨克族人中搜集到的。在哈萨克民歌里，这首歌的名字叫《羊群里躺着想念你的人》。又有研究者后来考证，在哈萨克民歌里，最早应该叫"阿克曼带"，"阿克"是洁白的意思，"曼带"是前额。这首歌原来的诗题，在《羊群里躺着想念你的人》之前应该叫《洁白的前额》。

1994年，王洛宾凭借这一首音乐、这首民歌，获得了联合国教科文组织颁发的"东西方文化交流特殊贡献奖"。而这首歌本身也是王洛宾老师自己最珍爱的歌。在他的所有创作歌曲里，这首歌的艺术评价也是最高的，被称为是"艺术里的珍品，皇冠上的明珠"。这首歌后来成了《小城之春》的电影插曲。

为什么会有如此高的成就呢？

1939年的时候，王洛宾受电影导演郑君里的邀请，到青海藏族牧区去拍电影。在那里，王洛宾遇见了一个美丽的女孩，叫卓玛。王洛宾第一次看到卓玛，就和《野有蔓草》里的那个小伙子一样，被卓玛的清扬婉兮、婉如清扬所震撼，忘情地盯着卓玛看。其中一种版本的说法是，卓玛骑在马上，察觉到王洛宾痴情的目光，当时的王洛宾呆呆地看着卓玛，有些忘情，也有些不礼貌。所以这时候，卓玛轻轻地荡起自己的马鞭，在王洛宾身上轻轻柔柔地打了一下，所以才有那样美丽的歌词，"我愿她拿着细细的皮鞭，不断轻轻打在我身上"。

最好的诗歌，最好的音乐，其实都来源于最本真的生活。我们看到王洛宾对卓玛的爱，通过这首《在那遥远的地方》表现出来：

在那遥远的地方
有位好姑娘
人们走过了她的帐房

都要回头留恋的张望

她那粉红的笑脸
好像红太阳
她那活泼动人的眼睛
好像晚上明媚的月亮

这首歌里有一个小插曲很有意思，体现了王洛宾对卓玛的痴情。

歌词里还有一句说，“每天看着那粉红的笑脸和那美丽金边的衣裳”，后来王洛宾的一个同样搞音乐的朋友去请教他，说您不是写的哈萨克族民歌吗？哈萨克族的女子是不穿金边的衣裳的，只有藏族的贵族女子才会穿金边的衣裳。结果王洛宾很干脆地回答，这就是我心中那位美丽女子的模样。

这一小插曲更可以证明，他对卓玛，多少年依旧念念不忘。

“在那遥远的地方，有位好姑娘，人们走过了她的帐房，都要回头留恋的张望。”多么唯美，多么清扬。

同样的一见倾心、一见钟情。在现代流行歌曲里头，我们熟悉的还有一首歌叫《对面的女孩看过来》：“对面的女孩看过来，看过来，看过来，不要被我的样子吓坏，其实我很可爱。寂寞的男孩的悲哀，说出来，谁明白，求求你抛个媚眼过来，哄哄我，逗我乐开怀。我左看右看，上看下看，原来每个女孩都不简单，我想了又想，我猜了又猜，女孩们的心事还真奇怪。”

其中一段歌词竟甚至这么说：“寂寞男孩的苍蝇拍，左拍拍，右拍拍，为什么还是没人来爱，无人问津呐，真无奈。”

我们把三首表现一见钟情的诗、歌，放在一起比较，当然都各有特色，但就审美境界上来比较，高下立判。流行歌曲当然比较 happy，它体现的这个男孩形象，不是一个简单的坠入爱情的一见钟情的男孩形象，他是一个“苦逼”加“逗逼”的男孩形象。

而《在那遥远的地方》，那是一个无比深情的男子。这首歌描述的场景那么唯美，那么细腻，把如此细腻的情感表达到了一种淋漓尽致的地步。据说作家三毛非常喜欢这首歌，这首歌在西班牙以至在欧洲都流传很广，就是因为三毛的推动和影响。三毛是那么敏感细腻的女子，这首歌能成为她一生的钟爱，可见它的魅力。

不论是《在那遥远的地方》的唯美与清扬，还是《对面的女孩看过来》的“苦逼”和“逗逼”，追根溯源，沿着历史的长河回到最早的源头，应该都是源于这首“野有蔓草，零露漙兮。有美一人，清扬婉兮。邂逅相遇，适我愿兮”。

爽朗、温润、多微风的爱情

《诗经·秦风·蒹葭》

《诗经》里的《蒹葭》曼妙万状，历来为人称道。“蒹葭苍苍，白露为霜”，千百年来引了人们多少喟叹与遐想。清人沈德潜说它“苍凉弥渺”，近人吴闿生说它“景色凄清”。

可这个发生在初秋日子里的爱情故事，其情感色彩，真的那么哀婉吗？

诗云：

蒹葭苍苍，白露为霜。
所谓伊人，在水一方。
溯洄从之，道阻且长。
溯游从之，宛在水中央。
蒹葭萋萋，白露未晞。
所谓伊人，在水之湄。
溯洄从之，道阻且跻。
溯游从之，宛在水中坻。

蒹葭采采。白露未已，
所谓伊人，在水之涘。
溯洄从之，道阻且右。
溯游从之，宛在水中沚。

古代的诗词，不像我们今天用所谓朗诵的语调去朗诵，他们都是吟诵出来，并且带着音乐的节奏。诗歌，诗歌，诗而歌之。

我的一位导师是国学大师钱仲联先生的关门弟子，主攻诗词吟诵之学，是南派吟诵大师。记得当年跟老师学这首诗的时候，他便是用古诗吟诵的方法唱的。

我们知道，这首诗改成白话文之后，还有一种唱法，“绿草苍苍，白雾茫茫……”不错，这是琼瑶《在水一方》里的主题曲，20 世纪 90 年代唱遍神州。这首歌听起来非常凄婉，和我们初读这首诗的感觉是一样的。甚至琼瑶的小说本身也是悲凉、伤感的。主人公杜小双是个孤儿，寄住在朱家。朱家长子朱诗尧默默地爱她，却几番擦肩而过。两个人的爱情缠绵悱恻，和这首歌完全吻合。

记得当时我问老师，为什么吟诵《蒹葭》时听上去不是那么伤感呢？这首诗到底是不是一首悲凉的爱情诗呢？

当然，首先要问这首诗是不是一首爱情诗。因为古代有几种不同的说法。有人说它是一种政治寓意诗。比如说《毛诗序》云：“《蒹葭》，刺襄公也。未能用周礼，将无以固其国焉。”就是说秦襄公没有用周礼来治国，所以时人用《蒹葭》这首民歌来讽刺秦襄公。但是这种说法非定论，也非主流，我还是更愿意把它当作一首爱情诗来看待。

当年，我应台湾一所大学的要求，写过一篇小文章，叫作《初秋的断想》，就是论的这首诗。

说到秋，总也离不开愁。词人吴文英说“何处合成愁，离人心上秋”，大概是对秋愁最著名的论断了。黛玉也说“秋风秋雨愁煞人”，其情愫更是苦不堪言。“草木摇落兮”而天下秋，秋的哀婉却也难免。

但我以为，如同春天分为早春和暮春，秋天也是分初秋、深秋的。人们盼望春天，丰子恺则曰不然，他以为初春料峭正是乍暖还寒时候，最难将息，是谈不上半分舒适的。至若暮春，杂花生树，温暖而充满希望，才是人们渴望的春天。而秋天大致相反。深秋肃杀，令人生哀，愁字且在此景最佳。但初秋不然，甚至大相径庭，乃至有实力和暮春的温暖较量一番。初秋时节，暑气消退，天高云淡，想一下便觉神清气爽，那到底是一个什么样的季节呢？破一个先民的谜局，最能说明问题。

蒹葭今人多理解成芦苇，实际上指的是水边细长的水草。或者有芦苇，却不止于芦苇。关键是“白露为霜”这一句，不论是说白露的节气，还是有白露凝成了霜的模样，总是白露前后，初秋时节。元代的《农书》记载说，白露时晴朗、湿润，多微风。这样的日子里，谁的心情会糟糕呢？

更让人容易误解的是“苍苍”“萋萋”“采采”。三个同义复沓的词汇，本来是形容水草丰茂的样子，“苍苍”和“萋萋”的音韵，却凭空给了人们暗淡的想象。尤其是“萋萋”一词，本与“采采”同意，字面非常欢悦，形容水草极丰茂、极旺盛的绿意，后来却被改成了凄凉的凄。“萋萋”变“凄凄”，两点水的“凄”和草字头的“萋”完全不同，改成了凄凉的“凄”，自然平添了无限的凄凉。

这样的景色其实不是哀景，是乐景。那么情感呢？

处暑之后就是白露，却还未至秋分。天气刚转凉，宜人的郊外，小伙子与姑娘在此约会。又或者有位佳人，让秦地的小伙子一见倾心。他寻寻觅觅溯流而上，而姑娘或藏而不见，或渐行渐远，却并不消失，总是宛在水中央。小伙子追求的道路因此平添了些怅惘，也不过是情理之中的插曲。若是说哀婉已属勉强，哪里有曲中谱的那般断肠？

我想先民在《诗经》的时代，应该是很爽朗、很健康的，这从《国风》里最可以看得出来。不论是小伙子与静女约会时候的搔首踟蹰，还是“投我以木瓜，报之以琼琚”，这些情怀都明白如话，都有着可以想象的自然与流畅。即使是《国风·卫风·氓》中的弃妇，有两句决绝的抱怨，也不做无病的呻吟，更何况是属于秦地“秦风”中的男女呢！

如此说来，《蒹葭》写得实在应该是这样的景象：初秋时节，天高云淡，清风如拂面的画笔，也画不出丰美的水岸与岸边岛里的绿草依依。美丽的爱情在这里一幕幕上演，余音不绝如缕，却有一抹隶属情爱的淡淡惆怅，挂在远远的天边。这是两千年前的爱情，纯洁透明得和今天发生的一样。这是两千年前的秋天，和后来有晴空一鹤、有诗情碧霄的秋天一样。

我写这篇小文主要的意图，是为了辨析初秋时节的蒹葭男女，在水一方，求之不得，或有惆怅，却并不悲伤。

首先，从训诂的角度看，蒹葭苍苍和蒹葭萋萋，不是苍凉，更非凄凉。“苍苍”“萋萋”“采采”是绿草丰美、绿意盎然的景象。加之天气始去燥，初转凉，正是晴朗、温润、多微风的白露前后。这应该是最惬意的季节，所以景不是哀景，是乐景。

其次，从情节的角度看，也同样没有悲伤的理由。这个自然、爽朗的“蒹葭”的故事里，没有失恋，更没有苦情。它写的是秦地的一个小伙子和姑娘在城外水边的约会。姑娘并没有拒绝小伙子的追求，而是和他捉迷藏，让小伙子“溯洄从之”“溯游从之”，可又总是追不到，所以“宛在水中央”。“宛在水中央”正说明这个姑娘并没有毅然决然地离开。这一对恋人一个古灵精怪，一个憨厚质朴，就像黄蓉与郭靖。小伙子固然会因寻而不得而怅惘，但这种情绪，却无关悲伤。这是《诗经·秦风》中的作品，这是民风自古彪悍、豪爽之地的爱情，怎么可能凄凄惨惨，冷冷清清，悲悲戚戚？

因此，这并不是爱情的悲剧。姑娘“宛在水中央”，“宛在水中坻”，“宛在水中沚”，身影若隐若现。“所谓伊人，在水一方”，美丽的伊人与美丽的爱情，一直都在。

事实上，在《诗经》的爱情诗里，绝少有哀婉凄凉之作。《诗经》时代的爱情，就像初秋爽朗的天气，晴朗、温润、多微风，这才是《蒹葭》背后的爱情之美。

万古送别之祖

《诗经·邶风·燕燕》

中国文学史上有许多非常经典的描写送别情景的诗词，比如韦庄的小令《女冠子》，“四月十七，正是去年今日。别君时，忍泪佯低面，含羞半敛眉”；比如柳永的千古名作《雨霖铃》，所谓“执手相看泪眼，竟无语凝噎”。我们就沿着这个逻辑回到最初的源头，来讲一首万古送别之祖——《诗经·邶风》中的《燕燕》。

诗云：

燕燕于飞，差池其羽。之子于归，远送于野。瞻望弗及，泣涕如雨。

燕燕于飞，颉之颃之。之子于归，远于将之。瞻望弗及，伫立以泣。

燕燕于飞，下上其音。之子于归，远送于南。瞻望弗及，实劳我心。

仲氏任只，其心塞渊。终温且惠，淑慎其身。先君之思，以勖寡人。

从《毛诗序》到朱熹，都认为这首《燕燕》是中国历史上第一个伟大的女诗人庄姜所作，说的是庄姜在送她的好姐妹戴妫时所写。此外，也有其他的说法，比如有说兄长在送妹妹。我也主张，这首诗是庄姜所作，应该如《毛诗序》所说，是庄姜送别戴妫。当然也有一种说法，说这时候戴妫已经死了，是送她的姐姐厉妫时所作。

要比较准确地把握这首诗，首先要有两个前提需要去理解，一个是它的事件背景，一个是庄姜其人。

先说美丽的庄姜吧。我们知道，诗词中描述女子的美丽，难以超越的最高境界，就是《诗经·卫风·硕人》中的"手如柔荑，肤如凝脂，领如蝤蛴，齿如瓠犀，螓首蛾眉，巧笑倩兮，美目盼兮"。这种白描的手法把一个女子的美写到了极致。后人没有办法，只能用夸张的手法形容四大美女，叫"沉鱼落雁，闭月羞花"。而这个巧笑倩兮、美目盼兮、身材修长的美女就是庄姜。

庄姜是齐国的公主，"姜"就是齐国的国姓。因为嫁给了卫庄公，所以后人称之为庄姜。《卫风·硕人》中的那个描写，就是她出嫁时的场面。通过这一描写，我们可以看到，当时卫国百姓认为，他们的国君卫庄公能娶到庄姜，那是非常幸运的。

按理说，如此佳人应该有幸福的生活。但是卫庄公呢，却不是特别喜欢这种端庄而极致的美，反倒喜欢那些魅惑的女子。庄姜嫁到卫国之后，备受冷落。

不过，庄姜不仅美到极致，也极有修养，虽然她那柔荑一样的纤纤玉手，只能抓住黄昏的孤独；她那如葫芦籽儿一般整齐而洁白的牙齿，只能咀嚼独守空房的寂寞。但她那黑白分明的美目，透过这冰冷的现实与生活，却能看清本质，选择默默地坚强面对。因为庄公的冷漠，庄姜一直没有能够生孩子。后来，卫庄公又娶了陈国的一对姐妹花，也就是厉妫和戴妫。厉妫生了个孩子早夭，戴妫生了两个孩子，一个叫公子完，一个叫公子晋。后来卫庄公死后，公子完继位，就是卫桓公。

说到这儿，就要涉及这个故事的背景了。

当时的时事背景叫作州吁之乱。州吁是卫庄公最宠爱的魅惑之姬所生的孩子。州吁非常有野心，而且十分缺乏教养，他的残忍和暴戾的一面，完全继承了卫庄公身上的某些特点。卫桓公继位之后，州吁就策划了春秋历史上第一起成功的篡位政变，谋杀了卫桓公。

作为卫桓公的母亲，戴妫这时候也有性命之危。而庄姜呢，和戴妫的感情非常好，看到戴妫有生命危险，就主动要把她送回陈国。在郊外送别戴妫的时候，庄姜就写下了《邶风》中的这篇名作《燕燕》。前面我们提到有一种观点认为，这时候戴妫已死，庄姜送的是戴妫的姐姐厉妫。其实，不论是送别戴妫还是厉妫，庄姜和她们的感情都非常好，这首诗都包孕了浓厚的情感。庄姜这个极美丽、有修养又深情的女子，在送别自己姐妹的时候，写下了这首“万古送别之祖”。

“燕燕于飞，差池其羽”，这个“燕燕于飞”的“燕燕”，既是一种起兴，但是又兴中带比。所以像后来的“孔雀东南飞，五里一徘徊”，也可以说是从这里发源。当然，“燕燕”我想肯定不只是一只燕子，有人说是很多燕子在飞的样子，但那也不一定。由“燕燕于飞”我们很容易想到晏几道的名句，“落花人独立，微雨燕双飞”。为什么说它既是起兴，又有比的作用呢？“微雨燕双飞”之间相依相偎的感情，其实寄寓着诗人的深情。“燕燕于飞，差池其羽”，这个出差的“差”、差别的“差”，是个非常丰富的多音字，它又念作差（cī），参差不齐的差（cī）。当然，我们知道有一个固定的词汇叫作差池，演义小说里常有这个词比如像“要有什么差池的话，你要负全责”。其实“差池”最早就是从这诗里的“差（cī）池”演变过来的。“差（cī）池”就是参差不齐的样子，燕子在飞，我们知道燕子那个剪刀形的尾巴，上下翻飞的时候，那种就是“差池其羽”的状态。

“之子于归，远送于野。”古人训诂说郊外曰野。所以这句是说送到了很远的郊外，这已经超过了一般的送别之礼。说明庄姜这个深情、温柔的姐姐，送别危险中的妹妹，送的很远很远了。“瞻望弗及，泣涕如雨。”对于“瞻望弗及”，钱锺书先生在《管锥编》里也论及过。像我们后人在送别中常用的有“望断”之说，“望断天涯路”其实就是从“瞻望弗及”化来的。“泣涕如雨”，这个“泣涕”用得非常精妙，千万不要把它误解为流眼泪和流鼻涕，在古文里“泣”是放声哭，而“涕”是流眼泪，但不放声哭，那么“泣涕”合在一起，就是哭得非常伤心了。所以诸葛亮说“临表涕零”，杜甫说“初闻涕泪满衣裳”，这都是动情地哭，但绝不是哭得一塌糊涂，流鼻涕的那种。“流鼻涕”在古文里叫“涕泗滂沱”“涕泗纵横”或者“涕泗交流”，那就是哭得一点儿形象都不顾了。所以一个“瞻望弗及”，一个“泣涕如雨”，把送别之情写得如在目前。

接下来的两章，是《诗经》常用的复沓章法。“燕燕于飞，颉之颃之”，颉颃嘛，就是燕子上下翻飞的样子，向上飞叫作“颉”，向下飞叫作“颃”。所以“颉颃”原意是上下翻飞的样子，后来就引申为不相上下。后人常说，谁与谁相“颉颃”，就是说他们的水平不相上下。“之子于归，远于将之”，这个“将”，朱熹认为就是“送”的意思。“瞻望弗及，伫立以泣”，已经望不到妹妹戴妫远去的身影了，可美丽的庄姜还是站在夕阳的余晖里，默默地垂泪。

“燕燕于飞，下上其音”，我们经常说呢喃，就是声音交织在一起，你看那三章是复沓章法，“差池其羽”是羽毛、羽翼交织在一起；“颉之颃之”，它们的身影交织在一起；“下上其音”，它们呢喃的声音也交织在一起。所以燕子彼此相依相偎的情态也如在目前。“之子于归，远送于南”，因为戴妫要回去的陈国是在卫国的南面，所以叫“远送于南”。“瞻望弗及，实劳我心”，望也望不见妹妹的身影，我心伤悲啊。为什么呢？这时候燕子作为比兴的作用又凸显出来了。我们知道燕子是一种候鸟，盼望着，盼望着，春天来了，小燕子又飞回来了。所以燕子离去，等到明年春天它又会重新回来筑巢，可是自己心爱的姐妹，此次回去陈国，就有可能再也回不来了。姐妹之间完全有可能一别即成永诀，所以庄姜说“瞻望弗及，实劳我心”，我心伤悲啊。

最后一章特别有意思，在《诗经》的写作手法中也算得上别出心裁了。前面都是抒情，在说为什么我的妹妹让我这么惦记，为什么我们的感情那么好呢？最后一章，可能是庄姜的心理活动，她在想她的妹妹是多么好。“仲氏任只，其心塞渊”，这是在说妹妹的好，《毛传》解释“仲”是戴妫的字，“仲氏”就是说戴妫，戴妫“任只”，在《周礼》中说，人有六种品行，“孝、友、睦、姻、任、恤”，信于友曰任，就是朋友之间坦诚睦爱，才能说得上是“任”，这说明庄姜和戴妫之间的感情是非常深的。

为什么姐妹俩的感情会这么深呢？庄姜说，那是因为妹妹好啊，“其心塞渊”，是说她平常思虑，为他人考虑，呵护他人，切实深长。“终温且惠”，是说她脾气温和，又恭顺。“淑慎其身”，是说她为人谨慎又善良。所以这几句是说，姐妹间为什么情感那么好，是因为我这个妹妹人品特别好，又懂得疼爱他人。其实，庄姜这么说也可以看出庄姜的人品，所谓“物以类聚，人以群分”。她和戴妫之间的感情，她认为是源于戴妫的人品好。我们知道朋友之间，如果有人这么夸你的话，夸你的那个人，人品其实也是非常好的。她可能比她夸的那个人更温柔，因为她总想着别人的好。

庄姜最后说“先君之思，以勖寡人”，是说她对我的帮助有很多很多啊，所以我这么不舍得她的离开。“寡人”这个词，在先秦，尤其在春秋时期，是可以作为人物的自称的。当然诸侯王也称寡人，所以有人就认为，这个是王者送自己的妹妹出嫁时写的诗，其实庄姜是完全可以自称的。“以勖寡人”，“勖”就是帮助、勉励。所以最后一章是说，我的这个好妹妹，她有那么多好的品格，她对我的帮助又那么大，就是写庄姜一直记着妹妹的好。可见，常记着他人好的人，内心会有多么善良、温柔。

所以说，这样的庄姜在家国危难之际，冒着危险把与自己情感深厚的姐妹戴妫，送离是非之地。那个“手如柔荑，肤如凝脂”“巧笑倩兮，美目盼兮”的绝美女子庄姜，用她比身材、比外貌、比皮肤更美丽、更温柔的心灵，呵护着落难中的戴妫。虽然只是两个女子的深情送别，但我们完全可以看到，写下经典之作的这位中国第一位女诗人，她那美丽容颜之下的美丽心灵。

“燕燕于飞，差池其羽；燕燕于飞，颉之颃之；燕燕于飞，下上其音。”千年而下，文字里流淌的，就是那个永远生动温柔的、如在目前的美丽身影啊！

谁的心中没有一个静女？

《诗经·邶风·静女》

《诗经·邶风》里的那首《静女》是一首轻松的情诗。

提到《静女》，总是会想起网上聊天的段子。当我说“别理我，我想静静”的时候，对方总是无厘头地问“静静是谁？”那时，我就想回复，就是“静女其姝，静女其娈”的静静啊。

从这个很冷的段子中也可以看出，每个人心中其实都有一个静静，都有一个静女。

那么两千多年前的那个静静，到底是什么样子的呢？诗云：

静女其姝，俟我于城隅。
爱而不见，搔首踟蹰。
静女其娈，贻我彤管。
彤管有炜，说怿女美。
自牧归荑，洵美且异。
匪女之为美，美人之贻。

这首诗中用了三章复沓章法，表现了那个美丽的静女，也表现了一对恋爱中的男女，以及他们美丽生动的形象。只不过《静女》的复沓章法和《诗经》中常用的复沓章法不太一样，和《关雎》《蒹葭》都有明显的区别。

像“蒹葭苍苍”“蒹葭萋萋”“蒹葭采采”，这是标准的三章完全一样的复沓章法。而《静女》这首诗的复沓就很有意思：前两章“静女其姝”和“静女其娈”，明显可以看出复沓来，但第三章的“自牧归荑，洵美且异”，明显则和前两章不太一样。可是，语言上虽然有所不同，但第三章的“自牧归荑”又和第二章的“贻我彤管”，形成一个“复沓式”的递进关系，所以二三章之间又有隐约的复沓关系，这就使得《静女》显得非常独特。

其实，这三章分别讲了三个场景，因为这种比较独特的复沓关系，导致了后世对这首诗三章之间的逻辑关系，也就是三个场景之间的相互关系，产生了众说纷纭的意见和观点。

我们就先来看看这三个场景。

第一章最清晰，“静女其姝，俟我于城隅”。从训诂的角度看，“静女”的“静”字其实非常有讲究。“静”字最早见于金文，许慎《说文解字》说：“静，审也。从青，争声。”也就是说，静的本意是自我内心的审视，它这个字根，“青色”的“青”其实原意是“清水”的“清”，而“争”字作为音符，其实也有意符的作用，有一种“努力”“全力以赴”的意思，所以“静”字的本意就是，内在全力以赴，达到纯净如清水一般的心境。现在图书馆里经常会写一个大大的“静”字，不只是让你安静，其寓意还是让你经过学习、努力，达到心灵世界的宁静、纯净。之所以说“静女”，应该是力图表现其纯洁、纯粹，而这种纯洁与纯粹，和后面的关系也是非常密切的，尤其在二、三章中，甚至可以解答一些千古疑问。

“静女其姝”的“姝”字，《说文》说：“姝，好也。从女，朱声。”就是指女子，由内而外的美丽的样子，所以“朱”既是音符也有红颜之意，所谓面色红润有光泽，那就是一种由内而外的美丽。这样纯洁而美丽的女子，“俟我于城隅”，也就是她和一个小伙子双双陷入了爱河，然后他们约会在城隅。当然“城隅”我们可以说是城角一隅，所谓“一隅之见”“日出东南隅”，“隅”本来就是角落的意思。最初在金文里的“隅”，特指是城墙、城郭的角落，而且从字形构造的角度上来看，应该特指的是城角的遮挡物，或者是凸出物。城隅，即是城上的角楼。“俟”就是等，约了在这个地方等，等待的地点就是城上的角楼。

中华传统文化中，非常喜欢登高望远。所以亭台楼阁，包括城市与都城，其实都蕴含着高大、唯美的含义。两个相爱的人在城上的角楼约会，这又不由得让我想起《大话西游》的紫霞仙子和夕阳武士来。说实话，周星驰的《大话西游》之所以那么经典，就像我们在《子衿》里分析的那样，我总觉得它的情感遥遥地指向中国爱情文学的源头——《诗经》，那样纯粹，又那样伤感，所以恒为经典。不过，《静女》这首诗里倒是只有浪漫，并没有伤感，哪怕那个男孩子的惆怅，其实也是欢快的惆怅。

“爱而不见，搔首踟蹰”，是说到了约会的时间，那个美丽的女孩子还没出现，这就让小伙子有些着急了。当然，没有出现的原因，可能是因为这个纯洁的女孩子，有几分古灵精怪、几分调皮，因为“爱而不见”的这个“爱”字，其实是个通假字，通草字头加一个爱情的爱，薆原意是隐蔽、遮蔽、隐藏起来的意思。看来是这个姑娘在逗小伙子，在跟他玩捉迷藏。这也可以反证我们在《蒹葭》里说到的“所谓伊人，在水一方”。虽然“溯洄从之，道阻且长”，但“溯游从之，宛在水中央”，时而若隐若现，若即若离，这不就是恋爱中的男女，他们最可爱也是最正常的一种姿态和心态吗？

所以《蒹葭》写的并不是失恋的伤感，不过是爱而不见，所以那个小伙子着急、惆怅，恐怕也难免会像《静女》里的这个小伙子一样“搔首踟蹰”吧？“搔首”很形象，就是挠头，就是迷惑，就是猜想那美丽的姑娘到底在哪儿呢？“踟蹰”就是徘徊不定。这个词我们到现在还经常用，当然还有一个“彳亍”跟这个“踟蹰”很容易混淆。戴望舒的《雨巷》里说，“她彷徨在这寂寥的雨巷，撑着油纸伞，像我一样，像我一样地，默默彳亍着，冷漠，凄清，又惆怅”。“彳亍”两个字，是把“行走”的“行”字分开。“彳亍”是小步慢走的意思，而“踟蹰”则是来回踱步、徘徊的样子。所以李贽曾有诗说“踟蹰横渡口，彳亍上滩舟”，这一联诗就很形象地把“踟蹰”和“彳亍”这两个非常相近的词，给区分开了。从“搔首踟蹰”中，可以看出那个恋爱中的小伙子非常着急，如此生动的形象既反证了他对那个姑娘的爱，也可以看出那个美丽纯洁的姑娘在他心中的地位。

接下来的第二章，姑娘终于出现了。“静女其娈”，“娈”是五官细致、精致而美好的样子。“静女其姝”的“姝”是气色非常美好，而“娈”则是指的长相，尤其是指面部的五官细致与精致。从“静女其姝”到“静女其娈”，我们就可以想见这个女孩子她那种由内而外的美丽。不论是她的气质、精神，不论是她的皮肤、五官，她在那个小伙子的眼中都是极其圣洁而完美的。所以连她拿来的东西，送给小伙子的礼物也都是那样的唯美、那样的完美。

“静女其娈，贻我彤管。彤管有炜，说怿女美。”这是第二个场景，姑娘送给小伙子一样东西。这个东西牵扯重大，也是后世有关这首诗众说纷纭的一个关键节点所在。“贻我彤管”，“贻”是赠送，就是送给我彤管，那这个“彤管”到底是什么？

“彤”毫无疑问就是红色的，“管”到底指的是什么呢？这个“管”字很容易让人想到一个成语“双管齐下”。

这个成语来自宋代郭若虚的《图画见闻志》。记载了唐代的画家张璪，说他“画山水松石名重于世。尤于画松特出意象，能手握双管一时齐下，一为生枝，一为枯干，势凌风雨，气傲烟霞”。这是说，张璪有一个绝技，可以同时握两支毛笔画松树，一为枯笔，一为浓墨，这样可以同时画出来枯干和生枝，更能画出两种意境，“势凌风雨”或“气傲烟霞”。这里“双管齐下”的“管”毫无疑问就是毛笔，所以“彤管”的“管”，很多人认为就应该是指的是毛笔。

那为什么是“彤管”呢？

在古代女史用的毛笔会漆成朱色，那么就是彤管，红色的毛笔。女史就是古代的女知识分子了，很受人尊重。后代旌表、颂扬女子的时候，经常会用到“彤管扬分”“彤管扬辉”。如果我们在一些老宅子里看到这样的匾额，就知道它其实是颂扬其中的某位女眷的。因为有女史彤管之说，而女史又是最早用笔来记载宫廷生活的女知识分子，所以经学派的知识分子，牢牢地抓住“彤管”这个词，认定《静女》这首诗应该是一首政治讽喻诗。《毛诗序》就说：“《静女》，刺时也。卫君无道，夫人无德。”郑玄的《笺注》也解释说：“以君及夫人无道德，故陈静女遗我以彤管之法。德如是，可以易之为人君之配。”这都是说这个静女，其实就像女史那样，用她的彤管讽刺“卫君无道，夫人无德”。这个说法，在很长一段时间里都成为《静女》这首诗解读的主流。

后来，一直到欧阳修、朱熹才认为这就是一首彻头彻尾的爱情诗。

当然，现在人很多人会对这个说法提出异议。有人说，毛笔不是到蒙恬才有的吗？所以那个时候的彤管，不可能是指毛笔。这一点倒必须要说明，其实从考古的发现来看，一则湖南长沙的左家公山，还有河南信阳的长台关，两个战国楚墓里都发现过毛笔的实物；二则我们在殷墟的甲骨残片上，也发现了留有朱字或墨字的书写痕迹，学者推论就应该是毛笔的书写痕迹。而蒙恬的贡献呢，其实是发明了用石灰水去浸润那个毛，从而去除毛上面的斥水物质的技术，从而改进了毛笔的制作技术，并使得这种制作技术最终定型下来。所以倒也不能说这个“彤管”就一定不是毛笔。

但是“彤管有炜”，“炜”就是亮泽鲜艳的样子。“说怿女美”，“女”即“汝”，指的就是彤管，这句是说这样亮泽鲜艳的彤管，真的好美好美啊！爱恋中的人爱屋及乌，因为爱这个美丽的静女，所以她送给小伙子的任何一样东西，小伙子都珍爱无比。但为什么要特别突出彤管的这个“有炜”，也就是它有鲜艳的颜色呢？

所以，另一种观点说，这个彤管并不是笔管，不是毛笔，而是一种野草，是草管，这种野草呢，有人认为是“双同管子”。它一开始长得很嫩，但也可以长得很长，中间是空心的，在成熟变硬之后，还有可能把它做成一种简单的乐器来吹奏。至今乐器分类中，还分管乐器和弦乐器。事实上“和合文化”的那个“和”字，它的甲骨文的原意，就是很多禾管排列，每个禾管都能吹出自己的声音，然后很多禾管排在一起又能发出共鸣来，这就是音乐上的和声。

这样一来，关于彤管的解释就有三种说法，一是指毛笔，毛笔的笔管；二是指野草；三是指的乐管，就和音乐有关。而关于彤管的训诂与争议，就变成了这首诗到底是政治讽喻诗还是爱情诗的泾渭分明的区别所在。

我们还是先放下彤管的争议，来看一下第三段，第三个场景。我认为第三个场景是解答第二个场景，即彤管之谜的关键所在。

第三个场景是“自牧归荑，洵美且异。匪女之为美，美人之贻”。为什么说这和第二章又形成复沓章法？因为它还是姑娘送给小伙子的东西，姑娘“自牧归”，姑娘也就是这个静女。“自牧归荑”，“牧”也就是从野外，野外采摘归来送给我。这个“归”，通为“馈赠”的“馈”，还是赠送的意思。赠送的什么呢？这个“荑”就很有意思了。“荑”，我们讲过“庄姜”之美，说她“手如柔荑”，“荑”是什么呢？“荑”是那个初生的白茅草的草叶尖，所以“手如柔荑”是形容她的白与嫩。正是这种又白又嫩的“柔荑”，所以诗人才说它“洵美且异”，就是确实美得非常特别——特殊的美。

那么，这个特殊到底是什么？或者说，它到底特殊在哪儿呢？

事实上，这种白茅草确实非常特殊，讲一个著名的故事我们就知道了。齐桓公伐楚，其中有一个著名的成语叫“风马牛不相及”。齐桓公九合诸侯，是“春秋五霸”之首。鲁僖公四年（前656年），齐桓公率领诸侯联军攻打楚国，楚成王的使节对齐桓公说：“君处北海，寡人处南海，双方相距那么遥远，唯是风马牛不相及也。”这是说即使马与牛牝牡相诱，也不能相及，你闲着没事跑我们这来干什么呢？

这时，管仲代齐桓公回答，所谓“出师有名”。管仲最重要的一个理由就是：“尔贡包茅不入，王祭不共，无以缩酒，寡人是征。”就是说，为什么打你们呢？因为你们不守规矩，你们不献贡品，导致周天子的祭祀无法完成。所谓“国之大事，唯祀与戎”，祭祀还排在最前面，你们不按时进贡贡品，导致祭祀不能完成，这罪责可大了去了。

那么，这个楚国要进贡的贡品是什么呢？叫“包茅”，“包”当然就是裹束起来的，这个“茅”就是金茅草，郑国产的是白茅草，而楚国这个地方产的是“金茅草”。这个“自牧归荑”的“荑”，正是白茅草的草叶尖。

为什么白茅、金茅对祭祀那么重要呢？这是因为白茅、金茅细嫩柔美。古人祭祀过程中，要把酒洒在这个白茅草或者金茅草上，然后看着酒一层层地过滤下去。古人认为这就像神在饮酒一样。因为牵扯到了祭祀，牵扯到了神性，那个“手如柔荑”的“荑”就不只是外在形象之美，甚至还带有一种内在的精神和信仰之美，所以“自牧归荑”这个“荑”才“洵美且异”，也就是具有一种极其特别的美。

而且“自牧归荑”也揭示了一个重大信息，也就是在早期的人类生活中，尤其进入男权社会之后，在男耕女织的耕作文明产生前，是典型的狩猎文明与采摘文明。那么在这一段时期，男子主要的功能就是狩猎，女子主要的功能就是采摘。对于那些祭祀中要用到的神性物质，比如说白茅草、金茅草，其实都是由部落中那些最美丽的年轻女子们，由她们去完成采摘和收集的任务。这个“柔荑女”从野外采摘回来的白茅草，送给她心爱的小伙子，当然在小伙子的眼中也就变得“洵美且异”。

爱情的力量还不止于此。小伙子说：“匪汝之为美，美人之贻。”说不是那个白茅草本身美到那个地步，而是因为那美丽的静女将其采来送给我。这是中国传统文化中最典型、最标准的借物言情的手法。虽然因为爱那个姑娘，有关她的一草一木，都应该变得那么美，但是如果那个姑娘不一般呢？她手中的一草一木，也同样会是不一般的。既然这个“自牧归荑”的“荑”——这个白茅草是这样的不一般，不仅美，而且具有神性的美。

回头再来看那个彤管，我觉得既然二三章之间有一种复沓的联系，也就同样应该既来自生活的采摘，又同时具有神性的美。

这是什么意思呢？就是说，这个彤管首先也应该是这个静女的采摘之物，其次这个采摘之物虽然是自然的，也有可能用于祭祀。我们知道在远古祭祀中，所谓音乐的起源，舞蹈的起源，其实都来自祭祀。既然这个彤管长成之后可以成为一种吹奏乐器，那么也就应该可以用于民间的祭祀。这样一来，这个彤管——第二章的彤管就和第三章的白茅草完全匹配，完全一致。

如果把它解释为毛笔笔管的话则和“自牧归荑”的“荑”，也就是和白茅草之间没有任何关联。如此一来从彤管、从白茅草——从女孩子赠送给男孩子的这两样东西，回头再去看“静女”的“静”字，就别有意韵了。

我们从字源的角度分析过“静”字。其实代表着纯净、纯粹，用它来形容一个女子不仅有纯洁之意，甚至有圣洁之意。那么这个纯洁而圣洁的女子，她的任务是什么？她的任务是去野外采摘，采摘和祭祀有关的彤管、白茅草，而她把这些圣洁美丽的自然之物赠送给她心爱的爱人，在她心爱的爱人心中引发了巨大的感情波澜。爱情与信仰叠加，以至于爱情成为最后的信仰，所以这个小伙子才会说“彤管有炜，说怿女美”，才会说“匪汝之为美，美人之贻”。这样一来，从开始的“爱而不见，搔首踟蹰”，到最后因为爱人的出现、爱人的赠送，内心获得巨大的满足与陶醉，这样三个场景才完美地匹配在一起。

当然，也有人认为，是小伙子在等待这个静女的过程中，想起过去两个场景，想起静女赠送给他两样的东西，一个彤管，一个白茅草，这让他在“搔首踟蹰”的等待过程中产生巨大的陶醉与美感，这当然也能说得通。

其实我觉得，这三个场景的先后关系并不重要，重要的是爱情本身，是那个女孩子为什么会叫“静女”？而她在那个小伙子心中的形象又是何等的纯粹、纯洁、圣洁而完美！

“静女其姝，静女其娈。彤管有炜，说怿女美。自牧归荑，洵美且异。”其实，谁的心中又没有这样一个纯洁而圣洁的静女呢？

斯人已矣　独我憔悴

《诗经·邶风·绿衣》

《诗经·邶风》中还有另一首名作——《绿衣》。这首《绿衣》到底写了什么，到现在都争议非常大。

自古至今，从《毛诗序》到朱熹都认为这是庄姜所作的一首讽喻诗。

当然，也有不少研究者认为它是一首情意绵长的爱情诗。诗云：

> 绿兮衣兮，绿衣黄里。心之忧矣，曷维其已！
> 绿兮衣兮，绿衣黄裳。心之忧矣，曷维其亡！
> 绿兮丝兮，女所治兮。我思古人，俾无訧兮。
> 絺兮绤兮，凄其以风。我思古人，实获我心。

我们讲过，关于《邶风》中的《燕燕》那首诗，朱熹认为是中国历史上第一位女诗人庄姜所作，而且她美艳之极，“手如柔荑，肤如凝脂，巧笑倩兮，美目盼兮”。

可是这样美丽的女子嫁给了卫庄公之后，却不被宠爱，反被冷落，只能独自在时光的长河里自怨自艾。庄姜即使在悲伤的时光里，也对厉妫、戴妫两位姐妹深情款款，即使在自己人生的寒冷里，也时时记得他人的温暖。但对于卫庄公的荒诞不恭，朱夫子的意思是庄姜也未必没有怨言。因为这首《绿衣》紧挨着《燕燕》，所以从《毛诗序》到朱熹都认为，这应该是庄姜所作的对卫庄公的讽喻诗。

“绿兮衣兮，绿衣黄里”，传统的说法认为绿非正色，而“黄里”才是正色。那么“绿衣黄里”就代表着正妻失其位。当然还有一种观点认为，这个“绿衣”的“绿”，其实是“褖”，“褖衣”，“绿”是“褖”字之转。那么《礼记》中有褖衣制说，“诸侯夫人祭服之下，鞠衣为上，展衣次之，褖衣次之”。

那么“绿衣黄里”的意思，从理智的角度来看，穿着是不伦不类的，不合古礼，说明已经到了礼崩乐坏的地步。说实话我很佩服古人的想象力，我们以前也在诗歌的解读法里说过，训诂解读法其实是自古至今最主要的一种读书方法，但是训诂解读法有时候会跑偏，你把每个字的意义都搞清楚，但是有时候和诗的主旨却有可能南辕北辙、背道而驰。所以解读一首诗，知识固然很重要，但最重要的还是要把握诗的情感和诗味。

像这首《绿衣》，闻一多就提出应该是怀念故人之作。当然，他认为这个故人是因为过错而被休掉的妻子。再到现代，像余冠英先生就认为这是明显的悼念亡妻之作。这个观点后来也成为一个较主流的观点。现代人从这首诗歌的字里行间，理解字句中的用意，以揣摩他的情感。我也认为这应该是很明显的悼亡之作。因为它是《诗经》里的悼亡之作，那么它又成为千古悼亡第一篇。

下面，我们就从诗句与诗味入手去体会一下，看它到底是讽喻之作，还是悼亡之作。

“绿兮衣兮，绿衣黄里”，“绿兮衣兮，绿衣黄裳”，这是这首诗最有名的两句，也是这首诗之所以叫《绿衣》的所在。那么《绿衣》的这种描写，到底是写实还是写虚。如果只是简单的起兴或者说比兴，那么还真的有可能像《毛诗序》或朱熹所说是一种影射的手法。

但是，你看他写“绿兮衣兮，绿衣黄里。心之忧矣，曷维其已！绿兮衣兮，绿衣黄裳。心之忧矣，曷维其亡！”这两段是感慨说：绿色衣啊绿色衣，绿色外衣黄色里。愁肠百转心千结，何时忧愁才能止？绿色衣啊绿色衣，绿色上衣黄下衣，愁肠百转心千结，何时忧愁才能忘？

尤其是到第三段时又说，“绿兮丝兮，女所治兮”，就是说绿色的丝啊绿色的丝，绿丝本是你手织。这就可以看出来了，这个“绿衣”根本不是简单的比兴，而是一种很明确的实写。也就是说作者的手中确实有那么一件绿衣，有那么一件黄裳。这里有两个知识点要注意，一个就是我们说的绿衣黄裳。衣裳（cháng），现在我们读衣裳（shang），古音其实都应该读衣裳（cháng）。为什么呢？是因为从文明史的角度看，服饰史其实就是一个民族文明史，是民族文化重要的发展佐证，连孔子都有“微管仲，吾其被发左衽矣”的感慨。意思就是说，如果没有管仲的话，原来的中原民族，恐怕就已经被夷狄所占领，大家都要披头散发穿左衽的衣服了！

这就可以看出，万世师表的孔夫子是非常重视服饰文化的，因为汉服是右衽的。事实上，服饰、发饰和衣冠，可以代表整个文明的形态。所以中原士族南迁的时候，也叫衣冠南渡。既然如此重视服饰文化，华夏文明在远古时期对服饰的分类就非常讲究。传说是黄帝，始制衣裳，“衣”就是上衣，“裳”呢，就是下衣。上衣象天，下裳以象地，所以这个下裳，“裳”这个字原来就是指的古人穿的遮蔽下体的衣裙，不是裤子，它其实是裙子的一种，男女都穿的。所以“裙”这个字，从“衣”从“君”，从君子之服。

而《易经》坤卦里明确说“黄裳，元吉”，就是因为黄裳有这个下裳，和大地一样的颜色，黄颜色的下裳是最吉利的，所以连屈原的《离骚》都说是“制芰荷以为衣兮，集芙蓉以为裳”；而唐明皇作《霓裳羽衣舞》，明确了霓裳和羽衣；至于杜甫作“剑外忽传收蓟北，初闻涕泪满衣裳”，其实“衣裳”对“涕泪”，一句里有对应，也说明了衣是衣，裳是裳。

古人对衣和裳分得很细，可是到了这个后来，北方游牧民族南下，衣冠之礼受到很大的冲击。

而到了现代社会之后，衣裳成为人们对衣服服饰的总称。“服”这个字，它的字形原来是从“舟”的，本义是舟船两旁的甲木，后来就引申为“用”的意思，那么衣服就是日常所要用到的衣物。这时，衣就变成了一个衣物的范畴，变成了总的、类的概念。这个衣裳的“裳”字也渐渐地服从于这个“衣”字，被弱化了，从读音上就变成了轻声衣裳（shang）。从衣裳（cháng）到衣裳（shang）的读音变化，其实也可以看出来后世对衣饰文化重视程度的降低。所以沈从文先生在1949年之后，在不得已的环境下放下文学创作，毕生致力于中国服饰文化研究，实在是功莫大焉，善莫大焉。

明白了“绿衣”“黄裳”之别之后，其实还有一个更值得玩味的地方，就是“绿衣”本身。

你看这首诗运用复沓章法，一唱三叹，起句都是“绿兮衣兮”或者“绿兮丝兮”，这种一唱三叹反复咏叹的手法，很难让人把它理解成《毛诗序》或者朱熹所说的那种非正色之里。也就是说，如果“绿衣黄里”是一种正色的错位，那么诗中应该表现的是一种对“绿衣”否定的情绪。但是我们反复吟咏，可以感受到诗人对“绿衣”的情绪，明显是一种爱惜的笔触。

事实上这个绿色，包括青色，从《绿衣》开始，从《诗经》开始，是中国古代诗歌中一个非常重要的、具有独特意义的颜色运用。包括“蒹葭苍苍”，我们知道“苍苍”，“苍”不是苍白的意思，而是青色、绿色。到了后来《汉乐府》中，“青青河畔草，绵绵思远道”，再到牛希济的《生查子》说“记得绿罗裙，处处怜芳草”。绿衣裙和青草，其实代表着非常重要的一种希望和情感，所以苍天在上，其实是青天在上；所以青春之歌其实是生命之歌。下衣黄裳，象征大地。因为象征大地，所以“黄裳，元吉”。大地之上，万物生发，草木葱茏，最有生命、最有希望的颜色就是青色，就是绿色。又比如历史上那些有名的丫鬟侍妾，有的名叫绿珠，有的名叫绿翘。而到了明代，“绿衣人”更是代表了时人对美丽世界的憧憬。所以一句“绿兮衣兮”的反复咏叹，明显可以揣摩出诗人惜之怜之的情感。那么在这种怜惜的情感下，又实写一件绿衣，就很容易让人感受到那种睹物思人的感觉。

毫无疑问，这件绿衣，这件黄裳，应该是故人所做或者故人所穿。所以，“绿兮衣兮，绿衣黄里”，这一定不只是睹物思人了，而应该是抚物思人。他一定是抚摸着那件美丽的绿衣，这样才能看到绿衣内在的黄里。就是说，轻轻抚摸着你旧时的衣衫，绿衣黄里，颜色那样明显，可是没有你的生活，却失去了颜色，只是一片灰暗，所以说“心之忧矣，曷维其亡”。我心忧伤，愁肠百转，而你永远离我而去。这种忧伤大概就永远不能停止了。“绿兮衣兮，绿衣黄裳”，抚摸着你的绿衣，有翻弄到你曾经做的黄裳，想起你做这绿衣黄裳的身影，泪眼模糊中，我更要饮下多少忧伤？你已永远离我而去，此生怕是不能解脱了，这样的忧愁何时能忘？

“绿兮丝兮，女所治兮”，我们前面也说了，这一句其实是实写绿衣的一个关键证据。从绿衣和它内在的黄里，再到绿衣和黄裳，再到织绿衣所用的丝线。“女所治兮”，就是说这是你亲自织布裁剪所成的衣服啊。这已从衣服的颜色到了衣服的纹理，如果不是在仔细地触摸抚摸，睹物思人，怎么会看得那么细呢？所以接下来说“我思古人”，这个“古人”一般都认为应该是通“故人”，就是说我是那么怀念我死去的亡妻啊。“俾无訧兮”，如果她还活着的话，有她的关心与呵护，有她的帮助与规劝，我的生活中就不会有那么多过错了吧。这大概就是俗话所说的“家有贤妻，男人不遭横事”，这样的感慨不由得让人想到苏轼在发妻王弗亡故之后，也曾经有过这样的感慨。因为有贤内助王弗，苏轼早年的仕宦生活就比较如意，而在王弗亡逝之后，失去了这个贤内助，他的仕宦生活就处处没那么理想。我想东坡先生如果读到这句，“我思古人，俾无訧兮”，想起发妻王弗来，一定深以为然，一定会把这首《绿衣》当成和他的《江城子》是一样的悼亡之作。

在三层“绿兮衣兮”“绿兮丝兮”的复沓之后，诗人将“我思古人”进行了两层复沓。最后一段又说“絺兮绤兮，凄其以风”。“絺”是细葛布，“绤”是粗葛布。葛布是一种很粗的布，是平民百姓日常生活中非常重要的服饰原料。王阳明初到江西庐陵任知县时，第一件事就是免了葛布税。对平民百姓来讲葛布非常重要，但是对于贵族来讲葛布就太粗劣了。已经到了秋凉的时候，他还穿着粗细葛布做成的衣服，这是因为什么？

正是因为没有妻子的照料，这个男人连按季换衣都不能尽如人意啊。所以这句前承了“我思古人，俾无訧兮”的内涵，又开启了“我思古人，实获我心”的哀叹。由此我们可以串联起整个的场景：这是一个失去了心爱妻子的男子，因为失去了妻子的精心照料，秋风渐凉，他还穿着随意用葛布织成的衣物。大概思念亡妻的痛苦，已然让他忘记了生活的细节，忘记了对自己的照料。可是秋风渐凉，季节替换，他不自觉地打开箱子去找秋天的衣物，于是看到心爱的人曾经做的绿衣，看到绿衣里的黄里，看到绿衣下的黄裳。那个“巧笑倩兮，美目盼兮”的身影又仿佛回到了身边，回到了眼前。这就是睹物思人，这就是抚衣追昔啊。

“心之忧矣，曷维其已！心之忧矣，曷维其亡！”

当你离开了我的世界，留给我的只有无尽的忧伤。

斯人已矣，独我憔悴。

我的爱，除你之外，别无桑田，别无沧海

《诗经·王风·采葛》

我们之前讲了《诗经》中著名的《静女》，讲了“她亲手采摘，又送给我的彤管与柔荑”，所谓“贻我彤管，彤管有炜”，所谓“自牧归荑，洵美且异”。

彤管和柔荑其实都是一种草，这其实是和鲜明的采摘文化息息相关，由此更可以看出“静女”的“静”字其中纯净与圣洁的内涵。这样说，其实还有一个旁证，就是《诗经·王风》中的《采葛》。

这是一首非常独特的情诗，诗云：

彼采葛兮，一日不见，如三月兮。
彼采萧兮，一日不见，如三秋兮。
彼采艾兮，一日不见，如三岁兮。

说《采葛》这篇非常特殊，是因为很少有这么简单的情诗了。而它虽然简单，却又简约深挚，不失丰富，简直达到了情诗创作中的极致，达到了化境。

首先，你看诗的内容和技巧是多么简单吧。这首精短的小诗用了《诗经》中最常用的三章复沓章法，而且每章只改动了两个字而已，“彼采葛”“彼采萧”“彼采艾”，“葛”“萧”“艾”，后面“如三月”“如三秋”“如三岁”，“月”“秋”“岁”。这几乎可以说是《诗经》复沓章法最凝练、最简洁的，也是最出神入化的应用。形式上如此，技巧上如此，内容上也同样是既凝练又内涵丰富。

“彼采葛兮”的“彼”，当然是她，她在哪儿呢？她“自牧归荑”，当然去野外采摘。我们在《静女》里说了，在先民时期，男子主要负责狩猎，而女子主要负责采摘。狩猎与采摘其实主要满足两个需求。我们现代人觉得，狩猎采摘主要满足生活、饮食乃至居住的需求，宽泛地说，其实都是生活的需求，但对于先民来说，其实在生活需求之上，最重要的、排在第一位的是祭祀的需求。《左传》里说“国之大事，唯祀与戎”。所以我们在讲《静女》时说到，静女所采摘的白茅草，其实是有祭祀的作用的。正因为其在祭祀中有特别独特的作用，所以那个白茅草，尤其是静女所采摘的白茅草，才显得那么“洵美且异”，反过来“洵美且异”的白茅草，也反衬了静女的纯洁与圣洁。这样的采摘文化与祭祀文化，与先民的爱情生活交揉在一起，才让《诗经》里的爱情诗显得古韵盎然、别有风味。

虽然《静女》出自《诗经·邶风》,《采葛》出自《诗经·王风》,但先民时代的生活习俗在本质上，尤其是在祭祀与生活相关联的方面，是相通的。所以《采葛》中的“彼采葛兮”“彼采萧兮”“彼采艾兮”，“葛”是什么呢？“葛”是葛藤。我们现在也经常可见。它是一种蔓生的植物，块根是可食的，现在还有一种食品叫葛根。它的茎可制成纤维。而在古代，粗服的一种原材料，就是葛布。海瑞作为一个有名的清官，到后来他虽然位列二、三品大员，可家中所居依然简陋无比，起居衣物全无绫罗绸缎，只有葛布的衣裳。当然，在《诗经》时期，葛茎纤维做成的葛布、做成的衣裳，应该是那时候的主流吧？所以说，采葛既和食物有关，又和衣服有关。

“采萧”，“萧”是什么呢？“彼采萧兮”的“萧”是“艾蒿”，就是蒿草的一种。端午节的时候，我们经常会插菖蒲和艾蒿，因为它的香气特别浓郁，可以驱虫。古人还认为“艾蒿”可以驱邪，所以“艾蒿”第一作用还不是用于生活，而是用于祭祀。事实上，中国的古人，先民们早就特别重视各种蒿草，包括艾蒿、青蒿。特别值得一说的是，两三千年之后，“龙的传人”屠呦呦和她的团队，在其中提取了最终获“诺贝尔奖”的青蒿素。如果说，“采葛”的“葛”和生活息息相关，那么“采萧”的“萧”其实就和祭祀，也就是先民的信仰和精神生活息息相关。

第三个是“彼采艾兮”，“采艾”就是艾草。艾草是可以做成艾绒，进行针灸治病的。其实艾草就是艾蒿，也就是第二章所说的“彼采萧兮”的“萧”。那为什么第三章里要换一个说法，把“彼采萧兮”换成“彼采艾兮”呢？因为“萧”特指的是艾蒿的祭祀作用，而“彼采艾兮”的“艾”呢，特指的是它的医疗作用。中国的古人早就发明了艾灸之法，《庄子》和《黄帝内经》中都提到了艾灸之法。所以《毛诗》解读“彼采艾兮”，就明确地说：“艾，所以疗疾。”也就是说突出的是它的治疗的作用。

从“采葛”的生活作用，到“采萧”的祭祀作用，到“采艾”的治疗作用，几乎囊括了先民生活中最重要的几个方面。所以那个采葛、采萧、采艾的姑娘，是何其重要啊！这也应该像《静女》里的那个美丽的姑娘一样，她所采的彤管，她所采的柔荑，并不是简单随意写来。同样，这首《采葛》里，姑娘所采的葛、萧、艾，其实同样也别有意义。这一切其实都在暗示，当然今天看来是暗示，古人应该是明示那个姑娘的重要啊！

而渗透在饮食、衣饰、祭祀、治疗、生活日用各个方面的这种笔触，看似极简单，却又极丰富，其实正是那个小伙子内心浓郁情感，喷薄而出的根源所在：我心爱的姑娘啊，她外出去采葛了，“一日不见，如三月兮”，这一天不见就像过了长长的三个月一样。我心爱的那个美丽的姑娘啊，她外出去采萧了，“一日不见，如三秋兮”，哪怕一天见不到，就像经过了漫长的三季。我心爱的姑娘，她外出去采艾了，“一日不见，如三岁兮”。哪怕一天见不到，就像隔了漫长的三年一样（请注意，这里浓缩出一个非常经典的成语，叫“一日不见，如隔三秋”，而后人往往会把“三秋”误读成三年，其实这里的“秋”是指的一个季节，所以“三秋”指的是三个季节）。

“一日不见，如三月兮”，“一日不见，如三秋兮”，“一日不见，如三岁兮”，这三层复沓实在是太过精妙，不仅为后世凝练出、沉淀出“一日不见，如隔三秋”的成语，而且据我所知，它也可以说是人类文明中，最早用艺术形式，深刻触及爱情心理学与心理时间的诗歌表述。

可以说，它第一个清晰地揭示了心理时间与物理时间的区别，一日是物理时间，而三月、三秋、三岁这都是心理时间。

相信所有人都有过这种心理时间远异于物理时间的感受。为什么会有这种时间的差异呢？这背后，其实有着心理学的重要内涵。心理学告诉我们，心理时间事实上决定于心理感知重点的不同。比如和相爱的人，和喜欢的人在一起，我们就会觉得非常愉悦，就会觉得时间过得很快，那是因为我们的感知重点是在和相爱的人一起做的事情上，而不是时间本身，所以我们就会觉得时间过得非常快。反之，如果我们做一件不喜欢的事情，感知重点就不在事情本身上，就会旁移到事情之外的时间上，这时我们就会觉得时间过得非常慢。而相思、等待、刻骨的思念总是让我们对任何事都提不起兴趣来，这时候的感知重点就不在事情上，而在时间上，所以“一日不见，如隔三月”，“一日不见，如隔三秋”，漫长的时光之河淹没了相思的心。

所谓“思念”这两个字，心上之田和心上之今——心上的此刻，就是心上的所有空间与时间，都只为那个思念的人而存在。那一刻，我的思念、我的爱，除你之外，别无桑田、别无沧海。“一日不见，如三月兮”，“一日不见，如三秋兮”，“一日不见，如三岁兮”，多么浓郁的情感啊！小伙子对那个去野外采葛、采萧、采艾的姑娘的思念，浓郁得像田野、像春风、像时光。这样简洁凝练而递进的诗句，千年而下给我们的感觉只有一个，即那浓郁得化不开的爱无时、无处不在。

那么，这首两三千年前的情诗，为什么那样简单、那样凝练、那样简练，却能产生那样浓郁到化不开的爱的感觉呢？以致改变了时空，改变了沧海桑田。这就和中国传统爱情文化以及华夏文明的文化本质息息相关了。

中国文化讲究“和合文化”，“和”的原意是音乐的等级排列，是一根根和管排列在一起，每一根禾管都能发出自己的声音、自己的乐音，但是排列在一起，形成共振、共鸣，就能产生和声。这样，所谓“和谐社会”，其实就是人类最理想的社会，每一个人都保持自己的独立性，但是大家在一起，又有共同的价值操守与信仰追求，这就是和谐。而“合”，“知行合一”的“合”，“天人合一”的“合”，它的甲骨文原意并不是人一口，而是一张大口，包着一张小口。有人会觉得暧昧，但其实甲骨文原来就是那么浪漫，没错，它形容的就是相爱中的男女在相拥、相吻的样子，所以爱情的境界是什么？就是合。合是什么样的境界？是我的眼中只有你。为了你，我甚至忘记了自己，为了你，一切沧海桑田乃至时光都随你而变。所以《采葛》中，那个小伙子的爱为什么浓郁到化不开，就是因为他的爱、他的思念真挚、纯粹、浓郁到了“合”的境界。

这就是《诗经》里的爱情，这就是中国式的爱情——简单、纯粹、浪漫、真挚、浓郁满怀。“一日不见，如三秋兮”，我的爱，除你之外，别无桑田，别无沧海。

最适合的人 最合适的爱

《诗经·周南·关雎》

前面的《静女》《采葛》两篇，讲了小伙子与采摘之女的幸福的爱情生活，我们从中也得以窥见鲜明的情感色彩，以及他们的生活方式，尤其是采摘文化在先民生活中的重要的地位和作用。

这样一来，我们就可以去面对《诗经》中那个千古谜团，所谓诗三百之首的《周南·关雎》了。诗云：

关关雎鸠，在河之洲。窈窕淑女，君子好逑。
参差荇菜，左右流之。窈窕淑女，寤寐求之。
求之不得，寤寐思服。悠哉悠哉，辗转反侧。
参差荇菜，左右采之。窈窕淑女，琴瑟友之。
参差荇菜，左右芼之。窈窕淑女，钟鼓乐之。

有关这首名作的争议实在是太多了。

我们还是先训诂解读一下文本，再来看有关它的是是非非的争议。

《关雎》全诗共分五章，它的结构在《诗经》中也是非常独特的，毫无疑问它是有复沓章法的，比如“参差荇菜，左右流之”，“参差荇菜，左右采之”，“参差荇菜，左右芼之”，又比如“窈窕淑女，寤寐求之”，“窈窕淑女，琴瑟友之”，“窈窕淑女，钟鼓乐之”，但它的复沓却不像《蒹葭》《采葛》那样是标准的复沓形式，这导致后来的学者对这首诗的结构解读也各有不同，甚至还有人提出来，它可能是遗漏了某些篇章才变成今天这个样子。但不管怎样，这首诗到今天已经是它最经典的样子，它本身的婉转自如是毋庸置疑的。

我们先来看第一章“关关雎鸠，在河之洲。窈窕淑女，君子好逑”。所谓“关关雎鸠，在河之洲”，这是《诗经》常用的所谓“赋比兴”手法中的起兴的手法。所谓起兴，就是先言他物引起所言之物，但后世也公认这里所选取的“关关雎鸠，在河之洲”不只有起兴之法，也有“比”的作用在里面。因为雎鸠鸟本身就是雌雄相配的，而且应该是一夫一妻制。“关关”是雎鸠鸟叫声，尤其是雌雄二鸟相互应和时的叫声。雎鸠其实是一种水鸟，它的学名应该叫王雎，以捕食水鸟为生，是鱼鹰的一种。

值得注意的是，这样的雎鸠鸟，它们关关相和所处之地却并不是在水面上，而是在河之洲，也就是在水中的陆地上，这其实暗点出了时间背景，应该是初春的时节，水面刚刚冰雪消融，雎鸠鸟们在这个春情萌发的季节，最重要的事不是下河捕食，而是在河边水洲中寻觅终身的伴侣，以延续自己的血脉，延续自己的种群传承。所以这样的春天、这样的野外，这样动情的雎鸠鸟的叫声，这样彼此的吸引，在起兴之余，也暗喻了在春情萌发的季节，君子与淑女的匹配与相遇。所以接下来说“窈窕淑女，君子好（hǎo）逑”，以前经常会有人读作君子好（hào）逑，孔夫子说“吾未见好德如好色者也”，如果读好（hào），就是好（hào）色的“好（hào）”，那就走到了孔夫子称赞关雎这一篇“乐而不淫，哀而不伤”的反面了！

孔夫子在《诗三百》中独独称赞了《关雎》这一篇。在《论语·八佾》中，孔夫子说《关雎》，“乐而不淫，哀而不伤”。是说它最具中庸之美，中和之美。这里的“淫”是指过度、过分的意思，《岳阳楼记》中说“淫雨霏霏，连月不开”，“淫”也是指过度的意思。所以，一个好（hǎo）逑，一个好（hào）逑，读音的不同，其实正是体现出中庸、中和之美和过犹不及的差别。

“窈窕”是一个叠韵词，是指贤良美好的样子，“窈”是指内在的深邃，是说女子的心灵之美。“窕”是指身材的仪表优美。“窈窕”就是由内而外的美丽，这和我们讲的“静女”的“静”字其实有相通之处，所谓“静女其姝”“静女其娈”，由“姝”到“娈”，其实就是一种由内而外的美丽，这样的女子才可称“静女”才可称淑女。

而“逑”则是指配偶的意思，“好逑”就是好的配偶，这样“静女”“姝女”才是君子最好的配偶啊。《神雕侠侣》里，杨过与小龙女在绝情谷中，用生命维护他们的爱情。杨过手持君子剑，小龙女手持淑女剑。连暗恋杨过的公孙绿萼都觉得他们是如此完美的匹配。这便是“窈窕淑女，君子好逑”。这一章是一种总说，是说君子淑女之配，又说爱情的萌发顺乎自然。既是人伦之大道，又是天地自然之大道。

第二章和采摘文化相似的地方又来了，“参差荇菜，左右流之。窈窕淑女，寤寐求之”。“参差”是长短不齐的样子，而“荇菜”则是水草类的植物！古人采摘荇菜是可供食用的。我们前面说过“参差荇菜，左右流之”和后面的“参差荇菜，左右采之”，“参差荇菜，左右芼之”，其实是形成了一个复沓的方法。

“流”“采”“芼”分别是什么呢？“流”就是在水中拨了它，“采”毫无疑问这是采摘的，而“芼”呢，“芼”则是在里头挑选最优质的荇菜。所以“左右流之”“左右采之”“左右芼之”，时而向左，时而向右，不停地拨拉水中的荇菜，然后采它，最后摘取其中的最优者，这其实就是采摘荇菜的整个过程。

而《关雎》呢，在以此比喻君子对淑女的整个追求过程。你看“窈窕淑女，寤寐求之”，这是刚开始追求的场景。所谓“寤寐”，“寤”则醒，“寐”则睡，是指不论醒来还是睡去，也就是指日日夜夜都心心念念，他要追求的那个美丽的淑女！“求之不得”，则“寤寐思服”，这是指小伙子在追求的过程中还没有追求到手的时候，各种惆怅，各种相思，各种思念，各种挂牵！“思”是念，“服”是想，所以“思服”，其实就是思念，就是想念。

“悠哉悠哉，辗转反侧”，“悠”者长也，所谓“悠哉悠哉”，是说思念绵长不断，绵长不尽。想念啊想念，想得不能入睡，翻来覆去都睡不着，于是就为后人留下了这样精彩的成语——“辗转反侧”，就是指那个陷入爱河的小伙子在床上像烙饼一样翻来覆去睡不着，这不正是青年男女初陷爱河最典型的表现吗？第三章其实应该从属于第二章，都属于“寤寐求之”的阶段！第四章“参差荇菜，左右采之”，比“流之”更进了一步，那么“窈窕淑女，琴瑟友之”，就应该是从“求之”更进一步到“友之”的阶段。

“参差荇菜，左右芼之”比“采之”又更进一步，那么“窈窕淑女，钟鼓乐之”，就应该是比“友之”又更进一步。但第四、第五章这个“友之”“乐之”的部分都没有展开。所以有学者甚至认为第四、第五章都遗漏了一部分。

那么从“求之”到“友之”是进入了一个什么样的阶段呢？

所谓“参差荇菜，左右采之”，这一定是采到手了，才能叫“采之”。而“琴瑟友之”，比如杜甫的《琴台》，比如卓文君与司马相如的故事中都反复说过，为什么琴和瑟总放在一起呢，琴瑟之好，琴瑟合鸣，琴瑟和谐，琴瑟相调。这是因为传说华夏文明的人文始祖伏羲制琴瑟、定嫁娶，最早的婚礼制度与音乐制度其实都从伏羲那里开始。

伏羲所制古琴最早只有五根弦，所以有所谓“手挥五弦，目送归鸿”，后来是到了周公加两弦，也有一说周文王、周武王各加一弦，古琴才变成了七弦琴。但无论如何，或五弦或七弦，它都是奇数。因为奇数属阳。而瑟在一开始就有五十弦，其弦繁复，而且是偶数。其音与琴相匹配，其实正是华夏文明阴阳调和理论在音乐中的体现，所以最早的时候，文献记载古琴长三尺六寸六，而今天的古琴则是三尺六寸五，今人解读为一年 365 天。在伏羲氏的时代，他们的纪年方法肯定不是今天这样的 365 天。所谓“三尺六寸六”，三为至阳之数，六为至阴之数，其实一把古琴最能体现中和之美，中庸之美，阴阳调和之美，而琴瑟则是这种阴阳文化调和文化的一种音乐中的最典型代表！

文献记载，伏羲继制琴瑟又定嫁娶，所以人伦社会的阴阳和谐与琴瑟文化的阴阳相调是完美统一的。后人自然在婚丧嫁娶中形容男女相合，便以琴瑟喻之。所以到了“琴瑟友之”，与“左右采之”相匹配，那么这就应该是从“求之”的阶段，到了婚姻完美的阶段。

接下来第五章的“参差荇菜，左右芼之。窈窕淑女，钟鼓乐之”，由“采之”到“芼之”，这是一种很精细的挑选了，也就意味着到了过日子的阶段。从“琴瑟友之”到“钟鼓乐之”，这就是夫妻生活家庭生活的进一步的发展了！

我们常说安宁安宁，“安”字甲骨文的原意其实就是把女子娶回家中的意思，而“宁”是娶回家中之后，有音乐，有酒食，有富足的生活，有精神生活上的享受。这样就叫“宁”。所以“窈窕淑女，琴瑟友之”，这应该是“安宁”的“安”的阶段，而“窈窕淑女，钟鼓乐之”，就到了“宁”的阶段。

如果我们不带着任何偏见，不去管千年以来历史上对这首诗的种种纷争，只从文本解读的出发，我认为这毫无疑问是一首爱情诗，是一首婚恋诗，甚至应该是像林庚、冯沅君二位先生所说的是一首祝贺新婚的诗。

我在《耳畔中国》中讲解民歌文化时曾经说道，像新疆，像很多少数民族，包括哈萨克族、维吾尔族，他们都有以音乐行教化的传统。他们在婚礼聚会中至今还有很多包括爱情，包括生活各个方面的一些赞歌与颂歌，以此对当事人表达美好的祝愿，又对年轻人进行比较适当、恰当的婚恋与爱情观的教育。我们知道，《诗经》中的《国风》都是采风之作，这些诗歌本身从民间来，带着鲜明的生活特色，所以闻一多先生甚至认为《关雎》的本意，就是女子采荇于河滨，君子见而悦之之作，这就是更决绝地认为《关雎》是男女恋情萌发的初相遇之作。这比婚恋诗的解读，还要更前进一大步。之所以如此，我们可以理解为闻一多先生在他们那个时代对此前所谓“道学施教”的拨乱反正。

自两汉经学以来，尤其是这首《关雎》作为《诗三百》的首篇，《毛诗序》认为它讲的是后妃之德，是为了要讽天下，而正夫妇之道也！这是一种典型的文以载道、主题先行式的解读。虽然毫无疑问，这种解读方式是背离生活也是背离作品的，但在很长一段的历史时期里，因为所谓道学的横行于世，不只《关雎》，《诗经》种种名篇被歪曲，被歪解，其程度可以说是惨不忍睹。就像我们上篇讲的《采葛》，那么明显的一首爱情诗，“一日不见，如三月兮”，“一日不见，如三秋兮”，“一日不见，如三岁兮”，《毛诗序》也以为是惧谗之作，所谓一日不见于君，忧惧与谗言矣！

我常讲汉字文化博大精深，汉语文化海纳百川，汉字是人类迄今为止还在使用的独一无二的象形会意文字，这种文字系统，内涵极其丰富，也就是语义的丰富性与包容性是其他语言不能比拟的，但这也带来了另外一种困惑。就是在主题先行的时代，在道学横行，尤其是伪道学横行的时代，任何一首诗一句话，别有用心者都可以做肆意歪曲式的解读。这种特点，在残酷的政治斗争中，则可演化为文字狱，演化为深文周纳。

事实上一直到今天，还有人主张这首诗讲的就是后妃之德！甚至我听说有些女学者反而持这样的观点。而闻一多先生，像他和新文化运动中的那些巨擘，他们欲筚路蓝缕，欲拨乱反正，面对这种伪道学式的解读，大加批判，甚至欲拨乱反正，认为像《关雎》就是男子初见淑女时求偶之作！

说实话，这多少也有些情绪化的反应，当然涉及爱情诗、婚恋诗，与所谓后妃之德，几种观点之间的碰撞，还有两个重要的疑点必须面对，一是后妃之德论者认为，“窈窕淑女，君子好逑”，这里的君子，肯定不是民间的百姓。所谓君子在商周贵族文化制度中是有特指的，君之子谓君子，公之子谓为公子，而公之孙则谓公孙，所以像商鞅，其实叫公孙鞅。

贵族分为天子、诸侯、大夫、士四级，君子则特指贵族中的高等级的男子，而像“琴瑟友之，钟鼓乐之”，琴瑟、钟鼓，这些乐器的使用，毫无疑问都是贵族王廷所用的乐器，平民的生活不可能有这一类的乐器。但反过来，爱情派也主张，一开始的“关关雎鸠，在河之洲”，用鱼鹰来比喻爱情，这种起兴，这种比兴的手法，则可见它绝对来自民间，而不是贵族生活中所能采用的比兴手法。至于“参差荇菜，左右流之”“左右采之”“左右芼之”，这就是典型的民间女子的采摘生活，又如何能与君子的琴瑟、钟鼓生活相匹配，相完美和谐呢?

从训诂与先民生活风俗的角度看，双方的疑问各有其道理，但换个角度讲，这大概正是孔子称其为具有“乐而不淫，哀而不伤”的中和之美的关键所在。

我们说,《国风》大多是从民间采集的歌谣，周人设有采诗之官，每年春天摇着木铎深入民间，收集民间的歌谣。然后把能反映民间悲欢疾苦的作品整理之后，交给负责音乐之官，也就是太师进行谱曲，然后演唱给天子听，以作为施政的参考。

所以老师的师，师傅的师，他最早既不教语文，也不教数学，他是音乐之官。所以最早的老师其实是音乐老师。而乐工太师，为了使收集上来的作品能和乐，是要对原作品进行整理润色的。《诗三百》中的《国风》，就其整体而言，你就会发现它用韵其实非常有一致性。当然就具体的作品而言，其润色及修改的程度应该各有不同。就《关雎》而言，像“关关雎鸠，在河之洲”这样的言语应该是乡谚俚语，而琴瑟、钟鼓这一类的东西只能是贵族所有，所以《关雎》很可能就是民间采集而来，经乐工太师改编、润色程度较大的一首诗。

这也可以解答像闻一多、青木正儿都提出的,《关雎》有错简、脱节，还有遗漏段落的可能。不管怎样，还是孔老夫子有眼光，他教育儿子说，“不读《诗》，无以言”，但整部《诗经》他所评论的也只有这首《关雎》,“乐而不淫，哀而不伤”。

请注意，他并没有像后世的道学家一样否定这是一首爱情诗，婚恋诗，他只说其中的情感，欢乐而不过分，惆怅而不悲伤，这就是中庸之美，就是中和之美。而它来自民间，又经乐工太师的整理与加工，从而成为婚恋观与爱情观教育的诗篇。这其实也可以反映出一种中和之美。

孔子的儒家从来不拒绝爱情与生活，夫子也说“食色，性也”。“窈窕淑女，君子好逑”，这是人世间多么正常、多么唯美的相遇啊。

让君子遇见淑女吧，如同让琴遇见瑟，让钟鼓遇见欢乐的生活，让所有适合的爱，都遇见适合的人！

那样的相遇才是最美好的人世间，那样的相遇才是最好的你和我。

关关雎鸠，在河之洲。窈窕淑女，君子好逑。

心悦君兮君不知

《越人歌》

曾经和一个朝鲜族的朋友在一起，唱起《阿里郎》，唱起他们朝鲜族的船歌。当时，我就想起了《乌苏里船歌》。再往前想一想，想到我们华夏民族文献记载的最早的一首非常有名的船歌，也是一首感人的情歌，就是著名的《越人歌》。歌云：

今夕何夕兮，搴洲中流。
今日何日兮，得与王子同舟。
蒙羞被好兮，不訾诟耻。
心几顽而不绝兮，得知王子。
山有木兮木有枝。
心说君兮君不知。

最后一句最为有名，很多人看了诗词大会之后都很感慨地说，古人喜欢你说“山有木兮木有枝，心说君兮君不知”，哪像现在的“单身汪”只会说“好喜欢好喜欢你呦”。当然，我们说这首船歌是一首标准的情歌，除了它有“山有木兮木有枝，心说君兮君不知”这样有名的情语之外，其实背后还有一个来自生活的感人的美丽故事。

据刘向《说苑》记载，春秋的时候，楚王的母弟鄂君子皙被封在鄂。学者考证大概是现在湖北的鄂州，所以称之为鄂君子皙。

春天的时候，鄂君子皙来到水面上游玩，钟鼓齐鸣，而摇船的姑娘趁鼓乐声刚停就抱着双桨用越语唱了一首歌。鄂君子皙长得很帅，但是他听不懂姑娘唱的这种百越之语，便问身边的人姑娘唱的是什么。刚好身边有一位精通百越之语的，就为鄂君子皙翻译了一下姑娘的歌词。

可惜这位翻译歌词的随从没有留下姓名，他可以说是人类历史上最早的翻译家之一，把百越语翻译成了汉语，也就是我们听到的《越人歌》:“今夕何夕兮，搴洲中流。今日何日兮，得与王子同舟。”一直到“山有木兮木有枝，心说君兮君不知”。

事实上，很多人也认为《越人歌》也是楚辞的重要源头。这是中国文学史上，也是中国音乐史上第一首翻译之作，第一首就是一首经典之作。

听了随从的翻译之后，鄂君子皙完全被歌中那种深沉真挚的爱恋之情，被歌词里音乐里语意双关的委婉之情所打动，非但没有因为对方只是一个身份卑微的船家女而感到生气，还情不自禁地走上前去，拥抱她，为她披上锦绣的花缎，就那样坦坦荡荡、自然而然地接受了这个船家女的爱情。

多么爽朗纯粹的爱情故事啊，没有曲折，没有波折，这个船家女并不像灰姑娘一样，她自然而然地抒发对鄂君子皙的一见钟情，而鄂君子皙也自然而然地接受了她的爱情，人世间最美好的事、最纯净的感情莫过于此。

但是，我如果只是这样说，肯定会招来很多文史方面专家的非议，因为这首著名的《越人歌》非但是文献记载的中国第一首船歌、第一首翻译作品，它还有一个第一，也就是很多人认为它还是第一首表达同性之爱的作品。

梁启超先生把这首《越人歌》重新命名为《越女棹歌》，明确说到了这是一首船歌，而且还是船家女唱的船歌。可是问题来了，很多人质疑梁启超先生，谁告诉你这划船的一定是船家女，而不是一个帅气的小伙子呢？

因为刘向《说苑》的原文记载说："夫鄂君子皙之泛舟于新波之中"，既然说是新波，大概就是春汛的时候，也就是所谓的桃花汛的时节。"乘青翰之舟"，也就是乘坐着画有青鸟的轻舟之上，"会钟鼓之音毕，榜枻越人拥楫而歌"，"榜枻越人"就是怀抱着船桨的越人，他趁着音乐钟鼓停歇的时间情不自禁地放声而歌，所歌便是这首"山有木兮木有枝，心说君兮君不知"，这里说"榜枻越人拥楫而歌"，并没有说这个越人这个船夫到底是船家女还是小伙子。持同性爱观点的人还有一个非常重要的证据，就是这个故事只是故事里的故事，它之外还有一层故事。

刘向《说苑》里面记载到这个关于《越人歌》的故事，是因为襄成君始封之日，到他的封地去，"衣翠衣，带玉剑"，那天他应该是去他封地的仪式，穿得非常漂亮，"立于游水之上"，也就是站在水边，要过河到他的封地去。

这时，身边执行礼仪的人说，"谁能渡王者于是也？"楚大夫庄辛就主动上前，拜谒，而且说"臣愿把君之手，其可乎？"我愿牵着君上您的手可以吗？这就是提出了"执子之手"的请求，当时"襄成君忿然作色而不言"，非常不高兴，因为庄辛的要求太过无礼。

“庄辛迁延沓手而称曰”，就是庄辛退下去把手洗了一下表示尊敬，然后转回头来就给襄成君说：“君独不闻夫鄂君子皙之泛舟于新波之中也？”就是说难道您没听过当年鄂君子皙泛舟于春水之上，乘着青鸟之舟，在钟鼓停歇的间隙，划船的越人抱着船桨唱的那首美丽的《越人歌》吗？“今夕何夕兮，搴洲中流。今日何日兮，得与王子同舟。蒙羞被好兮，不訾诟耻。心几顽而不绝兮，得知王子。山有木兮木有枝，心说君兮君不知。”于是鄂君子皙“乃揄修袂”，就是挥动他的长袖，“行而拥之，举绣被而覆之”。用刺有锦绣花朵的锦缎拥抱住他。

庄辛说：大王您难道没听说过这个故事吗？鄂君子皙，是楚王的母弟呀，“官为令尹，爵为执圭”，地位是那么高，都能接受一个划船人的示爱，“今君何以逾于鄂君子皙，臣何以独不若榜枻之人，愿把君之手，其不可何也？”庄辛是说今天您为什么表现的不如鄂君子皙呢？难道我还不如那个划船的人吗？我只是想握着您的手，这样的要求难道也不可以吗？

襄成君闻言，伸出自己的手握住庄辛的手，感喟地说：“吾少之时，亦尝以色称于长者矣。”就是说我年轻的时候，长辈都夸我长得比较漂亮，长得比较帅。“未尝遇僇如此之卒也”，但是像今天这样的场面我经受得很少，所以有些没有心理准备。“自今以后，愿以壮少之礼谨受命”，以后呢，我愿意好好接受您教诲。

楚大夫庄辛钦慕襄成君的美貌，提出了把君之手的非分要求，这种要求很多人说，作为庄辛对襄成君有同性爱的欲望。襄成君的生平不详，而庄辛正是战国后期楚襄王时期的大臣，和屈原、宋玉都是同时代的人。后来秦将白起攻陷楚国郢都之后，一举占领了楚国的整个西部，襄王仓促迁都，当时楚军全阵崩溃，无法再做有组织的抵抗。当襄王向庄辛请教如何收拾残局的时候，庄辛先给襄王打气，说“见兔而顾犬，未为晚也；亡羊而补牢，未为迟也”。成语“亡羊补牢”就是来自庄辛的这句话，后来襄王还封庄辛为阳陵君。

在刘向记载的这个故事中，襄成君刚刚接受了楚王的册封，而庄辛还是大夫还没有封君，所以他对襄成君自称是臣。从礼仪上，庄辛这种“把君之手”的非分要求其实是对襄成君的冒犯，但是刘向记载这个故事是说，庄辛用他杰出的口才、生动的比喻使得襄成君最后接受了他的要求。

刘向要突出的是庄辛的口才，但是后人在其中却读出了同性爱的故事。再加上刘向所处的西汉又是一个同性爱盛行的时代，他在《说苑》里面还记载了著名的安阳君和龙阳君的故事，所以在其后的很长一段时间里，这个故事所留下的一些词语，比如说“鄂君被”，就是鄂君子皙锦绣的花被去披在这个不知道是船家女还是小伙子的身上，那么“鄂君被”就成了同性爱的象征。

好了，看来问题的焦点在于同性爱还是异性爱之争，这个划船的越人确实向鄂君子皙表达了思慕之情，而鄂君子皙也确实用亲密的举动回应了他的思慕之情，只是不知道越人的性别到底是男还是女。

问题好像只是这样。其实不然，还有一层纷争呢。我们说了，当时是那个不知名的伟大翻译家、那个译者翻译了这首情歌，虽然他翻译得那么美，但是他翻译得到底准不准呢?

刘向最厉害的地方是他不仅记载了当时详细的情况，还用汉字注音的方式记载了越人当时所唱的这首《越人歌》的原貌。注意，是注音啊:

滥兮抃草
滥予昌枑

泽予昌州州
馆州焉乎秦胥胥
缦予乎昭
澶秦逾滲
惿随河湖

总共三十二个字，实在宛如天书。其实，这里的越人是百越的一支，学者考证大概是扬越，当时应该是住在吴越之地。后来，吴越之地的越人向南向西迁徙，学者考证像现在广西、云南一带，最早都是百越的后裔。那么，关于语言体系，学者大多数认为是属于现在的壮侗语支。好了，既然有原音的注音，后代的学者又各显神通，很多人从语言学、音译学的角度纷纷给这段天书进行译读，比如有人根据泰语的译读就是：

夜晚哎，欢乐相会的夜晚哎。
我好害羞啊，我擅摇船。
摇船渡越，摇船悠悠啊既高兴又欢喜。
鄙陋如我啊居然能够结识王子殿下，
隐藏在心底不断的思恋啊不断的思恋。

这是根据泰语翻译的，这还是一首情歌。根据壮侗语支翻译的，基本接近于我们现在读到的《越人歌》，就是“山有木兮木有枝，心说君兮君不知”，木有枝但君不知，这是一首思恋的情歌。

最奇葩的是日本学者根据马来语翻译的，翻译成：我祈祷您啊王子，我祈祷您啊伟大，我认识了您啊伟大的王子，正义的王子啊、尊贵的王子啊，我认识您啊，我真幸福啊，我要衷心地服从您，让所有人都跟着一起繁荣昌盛吧，我心底一直敬爱着您。

这就彻头彻尾变成了一个低级仆从对主人的歌颂和表忠心了。但这也是一个非常重要的观点。当然，这一类观点也有当时楚越交融的历史现实作依据，楚越之间不仅有交融也有战争，很多扬越之族的战俘后来可能成为楚人的奴隶，但这样的解读似乎忽略了一个最根本的因素，那就是人性。

在那个时代，质朴的人性对于人与人之间的爱恋、思慕及喜悦有一种天然的近乎本性的发挥与宣泄。自然而然的吐露，自然而然的接受，连后来《诗经》里的“野有蔓草”“青青子衿”都那么天真率然，更何况此时的《越人歌》呢？

当然，到底是异性爱还是同性爱向来莫衷一是。

毋庸讳言，柏拉图早就说过，人类的爱情其实有四种，一是异性爱，一是同性爱，还有双性恋，还有一种自恋，不论哪一种都是人作为万物之灵长，在这个孤独的世间向所有的美好发出倾诉的一种本能。

回头看看我们自己吧，看看我们的灵魂，人生而孤独，在苍茫的世间寻求依恋爱慕，是人赋予自身的一种温暖。没有什么可以阻挡这种追求。无论身份、地位、性别、阶层，在这种对美的、对爱的、对温暖的终极追求面前，一切都是浮云。

即便你高贵如鄂君子皙，即便我卑微如越人船长，只要我喜欢，我们都可以自由地欢唱：

“山有木兮木有枝，心说君兮君不知！”

爱的誓言　爱的代价

汉乐府《上邪》《有所思》

下面，我们要来品读的是情诗中的一首短章极品——汉乐府中的《上邪》。《上邪》这首诗，是古代情诗中的一首极品之作。你听，它根本就是一种呐喊，一种誓愿：

上邪！
我欲与君相知，长命无绝衰。
山无陵，江水为竭，
冬雷震震，夏雨雪，
天地合，
乃敢与君绝！

这是一位女子对爱情的惊天呐喊，惊世誓言。这个“邪”字要读yé，是个语气助词。“上邪”，就是苍天啊，我们指天为誓。“我欲与君相知”，这里相知就是相爱。“长命无绝衰”，请注意，命者，令也，“命令，命令”，就是长使无绝衰。“衰”是什么呢？这个衰弱的“衰”

字，在这里要读 cuī，减弱，我的爱不会一点点的减弱，我对你的爱海枯石烂，天崩地裂都不会变。

我们现在说海枯石烂，其实源头都从这儿来。“山无陵”，请注意，这直接从眼前的景物开始，眼前有山，“山无陵”，但是这个“山无陵”，被《还珠格格》一搞，很多人都以为是“山无棱”。平心而论，这应该是作者琼瑶的一个下意识误读。那首主题歌中唱道，“当山峰没有棱角的时候，当河水不再流”，其实就是对“上邪”的直接翻译。琼瑶的这个下意识地误读，从心理学上说也是比较正常的一个现象，想当然地就解释成了当山峰没有棱角。其实如果你去西部的话，看很多馒头山很圆柔，谈不上有没有什么棱角的。

“山无陵”是什么呢？从训诂的角度上来讲，陵就是地面上凸起的部分，所以我们又说丘陵，比如说皇帝的陵墓，就是指在地上凸起的部分，所以“山无陵”，就是说除非高山变成平地。“江水为竭”，那就是说除非江河干得一点水都看不到。“冬雷震震”，除非冬天打雷。“夏雨雪”，请注意这个下雨的“雨”字，这里是动词，应该读作 yù，就是夏天下雪。“天地合”，天和地重合在一起。“乃敢与君绝”，到那个时候我才敢对你说出一个“绝”字。这个“绝”就是爱情的尽头。

这个姑娘在发誓，在呐喊，“上天啊，我要与你相爱，让我们的爱情永不衰绝，除非高山变成平地，除非江河干得一点水都看不到，除非冬天打雷，除非夏天下雪，除非天和地重合在一起。到那时我们的爱情才能说有一个尽头”。你看，这个热恋中的女子，对爱情的誓言，她的语言质朴，参差不齐，毫无修饰，但是却有着令人惊心动魄的力量。所以后人评价它是短章中的极品，其实也是情诗中的极品。它所表现出来的痴情，它所表现出来的勇气，它所表现出来的爱的力量，都是让人震惊的！后来毛润之先生给病中的儿媳邵华写信，信中就有一段话说，“要好生养病，立志奔前程，女儿气要少些，加一些男儿气，为社会做一番事业，企予望之”。这时候，突然又加了一句“《上邪》一篇，要多读。余不尽”，这是说什么呢？这其实是要儿媳邵华多读《上邪》，是希望邵华从《上邪》中获取一种力量，要坚强，不要为眼前的困难所吓倒，要以事业为重，要像这位女子执着的追求爱情那样，去追求自己的理想和目标。由此可见这首诗的影响之大。

唐代敦煌曲子词中有一首《菩萨蛮》，世人公认是受了《上邪》的启发。词曰：

> 枕前发尽千般愿，
> 要休且待青山烂。
> 水面上秤锤浮，
> 直待黄河彻底枯。
> 白日参辰现，北斗回南面。
> 休即未能休，且待三更见日头。

这首《菩萨蛮》，明显师法《上邪》，甚至更有过之。我们不知道这个在枕边发尽了千百种誓愿的，到底是位姑娘还是位小伙子。爱恋要休止，除非到了郁郁葱葱的青山溃烂，秤锤能在水面上漂浮，只待浩浩荡荡的黄河水彻底干枯。参辰二星，白日同时出现。“参”和“辰”是星宿。参星在西方，辰星就是商星，在东方，两星是此出彼灭，不能并见。白天一同隐没，更难觅得。然后是说，北斗星回到南面。要断了这份恋情也永远不能断，除非是那半夜三更里太阳再出现。

为了保证誓言的实现，所举的都是不可能发生的情况。而不可能完成的任务里，最后一条是决然不可能的。《上邪》里，“山无陵”，有可能愚公移山把山给削平了。“冬雷震震”，我们也听过了的。“夏雨雪”，窦娥的冤情惊动了老天爷，夏天也有可能下雪。但是，天地相合是不可能实现的。同样，《菩萨蛮》里的最后一条，半夜三更看到太阳，也是不可能实现的。所以，不论是《上邪》还是《菩萨蛮》里的爱情誓言，它们的力度难分伯仲，其实一脉相承。

爱情中的男女，为情所包裹，赌天发誓，海枯石烂，此心不变，一副天真烂漫，也非常可爱的样子。很多人和我一样，每次评点这首《上邪》的时候，都会拿出《菩萨蛮》和它对比。其实我觉得，要分析这首《上邪》，更重要的倒不是分析和它一脉相承的这首《菩萨蛮》，而是要去看另外一首和它关系更密切的诗。

《上邪》是汉乐府之作，郭茂倩在《乐府诗集》里编入《鼓吹曲辞》的《铙歌十八曲》。

《铙歌十八曲》本来是汉乐府中的郊祀之歌，就是在野外祭祀的，大多数学者认为它是北狄西域之新声，但具体的表现却是十分复杂的。其中很多诗歌诗意难晓，风格多样。《上邪》这首作品前后，有一首作品与它紧密相连，闻一多先生甚至认为两篇作品应该合为一则，这就是《有所思》。诗云：

有所思，乃在大海南。
何用问遗君，双珠玳瑁簪，用玉绍缭之。
闻君有他心，拉杂摧烧之。
摧烧之，当风扬其灰。
从今以往，勿复相思，相思与君绝！
鸡鸣狗吠，兄嫂当知之。
妃呼豨！

秋风肃肃晨风飔，
东方须臾高知之。

这首《有所思》很多学者认为应该和《上邪》合在一起读。它所描绘的正是那个姑娘从美好的爱情誓言回到了残酷的现实，用现代话翻译一下，意思就是：我所思念的人啊，就在那大海的南边。我拿什么赠送给你呢，拿一只我心爱的玳瑁簪吧，上面装饰有珍珠和玉环。可是，我听说他有二心，我心伤悲啊，拆碎它，捣毁它，烧掉它。烧掉它，风把灰尘扬起。从今以后，不再思念你，我要与你断绝相思。当初与你约会时，不免引起鸡鸣狗吠，连兄嫂也可能知道了此事。哎呀，哎呀，伤悲啊！听到屋外秋风中鸟儿在飞鸣，我的心更乱了，不过一会天亮啦，我想我就会知道该怎么去做啦。

一开始先写她对远方的情郎心怀真挚热烈的相思爱恋，所思念的情郎远在大海的南边，相去万里，用什么信物赠予情郎，方能坚其心而表自我之意呢？经过一番精心的考量，她终于选择了双珠玳瑁簪，就是用玳瑁的甲片精制而成的发簪，而且还嵌了两颗珍珠，这在当时可谓是精美绝伦的饰品。但是，姑娘意犹未尽，还要再用美玉把簪子装饰起来，只从她对礼物的重视，不厌其烦地层层装饰，就可以看出她内心对那份爱的执着与看重啊。这个女子和《上邪》中那个对爱情无比忠贞的女子，她们的用心是一模一样的。可是“天有不测风云”，爱情很丰满，现实却骨感。

“闻君有他心”以下六句，写出了这场爱情风波很严重的后果，她听说情郎已倾心别人，简直如晴空霹雳。骤然间，爱的千般柔情化作了恨的万般力量，悲痛的心燃起愤怒的烈火。她将那凝聚着一腔痴情的精美信物，先是愤然折断，再是砸碎，再是烧毁，摧毁，烧掉，仍不能发泄心头的愤怒，复又迎风扬掉其灰烬。“拉”“摧”“烧”“扬”，一连串动作如快刀斩乱麻，干脆利落，何等的愤激啊。从今以后，勿复相思，一刀两断，何等决绝。后人评价此情真是望之深，而怨之切。

“相思与君绝”以下，写其渐趋冷静之后，欲断不能，种种矛盾大有“剪不断，理还乱”的意蕴。她在瞻前顾后、心乱如麻的情绪中，情不自禁地发出一声“妃呼豨”的长叹，这个“妃呼豨”，闻一多先生认为“妃”应该读作“悲”，“呼豨”读作“歔欷”，就是一声长叹。长叹声中，姑娘听闻秋风阵阵，野鸟悲鸣，使她更加柔肠百转。然而，她的性格又让她理性自信：只等东方皓白，当阳光出现，我的心就会告诉我应该如何解决这个爱情的难题，最后这个转折，这个自信，一笔勾勒出这个热情的女子心地之皎洁，之光明。

清代学者庄述祖、近代学者闻一多，都以为《上邪》应与《有所思》合为一篇来读。当然，有些人主张先有《上邪》誓言，然后又有爱情的波折；有人认为先有《有所思》爱情的波折，然后两个人化干戈为玉帛；也有人认为应该先有《有所思》，然后两个人冰释前嫌，再进入爱情的誓言。不论怎样，余冠英先生认为《上邪》与《有所思》，“合之则双美，离之则两伤”。这两首唯美的情诗放在一起，更能够看出这个美丽女子对爱情的忠贞不渝，以及她性格的爽朗与人性的丰富。

多么清爽的汉乐府啊，“有所思，乃在大海南，我与君相知，长命无绝衰”！

一世的绝响

项羽《垓下歌》

后世说到那唯美的“虞美人”的词牌，不论如何解释，几乎所有人都认为它来自项羽与虞姬的故事。

那么，为了那美丽的《虞美人》，我们就来赏读一下项羽的那首《垓下歌》，回顾一下那“霸王别姬”的历史场景。诗云：

力拔山兮气盖世，时不利兮骓不逝。
骓不逝兮可奈何！虞兮虞兮奈若何！

鲁迅先生在《华盖集》里有篇文章说：“讲话和写文章，似乎都是失败者的象征。正在和命运恶战的人，顾不到这些；真有实力的胜利者也多不作声。譬如鹰攫兔子，叫喊的是兔子不是鹰；猫捕老鼠，啼呼的是老鼠不是猫……。又好像楚霸王……追奔逐北的时候，他并不说什么；等到摆出诗人面孔，饮酒唱歌，那已经是兵败势穷，死日临头了。”鲁迅先生的这段话真是让人生出悲哀与感慨。且不说讲话和写文章是不是真正的失败，单就楚霸王而言，等他摆出诗人的面孔，唱出《垓下歌》，唱出“骓不逝兮可奈何，虞兮虞兮奈若何”的时候，真是“兵败势穷，死日临头”了。

《垓下歌》为项羽所作，是有着明确的史料证据的。

《史记·项羽本纪》记载说：“项王军壁垓下，兵少食尽，汉军及诸侯兵围之数重。夜闻汉军四面皆楚歌，项王乃大惊曰：‘汉皆已得楚乎？是何楚人之多也！’项王则夜起，饮帐中。有美人名虞，常幸从；骏马名骓，常骑之。于是项王乃悲歌慷慨，自为诗曰：‘力拔山兮气盖世，时不利兮骓不逝。骓不逝兮可奈何，虞兮虞兮奈若何！’歌数阕，美人和之。项王泣数行下，左右皆泣，莫能仰视。”

这段话是说，即便是“力拔山兮气盖世”的西楚霸王项羽，在十面埋伏之中，闻汉军四面楚歌，也不禁为之沮丧，以为楚地尽为汉兵所得。在这穷途末路之际，曾经可以睥睨天下，连天下都不放在眼中的西楚霸王，他的眼中只有一匹马、一美人。美人的名字叫“虞”，所以我们叫她“虞姬”。后来民间传说虞姬姓虞，其实不然。《史记》里明确记载，她的名字叫作“虞”，“姬”是美女、歌姬的一种代称。自春秋以来，像《左传》里就常有“姬”，这是黄帝和炎帝的两大氏族姓氏之一。而春秋以来则多以“姬”或“姜”来称美女，比如夏姬、骊姬、庄姜、卫姜等。

就最初的一手文献《史记》而言，并没有交代虞姬到底是什么地方的人，只交代了她的一个名字。但因为项羽是楚国下相人，也就是今天江苏宿迁人，所以有学者认为虞姬应该是今天江苏省宿迁市沭阳县的颜集镇人。像清代的大诗人袁枚就曾经写有《过虞沟游虞姬庙》诗，并且自注：“相传虞故沭人也。”就是说虞姬是沭阳人。我也曾去探访项王故里，见到当地有很多虞姬与项羽青梅竹马、一起成长的传说。虽然史无确证，但从项羽对虞姬的情感来看，两人或本来就是两小无猜，或者生于同乡有同乡之情，故而有美丽爱情，倒也让人“宁愿信其有，不愿信其无”。

虞姬和虞姬的爱，对西楚霸王项羽来说到底意味着什么，是一个非常值得思考的问题。有人甚至提出虞姬能战，就像梁红玉之于韩世忠，红拂女之于李靖一样，对他们的事业有助力和帮助，而她们本人也都有强大的能力和功夫。现在有一款游戏，虞姬在里面是一个备受欢迎的角色，是一个可以提供远距离射杀技能的射手形象。不知项王重生，再做霸王别姬时，面对这样的虞姬，又该作何感想？

面对“霸王别姬”，《史记》并没有记载虞姬当时的反应，也没有明确记载虞姬最后的结局。但唐张守节《史纪正义》中，引西汉陆贾所作的《楚汉春秋》，却记载了“霸王别姬”时虞姬的反应和人生结局。

据说在项羽作《垓下歌》罢，虞姬泣而作《和垓下歌》。诗云：“汉兵已掠地，四面楚歌声。大王意气尽，贱妾何聊生！”虞姬遂拔剑自尽。后世梅兰芳先生演绎的《霸王别姬》恒为经典。甚至到电影《霸王别姬》中，张国荣的演绎也给世人留下了难忘的记忆。因要扩充情节，又有了“虞姬起舞”等很多情节。但就《楚汉春秋》所记载的虞姬《和垓下歌》，宋代王应麟就认为，虞姬的这首《和垓下歌》应该算是最早的一首五言诗了，不过文学史上对此大多不认可。

此前很多学者认为，像虞姬的这首《和垓下歌》：“汉兵已掠地，四方楚歌声。大王意气尽，贱妾何聊生！”虽然很通俗，很近乎楚地民谣，但文学史上此前好像有一个公认的观念，就是汉代不可能有这么成熟的五言诗，更不用说“楚汉相争”之际了。

事实上，说汉代不可能有那么成熟的五言诗，几乎成了一个坎儿。我们知道，像卓文君的那首“愿得一心人，白首不相离”也基本上被文学史否定了。我教文学史多年，此前对这个定论也深信不疑，但阅读文献之后，我对这个说法渐渐地有些怀疑。

比如《汉书·外戚传》，其中就记载了《戚夫人歌》。我们都知道，刘邦宠爱戚夫人，甚至一度想把皇位传给戚夫人所生之子赵王如意。刘邦死后，吕后对戚夫人深恨入骨，先是把她囚于永巷，让她每日舂米劳作，戚夫人悲而作《戚夫人歌》。歌云："子为王，母为虏，终日舂薄暮，常与死为伍！相离三千里，当谁使告汝？"吕后闻此歌后勃然大怒，竟残忍地将戚夫人弄成了"人彘"。"人彘"就是挖去双眼、熏聋双耳，并灌药致哑，断其手足，可谓是残忍至极。

《戚夫人歌》为《汉书》所记，其中"终日舂薄暮，常与死为伍！相离三千里，当谁使告汝"，这应该说是和虞姬的《和垓下歌》颇为类似的五言之作。另外像我的先祖郦道元的《水经注·河水》中，也记载了汉代的《长城歌》。他引晋代杨泉的《物理论》说，秦始皇使蒙恬筑长城，"死者相属，民歌曰：'生男慎勿举，生女哺用脯。不见长城下，尸骸相支柱。'"这些都是有文献可考的五言。所以汉代究竟会不会出现成熟的五言诗，我觉得这是一个值得重新思考的问题。

而虞姬的那句"大王意气尽，贱妾何聊生"，也实在透露了一个很重要的消息，就是"意气"二字。对于项羽来说，对于西楚霸王来说，在人生的最后关头，在穷途末路之际，他的胸中意气、他心中的所思所想、所寄所托，又是什么呢？回头来看项羽的《垓下歌》，"力拔山兮气盖世，时不利兮骓不逝"。头两句说的是什么？说的是即使到十面重围、四面楚歌声中，即使到人生穷途末路之际，面对失败，甚至于死亡，项羽，这位西楚霸王内心中对自我的认识从未改变。他是一个怎样的项王？他是一个怎样的霸王？他可以力能举鼎，可以雄视天下，他可以凭一己之力改变整个文明史的进程。所以"力拔山兮气盖世"，这一句里有着项羽对自己人生的期许，其实更悲凉的是对自己人生的一种总结。

当年的项羽，出身名门，是楚国名将项燕之后，后随叔父项梁读书研习兵法，所谓“楚虽三户，亡秦必楚”。项羽年轻时随叔父观秦始皇游会稽渡钱塘江时，竟大胆而直率地说：“彼可取而代之也。”后来秦末农民起义风起云涌，公元前 207 年，大将章邯带兵三十万围攻赵国巨鹿。作为副帅的项羽，这时候果敢刺杀了犹豫滞留的主帅宋义，破釜沉舟，只带三万兵马，大战秦军，使之覆灭殆尽，创造了“巨鹿之战”以少胜多的军事史上的奇迹。

巨鹿一战，项羽威震华夏，名闻诸侯。“诸侯将，入辕门，无不膝行而前，莫敢仰视”。事实上，在秦末反抗大秦暴政的农民起义过程中，项羽才是力拔山兮、横扫暴政的那一面最高的旗帜。清人李晚芳曾评，说：“羽之神勇，千古无二。”即便后来，在全军覆没的乌江岸边，只要他叱咤一声，汉军将士也人仰马翻，辟易数里。如此神勇、如此豪强，项羽确实是一位举世无双的战神，所以他的“力拔山兮气盖世”，确实并不只是夸张，而是对自我人生的精准认识。

可是接下来一句“时不利兮骓不逝”，则往往被后人所诟病。项羽固然神勇，可惜他有着不可避免的性格缺陷，再加上识人不明、用人有误，远不如刘邦对人才的重视，致使韩信这样的军事奇才，也要弃他而去；而像项伯这样的小人，却能在他手下春风得意；甚至连一心帮他的老师范增也徒唤奈何。他虽然勇武绝伦，却只知恃勇逞强。一路攻城略地，却一路杀伐劫掠。正所谓“沐猴而冠，为世人笑”。从人际关系以及人才团队的角度看，他远不如刘邦的圆滑老成。当然，他也远没有刘邦的阴险狡诈。其实，勇力无双的项羽就像一个孩子一样，他的眼中只有他自己和他的最爱。他自己便是“力拔山兮气盖世”的项王，而他的最爱，便是他胯下的乌骓马和怀抱中的虞姬。所以，他不会承认、也不会去面对所谓的那些指挥上、用人的错误，即便自刎乌江，他也会说“此天之亡我，非战之罪也”。所以“时不利兮”，是命运不济，败则败矣，成王败寇，你刘邦固然诡计多端，固然最终获胜。但在项羽的眼中，到人生末路之际，他也没有把刘邦看作和自己一样的对手。他的对手是命运、是时运，是无可抗争的、冥冥中的命数而已。“时不利兮骓不逝”，连神勇的乌骓马都不能再任意地驰骋，那么更加神勇的项王、霸王，又该如何呢？无可奈何！只能徒唤奈何！

所以“骓不逝兮可奈何，虞兮虞兮奈若何”，什么万里江山，什么万千臣民，霸王都可以无动于衷、不悬于心。唯独一个虞姬，不忍别离、无可奈何。这样一个曾经“力拔山兮气盖世”的英雄，末路之际却有如此的温存与柔情。一首《垓下歌》，一出“霸王别姬”，在刀光剑影里是悲歌绝唱，在拔山盖世中是缠绵悱恻。周围是十面埋伏、四面楚歌、人喊马嘶、刀光剑影的战争风云，而舞台的中央，却是英雄、骏马与美人，却是不朽的文化意蕴。这是何其精彩、何其深情的一幅场景啊！

苏轼有诗云：“仓皇不负君王意，独有虞姬与郑君。”而其弟苏辙则有诗云：“艰难独与虞姬共，谁使西来敌沛公。”苏轼、苏辙兄弟，都认为可与项王精神与世共存的，唯有虞姬的深情罢了。而当年项羽入咸阳之后，尽取其珠宝，一把火烧尽秦宫，却独不取秦宫中诸女子，竟遣而散之，可见他的心中独有一位虞美人。一句“虞姬虞姬奈若何”，既可见霸王的深情，也可见项羽的意气啊。

后来世人传说，虞姬为情自绝，血染黄土。在其鲜血浸染处，长出一种美艳的花草，后人便称这种花为虞美人。李后主的千古名作

《虞美人》词云："春花秋月何时了？往事知多少。"大概更深重的感慨，是往事中的心情、心境又知多少？虞姬舍身报答君王，而项羽经东城之战之后，在乌江岸边终于明白四面楚歌只是汉军之计，却毅然决然地解赠乌骓马，自刎乌江边。大概在他的心中，当虞姬已去、乌骓已别，即便成王败寇、风云变幻，这世间也再没有什么可以值得留恋的东西了吧。

霸王的人生告别，其实是轻蔑地面对那个使尽一切伎俩的刘邦。意谓我的头颅你可以拿去，大好的天下你也可以拿去，但这天地之间，那个曾经"力拔山兮气盖世"的霸王，那匹可以驰骋天下、忠心不二的乌骓名马，和我那至美至爱、至真至艳的虞姬、虞美人，却是你刘邦不可企及、不可染指，也是这世间的尘嚣不能影响一分一毫的至真存在。当杜牧说"江东子弟多才俊，卷土重来未可知"的时候，他其实并不了解那个骄傲且痴情的霸王。唯有当"朗朗清辉照古今"的李清照写下"生当作人杰，死亦为鬼雄。至今思项羽，不肯过江东"的时候，他们一样至真、至纯且傲骨铮铮的人生，才在历史的长河、文明的长河里获得了人性的共鸣。

"虞兮虞兮奈若何！"霸王与虞姬，竟成一世的绝响！

愿得一人心 白首不相离

卓文君《白头吟》

接下来要聊的这首诗，是一首著名的存疑之作——卓文君的《白头吟》。

之所以说存疑，是因为学术界到现在也没有确定这首诗的作者是不是卓文君。就我个人而言，从情感上，我愿意相信它就是卓文君所作。

事实上，我们前面讲了《上邪》，讲了汉乐府中那为爱情痴狂而决绝的女子，但我觉得所有爱情中的视野，从汉乐府中的《上邪》，到敦煌曲子词中的《菩萨蛮》，从“我欲与君相知，长命无绝衰”到“枕前发尽千般愿，要休且待青山烂”，都不如《白头吟》中的那一句“愿得一心人，白头不相离”。诗云：

皑如山上雪，皎若云间月。
闻君有两意，故来相决绝。
今日斗酒会，明旦沟水头。
躞蹀御沟上，沟水东西流。

凄凄复凄凄，嫁娶不须啼。
愿得一心人，白头不相离。
竹竿何袅袅，鱼尾何簁簁！
男儿重意气，何用钱刀为！

这首诗最早见载于《玉台新咏》，另外《宋书·乐志》在晋乐所作歌词也有一篇《白头吟》，但内容稍微有些区别。

后来，《乐府诗集》把它载入《相和歌辞·楚调曲》。但最早的《玉台新咏》虽然记载了这首诗，却根本没有标明作者是卓文君，甚至连题目也不叫《白头吟》，而叫《皑如山上雪》。

最早说这首诗属于卓文君的是《西京杂记》，而《西京杂记》又有小说的性质，并非可信的一手史料。而且很多专家也认为，在司马相如、卓文君的时代，不可能有这么成熟的五言诗。所以它的作者，从学术的角度来讲，确实应该存疑。

从我个人的角度来讲，我觉得不论这首诗的作者到底是不是卓文君，这首诗和卓文君的气质、性格，以及她的人生历程简直就是完美的绝配。也说不定是有后来特别喜欢她的人，以她为人物原型为她创作了这首诗。我们知道，其实不仅是这首诗，就是连卓文君和司马相如的爱情，也是后人屡屡争议和关注的焦点之一。

司马相如和卓文君之间到底是阴谋，还是爱情？其实从“琴挑文君”的过程，以及这首《白头吟》，甚至这首《白头吟》带来的后果，我们都可以从人性的角度去反推，去揣摩他们的心灵和心路历程。

根据司马迁《史记》，可以知道，司马相如追求卓文君的过程是用了一些小技巧、小手段。

卓文君的父亲卓王孙是当时全国首富。据考，卓王孙最早在四川临邛开铁矿，是矿业之父，当时的铁矿大王。作为铁矿大王、全国首富的女儿，卓文君是标准的“白富美”，但是她十七岁出嫁之后，不到一年，丈夫就去世了。这个含着金钥匙出生的卓文君，在命运面前突然变成了一个弃儿。

这时，命运又把一团叫作司马相如的小火苗送到了她的面前。

很多人都知道这个故事。司马相如和临邛县令王吉是好朋友，他知道司马相如要追求卓文君，两人就设计了一个双簧。司马相如很高调地来到临邛，王吉作为当地行政首长很高调地接待，以至于引起卓王孙的注意。

卓王孙这个相当于商会会长的领军人物，为了拍马屁，在家中举办大型的宴会，邀请这位盛名一时的司马相如到家中赴宴。在宴会上，王吉又做足了派头，对司马相如尊崇之至。司马相如不仅姗姗来迟，而且在席间弹琴一曲，即著名的《凤求凰》，也见于《玉台新咏》。名为给众人演奏，实则“以琴心挑文君”。

请注意这个细节，这里体现出司马相如琴艺的高超。请注意他的琴，他的音乐有两层内涵。第一层为宾客演奏，但是在这表面的涵义之下，还有一层深刻的内涵，或者说潜藏在底层的内涵，就是他的琴心是专门弹给闺房里的卓文君听的。这叫以“琴心挑之”。能达到这种境界，在一首曲子里暗含两重涵义，那一定是音乐界的高手。事实上，我们知道中国古代四大名琴，一是齐桓公的“号钟”，二是楚庄王的“绕梁”，排名第三名琴的，就是司马相如的“绿绮”，第四位的就是蔡邕的“焦尾”，“焦尾”琴那么有名，只在史上排第四位。所以司马相如的琴艺水平是非常高的。大家只知道他的汉赋水平高，其实他的音乐水平比他的文章还要好。

而卓文君恰好是他的知音。满堂宾客没有人能听出琴音背后的深意，唯独卓文君听得出来，这就是知音。

当夜，卓文君夜奔相如，也就是两个人私奔了。回到司马相如的成都老家，卓文君才发现有一种贫穷叫家徒四壁。就是说司马相如其实非常穷，家里除了四面墙，什么东西都没有。我想，作为全国首富的女儿，卓文君大概不会因此而伤悲，不会因此而觉得上当受骗。她的情郎如果在经济上需要她，那更能突出她的作用和价值。

于是她和司马相如商量，从成都后来又回到临邛，倒逼她的老爹卓王孙。卓王孙因为女儿跟司马相如私奔，觉得非常丢脸，与卓文君断绝了父女关系。于是卓文君就在她爹家门口的对面开了个小酒店。堂堂的天下第一才子司马相如，着犊鼻裈，也就是大裤衩，当店小二。而名动一时的“白富美”卓文君则“文君当垆”。后来在朋友的劝解下，卓王孙终于回心转意，给了司马相如、卓文君一大笔财富，从此相如和文君过上了幸福的生活。

好了，故事如果只是这样，我们还有理由揣测，卓文君实在是因为木已成舟，情非得已。这背后到底有没有爱情，我们也很难下一个定论。但是，接下来就该《白头吟》登场了。这是一个最有力的证据。

司马相如在娶了卓文君之后，得到卓家财力上的大力资助，他的天才得以充分的发挥，为汉武帝所赏识，后来委以重任，甚至出使巴蜀，为大汉王朝在西南扩张做下了巨大的贡献。有很长一段时间，因为司马相如的功劳，朝廷让他在茂陵休养。

司马相如在茂陵期间，发生了一次感情危机。据说司马相如在茂陵看中了一个女子，想纳她为妾，于是就给卓文君写了一封家书。卓文君打开家书一看，上面只有一堆数字，“一二三四五六七八九十百千万”。换了别人看不懂，只有聪慧如文君，一眼即明。因为这一堆数字包括数字单位里，少了什么？少了一个“亿”。百千万亿，失亿与失意，彼此谐音。古人特别喜欢用谐音，那就是说我不想你了，我有别的人了。司马相如，这个曾经以文君为知音，用尽了手段去追求卓文君的男人，也和天下很多男人一样，开始喜新厌旧，另有新欢。

面对突如其来的婚变，聪慧如卓文君，该怎么办呢？据说，卓文君冷静地回了一封家书。而这封家书的内容有两种版本，说她写了两首诗。

有一种版本说她写了一首《怨郎诗》。司马相如不是写了一堆数字嘛，她就还了一首数字诗：

一别之后，二地相悬。只说是三四月，又谁知五六年。七弦琴无心弹，八行书无可传，九连环从中折断，十里长亭望眼欲穿。百思想，千系念，万般无奈把郎怨。

万语千言说不完，百无聊赖十依栏。重九登高看孤雁，八月仲秋月圆人不圆。七月半烧香秉烛问苍天，六月伏天人人摇扇我心寒。五月石榴似火红，偏遇阵阵冷雨浇花端。四月枇杷未黄，我欲对镜心意乱。忽匆匆，三月桃花随水转。飘零零，二月风筝线儿断。噫，郎呀郎，巴不得下一世，你为女来我为男。

这是由一到万，又由万到一的数字回环诗。我们有理由相信，这肯定不是卓文君写的。这种纯粹的文字游戏一定是好事者为之，因为它既不符合卓文君的性格特色，也不符合那个时代的表述习惯。

而另一种较为可信的版本就是说，卓文君所回复的那封家书就是这首《白头吟》。

你看，“皑如山上雪，皎若云间月”。这是我们的爱情，曾经纯洁皎洁如云中的月和山顶的雪一般，可是，谁能想到“闻君有两意”，你却背弃了爱情的是誓言，喜新厌旧，另有新欢。换作一般的女子，面对男人的背叛，或者哭泣垂泪，至少悲痛伤感，就像《有所思》里的那位乐府中的女子一样。但卓文君不是一般的女子，她说“闻君有两意，故来相决绝”。好吧，既然如此，我们来坦坦荡荡的分手吧，不是你要抛弃我，是我要骄傲地离开你。

“今日斗酒会，明旦沟水头。躞蹀御沟上，沟水东西流。”我真的太佩服卓文君的镇定和自信，她居然带了酒来，做好菜和背弃自己的丈夫进行最后的晚餐。今天晚上我们平平静静吃一顿分手饭，明天就像沟头的流水一样，各自走向人生的方向，就像沟水各自向东向西流去。人生不过就是向左走向右走，这又算得了什么呢？

前面的八句是写卓文君所面临的婚变，以及她此时的态度。是的，即使人生要面临磨难，也要有自己的态度。后面八句是卓文君态度的延伸，也是她情感的升华，是分别对天下的女子和男子的一种情感的表露。

她说：“凄凄复凄凄，嫁娶不须啼。愿得一心人，白头不相离。”这是对天下的女孩子说的。说你们出嫁的时候哭哭啼啼，何必如此呢？事实上，古代的婚姻礼仪里，女孩子出嫁的时候，要用哭泣来表达对家人、对父母养育之恩的不舍。但是卓文君跳出传统的窠臼，站在更久远的人生角度上来讲，说女孩子何必在那时候哭哭啼啼呢？如果能嫁得一个可以白头不分离，终生相伴的人，不是人生最大的幸福吗？人生最幸福的事，就是和那个爱你的人陪伴着慢慢变老啊！

这是对天下的女子说的，“愿得一心人，白头不相离”。而我不能够，这是我的遗憾。

接下来的四句，又对天下的男子说：“竹竿何袅袅，鱼尾何簁簁！”古人经常用钓鱼的鱼竿和鱼饵的状态，来比喻男女之间的缱绻之情。卓文君是说，爱情是那么美丽、那么温柔的事情，男子汉们，你们应该“男儿重义气，何用钱刀为！”真正的好男人，应该是情深意长的，应该是温情款款的，应该给他爱的女人一生的呵护与依赖。那些靠权力、金钱、名利、地位而获得的爱情，都不是最美的爱情。

这是两千年前的女子，其见识、其观点多么让人赞叹，多么让人钦佩啊！据说，文采斐然的司马相如，大汉帝国的第一才子司马相如，读到这封家书，读到这首《白头吟》之后，也羞愧难当，终于回心转意。后人所辑的《司马文元集》，也就是司马相如的文集里就有一封《报卓文君书》。

司马相如在回信中终于袒露心扉，回忆与文君的相爱历程，并自愧地说：“诵子嘉吟，而回予故步。当不令负丹青，感白头也。”一首《白头吟》，挽回一个男人的心。这是多么伟大的爱情奇迹，因为再深情的呼唤，也永远叫不醒一个装睡的人。司马相如最终的悬崖勒马、回心转意，既证明了卓文君的智慧与无穷的魅力，不也同时证明他们可以挽回的爱情是真挚而真实的吗？

据《史记》和一些史料记载，回心转意的司马相如回到卓文君的身边，并和卓文君一起白头到老。

爱情不止有美好的期盼，坚贞的誓言，还应该有智慧、从容与包容。

两千前这个聪慧女子的风采，让人神思遐想，真是最好莫如卓文君啊！

别人爱情深　我的爱情浅
爱到永恒一点点

李延年《佳人曲》

汉代李延年有首名作《佳人曲》。诗云：

北方有佳人，绝世而独立。
一顾倾人城，再顾倾人国。
宁不知倾城与倾国？
佳人难再得！

毫无疑问这是一首诗，但首先它还是一首歌。它的谱曲填词都来自汉代的一个音乐天才——李延年。

《汉书·外戚传》记载说李延年“性知音，善歌舞”。年轻的时候，李延年犯过法，被处宫刑，然后到狗监任职。汉代的狗监很有意思，专门养狗的太监其实对历史贡献很大，比如说有一个狗监叫杨得意，就给汉武帝推荐了司马相如。而影响了汉代发展历程的李延年，居然也在狗监任过职。后来，因为他的音乐天赋被汉武帝发现，汉武帝就让他参加一些祭祀活动。

李延年的音乐水平确实不一般，司马相如等人在祭祀活动中所作的诗篇，他总是能够随时谱曲，并唱出来，甚得武帝欢心。而且，他总能把那些很常套的乐曲变得很有新意，《汉书》记载李延年“每为新声变曲，闻者莫不感动”。

终于有一天，武帝百无聊赖之时，李延年在他的面前，唱出了这样一首《佳人曲》：“北方有佳人，绝世而独立”，这是一位怎样的佳人啊，仿佛天地之间就只剩下她美丽的倩影。她初始的美宛如神女一般，可是她并不只有这种圣洁的美，她还有成熟的美。“一顾倾人城，再顾倾人国”，那美丽的佳人啊，只要一回顾，一展眸，她的美丽，就能让举城举国的人为之倾心，为之倾倒，为之倾覆。这真是妙想联翩，夸张到极致，佳人之美不需半分的描述与描写，便在人的脑海中留下无穷无尽的想象。这一句直接产生了一个著名的成语“倾国倾城”。

既然已经美到倾国倾城，接下来实在难以为继。李延年最聪明的地方在于，他用一句遗憾作结。“宁不知倾城与倾国？佳人难再得！”那圣洁与世俗的美仿佛惊鸿一瞥，但已知其美，便再难以忘怀。当倾国倾城的佳人，已在脑海中栩栩如生的时候，却突然被这样问及：你难道不知这具有倾国倾城貌的佳人一旦错过，就再难得到了？

汉武帝也是人啊，也被这样的一咏三叹，直接击中脆弱的心灵，于是叹息曰：“善，世岂有此人乎？”旁边的平阳公主遂紧接着汉武帝的感慨说：“延年有女弟。”女弟，就是妹妹的意思，潜台词就是说，李延年的妹妹其实就是歌中那个北方佳人啊。于是，武帝急召李延年之妹，一见果然惊艳于她的倾国倾城之色，而且她也和哥哥李延年一样，擅长音乐与舞蹈。汉武帝遂宠幸之，纳为夫人，这就是汉代著名的李夫人。

如果有机会，去往陕西汉武帝的陵寝茂陵，在茂陵西北五百多米处就有李夫人墓。因为后来的皇后卫子夫被废，没有葬在茂陵，所以在茂陵一带，李夫人的墓是最大的。李夫人还曾为汉武生有一子，去世的时候汉武帝即以王后的礼仪将她安葬。后元二年，也就是公元前87年，汉武帝去世之后，汉昭帝即位，大将军霍光辅佐朝政。霍光揣摩汉武帝的意思，在宗庙中以李夫人配享祭祀，并追加尊号为孝武皇后。于是李夫人成了历史上第一位被追封的汉武帝皇后。

李夫人生前、身后极尽哀荣，霍光甚至揣摩汉武帝的意思，追封她为皇后，难道靠哥哥李延年的一首《佳人曲》，就能获得如此的人生奇遇吗？当然，一般史家说来，李夫人能够如此得宠，当然首先得益于她哥哥的那首《佳人曲》。看来，李延年不仅是个大音乐家，还是一个营销的高手，通过一首诗、一首歌吊足了汉武帝胃口，也吊足了后代无数人的胃口。使他那个名字都没有流传下来的妹妹，存续了一种倾国倾城的永恒经典之美。

可是，我们又不由得要问，在汉武帝五十四年的皇帝生涯中，先后被他宠爱的女人不下四五个，比如说第一个皇后陈阿娇，所谓“金屋藏娇”的典故就来自她；第二个是皇后卫子夫；第三个是齐怀王之母王夫人。后来还有昭帝之母勾弋夫人，然后才是孝武皇后、昌邑王之母李夫人。为什么那些同样倾国倾城的美貌女子，被宠幸一时，但最后却烟消云散，而独有李夫人死后被追加尊号，配祭汉武帝宗庙，成为那段美丽历史的永恒见证。

我们通过下面这个小小的细节，大约可以看出其中的奥妙。《汉书》记载说，李夫人病重的时候，汉武帝亲自去探望她，李夫人蒙着被子辞谢，说“妾长期卧病，容颜憔悴，不可以见陛下，希望能把儿子和兄弟托付给皇上”。

汉武帝说："夫人病重大概不能痊愈，让我见一面再嘱托后事吧。"

李夫人却坚持说："容貌未曾修饰，不可以见君父，妾身不敢以轻慢懈怠的姿态见皇上。"

汉武帝不肯，说："让我见一下吧。如见我一面，我加赠千金的赏赐，并授予你的兄弟尊贵的官爵"。

话已说到这个地步，李夫人仍然坚持说，"授不授官都在于皇上，不在于见妾一面"。

汉武帝还要坚持一见，李夫人便转过脸去，叹息落泪，不再说话。雄霸天下的汉武帝也只能无奈地起身离开。

汉武帝走后，李夫人的姊妹埋怨她说，怎能如此怨恨今上，甚至最后一面也不肯见？怎么能不当面把亲人兄弟嘱托给皇上呢？

这时李夫人叹息说："所以不欲见帝者，乃欲以深托兄弟也。我以容貌之好，得从微贱爱幸于上。夫以色事人者，色衰则爱弛，爱弛则恩绝。上所以恋恋，顾念我者，乃以平生容貌也。今见我毁坏，颜色非故，必畏恶吐弃我，意尚肯复追思闵录其兄弟哉！"这一段话说得简直太深刻了，可以看出李夫人并不只有倾国倾城之貌，而且还有着一颗玲珑剔透之心。其意是说，我之所以不见今上，正是为了兄弟们考虑啊。她用男欢女爱，用容颜易老，说了一个颠扑不破的千古真理——得到了就会有失去，得不到的才永远存在！

当爱恋戛然而止，当美丽沉淀为记忆，永恒的距离不变，相思就永远不会忘记。李夫人不肯见汉武最后一面，正是要把自己的美丽，永远留在汉武帝刘彻的心底。

多么聪明的李夫人啊，她不仅在哥哥的音乐里成为一种永恒，也在雄霸天下的汉武帝心中成为一种永恒。所以《汉书》记载说李夫人宾天之后，武帝对其思念不已，不得不命画师将她生前的形象画下来，挂在甘泉宫内，日夜三顾徘徊感慨，以致后来还有了请方士来招魂的事。后人根据这段记载推测，说方士李少翁当时实际上是在表演一出皮影戏，但像晋人王嘉的《拾遗记》中则说，汉武帝召李夫人之魂相见，找到了方士李少君。李少君花费十年时间，在海外找到了能够让魂魄依附的奇石，刻成李夫人的模样，放在轻纱帷幕之中，果然恍若李夫人再世。

灯火阑珊中，汉武帝刘彻看到李夫人飘飘而投的身影，突然泪如雨下，并作《李夫人歌》："是邪，非邪？立而望之，偏何姗姗其来迟！"这也是成语"姗姗来迟"的典故所出。刘彻所作的《李夫人歌》虽则短短三句，却一样一往情深，打动人心。

汉武帝从不讳言他爱的就是李夫人的倾国倾城之色，李夫人更有临终"色衰爱弛"之说。这只是仿佛看上去浅浅的爱，却为什么却让当事人深深怀念，难以忘怀，又让天下人忘记他们的身份，为之感慨呢？

在写出"姗姗来迟"之语之后，汉武帝后来又写了《落叶哀蝉曲》纪念李夫人。诗中云："罗袂兮无声，玉墀兮尘生。虚房冷而寂寞，落叶依于重扃。望彼美之女兮，安得感余心之未宁？"并让乐师把这首和前面一首《李夫人歌》一起配上音乐，让宫女们每日每夜在后宫中传唱。

甚至直到元封年间，武帝对李夫人的思念依然无法抑制，还专门写下一篇《伤悼李夫人赋》。这篇《伤悼李夫人赋》几乎可以算是中国文学史上第一篇悼亡赋了。其实不光是汉武帝自己了，他与李夫人的感情后来也成为无数文人墨客提笔兴咏的佳话。白居易说："夫人病时不肯别，死后留得生前恩。君恩不尽念不已，甘泉殿里令写真。"而唐人张祜则说："延年不语望三星，莫说夫人上涕零。争奈世间惆怅在，甘泉宫夜看图形。”写下了《诗品》的司空图则云：“秾艳三千临粉镜，独悲掩面李夫人。”至于写情冠绝古今的李商隐《汉宫》则云：“王母不来方朔去，更须重见李夫人。”

李夫人的故事，让我想起《世说新语·惑溺篇》里有一个奉倩殉色的故事。荀粲乃三国荀彧之子，娶了曹洪的女儿，夫妻两人感情很深。

深到什么程度呢？冬天的时候，有一次曹氏生病发高烧，体温很高，需要降温。怎么办呢？荀奉倩就先到院子里把自己的身体冻冷，然后回来用身体贴在曹氏身上，给她散热。我当年读到《世说新语》的时候，觉得这种物理降温的方法实在很奇特，也实在很温馨。

那究竟是什么让荀粲对曹氏这么痴情呢？

原因很简单，就是他觉得曹氏长得太漂亮了，他甚至公然宣称他就只爱他老婆的美色，说“妇人德不足称，当以色为主”。那就是公然宣称你们都说要爱学识、品德、修养，而我荀粲荀奉倩就只爱美色。

别人的爱情深，我的爱情浅，我只爱她一点点，就那一点美色。我想这种观念和任何时代的主流观念都是相悖的，可是只这么浅的一点爱，却让他们的爱情和婚姻散发出异样的光彩。曹氏病逝之后，荀粲不饮不食，思念成疾，没过多久也死了。虽然仿佛别人的爱情深，他们的爱情浅，可他们依然用生命和岁月捍卫了自己爱情的理想。

这样的人生，哪里比那些所谓的伟大人物逊色啊。

所以“一顾倾人城，再顾倾人国”的李夫人啊，果然是“宁不知倾城与倾国？佳人难再得！”

生不要在帝王家

曹丕《燕歌行》（其一）

《燕歌行》是一首不得不讲的七言诗，因为它是中国现存最早的文人七言诗。而《燕歌行》后来成为歌行体的名作，其实也是从曹丕的这首《燕歌行》开始的，当然他有两首《燕歌行》，这是其一。

而且，这首诗还涉及一个重要的话题，就是那“盈盈一水间，脉脉不得语”的牛郎织女的故事。诗云：

秋风萧瑟天气凉，草木摇落露为霜，群燕辞归鹄南翔。
念君客游思断肠，慊慊思归恋故乡，君何淹留寄他方？
贱妾茕茕守空房，忧来思君不敢忘，不觉泪下沾衣裳。
援琴鸣弦发清商，短歌微吟不能长。
明月皎皎照我床，星汉西流夜未央。
牵牛织女遥相望，尔独何辜限河梁？

说到《燕歌行》，首先就是这个诗题的读音。

《燕歌行》是一个乐府题目，属于《相和歌辞》中的《平调曲》，所以一个“燕”字，到底是读 yān 还是 yàn，历来争讼不已。

《燕歌行》和燕国、燕赵之士其实并没有太大的关系。据考，它应该最早是燕乐的意思，也就是宴享之乐，来自《周礼》的记载，来自周代的宴享之乐。开始主要写思妇的题材，后来发展又引申为对燕子的描写，再往后发展，到了南北朝时期，又写大雁，最后写到边地戍卒，那么到高适的《燕歌行》最为有名，就变成了边塞之作。变成边塞之作的代表题目的时候，大家就以为这个燕是燕国的燕（yān），很多人就把它读成《燕（yān）歌行》。

其实，曹丕的这首《燕（yàn）歌行》就是一个明证，他最早是一种思妇题材，而曹丕正是用《燕歌行》的思妇题材，借用牛郎织女的典故写了一个思妇念良人的故事。

我们简单翻译一下，这首诗是说：

秋风萧瑟，天气清冷，草木凋落，露白霜凝。燕群辞归，鸿鹄南飞。

我思念出外远游的良人啊，让我肝肠寸断，相思成灰。我想你一定也是忧心忡忡，怀念故乡。那么君为何故，淹留他方？

我孤零零地独守空房，忧来思君，片刻不忘。不知不觉，珠泪滚落，滴滴晶莹，湿我衣裳。

拨弄琴弦却声声哀怨。短歌轻吟，似续还断。

唯有那皎洁的月光照着我的空床，星河沉沉西流去，辗转难眠夜漫长。

你看那牵牛和织女远远的相望，相爱的人啊，为什么被那天河阻挡。

这么好的一首七言诗，这么深情的诗作，而且是现存最早的文人七言诗，说实话，我真的不愿它是曹丕所作。因为一提起曹丕来，大家就想到他是怎么逼死他的弟弟，怎样去对待那个美丽的甄宓。

更多人所熟悉的是曹植的那首《七步诗》:“煮豆燃豆萁，豆在釜中泣。本是同根生，相煎何太急?”当然，这是后来流行的简化本。《世说新语》的原本《七步诗》比这要复杂。《世说新语》最早记载的这个故事，是曹丕当了皇帝之后，还要害死曹植，逼着他作《七步诗》，否则就要杀了他。曹植才学很大，七步成诗传为美谈。所以才会说，天下才有十斗的话，曹子建独占八斗。“才高八斗”的成语也就这么来的。

当然，后人对这个故事也有疑问，因为曹丕逼迫一母同胞的弟弟曹植七步成诗这件事只记载于《世说新语》，而《世说新语》多少有小说的性质，正史中并没有这样的记载。尤其是曹丕死后，曹植还写了非常感人的《文帝诔》来怀念他的哥哥，所以后人认为两兄弟之间的感情未必像世人说的那样。

但其实透过历史文献，我们还是可以看出来，曹丕对于兄弟，对于亲人有时候确实比较刻薄，你比如说对于曹彰之死，《世说新语》也有记载，说其实对曹丕地位威胁最大的是曹彰。曹丕、曹彰、曹植是亲兄弟，都是卞太后所生，卞太后还生过一个曹熊，很小的时候就死了。对曹丕地位威胁最大的其实并不是曹植，而是黄须儿曹彰。

曹操本来也特别欣赏曹彰，《世说新语》里记载，曹丕忌惮曹彰的骁勇壮猛，有一次约他到卞太后的小阁下棋并一起吃枣子。曹丕偷偷在枣子里放置毒物，自己事先做了记号，知道哪些是没有毒的枣子，只选那些没毒的枣子吃。曹彰不知道，吃了不少毒枣。毒发的时候，卞太后非常着急，取水要救曹彰，谁知道曹丕早已预先命令左右把盛水的瓶罐全都毁去。卞太后急得光着脚到井边去打水，但是井边却没有器皿可以打水，曹彰就这样活生生地被他哥哥给毒死了。虽然这也只是《世说新语》的记载，但曹丕对曹彰确实非常忌惮。从这个记载里，也可以看出曹丕的心狠手辣。

如果说面对曹植、曹彰，曹丕的举动还有值得商榷的地方，但他面对三国时期著名三大美女之一的甄宓，他的心狠手辣，就让人齿冷。

甄宓的“宓”字有时候读 mì，它的读音就和《燕歌行》的“燕”字一样，也让人比较头疼。它读 mì，是比较安静的意思，但所谓“宓妃留枕魏王才”，这个宓妃最初指的是伏羲的女儿溺洛水而死，就是洛水之神，洛神，所以洛神又叫宓妃，这个“宓”就通“伏羲”的“伏”。所以，甄宓的“宓”应该不读 mì，而读 fú。

《三国演义》里写道，曹丕抢先曹操一步，官渡之战之后进入邺城，霸占了甄宓。曹操无奈地说：“此真吾儿媳也。”《世说新语》里写得就更露骨了。

《世说新语》里记载了一个曹公屠邺的故事，就是说曹操官渡之战胜利之后，下令屠杀邺郡，还命人速去把甄宓弄来。

甄宓此前嫁给了袁绍的儿子袁熙。手下人去了一趟回来报告说，五官中郎将（也就是曹丕，曹丕这时候任五官中郎将）已经把她给带走了。曹操听了，忍不住恨恨地说了一句话：“今破贼，正为奴。”意思是说，我这次费那么大劲打仗，为了救这个女人，没想到被儿子占了先啊。这话不难看出曹操的失望，也证明了甄宓的魅力之大。

那么，作为和大乔、小乔并称三国三大美女之一的甄宓，既然被曹丕抢了先，曹丕会不会对她疼爱有加，一往情深呢？说起来，甄宓的命运真的是很悲哀。开始的时候，曹丕艳羡甄宓的美色，对她还不错，但没多久就开始冷落甄宓了。

这个时候他又有了新宠。当时南郡太守郭永的女儿叫郭嬛，这个嬛就是《甄嬛传》里甄嬛的那个嬛，当然也有人认为宜读 xuān。郭嬛在帮曹丕赢得帝位的过程中，出了很多主意，而且人比甄宓年轻，所以很受曹丕的喜欢。

曹丕称帝之后，按道理甄宓是帮曹丕生下长子的人，应该是皇后。可是郭嬛一心想排挤掉甄宓，想当皇后，就使了很多手段，经常在曹丕面前造甄宓的谣。曹丕的耳朵根子很软，渐渐就对甄宓越来越疏远。

一次，郭嬛又造谣中伤甄宓，甄宓就当着曹丕的面把郭嬛痛斥了一番。曹丕毕竟是皇帝，当时脸就挂不住了，过后就赐药毒死了甄宓。《三国志》里虽然只用了“后有怨言，帝大怒，遣使赐死”这十几个字，简单交代了甄宓的死因，但《汉晋春秋》里就记载得非常详细，说曹丕不仅把她毒死了，而且在埋葬她的时候，用头发把她的面盖住，嘴中塞满了麸糠，意思是让她在阴曹地府也不能再开口说话。这说明甄宓是死得很惨的，而且这时候曹丕对她已经没有一点感情了。

据说，才高八斗的曹植一直暗恋着自己的这个嫂子。其实文献记载，曹植最早表露出了对甄宓的喜爱，但曹操却把甄宓许配给了曹丕。文献里还说，甄宓死后，曹植有一次从自己的属地来到都城见曹丕，曹丕突然良心发现，把甄宓以前用过的枕头送给了曹植。

曹植睹物思人，于是就有了创作《洛神赋》的冲动。在他回转的路上，在洛水边休息，做了一个梦，梦到甄宓与他在洛水相会。这就是李商隐那句著名的“宓妃留枕魏王才”的由来，大画家顾恺之也因此创作了名垂千古的《洛神赋图》。

综合来看，曹丕这个男人在称帝之后确实心狠手辣，那么这样的一个人怎么能写出《燕歌行》这样的深情婉转之作？而且不只是《燕歌行》，曹丕的五言和乐府诗都写得非常清丽动人，而且他还著有《典论·论文》，也是中国历史上最早的文学理论与批评著作。“建安七子”的说法就是来自他的这篇名作。还有，比如说他提出了著名的“文人相轻，自古而然”的这种深刻认识，提出了著名的“文气论”，“文以气为主，气之清浊有体，不可力强而致”。还肯定文学的历史价值，最有名的一句话叫“盖文章，经国之大业，不朽之盛事”。所以，鲁迅先生曾经评价说，曹丕是这个时代的代表，文学自觉时代的代表。

事实上，曹丕不仅文采斐然，文学理论水平高，情诗写得好，就生活而言，就生活的一些细节来看，他也确实是一个非常讲感情的人。建安二十二年（217 年），“建安七子”中的王粲去世。王粲是曹丕的好朋友，曹丕亲自到他的坟前去吊丧。作为一国之主，曹丕带领文武群臣在王粲的墓前哭祭。之后，他突然对群臣们说，王粲王仲宣生前喜欢听驴子叫，喜欢学驴子叫。“王好驴鸣”啊，要不我们每个人都学一声驴叫，来为他送行吧。然后，曹丕率先在王粲的墓前学了两声驴叫。所有人都跟着他学驴叫，为王粲送行。这时候，他不是一个帝王，而是一个朋友，一个深情款款的朋友。

说实话，在中国古代八十多个王朝将近六百个帝王中，能够为朋友学驴叫的，恐怕也只有曹丕一个人了，这也算是千古绝响了。

这样的一个曹丕，和那个逼着曹植写《七步诗》，和那个毒死弟弟曹彰，和那个害死了妻子甄宓之后，还要“以发披面，以糠塞口”的狠毒的曹丕，怎么能是一个人呢？那么狠毒的曹丕，又怎么能是替思妇写下“明月皎皎照我床，星汉西流夜未央。牵牛织女遥相望，尔独何辜限河梁”的曹丕呢？

我们读诗的人，我们读史的人，觉得这背后很矛盾，很分裂，其实这背后又有合理的地方。

道理就在于，一个深情的男人，一个真情的男人，千万不要离政治那么近，不要离名利、野心、权势那么近。

曹丕是在登帝的过程中越来越狠毒，尤其是在他当上帝王之后，他的心变得铁石而冰冷。事实上，他的《燕歌行》，包括他的《典论·论文》，包括他的很多感人至深的乐府、五言，这些诗歌创作，尤其是像《燕歌行》这样的情诗创作，都是作于他青年的时候。

这时候年轻的曹丕正是五官中郎将，他采用乐府的题材，学习民歌的精神，开创性地以句句用韵的七言诗形式，写作了这首著名的情诗，不仅使之成为中国历史上最早、最完整的七言诗，也是思妇题材和牛郎织女题材中的里程碑的篇章。

这也不由得让我们慨叹，曾经那么细腻清越、缠绵悱恻的情诗诗人，后来却被政治、被地位改造成一个冰冷、残忍的刽子手。

可悲啊，可叹啊！

还是李煜想得对，寄语深情之男儿，“生不愿在帝王家”。

到哪里找那么好的人

王献之《桃叶歌》

陪朋友去了趟夫子庙，熙熙攘攘的人群中，站在桃叶渡口，忽然心生万千感慨。仿佛穿越了历史，看到了历史的长河在眼前延展成一幅壮阔的景象。

那时的秦淮河、那时的桃叶渡，比现在要宽阔得多。而且水流湍急、舟楫往来，是当时的南京城一个重要的渡口。

而当时的河对岸，一位男子在河岸边唱着一首短歌，他唱歌的模样帅过现在的所有的歌手。而他唱的那首《桃叶歌》，简单直白、朴实无华，却正是桃叶渡之为桃叶渡的由来所在。我们就来赏读一下那首极其简单的《桃叶歌》。诗云：

桃叶复桃叶，渡江不用楫。
但渡无所苦，我自迎接汝。

这首五言白话歌的意思实在太过简单：桃叶啊，桃叶，水是这样的急啊！我站在这渡口，看河水送船来去，过渡时连桨都不用划。水是那样的湍急，但你不用害怕。我就是你生命的舟楫，永远在彼岸痴心地等你。

多美的一首歌啊！这是因为那首歌是唱给一个叫“桃叶”的女子听的。所以，这个渡口后来才叫“桃叶渡”。而那个唱歌的男子，又是谁呢？他到底长得帅不帅？我又为什么会说他的歌声、他的深情、他的样子会帅过所有的超级明星？会帅过所有好声音、最强音里的歌手呢？

这一切，就要从那个叫桃叶的女子说起了。

历史上有很多人，非常羡慕桃叶。比如一生豪侠万丈的辛弃疾，就有一首《祝英台近》。词云：“宝钗分，桃叶渡。烟柳暗南浦。怕上层楼，十日九风雨。断肠片片飞红，都无人管，更谁劝、啼莺声住？　　鬓边觑。试把花卜归期，才簪又重数。罗帐灯昏，哽咽梦中语。是他春带愁来，春归何处。却不解、带将愁去。”这是在过桃叶渡时，替断肠人作的哀怨曲，是用桃叶的幸福反衬人生的悲苦。后来深情的纳兰公子，也有一首《南乡子》，词云：“烟暖雨初收，落尽繁花小院幽。摘得一双红豆子，低头，说着分携泪暗流。　　人去似春休，卮酒曾将酹石尤。别自有人桃叶渡，扁舟，一种烟波各自愁。”上片用的是昭明太子与慧如分植红豆的典故，而下片则用了桃叶的故事。桃叶的幸福成为后代千年不尽的羡慕。

当伤心人经过桃叶渡，对比桃叶人生的时候，抚今追昔谁不会生出艳羡与哀怨来呢？

与纳兰同时还有一位女词人，叫纪映淮。“映照”的“映”，“秦淮河”的“淮”。一看这个名字就知道，她是在秦淮河边出生长大的。在她十五岁的一个夜晚，她来到秦淮河边，满腹心事，对着千年的桃叶渡暗诉衷肠。原来她刚过了及笄之年，父母之命许配给了山东一个姓杜的人家。明天她就要启程远嫁山东了，对于未来的夫婿，她既没有见过面，也没有通过书信，根本找不到一丁点相爱的感觉。但对于美好爱情的憧憬，实在是一个少女的自然本性。

于是她满怀惆怅，在月圆之夜，来到秦淮河边的桃叶渡口，写下了这样一首诗："清溪有桃叶，流水载佳人。名以王郎久，花犹古渡新。楫摇秦代月，枝带晋时春。莫谓供凭揽，因之可结邻。"

这首诗是什么意思呢？原来纪映淮姑娘是在说：清溪水，桃叶渡，当年的神仙眷属又在何处啊？天上的明月，还是秦时的明月；渡口的桃花，还是晋时的芬芳。那位让人羡慕的桃叶姑娘，正有一位深爱着她的情郎在河那岸等着她。而我将要去面对的夫君，又是一个什么样的人呢？是不是也能像桃叶姑娘的王郎那样，那样有才情、有深情、有真情。如果是那样，那该多么好呢！

那么，这个无比让人羡慕的桃叶姑娘和那个王郎，又是怎样的人呢？

东晋永和年间，我们这个故事的主人公，那个叫桃叶的姑娘，来到古清溪河与秦淮河交汇的渡口。这里地处古金陵城的城南，舟楫往来、人潮如海，是当时金陵城最繁华的交通所在。

桃叶来到这里，是为了叫卖一些自制的团扇。可是她一个女孩家，从来没卖过这些东西，不会吆喝，又不知怎么卖。虽然这里人来人往，她却一把也没有卖出去。

桃叶眉头紧蹙、愁眉不展。因为家中重病的父亲，还等着自己卖了钱抓药呢！桃叶百无聊赖之际，突然看到河边一个僻静的角落，一个人正在河边洗手里的一方古砚。看到那方古砚，桃叶的眼却突然亮了。她仔细地看了半天，发现那正是自家祖传的桃花砚。也曾经是她读书写字时，最珍贵、最喜欢的砚台。

她死死地盯着那方古砚看，而洗砚的男子，也渐渐地发现了她。走到近前，上前问道："姑娘认得这方古砚吗？我去年从一位老伯手里买来，确实是砚中精品。后来越用越喜欢，再想找那位老伯以示感谢，却再也找不到了。"

桃叶这才发现，眼前是位帅哥。于是害羞地回答说："那就是我的父亲，这方桃花砚本是我家的传家之宝。"

眼前的男子听后说："原来这是姑娘的传家宝，小生实在不知。不如你带我拜见尊父，我好将宝砚归还。"

桃叶一听，泪水禁不住地流了下来。原来桃叶本来也出自书香门第，奈何后来家道中落，只剩桃叶与衰老的父亲相依为命。后来，穷困潦倒的父亲就在秦淮河边的渡口叫卖祖传下来的桃花砚，得了些银两勉强度日。

可是时间飞逝，转眼到了第二年，父女相依为命，父亲又突然身染重病。家里别无生计，桃叶无奈，只得自制了些团扇，到河边渡口来卖。不想，半天一把也未曾卖出，真是百般无可奈何。

男子听后沉吟了一下，突然取砚磨起墨来，取笔在每一支团扇上都题了诗、写了字，并亲自叫卖起来。也不知他有什么法力，好多人看了这团扇，一下子就哄抢而光。男子把卖扇子的钱和身上所有的钱都拿出来，交给桃叶，让她赶快回家替父亲看病。桃叶满怀感激，但她并没问这个男子姓什么、叫什么。只是在他温暖的目光中，急急地远去了。

话说桃叶回家之后，虽然为父亲抓了药，可父亲因为已经病入膏肓，没多久就离她而去了，剩下桃叶孤苦伶仃。哪知祸不单行，父亲刚病逝，桃叶自幼定过亲的未来夫婿突然夭折了。男家便要捆绑她葬婚，也就是要把她捆绑起来放在墓旁边，任由野兽撕咬，听由命运安排。

也是桃叶的命大福大，大概更是因为某种隐约的爱情力量主宰，桃叶终于在石碑上磨断了绳子，逃了出来。桃叶辗转流离，又来到秦淮河的渡口边。她带着希望在人群里张望，一下子就看到了河边洗砚的那个男子。他的身边，放着那方桃花砚，手里还有一把桃叶做的、精致的团扇。历尽沧桑的桃叶终于露出了微笑，因为她终于找到了她要找的人。

但是，不要以为故事到这里就可以有一个完美的结局了。

其实不然，桃叶只是笑，却含着泪笑。她不能走过去，因为她知道他和她之间，有着一道不可逾越的鸿沟。因为她知道，那个帅气英俊、才华横溢又古道热肠的男人是谁，所以她才觉得，自己只能远远地看着他的身影微笑。

那么，桃叶为什么和帮助她的那个男人之间，有一道不可逾越的鸿沟呢？因为这是魏晋，因为这是东晋永和年间。

当时的社会，自上而下流行着一条规则、一条铁律，那就是有名的“上品无庶族，下品无士族”。也就是整个社会分为士族和庶族两大阶层，两大阶层是不能通婚的。尤其是士族阶层，谁要是与庶族阶层，也就是与下层社会的人通婚，整个士族阶层就会群起而攻之。这对现代的我们来说好像是一件很荒唐的事，或者我们很容易简单地把它理解为“门当户对”，但事实上，这远比“门当户对”的观念要苛刻得多。

桃叶暗暗垂泪，因为那个帮她卖团扇的男子，从他帮助自己的那一刻起，她就已经知道他是谁了。他是当时士族的代表，整个魏晋时期少有的大名士。而自己，一介孤寒女子，别说士族出身，连庶族都算不上。她又能怎样呢？又岂敢心存妄想，她只是历尽磨难之后，遵循着内心深处的愿望，要来这里看看他，哪怕只是看到他的背影也好。至于其他，至于爱情，桃叶是不敢奢望的。所以，桃叶含着泪的目光黯淡了下来，她的微笑里带着难以遮掩的凄苦。

就在她转身要离去的时候，那个丰神俊朗的男子，蓦然回首，看到了桃叶正在人群的深处，他的眼里放出异样的光芒来。

在桃叶将要转身离去的那一瞬，他站起身来，叫住了桃叶。就这样，桃叶就在秦淮边的古渡旁，把自己的悲惨人生、悲惨命运，告诉了这个在渡口边等着自己的男子。两个人就这样旁若无人地坐在河边一番倾诉，终于彻底敞开了心扉。

男子最后牵起桃叶的手，爽朗地说："跟我回去吧，不要怕旁人冷颜耻笑。"于是就像古人说的"百年修得同船渡"，两个人一起乘船过河，来到这个男子家所在的乌衣巷中。

在那个时代，又有谁能住在乌衣巷里呢？刘禹锡的诗说"旧时王谢堂前燕"，又说"乌衣巷口夕阳斜"。当然除了王谢家的堂前燕，也只有王谢家的人，能住在乌衣巷里了。这个古道热肠、丰神俊朗的男子，正是当时大名士、大书法家、史称"二王"之一的王献之。

王献之的书法境界自不待言，他和父亲王羲之并称"二王"，实在是两代书圣。除了书法，王献之的性情人品，更是在当世为人称颂。甚至连比他高一辈的、父亲的好友谢安，都愿意与他折辈论交。

《世说新语》记载，王献之临终之时，家人问他尚有什么未了的遗愿。王献之，这位曾经做过当朝宰相、东晋名士领袖的人物，对政治风云全不谈及，只说了一句话，"不觉余事，唯忆与郗家离婚"。这就是说没什么牵挂和放不下的事，只有一件，就是和发妻郗氏离婚的事，是心中遗憾。原来王献之早年娶的，是出身另一名门郗昙的女儿郗氏。两人青梅竹马、感情深厚。但后来出于政治原因，在整个家族力量的迫使下无奈与郗氏离婚，另娶了皇帝的女儿新安公主。所以，他临死的时候才会说一生的遗憾，是觉得对不起郗氏。

所谓“人之将死，其言也真，其言也善”，就这一句话就可以看出王献之足以算是一个情深意重的好男人。

当然即使王献之很专情、很深情，他也不能对抗整个社会的礼俗洪流，所以为了家族的发展，他只能与郗氏离婚，另娶皇帝的女儿。同样，虽然他与桃叶是真情相爱，但他也不能不顾家中的那位新安公主，最后只能纳桃叶为妾。

事实上他能把桃叶这样落魄、流离的女子带回家，还能纳她为妾，这在当时就已经是惊世骇俗的了。东晋时，“妾”的地位是非常低的，在士族家族中，“妾”的地位有时和奴仆差不多。在这样的历史背景下，去看王献之对桃叶的真爱，对桃叶的态度，才可以挖掘出桃叶的幸福和她爱情的意义。

桃叶不过是王献之的一个妾，不论怎样，她的地位本来是极其低下的。但是，王献之这位当朝中书令、天下士大夫阶层的领袖，又是如何对待桃叶的呢？

据说王献之把桃叶带回家中之后，两人情深意浓。每次桃叶外出，回来都要从渡口坐船过河。当时的秦淮河水流湍急，渡口又正好是秦淮河与古清溪水道合流处附近。两水交汇之处，水势更是又急又猛。每一次王献之都很担心桃叶，都要亲自到河边、到岸边等候桃叶。

因为水急，船也晃得厉害，所以桃叶每次坐船也很担心。每次王献之看到桃叶渡及中流的时候，总会做一件惊人的举动，这个举动就是当时最美的“中国好声音”。他会在岸边歌唱，用歌声安抚桃叶。他唱道：“桃叶复桃叶，渡江不用楫。但渡无所苦，我自迎接汝。”面对这样深情的王献之，船上的桃叶也会放声应答，也会放声歌唱；面对这样深情的王献之，船上的桃叶不再紧张，不再惊慌，而是放声应和。

桃叶姑娘唱道："桃叶映红花，无风自婀娜。春花映何限，感郎独采我。"那意思就是说，我就是那满园春色里的孤芳一朵，此生只为你绽放，只为你枯萎。因为有你，因为有你的爱，我才会"无风自婀娜"啊！

要知道这个渡口，几乎是当时的南京城最重要的渡口了，古来就十分繁华，而且繁忙。争渡者向来喧声不绝，而且周遭馆肆林立、人头攒动。在这样一个人群密集的公共场所，又是那样一个思想闭塞的社会环境里，两人如此这般直接地表达自己的爱情，那才是真正的"超级男声"和"超级女声"啊！

王献之与桃叶的"绝对唱响"，在当时一下子又引起了轰动。当时的人们即使不敢效仿，也从心底由衷地佩服他们，于是这个渡口，就有了一个名动千古的名字——桃叶渡。

我想当时的人们用这个名字来称呼这个渡口，无疑表达了他们对这段爱情的赞美与羡慕。

试想一下，就像许仙要踏上船去，而船上正有一位美丽的白娘子在深情地等他。而桃叶要坐船过河，而彼岸正有一位英俊的王献之在温情地等她。人世间，最幸福的事莫过于此！

所以千百年后，不论是豪放的辛稼轩，还是深情的纳兰公子，抑或是一千年后那个美丽却孤独的映淮姑娘，他们经过秦淮河边，站立桃叶渡口，谁不渴望那样美丽的爱情。

到哪里找那么好的人？谁又是生命里，那可遇而不可求的王郎？"桃叶复桃叶，渡江不用楫。但渡无所苦，我自迎接汝。"

把爱情还给爱情

《古诗十九首·迢迢牵牛星》

要说最早的情诗，恐怕要反复斟酌；但要说最早的爱情故事，恐怕非牛郎织女莫属。

但是，这个故事原本其实离爱情有些远，让爱情成为爱情的一个里程碑，是汉乐府中的那首名作《迢迢牵牛星》。诗云：

迢迢牵牛星，皎皎河汉女。
纤纤擢素手，札札弄机杼。
终日不成章，泣涕零如雨。
河汉清且浅，相去复几许！
盈盈一水间，脉脉不得语。

我个人非常喜欢这首质朴而深情的名作：你看那遥远的牵牛星啊，你再看那明亮的织女星。织女伸出细长而白皙的手，摆弄着织布机，织布啊织布，发出札札的机杼声。可是她一整天也没能织成一匹布，哭泣的眼泪如同下雨般零落。这银河看起来清又浅啊，两岸到底相隔有多远？虽然只隔着一条清澈的河流，可相爱的人只能含情凝望，却无法用语言交谈。

抬头仰望璀璨的星空，就可以看到明亮的牛郎星和织女星，牵牛星就是“河鼓二”，在银河的东边；织女星又称为“天孙”，在银河的西边，刚好隔河与牵牛相对。在中国，关于牵牛星和织女星的民间传说，起源是很早的。《诗经·小雅·大东》就明确写到了牵牛星和织女星，但《诗经》所写其实带有鲜明的政治喻义。从先秦到春秋战国，一直到秦汉，牵牛织女的故事慢慢发展，到曹丕、曹植的诗里面，牵牛和织女已经彻底成为夫妇了。

对于这个民间传说故事，我相信很多人都非常清楚了。

简单地说，就是很久很久以前，有一户贫苦的人家父母早丧，弟弟跟着兄嫂度日，每天出去放牛，大家就叫他牛郎。

牛郎长大了，嫂子不喜欢他，哥嫂就和他分家，牛郎老实善良，唯一分到的家产就是他经常放的那头老黄牛。这个老黄牛其实不凡，是天上的金牛星，因为触犯天条被贬人间。他有感于牛郎对于他的饲养和爱护，除了感恩图报辛勤耕作之外，还要挖空心思为牛郎撮合一段美满姻缘。

从这个出发点就可以明显看出来，这段爱情其实有天注定的成分，就像《大话西游》里的至尊宝也曾经说过的，没办法，天最大，天注定的爱情就让它来吧！

这也就让那个质朴的牛郎，接受这段看上去开始有些不太质朴的爱情，显得顺理成章。

为什么说这段爱情的开始，显得不那么质朴呢？是因为有一天老黄牛突然开口说话，他对牛郎说：“明天天上的七仙女会结伴，到东边山谷湖里去洗澡，你趁她们沐浴的时候，取走挂在树上的粉红衣衫，你就会获得属于你的爱情。”

第二天，牛郎虽然将信将疑，但还是按照黄牛的指示去了。果然有七个仙女在湖中嬉戏，他拿走了树上那件粉红衣衫。仙女们发现有人，纷纷穿回衣服飞回天庭。那个被偷走衣服、无法返回天庭的仙女就是织女。当牛郎告诉织女老黄牛的话之后，织女也就留在人间嫁给了牛郎。

请注意，这一段情节在各种各样民间传说的版本里，要么被描写得很优美，要么被说得很简略，但是其中的关键情节应该大有蹊跷。

要说牛郎对织女一见钟情我们理解，但要说织女对牛郎一见钟情，可能性不太大，为什么呢？织女是天上的织女，而牛郎只是地上的牛郎。就算牛郎“粗服乱头不掩国色”，就像杨过流浪的时候，也有一种翩翩佳公子的韵味，但织女在天上见过的有气质的神仙多了去了。况且牛郎要真有这气质，也不用等织女下凡了，村上的女孩儿不早就瞄上了。

再退一步，就算织女喜欢牛郎身上独有的气质，也绝不可能在这样一个时候，对偷衣贼反倒一见钟情。对于这种洗澡偷衣服的情节，后来金庸先生在《飞狐外传》里头就模仿过，只不过将男女角色反串了一下。说胡斐有一次在河里洗澡的时候，袁紫衣偷了他的衣服骑马跑了，当时胡斐很狼狈，相当气愤。虽然他后来也爱上袁紫衣了，可当时是气得要发疯啊。胡斐毕竟是个男人，而织女面对这样一个偷了自己衣服的牛郎，怎么可能一下就爱上他了呢？

这是一个非常关键的地方，如果这里说不通的话，那牛郎就变成王老虎抢亲了。

要说清楚这一点，就必须提到这个民间传说里最大的一个疑点，其实并不是故事本身，而是人物名称，就是牛郎和织女。

它是两个人的名字吗？

中国人实际上是有一个姓名系统的，姓甚名谁，字号又分别是什么，比如说刘备姓刘名备字玄德，关羽姓关名羽字云长，张飞姓张名飞字翼德。文人雅士还会给自己取号，诸葛亮号卧龙，庞统号凤雏，陶渊明号五柳先生，苏轼号东坡居士。所以我们常说的名字，其实是一个非常丰富的系统。

当然，普通人可能很简单，没那么丰富，但其中最关键的是必须有一个名，哪怕没有字没有号，至少得有个名。甚至有的古人姓都没有但名必须得提。比如说商鞅，商鞅并不姓商，他的名字叫鞅，后来被封为商君，那么大家称他商君鞅。其实他姓公孙。但是去秦国之前，在魏国大家也不叫他公孙鞅，因为他是来自魏国，所以大家叫他魏鞅。可以说，姓还很随意，有时候提或不提都可以，但是名字是一个人最关键的核心信息，必须要清楚。

那么牛郎姓牛名郎吗？织女姓织名女吗？明显不是。百家姓里有牛这个姓，但没有织这个姓，就算有牛这个姓，你说牛群姓牛名群是可以的，说牛郎姓牛名郎那就大错特错了。那么牛郎是什么？是一个放牛的小伙子，织女是什么？是一个织布的姑娘。牛和织是他们从事的行业，而郎和女指的是他们的性别，所以牛郎和织女其实指的是，早期农业社会中男性女性的社会属性，他们的相遇是男耕女织这种情况下所产生的情感需求。那么，这一时期男女的情感需求就带有了父系社会以来明显的从属性，织女的情感需求其实是无条件地服从于牛郎的情感需求。哪怕织女是天上的神仙，而牛郎只是地上的一个放牛的穷小伙子。

这样一来我们就可以理解，为什么美丽的织女要无条件接受这个在她洗澡的时候偷了她衣服的牛郎的爱情。其实，直到今天我们依然难以接受这样的情节，但这就是民间传说，在它长期形成过程中，在它情节和故事的表层之下，有着背后深层次的文化内涵。在这个著名的爱情故事漫长的形成期里，牛郎和织女作为一种符号性的价值，其实要大于他们的爱情内涵和意义。

从人类发展史的角度看，农业社会作为一种典型的父系社会，也就是后来男权社会的主体模式已经形成。在这种社会形态下，男耕永远比女织重要，男性的情感需求就变得比女性的要重要。

老黄牛的突然开口，就是用天注定的方式，为男性的情感需求提供证据，而牛郎对这种天赐良缘顺理成章地接受，也表现为一种男性情感需求的顺理成章。在这种情况下，织女的爱作为一种符号，出现在男性的情感需求面前，就成了支持这种情感价值取向的有力证据。

当然我们并不否认织女对牛郎的爱，她为牛郎生了一男一女两个孩子，在后来生死离别中，又表现出对爱情的忠贞。但这种爱对于织女来说，应该是在婚姻生活的相濡以沫里产生的，是在男耕女织的劳动情趣里产生的，而不应该在第一次洗澡偷衣服时的相遇里产生的。那时候的织女不是一个爱情中的女人，只是一个爱情的符号。这也告诉我们，至少在农业社会之初，男女的爱其实是不对等的。

我这样说并不是危言耸听，你看先秦时期的很多爱情故事，不论是好像能够善始善终的范蠡和西施，还是被称为红颜祸水的末代君王的妃子，比如说妲己、褒姒、妹喜，无一不是被当作一种情感符号，甚至是政治符号出现的。而这种情况一直到秦汉之后，才有了较为彻底的改观。就牛郎织女的故事而言，这首《迢迢牵牛星》，就是把爱情还给爱情、人性还给人性的一篇情诗杰作。

你看它开始说“迢迢牵牛星，皎皎河汉女”，我们白话翻译只能无奈地翻作：你看那遥远的牵牛星啊，你看那明亮的织女星啊！其实

《古诗十九首》用的技巧非常高，它不说“迢迢牵牛星，皎皎织女星”，它说“迢迢牵牛星，皎皎河汉女”，一下从星宿的名字——牵牛织女就拉回到人间的生活。牵牛星还是说星，到河汉女已经是在说人了，不知不觉间我们眼前浮现的不是两颗星，而是两段璀璨的人生。

如此，两个人物形象就出现了，而且配以这样的人物形象，“迢迢牵牛星，皎皎河汉女”，虽然迢迢和皎皎互文互义，但是能不能换？不能换。皎皎配河汉女，配织女的形象，人物形象光彩夺目，一下如在目前。而在这个过程中，牵牛星——牛郎也跟着织女一起形象鲜活起来。

因为河汉女的人物形象出现了，那么紧接着就是她的工作场景，或者说她的生活场景，其实背后是她的情感场景，“纤纤擢素手，札札弄机杼”，这是说她在织布的样子。“纤纤擢素手”，所谓“指若削葱”非常漂亮，“札札弄机杼”的“弄”字非常精彩，这个弄是指在抚弄的样子。

在抚弄的过程中，情怀别有所系，故而“终日不成章，泣涕零如雨”自然而然就出现了。一个织布中的女子，一个伤心中的女子，一个情有所牵情有所系的女子，她的形象呼之欲出。

汉末的古诗就是这么精彩，一二句就树立了形象，三四句就构造了生活的场景以及感人的情节，紧接着诗人的感慨，就显得自然而然又格外的回味悠长：“河汉清且浅，相去复几许？”这是一句感叹。“盈盈一水间，脉脉不得语”，真是言有尽而意无穷啊，余音绕梁，不绝如缕。

那宽广的银河，在诗人的眼中，在情人的眼中，不过既清又浅罢了，可这清浅的一水相隔，却生生隔断了两颗思念的心，让他们相视相望而不得语。

当然这既是诗人的感慨，也是当事人织女临河而叹的感慨，诗人写得那么精妙，以至于我们沉浸其中无暇细分，感觉这就是我们自己的感慨，所谓相思迢递百转柔肠，读诗的人也被轻易地带入了诗中。

当然，之所以能够让阅读者一读便走入诗中，这首诗还有一个重要的技巧。全诗总共十句，其中六句都用的叠音词，“迢迢”“皎皎”“纤纤”“札札”“盈盈”“脉脉”，而叠音词最能呼唤与传递情绪，我们如此朗朗上口地读来念来，便觉情趣盎然，故而念及“盈盈一水间”之时，连旁观者、读诗人都会“脉脉不得语”。

回头看那个泣涕如雨、无心织布、相思深情、对水兴叹的织女，不就是千千万万个爱情故事里那个对爱情一往情深、无比忠贞的人吗?

其实，打动我们的不仅有爱情之美，也有人性之美。这样一首了如白话的五言诗，通过人物形象的塑造，写出了人性之美的同时，也终于把爱情还给了爱情。

我在时光里收藏了对你的思念

《古诗十九首·行行重行行》

《古诗十九首》中有一首写相思离别的千古名作《行行重行行》。诗云：

行行重行行，与君生别离。
相去万余里，各在天一涯。
道路阻且长，会面安可知？
胡马依北风，越鸟巢南枝。
相去日已远，衣带日已缓。
浮云蔽白日，游子不顾返。
思君令人老，岁月忽已晚。
弃捐勿复道，努力加餐饭。

这首著名的别离相思曲，虽然在《玉台新咏》中题为汉代枚乘所作，但是后人大多怀疑这种说法。昭明太子编的《文选》，把这一类作者不可考、文风却相似，又作于同时期的作品，并称为《古诗十九首》。后人推断像《行行重行行》这样的作品，应是东汉末年的作品，只是作者不可考。

我个人特别喜欢这首《行行重行行》，认为在《古诗十九首》甚至是在古体诗创作中都有特别重要的代表意义。

揣摩多年，我发现解读这首诗最值得注意的一个地方，就是里面有两个“相去”——“相去万余里”，“相去日已远”。要知道，到格律诗、近体诗里头，这样连续重复的“相去”，如果不是刻意地重复的话，就是犯了诗家大忌，虽然这个时候离格律诗、近体诗还很远。当然，你可能会说《诗经》不就是经常这样重复吗？但是《诗经》里那是一种复沓章法，而在这首诗里明显不是用复沓章法，却在前后出现了两个“相去”。

我年轻时读这首诗，就产生过这样的疑问，当时也请教过一些老师和前辈，但是都没有得到过满意的答案。后来随着年岁逐增，人生阅历日渐丰富，突然有一天豁然开悟，终于明白了这两个“相去”的好处。

你看这首诗总共十六句，根据两个“相去”，“相去万余里”，“相去日已远”，刚好分为上下两个部分，分成上下各八句的群落。

那么，上下八句各写的是什么呢？

固然写的都是相思，但是“相去万余里”和“相去日已远”，这两句很鲜明地分出了上下两个群落的特点，“万余里”说的是什么？说的是空间。“日已远”，包括“衣带日已缓”，说的是什么？说的是时间。

下面，就让我们来分析一下吧。

先看第一个群落，“行行重行行”，“行行”是说行了又行，一直在走，反复地走，说明已经走了很远很远，所以“行行”已言其远，而“重行行”，更是极远极远。看来好的诗总和远方在一起。

但这种远行并不具有诗意。它让人相思离恨，因为“行行重行行”带来的结果是“与君生别离”。远方生生地分开了你我。这个“生”字用得特别好，特别有生活气息，一句“与君生别离”，让那个思念远行人的思妇形象，如在目前。

“相去万余里，各在天一涯。”“相去万余里”正是极言其远，与“行行重行行”刚好呼应。“各在天一涯”，不禁让我们想起弘一法师的《送别》：“长亭外，古道边”，“天之涯，海之角”。正是这空间的距离，让人生出零落之叹，咫尺尚能有天涯，更何况“道路阻且长”。

这里的“阻且长”不像是《诗经·蒹葭》里所说的“溯洄从之，道阻且长”那么简单，联系到东汉末年天下战乱的背景，这个“道路阻且长”就更多了末世悲凉中无可奈何的哀叹。虽然乱世中也有破镜重圆、分钗合钿的奇迹，但既言其为奇迹，又岂是一般人可遇可求的呢？

既然说到了破镜重圆，我们简单说一下这个故事，为这首悲伤的相思曲带来一点点希望。

破镜重圆的故事记载于唐代的《本事诗》，是说南朝陈太子舍人徐德言和他的妻子乐昌公主恐国破之后，夫妻二人不能相保。于是，离别之日破一面铜镜，各执一半。相约他年于正月望日卖镜于都城集市之中，这样夫妻才有可能重新相见。

后来陈国亡后，乐昌公主没入越国公杨素家。徐德言依期一路流离赶至京城，在集市中见有人卖半面铜镜，拿出自己的半面铜镜与之相合，并在铜镜上题字：“镜与人俱去，镜归人不归。无复嫦娥影，空留明月辉。”乐昌公主见镜上题诗之后，整日悲泣不食。杨素知道原委后，派人找来徐德言，让他与乐昌公主破镜重圆，携归江南终老，成就人世间一段佳话。

平心而论，在乱世流离之中，徐德言和乐昌公主这样破镜重圆的佳话，对于命如草芥、身如飘蓬的普通苦难百姓来说，既不可遇又不可求。所以诗人才慨叹，思妇才慨叹“道路阻且长，会面安可知”。从“行行重行行，与君生别离”到“相去万余里，各在天一涯”，再到“道路阻且长，会面安可知”，“万余里”“重行行”“阻且长”体现的都是一种空间的别离感，“生别离”。所以这一组群落里最精彩的反倒是最后一联：“胡马依北风，越鸟巢南枝。”

为什么这一联极其精彩呢？

从技法上来看，它是一种比兴手法，我们知道在《诗经》一般要用到比兴，上来就会有“关关雎鸠，在河之洲，窈窕淑女，君子好逑”，以“关雎”比“君子”“淑女”；再比如“蒹葭苍苍，白露为霜，所谓伊人，在水一方”；再比如“硕鼠硕鼠，无食我黍”，所以《诗经》的比兴一般都是放在最前面的。这种起而比兴的手法对后代影响很大，甚至一直影响到信天游里“山丹花开红艳艳”这种在句首的起兴，也包括《汉乐府》的“孔雀东南飞，五里一徘徊”，都是受《诗经》起而比兴手法的影响。

而《行行重行行》属于汉乐府，是乐府古诗文人化的一个典型体现，体现了文人独特的创新。这一句“胡马依北风，越鸟巢南枝”的比兴没有放在开始的地方，而放在这组空间群落里的最后一联，就显得非常精彩。“胡马”“越鸟”，我们想象一下，这个马如果本来就在北地，它能叫作胡马吗？你会把内蒙古的马，草原上的马，叫作“胡马”吗？而鸟儿本来就在南方，就在江浙，就在越地，你会叫它“越鸟”吗？当北方的马来到南方，我们才会称之为胡马，同样，南方的鸟到了北方，才会称之为“越鸟”。所以一句“胡马依北风，越鸟巢南枝”，已经点出了空间上的这种定位。

胡马为什么要依恋着北风？越鸟为什么筑巢一定要住在南边的枝头？是因为它们都是远在异乡的游子啊。这一句“胡马依北风，越鸟巢南枝”不仅对仗工整，且写出了游子思乡的应有之意，更是把空间上的别离感写得淋漓尽致。

好了，既然已经在空间上把别离相思之苦写到了淋漓尽致，接下来该怎么发挥和升华呢？

这就是第二个“相去”句发挥作用时候了。

“相去日已远，衣带日已缓。浮云蔽白日，游子不顾返。”在整首诗里，让我产生疑问的是有两个“相去”。但在这两联之中，“相去日已远”，“衣带日已缓”，“浮云蔽白日”，写了三个“日”字，为什么要极写这个太阳？我们细细揣摩，就知道说的其实不是太阳，而是日子。当然“浮云蔽白日”的“日”是太阳，那么由太阳引申到每一天，这三个“日”在极言什么？极言时间的流逝啊。第一联的“相去日已远，衣带日已缓”，形容分离的时间之久，相思让人越发消瘦。这一句“衣带日已缓”，成为后来柳永的名句“衣带渐宽终不悔，为伊消得人憔悴”的源头所在。

“浮云蔽白日，游子不顾返。”这一句里明显是有些埋怨的，但为什么在前面八句里没有这样的埋怨呢？因为那说的是空间上的生别离。只有转到时间上的感慨，日深月久，游子依然杳无音讯，思妇才会在思念的同时，不自觉地产生浅浅的埋怨和深深的悲叹。

悲叹紧接着就来了，“思君令人老，岁月忽已晚”。有的注家强调这个“老”，不是老去，而是特指衰老。我觉得从训诂的角度看，这种强调其实过犹不及了。当然，相思首先让人面容憔悴，像李易安说的那样，或者“起来慵自梳头”或者“日晚倦梳头”，可当憔悴的容颜面对“岁月忽已晚”，内心深处不还是有年华老去的悲叹吗？所以这一句“思君令人老，岁月忽已晚”，最为质朴，又最为深邃。我相信所有经历过相思的人，所有经历过相思之苦的心灵或灵魂，读到这一句诗，都一定会有被深深击中的感觉，这就是岁月的力量，这就是时光的力量。

好莱坞有部著名影片叫《时间旅行者的妻子》，大概也只有在时间的旅行中，才可以演绎出那样百转千回的柔情故事。如果要拍一个《空间旅行者的妻子》就实在没有创意了，也绝不会有这样精彩的表现。

所以说，“相去万余里”和“相去日已晚”，分为了空间上的生别离之叹和时间上的深邃之感。而我们知道，华夏文化是一种阴阳辩证的文化，尤其是在时空的辩证关系中，其实更擅长时间的体悟，尤其擅长时间的持续与生命的凝聚，这就可以解答为什么在人类文明发展过程中，只有华夏文明作为原生文明一直持续到今天从未断裂。

我在讲近代史的时候，经常会讲一个观点、一个感慨。中国近代史不是一般的屈辱沉重，在人类文明史上是前所未有的屈辱和沉重。可以说，在人类文明史上，全世界的列强如此集中地来瓜分一个国家，这是唯一的一次，这种现象如果不是发生在中国，而是任何一个其他的国家，这个国家今天已经四分五裂了。唯有华夏文明，能在那种艰难时势里，能在面临灭顶之灾的时候，还能保持强大的向心力、凝聚力，以及坚韧的生命力，在艰难困苦中，一步一步熬过来、挺过来，终于走到今天。

从历史的角度看，从文明史的角度看，这得益于华夏文明无与伦比的向心力与生命力。而这种文明特性，很大一部分就来源于我们的文化对时间持续性的偏爱上。所以“思君令人老，岁月忽已晚”，大概只有中国的古诗词才会发出这样直击心灵的慨叹。

“弃捐勿复道，努力加餐饭。”罢了，罢了，还有那么多心里话都无从说起，只愿你多多保重，莫受饥寒，多加餐饭啊。要知道这是东汉末年的作品，要知道这首诗作于东汉末年“白骨露于野，千里无鸡鸣”的乱世与末世。而且正是由此开始，华夏文明开始经历长达四百年的战乱，进入漫长的黑暗时代。其间，虽然有西晋短暂统一天下，但整体而言，在长达四百年的时间里，神州陆沉，烽烟四起，百姓流离失所，人命贱如草芥。一句“弃捐勿复道，努力加餐饭”寄寓着对生命悠长的感慨。

这看似普通的一句话，让整首诗从相思回到生命的本质上来。我们在生活中，如果远在异乡给父母打电话，父母到最后会放下其他的一切，反复叮嘱我们，穿暖一点儿，别受凉；多吃点儿，别饿着。

在父母的眼中，功名利禄都是次要的，最重要的是健康和生命。所以，要能回到生命的主题，必须经历时间的沉淀。回头来看，从空间上的别离，到时光中的思念，再到生命的本质，这首《行行重行行》的古诗真是重剑无锋，大巧不工！真是几近于道，而又浑然无迹！

好吧，不想那么深，不想那么多了。只想告诉远方的人，你知不知道我在时光里收藏着所有对你的思念。

你要好好地生活，好好地睡觉，好好地吃饭。“思君令人老，岁月忽已晚。弃捐勿复道，努力加餐饭。”

爱，不是伤害

《孔雀东南飞》

古代诗词中，不乏悲情之作，像陆游和唐琬的《钗头凤》，以及陆游的《沈园二首》，描写了悲剧性的命运，让无数的读诗人为之落泪。

而在此前，还有一对苦命的鸳鸯和他们的命运相似，也有一首诗写尽了爱情与婚姻与家庭的悲情，那就是汉乐府的名篇《孔雀东南飞》。

当然，这首诗原名并不叫《孔雀东南飞》，而叫《古诗为焦仲卿妻作》。那为什么这首诗后来又叫《孔雀东南飞》呢？

我们知道《诗经》中很多诗歌题目都以起兴的第一句首字词为题，比如说，《蒹葭》"蒹葭苍苍，白露为霜"，《关雎》"关关雎鸠，在河之洲"，《子衿》"青青子衿，悠悠我心"等，都是如此，这是《诗经》以来的传统。而这首诗起兴的第一句就叫"孔雀东南飞，五里一徘徊"。另外还有一个原因就是，"孔雀东南飞，五里一徘徊"的意象太美了。

关于孔雀为什么向东南飞，还有一个很有趣的典故。据说古典文学大师陆侃如先生年轻的时候在巴黎求学，博士答辩的时候，一个导师突然就他的论文问了一个问题，说孔雀为什么向东南飞？陆侃如先生很有急智，随口就回答，因为“西北有高楼，上与浮云齐”。这个回答实在太精彩了。《孔雀东南飞》是汉乐府名篇。而“西北有高楼，上与浮云齐”则出自《古诗十九首》。因为西北楼太高了，把路堵住了，所以孔雀只能掉头向东南飞。

而像安徽潜山当地的学者研究，认为刘兰芝家其实是住在焦家的东南方向，离婚之后被遣回家，自然是往东南方向。我个人觉得，东南在中国传统文化里有着非常深刻的意义，象征着生机、活力和希望。东方青龙木，南方朱雀火，代表着生机和希望，也蕴含了对爱情对美好生活的向往。

《孔雀东南飞》是汉乐府民歌中最长的一首叙事诗，我们在品读的时候其实可以借用西方戏剧的一种手法。西方戏剧舞台表演特别能够展现情节，凸显人物，表现矛盾冲突。

我觉得其实可以把这首诗理解成一个四幕剧。第一幕是矛盾总爆发，第二幕是离别，第三幕是逼嫁，第四幕也就是故事的高潮，双双殉情，化为鸳鸯。

我们先来看第一幕：矛盾的总爆发。

一上来，主要人物纷纷出场，个个表态。

焦仲卿是庐江府小吏，应该上班很忙，平常难得回一次家。一回家，刘兰芝含着泪向他控诉。说十三学了什么、十四学了什么都还是次要，十五弹箜篌和十六诵诗书很重要，说明刘兰芝知书达理。箜篌这种乐器，是古代庙堂中非常高雅的一种音乐，弹箜篌就说明刘兰芝的这个境界有多高，况且还会诵诗书。

但是，嫁到焦家之后，所有的家务活都干，从早到晚每天织布，“三日断五匹”，这个可不得了。七仙女作为织布之神，为了跟傅员外打赌，也不过一天十匹布，刘兰芝一天平均近两匹布，这个速度已经让人惊叹了。可是这样，焦母还是嫌弃她慢，不断刁难。所以刘兰芝说，不是我做得慢啊，是你们家的媳妇难做，“妾不堪驱使”，表明我独立的人格受到了伤害。

焦仲卿一听，就来到了母亲房间。作为老婆的代言人，他说我好不容易娶到这样好的媳妇，才过上一点点好日子，母亲你为什么就对她这么不满意呢？

结果这话一说，焦母也立刻爆发了。“此妇无礼节，举动自专由”，你这媳妇根本不行，那缺点是一大堆，反正我是没有办法跟她一起生活，你趁早给我把她休了。我们邻居家有个叫秦罗敷的，长得漂亮极了，你把刘兰芝休了，我马上把秦罗敷给你娶回家来。

焦仲卿一听就跪下来了，说你要让我休妻的话，我这辈子再不结婚了。这是表明姿态，坚决要跟自己心爱的媳妇站在一边。

焦母一听，立刻露出了封建家长制的那种霸道嘴脸，捶床大怒啊。说这个家是我做主，我是家长，你别想，一定得给我把她休了。

焦仲卿这下没办法，调回头来又回到自己房间，说：不是我要休了你，是我老妈要休了你，我没办法啊。这样吧，咱们先暂时离婚。请注意啊，在汉代的法律里，如果男方把女方赶回家，就是事实上的离婚，就是休妻了。所以焦仲卿说咱们先离，你先回家，等我以后再把你娶回来，你要听话，听我的话。

焦仲卿真是一个可怜的男人，作为儿子，作为老公，他不仅不能像一个外交家一样充分地去斡旋，反倒像一个传声筒，把老婆的话直接传给老妈，把老妈的话又直接传给老婆，简直就像在煽风点火。而且解决问题的办法，居然是劝刘兰芝先离婚，先回家等等。

对此，刘兰芝的态度是什么？不要再说了，我回去就是了，而且最后交代我的嫁妆有多少多少，可见刘兰芝的家庭背景还是不一般。

事情到了这个地步，已经无可挽回，紧接着就进入了第二幕：离别。

离别是谁跟谁离别呢？其实是刘兰芝分别跟焦母，还有小姑子，也就是焦仲卿的妹妹，以及焦仲卿的离别。

被休回家已成事实，这在古代是非常屈辱的一件事，但刘兰芝这个完美女性形象就像林徽因说的那样，即使面对屈辱，也要在沉默里慢慢地学会坚强。

她的离开是带着尊严，带着自己的骄傲离开的。她盛装打扮完美出场，尤其是对婆婆的告别，一大早起来精心装扮，以自己最美貌的面目离开她的婆婆。离开的时候，她说了一堆话，说我来到你们家怎么怎么样，说的都很客气，但其实都是反话。听了这些话，“阿母怒不止”，焦母很生气。

掉头与小姑作别的时候，说的都是有感情的话。我刚嫁过来的时候，小姑子才扶着床那么高，现在长得快和我一样高了，以后和姐妹们和伙伴们一起玩乐的时候不要忘记曾经和嫂子一起共度的时光。所以，刘兰芝其实不是不会说情语，但是她不会跟她的恶婆婆说。

与婆婆不卑不亢地告别，与小姑子深情地告别之后，就该和爱情告别了。

刘兰芝还是深爱着焦仲卿的，虽然这个老公挺窝囊。你看他送刘兰芝快到回家路口，分手告别的时候，还对她说：“誓不相隔卿，且暂还家去。吾今且赴府，不久当还归。誓天不相负！”还是那老一套说法，不是我要休了你，是我妈要休了你了。现在这个局面就是只能先离婚，我还要赶回去上班，回来之后一定跟你复婚，你一定要听我的。就这馊主意，还翻来覆去地念叨，甚至还叮嘱刘兰芝一定要听他的，还有点大男子主义。

这个时候，就体现出刘兰芝的深情和理智了。她说“感君区区怀”，还说“妾当作蒲苇，君当作磐石”，就是海誓山盟了，我对你的爱是永远不会改变的，我也希望能够和你重续前缘，等着你回来和我复婚。但是，刘兰芝有一个非常理智的认识，说“我有亲父兄”，这主要指的是她的兄长，“性情暴如雷，恐不任我意，逆以煎我怀”。后面的事很难料，你要有思想准备。然后两个人分别，“举手长劳劳，二情同依依”，说明两个人是深深相爱的，深情缱绻，不忍分别。

刘兰芝在分别前说，后面的事很难料，那么到底会有什么事很难料呢？

我们接着来看离别后的第三幕：逼婚与逼迫。

从影视艺术的角度上来看，《孔雀东南飞》虽然是汉乐府时期的作品，也深得现代电影艺术的表现智慧。

第三幕情节迅速推进，而且有让人意料不到的效果。

刘兰芝回到家之后，她的母亲大为吃惊，“不图子自归”，这就是我们前面讲的这样回来意即被休了，被离婚了，这在当时是很丢人的事情。所以刘母悲伤，在埋怨我是如何培养你的，没想到你被人这样赶回家来，你到底犯了什么错啊？

可见刘母这时候的心情惊讶羞愧，这怎么见邻居啊。这其实是一个母亲最本能的反应。对于母亲这样的追问，刘兰芝只回答了一句话，“儿实无罪过”，我不需要解释，我反正对得起我自己的良心，这可以看出刘兰芝的性格中有一种独立，有一种坚强。

接下来情节急转直下，完全让人想不到这个被休掉的刘兰芝，也就是离了婚的刘兰芝，带着屈辱回到家里没几天，县令居然遣媒人来求婚了。

“云有第三郎”，县令家的老三，“窈窕世无双”，据说长得无比帅。注意“年始十八九”，这个年龄应该比刘兰芝还小，刘兰芝“十七为君妇”。三年之后被休婚至少二十岁吧？这个县令家的老三比她还小，又是县令家的公子，居然来向离了婚的刘兰芝求婚。

刘母很高兴，你赶快嫁了吧，前面不光彩的事也可以遮过去。刘兰芝怎么说，我和我的丈夫（她这时候还是把焦仲卿当作她的丈夫）海誓山盟，有人生之约，我不能违背我的誓言，焦仲卿是我的真爱，所以我不能答应这件婚事。

母亲没办法，只好向媒人谢绝了。可是过了两天，才回掉县令家的求婚，突然太守家又来求婚了。这不得了。我们说焦仲卿不过是庐江府的小吏，在古代官和吏可不一样，吏只不过相当于基层公务员，官才是高级公务员，县令就已经不得了。在汉代，太守就相当于省长、省委书记了，说“云有第五郎，娇逸未有婚”。这一次呢，刘兰芝本来还是不同意，但是那个性情暴如雷的哥哥出场了。“不嫁义郎体，其往欲何云？”就是说你想什么呢？原来那个焦仲卿怎么能跟人家比！哥哥只巴不得早点把她嫁出去。

我们讲了刘兰芝其实是一个自尊心非常强的人，所以她冷静地表态说我当初嫁出去，现在又被遣回家，一切都要仰仗哥哥你，我怎么生存下去呢？当然你拿主意，你说什么就是什么，所以就决定嫁。

刘兰芝一答应，太守家高兴得简直要疯了。迎亲物品的丰富珍贵，迎亲队伍的规模浩大，简直是难以想象。

我们对比一下，前面说织一匹布多难，这里却有“杂彩三百匹，交广市鲑珍”。还有“赍钱三百万，皆用青丝穿”，还有“从人四五百，郁郁登郡门”。这个时候，刘母来问刘兰芝，明天都要成亲了，你为什么还没有做新嫁衣。

这个时候刘兰芝流着泪，拿起刀尺来，早晨开始到晚上已经把新嫁衣做成。说明她的手艺高到什么地步。就在这个时候，这一幕剧里的另一种逼迫来了。

我们讲了这一幕应该叫逼婚与逼迫。那么县令和太守家来求婚，然后母亲和兄长，主要是兄长逼着她要嫁，这是逼婚逼嫁。但是还有一场逼迫，其实是她心爱的人对她来逼迫。焦仲卿在省城上班，得到消息，很快赶了回来。

“新妇识马声，蹑履相逢迎。”快到刘家附近的时候，刘兰芝听到马蹄声或马的叫声就知道焦仲卿来了，可见两个人感情很深，隔着远远地就知道他的马的声音。我们日常生活都有这样的经验，自己的家人日久生情，只要家里人上楼，隔着门也能听得出来楼梯上是他的脚步声，不是别人，就会去给他开门，这就是亲人，可见感情之深。

见到焦仲卿之后，刘兰芝扶着焦仲卿的马鞍，从这个动作可以看出焦仲卿未必下马了，刘兰芝扶着马鞍主动告诉焦仲卿，说人世间的事十有八九不如意，这其中的变化种种曲折，你很难了解。“我有亲父母，逼迫兼弟兄”，这个父母兄弟都是偏义复合词，主要指的是母和兄，硬要把我嫁给别人，我其实也在痛苦和煎熬之中。

你看刘兰芝回家的时候，她的母亲埋怨她，她只说了一句话。现在焦仲卿问都没问，她上来就主动解释。这说明什么？这说明她在自己爱的人面前，是愿意放下姿态的。可是这样忍辱解释的刘兰芝，却反衬出焦仲卿的可笑，他这时候已经知道刘兰芝要另嫁他人，男人这个时候往往会失去理智，所以不知是被怒火还是被嫉妒冲昏了头脑，在刘兰芝主动解释的情况下，焦仲卿居然怎么说，“贺卿得高迁！磐石方且厚，可以卒千年；蒲苇一时纫，便作旦夕间。卿当日胜贵，吾独向黄泉！”就是说恭喜你啊，以后可以飞黄腾达了。你不是说磐石蒲苇嘛，磐石方且厚，可以支撑千年。蒲苇一时韧，你的誓言只不过说说而已。从此以后，我们当年的海誓山盟看来只有我能去遵守，你过你的好日子去吧。

一般情况下，女人会一哭二闹三上吊，但刘兰芝面对命运的磨难非常有理智。反倒是焦仲卿，动不动就要死要活。焦仲卿句句话讽刺挖苦，刘兰芝所受的打击可想而知，所以她说“同是被逼迫，君尔妾亦然”啊。其实被逼迫的苦果主要是谁承受？还是刘兰芝来承受。看到心爱的人如此讽刺挖苦自己，刘兰芝说，好，你说死是吧？行！“黄泉下相见，勿违今日言。”这就是两个相爱的人说的最后的一段话。

这两个相爱的人的生死离别，最后的话充满了不理解和怨愤，都是相爱的人，却把彼此逼上绝路，着实令人悲哀呀！

其实，我们人生中最大的煎熬往往都来自我们热爱的人。

中国人这一点很让人感慨，在外面都温文尔雅，和别人，和陌生人相处都可以，唯独和亲人相处的时候总有这样那样的矛盾。我们最不理解的人，往往是我们爱的亲人；而我们给别人带来的磨难，也往往是我们身边的亲人，这一点特别值得我们反思和思考。

于是紧接着就到了第四幕，也就是整个故事的高潮，双双殉情化为鸳鸯。

先是焦仲卿回家向母亲诀别，其实是向母亲表态，我们的爱情悲剧、你儿子的死，都是你一手造成的。这个时候母亲很可怜，“零泪应声落”。你看，焦母第一次的出场很霸道，捶床大怒。第二次，刘兰芝与她作别的时候，她虽然很生气，但她说不过这个儿媳，所以并没说什么。第三次，等她儿子与她生死离别的时候，她怎么样？哭着求儿子说，你怎么能为了这个女人去死啊？东家有贤女，我马上就给你求婚。其实到了此时此刻，她还是不理解她的儿子到底要些什么。

当然反过来说，焦仲卿和刘兰芝就理解这个母亲吗？这个母亲虽然亲手扼杀了儿子的幸福生活，但是你看她的出场，她的姿态一次比一次弱，尤其到最后焦仲卿和刘兰芝双双殉情之后，“两家求合葬”，也就是葬在焦家的祖坟里了，说明焦母到最后也后悔，她不理解她的儿子和她儿媳的爱情，甚至亲手扼杀了他们的爱情，也葬送了她的儿子的生命。可是她毕竟是一个母亲，她对她的儿子的爱简单又直接，面对最后的悲剧，也可以看出她的懊悔和伤痛来。

当然，这一幕中最唯美最凄绝的画面是刘兰芝的殉情，她就像《红楼梦》里说的“寒塘渡鹤影”“冷月葬花魂”的预言一样，“举身赴清池”，所以很多人猜测林黛玉最后结束生命的方式大概也像刘兰芝一样。

这样一对比，焦仲卿又显得可悲了一些。即使是要死，即使已经与母亲作别了，到最后他也要等到刘兰芝的死讯传来，他才“自挂东南枝”。两人最终殉情之后，他们墓旁的梧桐树上长出两只鸳鸯，每晚凄凄鸣叫，断人心肠。这首诗最后一句很有意思，叫“多谢后世人，戒之慎勿忘”，就是劝诫世人从这场悲剧里吸取经验和教训。

什么样的经验和教训呢？只是像我们过去所说的揭露了封建社会的黑暗？反映了封建家长制的黑暗？只是这样吗？不是。其实这首诗最深刻的地方是让亲人、爱人懂得亲人之间的相处之道。越是亲人越是爱人，相处就越要有智慧。作为家长，固然要理解孩子们对爱情的追求，固然要给他们生活的空间；作为孩子们，是不是也要理解一下父母呢？

你看刘兰芝，她从不主动跟婆婆交流。她很有才，也非常美，要不然也不会被休掉之后，先是县令家，后来又是太守家，纷纷来求婚。但刘兰芝性格中的那种高贵、那种骄傲，固然让她气质非常出众，但是在和家人，比如说在和婆婆的交流中，会不会也因此产生障碍呢？

至于焦仲卿就更不用说了。在两个天敌一样的女人之间，所有的男人可能都像在夹缝中求生存，这就更需要一种斡旋的智慧。而他却像一个传声筒，把彼此的愤怒、怒火直接传递给另一方。当碰到难题的时候，他解决问题的办法也非常可笑。当听到刘兰芝再嫁的消息，当刘兰芝放下一贯坚守的自尊，主动解释的时候，焦仲卿居然语含讥讽，全是挖苦。从某种角度上讲，是他自己把心爱的人、把他自己、把他们的爱情和幸福逼到了绝境。到了最后的最后，他也要等到刘兰芝“举身赴清池”的消息确认之后，才肯“自挂东南枝”。焦仲卿固然深爱刘兰芝，当然他也爱他的母亲，可是他的爱显得那么没有智慧，那么偏狭，那么自私。

话说回头，对于这场爱情、家庭和婚姻的悲剧，最大的责任还是归因焦母、刘母和刘兰芝那个暴力的兄长。回头想想，对于爱人，对于家人，对于亲人，我们其实更需要宽容和理解，更需要一些换位思考。

爱不应该是伤害，不应该是彼此的苛求，而应该是温暖与滋养，这才是“多谢后世人，戒之慎勿忘”的地方。

江南清如许

《江南》

如今真的很奇怪，常常是江南的雪，越下越大，而北方“千里冰封，万里雪飘”的景象却很难见到。不知道为何会这样，但江南的一场暴雪却让身在旅途的我更牵挂故乡。

因为心中的那份念想，因为对江南的思念，所以想起那首千古名作——《江南》，诗云：

江南可采莲，
莲叶何田田，
鱼戏莲叶间。
鱼戏莲叶东，
鱼戏莲叶西，
鱼戏莲叶南，
鱼戏莲叶北。

《江南》有时又被称作《江南曲》，是汉乐府的名作。这首《江南》，太过有名，当然关于它的争议也不少。

比如，像“鱼戏莲叶间”也就罢了，那么“鱼戏莲叶东，鱼戏莲叶西，鱼戏莲叶南，鱼戏莲叶北”，这样的四个方位都重复说一遍，是不是多此一举呢？而且，为什么要按东西南北的方式呢？尤其这四句中压在韵脚上的，偶句是西和北，而不是东和南？《沧浪诗话》就说它“全不押韵”，很多人也觉得读起来有些别扭。

那么，最后一句压在“鱼戏莲叶北”，看上去全不押韵的《江南》，为什么传播起来还是这么广泛呢？

当然，还有一个更大的疑问，就是这首《江南》到底是纯粹的言情，还是言事呢？这一点争议就更大了。关于这些争议，让我们先从头来细细看看这诗吧。

首先，诗题是《江南》，我们知道不仅这首诗叫“江南”，有很多诗歌都叫“江南”，还有很多人的名字叫“江南”，甚至还有很多音乐作品也叫“江南”，“江南”到今天已经变成了一个情感的意象，不再简单只是一个空间的意象。

当然，从空间地理概念来说，长江以南都可以叫江南，但我们却清楚地知道，长江上游以南的地区我们很少会称之为江南。

事实上，自中古以来，江南指的就是长江中下游地区的长江以南。像唐初的江南道，所指就是如此。

开元年间，江南道被分为江南东道和江南西道。江南西道的治所在洪州，就是所谓“洪都新府、豫章故郡”，也就是南昌，所以江西省其实就是江南西道的简称。当然，当时的江南西道占地是非常大的，不光是今天的江西，还有湖南湖北，甚至包含现在安徽南部的一些地方，但因为治所在南昌，后来江西就成了江南西道的简称。

那么，有没有一个江东省呢？没有。

我们知道，江南东道太过富庶，包含的是今天的江浙沪皖。自中古以来，这一片地方可谓是天下最为富庶之地，所以很难用一个简单的江东省来指代整个江南东道。所以后来不论是明朝的南直隶，还是清朝的江南省，或者再到后来两江总督所辖之地，皆为天下最为富庶之地，天下命脉所系。

所以，在这样的背景下，即便只是从空间地理概念上来看，“江南”这个概念也是越来越浓缩，最后偏向于集中在江南东道即长江下游地区，也就是今天的江浙沪皖一带。

而空间地理上的这种“江南”和后来文化艺术领域所生发出的情感意象上的“江南”，在气质上也日渐吻合，形成了我们今天大众印象中的江南意象。当然，汉乐府时期所写的江南，应该是泛指长江中下游的长江以南地区。

那么在江南，尤其是夏天，甚至是夏秋之际，采莲是一项非常重要的农事活动。所以说“江南可采莲，莲叶何田田，鱼戏莲叶间”，这开篇的三句里，有些字词非常关键，也是造成歧义的关键所在。

我们知道，莲的意象在古诗词里是奇特的，它既可以指采莲、莲叶、莲花、莲藕，古代就有非常多的采莲曲。但出淤泥而不染的莲花，又可以作为一种象征。比如精神的自喻，如周敦颐的《爱莲说》。不过对于大众而言，尤其是在民间，还有一个更重要的象征意义就是——因莲（怜）说爱。

中国人的情感比较内向，比较含蓄，因此，汉语特别擅长使用谐音双关。说爱情的时候，一般不直言说爱，而要通过怜来说爱，怜惜的怜。莲花的“莲”，与怜惜的“怜”谐音，所以因怜说爱，因怜说莲，是古人常用的手法。

这种语义的丰富性，就造成了理解上的歧义。

那么，这里的采莲到底说的是采莲女在采莲，“采莲南塘秋，莲花过人头”，还是男女情事呢？

主张言情一派观点的人就认为这一场美丽的采莲活动，包括其中所写到的很多字词，其实都是一种隐喻。

首先在江南采莲的大都是青年男女，我们看《神雕侠侣》的开篇，陆无双和程英她们去采莲，就是一群年轻的姑娘们去莲塘采莲。元好问的《摸鱼儿》其实有两首，一首就是“问世间情为何物”殉情的大雁，还有一首写的则是莲塘里的双双殉情的青年男女。而莲塘里最美则是象征着爱情的并蒂莲。

所以“江南可采莲”，莲不用说了，因莲说爱，“可”字，言情派就主张这种语气里已经包含了一种因怜说爱的独特意蕴。

第二句“莲叶何田田”，“田田”两字，也特别有讲究。此前解诗一般都解读为莲叶茂盛的样子，但言情派有一种观点认为“田田”是江南楚音，是一种方言，其实可以通填空的“填”（当然这种观点是一家之言，并不被学术界所公认）。

不过，除了“田田”的拟声解读之外，最重要的证据是第三句“鱼戏莲叶间”。“鱼”这个意象，在民歌传统中，是常常被用来表现男女欢情的一种隐喻。所以接下来的鱼戏莲叶东、西、南、北，就被理解为极尽夸张之能事，描写这种欢愉之情。

事实上，《江南》是一首汉乐府民歌，而民歌多有言情的传统，这是毋庸置疑的。中国的诗词，包括乐府民歌中，多有对男女欢情的隐喻，这也是不必讳言的。但一首经典作品在创作传唱流传的过程中，如果仅限于这一面的话，它就不可能成为真正的经典，也不可能在时间的长河中，得以久远的流传。

采莲本身经常被用于表现男女情爱，我们根本不讳言，而且这是一件非常自然的事情。像同样在《乐府诗集》里名篇《西洲曲》，说“采莲南塘秋，莲花过人头。低头弄莲子，莲子清如水”，这当然是在说爱情，要不然也不会接下来说“置莲怀袖中，莲心彻底红。忆郎郎不至，仰首望飞鸿”。所以《西洲曲》最后表达的那种思念那样让人怀念：“海水梦悠悠，君愁我亦愁。南风知我意，吹梦到西洲。”

除了乐府诗中的采莲，像李白、王昌龄、白居易，很多人都写有著名的《采莲曲》。王昌龄的《采莲曲》：“荷叶罗裙一色裁，芙蓉向脸两边开。乱入池中看不见，闻歌始觉有人来。”仿佛只在写采莲女的形象，但它其实是一组组诗，他的第一首就说“吴姬越艳楚王妃，争弄莲舟水湿衣。来时浦口花迎入，采罢江头月送归”。而白居易的《采莲曲》则说采莲女“逢郎欲语低头笑，碧玉搔头落水中”。至于李白的《采莲曲》，是一首著名的七古之作，就是更明显地写男女情爱的情诗。“若耶溪傍采莲女，笑隔荷花共人语。日照新妆水底明，风飘香袂空中举。岸上谁家游冶郎，三三五五映垂杨。紫骝嘶入落花去，见此踟蹰空断肠。”

所以，这就像刘禹锡的《竹枝词》：“东边日出西边雨，道是无情却有情。”采莲本是江南青年男女的劳作，在青年男女的农业活动中，发展出自然健康的男女情爱，是一件非常自然的事情。不过，假如只把它看成一种男女欢情的隐喻，那就是一种偏执，就走向极端了。

真实的《江南》，既来自生活，又经过创作的提炼，得以在文学的殿堂、历史长河中沉淀为一种经典，说明它既言情又言事。而正因为它既可以言情，又可以言事，所以在后代的传唱中，才更易被人所接受。

所以说，采莲的“莲”既可以是怜爱的“怜”，也可以是指真的在采莲。莲叶何田田，也就没必要把“田田”去做拟声词的想象。田田，本来就有茂盛之意。因为从训诂的角度上来看，虽然我们现在已经非常清楚，“田”就是指田地的意思，但最早的甲骨文的“田”字，并不是现在写作一个田字格，而是写作九宫格。

为什么要写作九宫格呢？是因为横代表横向的田埂，也叫作“陌”。所谓“陌上人如玉，公子世无双”。那么纵向的代表什么呢？代表纵向的田埂。这就叫“阡”，所谓阡陌交通。最早的甲骨文“田”字画成九宫格，而不是我们今天看到的田字格，就是要表达阡陌纵横的农耕之地。这种阡陌纵横，其实就有一种繁盛的寓意与期望在其中。

故而以“田田”比喻意繁盛茂盛之貌，在诗词里是常见的。比如说谢朓《江上曲》就说“莲叶尚田田，淇水不可渡”。姜夔姜白石的《念奴娇》：“日暮。青盖亭亭，……田田多少，几回沙际归路。”王安石的《送吕望之》则云“池散田田碧，台敷灼灼红”。这些诗句中，田田要么是莲叶茂盛的样子，要么就是指莲叶碧绿的颜色，都是指那种茂盛的生机。

所以“莲叶何田田，鱼戏莲叶间”就是一种劳作中的即景生情。这首诗在《乐府诗集》里是被列入《相和歌辞》的。严格说起来，相和歌也就是一人唱众人和。我们就可以想见，这是多么充满生机与希望的劳作场面。

一人在池塘中唱“江南可采莲，莲叶何田田，鱼戏莲叶间”，于是东边的采莲女就接“鱼戏莲叶东”，而西边的采莲女就接“鱼戏莲叶西”，接下来南边的唱“鱼戏莲叶南”，北边的唱“鱼戏莲叶北”，这就是劳作过程中青年男女的大合唱啊。就像《竹枝词》所本的薅秧歌一样，本身就是劳动生活中热爱生活的青年男女们，他们欢情纵情地歌唱，而且是一种大合唱，这样唱出来的就是和声。

因此，有人推测这首诗的前两句可能是一个男歌者的领唱，“江南可采莲，莲叶何田田”，第三句为众男女的合唱，后四句则是男女的分组合唱。如此看来，这样的采莲情境是多么有生活情趣，又多么有艺术与美学的境界呀。在这种生活情境与艺术与美学的境界之下，“鱼戏莲叶东，鱼戏莲叶西，鱼戏莲叶南，鱼戏莲叶北”的重复，就显得非常有必要，非常有情趣。

说到这里，还要说一下，为什么最后的押韵不是压在“鱼戏莲叶南”这样的韵脚上，而是压在“鱼戏莲叶北”呢？

这其实也恰好证明了这首《江南》的经典，证明了它完全来自先民淳朴的生活。东西南北四个方位的运用，包括我们今天俗语中东西南北的这种方位语序，其实是有独特内涵的。不光是《江南》中说东、西、南、北，比如还有《木兰诗》中，“东市买骏马，西市买鞍鞯，南市买辔头，北市买长鞭”。顺序是东市、西市、南市、北市，也是东西南北。至于《礼记·檀弓上》篇里说孔夫子“今丘也，东西南北之人也，不可以弗识也”。

陆游也说自己“已经成住坏空劫，犹是东西南北人”。但为什么一定是东西南北客，东西南北人呢？为什么不是东南西北？为什么不是南北东西？

我认为这其实体现了先民对空间、方位的认识。人类不管是哪个文明的早期文明，首先都一定是光明崇拜。而且先民对空间方位的认识和太阳息息相关。太阳总是从东边升起，再从西边落下，所以东与西应该是先民首先获得的方位概念。且东属木，本来就是华夏文明中对生命和生机的期望。

而说到中国文化中最重要的阴阳概念，我们知道所谓“山南为阳，山北为阴”。是说山坡南面阳光充足，利于草木生长。在五行中，南又属火，也喻指光明，南离火嘛。而北方玄武则代表了黑暗，属阴。所以，《逍遥游》中才说“北冥有鱼，其名曰鲲”，而鲲化为鹏，“抟扶摇而上者九万里”。为什么呢？因为“是鸟也，海运则将徙于南冥”，要到南方去。因为北方代表了阴暗与寒冷，而南方则代表了温暖与光明。所以先东西后南北。

因此，这种东西南北的空间方位语序，非常符合先民在劳动生活以及文明发展过程中的情感认知体验，以及审美与价值认知体验。所以“鱼戏莲叶东，鱼戏莲叶西，鱼戏莲叶南，鱼戏莲叶北”，虽然不押韵，但它符合生活的认知，符合情感的体验，符合审美的追求，因此也就是最易于被接受、被传播的。

一首《江南》被传唱为一种经典，今天的我们还能不能借由它回到我们内心最初的清澈心田呢？

江南可采莲，莲叶何田田。

人性的流淌 暗夜的烛光

王昌龄《闺怨》

我们讲王昌龄，会讲他豪情万丈的边塞之作《出塞》——被后人称为唐人七绝“压卷”之作；会讲他深情宛致的送别之作《芙蓉楼送辛渐》——从“一片冰心在玉壶”里看出他的赤子之心。

但我个人特别欣赏王昌龄的，在于他除了豪情万丈的边塞之作、深情宛致的送别之作外，还有一类更让人赞叹的深情之作、人性之作。这在王昌龄的作品集中，甚至在整个唐诗乃至整个中国古代文学中，我觉得都别有特色、别有滋味。下面我们就来赏析他的情诗代表作《闺怨》，诗云：

> 闺中少妇不知愁，春日凝妆上翠楼。
> 忽见陌头杨柳色，悔教夫婿觅封侯。

我经常感慨，王昌龄如果晚生一千年，如果生在当代的话，恐怕也会像欧·亨利、莫泊桑或契诃夫一样，成为世界上最顶尖的短篇小说大师。因为他最擅长用最简洁的笔触、最传神入画的片段，勾勒出人情与人性中最鲜活的一面来。

你看，他对这位闺中少妇形象的勾勒，是何其传神。

“闺中少妇不知愁。”《唐人绝句精华》注释里说：“‘不曾’一本作‘不知’。”说明至少在宋人看来，原版的版本应该是“闺中少妇不曾愁”，后来在流传过程中，又产生了“不知愁”的版本。

那么，到底是“不曾愁”好还是“不知愁”好呢？此前古人论述，包括有些学者论述，大多以为是原版的“不曾愁”比较好。因为从“不曾”，写到“忽见”，写到后来的懊悔，才更能见出时间的连贯有力。因为“不曾”，就是曾经、过去从来没有过的意思，这样强调的是时间上的状态；然后再到“忽见陌头杨柳色”，那个“忽见”的时间节点；然后再产生“悔教夫婿觅封侯”的后悔之情，时间的连续就很明晰。

但是，我们最熟悉的版本还是“闺中少妇不知愁”。那么在后来传播的过程中，为什么“不知”盖过了“不曾”，成为影响最大的一个流传版本呢？

我觉得，其实还是“不知愁”会更好。因为“不曾”体现的是时间状态，而“不知愁”的“不知”，体现的却是那个从少女刚刚变成少妇的女孩子，她的心性、她的情绪、她的心灵状态、她的情感状态。

她大概成为少妇还没有多久，还没有经历过多少生活波折，家境可能也比较优裕。而且在盛唐时代，男人就像岑参说的那样，“功名只向马上取，真是英雄一丈夫”，好男儿、大丈夫边塞从军、马上封侯，是许多人的生活理想。所以她所爱的那个人、她所嫁的那个人，大概在新婚之后没有多久，就离开她去了远方，去追寻心中的理想与生活的梦想。而这一切在这个闺中少妇的眼中看来也尽属当然，并没有因此而生过离愁别恨，还是照样地在家族或者在自己的生活圈子里快乐地生活。

于是到了春天，到了春光烂漫的时刻，她精心地装扮了自己，登上自家的高楼。一个“凝妆”的“凝”字，可以看得出她的打扮着意而精心，她要美美地去欣赏美丽的春景，这更可以看出她的“不知愁”来。

“翠楼”指青色的、绿色的楼房。古代显贵之家，楼房多饰以青色。这里以“翠”字代替“青”，是为了合辙押韵，而且这种翠色，更可以见出她的青春魅力和春光的烂漫。所以“春日凝妆上翠楼”，是何等地明艳、何等地美丽、何等地“不知愁”啊！

但一切的转换、一切的转折，都从那个“忽见”的时间节点突然而生。

实际上，“陌头”的“杨柳色”大概是春天最常见的春色了，可是用一个“忽见陌头杨柳色”，就让这样的“陌头柳色”变得不寻常了。不寻常在它突然勾起了一种情绪、一种心绪、一种人性中自然流淌的东西。那种东西或者叫爱，或者叫怨，或者叫深深的愿望与渴望。

“杨柳色”固然是春色中的一种，但因“柳树”的“柳”字谐音“留别”的“留”，所以古人折柳送别又是一种固有的、常用的意象。所以见“柳色”而想到所爱的人不曾“留”，如今面对这大好的春光，面对这生命中春日绽放、最美的时光，还有自己那最好的青春、最美的生命，却不能与所爱所依的人共同欣赏，只能孤芳自赏，这是人世间多么悲哀的事啊！

所以“悔教夫婿觅封侯”，人生苦短，为什么要追寻那些虚无缥缈的东西？最美的生命不就在你的身边吗？你的我呀，我的你呀，年轻的你我都不会明白，其实只有你我才是彼此可以握在手中的幸福。这样的怨忽然生发，自然流淌，可谓“言有尽而意无穷”。所以后人评说：“‘不知’‘忽见’四字为通首关键”，这也是使这首诗、这首绝句特别具有短篇小说特点的一个关键所在。

除却技法，“不知”和“忽见”最为关键的，是从本质上写活了这个少妇的心态、情态。原来的“不知愁”，正见出她的天真烂漫，而由“忽见”所生的闺怨，才是最真实的人性流淌。说到这种“最真实的人性流淌”的“闺怨”，从魏晋到隋唐，其脉络还是非常鲜明的。但自宋以后，随着宋明理学的大行天下，这种最自然、最本真的人性诉求，渐渐地就被扼杀了。回头去看，由魏晋而隋唐的这种闺怨诉求，其实颇具人性的光辉。

魏晋时还有一则著名的“闺怨”。

《世说新语·贤媛》篇记载：“王凝之谢夫人既往王氏，大薄凝之。既还谢家，意大不说。太傅慰释之，曰：‘王郎，逸少之子，人身亦不恶，汝何以恨乃尔？’答曰：‘一门叔父，则有阿大、中郎；群从兄弟，则有封、胡、遏、末。不意天壤之中，乃有王郎！’”这也是一段典型的闺怨，虽然与王昌龄笔下的闺怨不同，但在中国古代男尊女卑的社会环境中，这种人性的自然流淌实在是难能可贵。

王凝之是“书圣”王羲之的二儿子，是王献之的哥哥。而他的妻子则是魏晋时大名鼎鼎的才女谢道韫。《红楼梦》里说“可叹停机德，堪怜咏絮才”，就是把林黛玉比作谢道韫。而“咏絮才”则说的是谢道韫小时候，有一次谢安跟他的子侄们在一起聊天上课，突然下大雪了，雪花纷纷落下。

看到这个下雪的场景，谢安就启发式教育，问大家“白雪纷纷何所似”啊？就是你们来形容一下，这个雪到底像什么呢？这时谢道韫的堂弟阿胡，也就是谢朗，反应比较快，立刻就说“撒盐空中差可拟”。就是说这个雪啊，就像有人从空中往下撒盐一样。然而，这时候才不过八九岁的谢道韫却摇摇头说，应该是“未若柳絮因风起”。与其说下雪像是有人从空中撒盐，不如说像柳絮在风中起舞。我们知道，雪花落下去的时候会起起伏伏，会飘浮起来的。所以徐志摩在写《雪花的快乐》的时候，说“假如我是一朵雪花”，要“翩翩的在半空里潇洒”，要“飞扬，飞扬，飞扬，啊，她身上有朱砂梅的清香！”这才是雪花的状态，像柳絮那样飞扬、飘浮，所以后人就称像谢道韫这样的才女叫作“咏絮才”。

关于谢道韫，《世说新语》中还记录了一个故事。说谢玄和当时另外一位杰出的人才叫张玄并称，两个人并称“南北二玄”。两个人是好朋友，经常在一起聊天。其他事都没问题，唯独聊到一件事儿，两个人就互不相让。因为张玄有一个妹妹叫张彤云，非常有才，也非常有名。张玄每次都吹牛，我妹妹怎么怎么样？谢玄就不以为然，说我姐姐谢道韫那才不得了，没人可比。

张玄又不服气，两个人就争，争不出一个高下。后来呢，世人也很关注这个问题，大家就去请教一个著名的女尼。这个女尼的名字叫济尼。济尼非常有名，经常出入世家望族，接触了很多人。

大家就请济尼做个评判，结果济尼说了一段话，天下人都认为是公允之评。济尼就说，张玄的妹妹张彤云是“清心玉映，自有闺房之秀”。这评价不得了吧？是说张彤云是“闺房之秀”啊，闺房中顶尖的人才。但是说谢道韫是什么呢？说谢道韫是“神情散朗，故有林下之风”。这个“林下之风”的评价一出来更不得了。为什么呢？因为“林下之风”说的就是竹林七贤啊！济尼的意思是说，张彤云还只能是在闺阁中比，但是谢道韫却可以和那个时代最优秀的男人“竹林七贤”的风致相比。

闺阁之秀，再怎么聪慧也只是一个小的格局，而济尼是把谢道韫放在天下、放在古今的历史格局中加以评判，可见当时人对谢道韫的才学、人品的推崇。

可是，即便是这么厉害的谢道韫，也有她的闺怨。

谢道韫的父亲是谢安的大哥谢奕，因为谢奕去世早，谢道韫、谢玄姐弟他们都是由谢安抚养、教育长大。

谢安非常器重这个侄女，所以颇为她的婚事操心。在东晋，谢氏与王氏那是毫无疑问的两大望族，所谓“旧时王谢堂前燕”。出于门当户对的考虑，王羲之又是谢安的好朋友，谢安就想和王家结亲，想在王羲之的儿子里物色一个侄女婿。

谢安最初看重的是王徽之。王徽之是王羲之家的老五，也就是著名的“雪夜访戴”的主人公。用今天的话讲，王徽之最擅长的就是行为艺术。后来谢安考察了一下，觉得王徽之这家伙有些不靠谱，太不拘小节了，所以最后就改变了初衷，就把谢道韫许配给了王羲之家的老二王凝之。

王凝之非常擅长书法，而且尤擅草书和隶书，先后出任过江州刺史、左将军、会稽内史。但是王凝之表面上看上去虽然比较沉稳，却是王羲之七个儿子里最奇葩的一个。

为什么呢？

他是王家唯一一个彻头彻尾的宗教徒，笃信五斗米教。平常就是每天踏星步斗，拜神起乩。谢道韫自嫁给王凝之为妻之后，两个人根本就不是一路人。至于识见、格局，更是差了十万八千里。

谢道韫嫁过去之后婚姻很不幸福。婚后不久，谢道韫要回娘家，整天闷闷不乐。谢安就感到很奇怪，就问这个谢道韫，说“王郎，是逸少之子”，就是你丈夫王凝之，那可是王羲之的儿子呀，不是庸才呀，你嫁了如意郎君，为什么不开心呢？

谢道韫在那个时代，在一千七百年前就直截了当地回答说，叔叔，你看我们谢家一族中，叔叔辈有您、有谢据，都是国家栋梁之才。兄弟中，有“封胡遏末”，有谢韶、谢朗、谢玄、谢渊，个个都很出色。但是没想到天地之间，竟然有王郎这样的人。那意思是说我们家族的这些年轻人，我所接触到的这些人，个个都是那么优秀。没想到，在这个优秀人才圈子里长大的我，最后竟嫁给了王凝之那样的糊涂蛋！

这说明什么？这言下之意就是，她嫁的这个丈夫让她失望之极呀！所以她有闺怨，她直截了当地就把它表达了出来。

但是木已成舟，尤其在当时这种属于政治婚姻的结合，没有特殊的原因，不是凭个人的意愿想离婚就离婚的，连谢安也没有办法。

后来谢道韫在王家，和她关系最好的是谁呢？

不是王凝之，而是她的小叔子王献之。王献之丰神俊朗、俊逸超群，而且是一个特别深情的人，也是一个特别痴情的人，就如前面讲到的他和发妻郗氏的感情，讲到的他和桃叶的故事。

谢道韫与王献之之间，倒是有很多事都志趣相投。

比如说在魏晋盛行的玄学清谈辩议中，王献之辩不过来客的时候，谢道韫就会亲自上场，为小叔子代为辩论，王献之对自己这个嫂子也佩服得五体投地。可是这样才学一时无两、有“林下之风”的谢道韫却偏偏嫁给的是王凝之。后来孙恩叛乱，带兵攻打会稽郡。而作为会稽内史的王凝之，面对强敌进犯，不是积极备战，而是天天闭门在那里祷告，说到时候可以撒豆成兵，自有天兵天将来助守城。

谢道韫劝谏王凝之多次，王凝之一概不理。谢道韫只好自己招募数百家丁，天天加以训练。后来孙恩大军长驱直入，冲进会稽城，王凝之和他的子女也都被杀了。谢道韫目睹丈夫和儿女蒙难惨状，手持兵器，带家中女眷，奋起杀贼，最终因为寡不敌众而被俘。这时候她还抱着只有三岁的外孙刘涛。

面对孙恩等恶徒，谢道韫义正词严地呵斥，说大人们的事跟孩子无关，要杀他的话，就请先杀掉我。

这时候，连海盗出身的孙恩都被谢道韫的气势震慑住了，继而由衷生出了景仰之情。最后，不但没有伤害谢道韫和她的外孙，还派人把她们好好地送回了会稽郡。从此谢道韫寡居会稽，抚养外孙，足不出户。

后来继任的会稽郡守刘柳，听说谢道韫的才名，亲自来谢道韫隐居之处，拜见请教。而这时候已经年老的谢道韫，着素服布衣，侃侃而谈。

事后，刘柳逢人就夸，说“内史夫人风致高远，词理无滞，诚挚感人，一席谈论，受惠无穷”！可见，历尽沧桑的谢道韫到了晚年，她的才学、她的气质依然不改“林下之风”，依然让人万分敬佩。

可是就是才名如此之大，依旧难以改变她现实婚姻生活的不幸。她的那句“不意天壤之中，乃有王郎”，其实也是一种闺怨，是一种人性的自然流露。放眼中国的古代历史，这种人性的自然流露，尤其是作为女性，她们内心情绪、情感以及人性诉求的自然流露，从华夏文明的历史观照来看，实在是难能可贵。

不论是“不知愁”的闺中少妇，还是有着“林下之风”的千古才女谢道韫，人生总有不如意处，生活总有黯然失色的时候。在不如意时、在艰难中、在黑暗中勇敢地吐露心声、勇敢地表达自我，这就是此心光明，这就是黑暗中人性的烛火！

沉默中学会坚强

王维《息夫人》

说到王维的情诗，很多人一下会想到《红豆》，但其实他还写有一首很特别的诗，题目叫作《息夫人》。诗曰：

莫以今时宠，能忘旧日恩。
看花满眼泪，不共楚王言。

这首诗说的到底是什么呢？这就要说到这首诗的创作。

时间是公元737年的一天晚上，地点在唐岐王的家中，事件是岐王请了一帮文人吃饭。

春秋战国时候王公贵族喜欢养门客，到了唐代这个风气又有点复兴，杜甫诗里就说，“岐王宅里寻常见”，为什么“寻常见”？因为文人名士们经常在那里聚会。

这天晚上，岐王又和一群文人喝酒聊天，说着说着就说到女人的话题上。男人在一起总喜欢聊女人，问题是聊着聊着就聊到红颜祸水的话题上。

有一位老兄慷慨激昂地说，红颜祸水最典型的就表现在女色误国，你看吴王夫差好好的天下不就毁在西施的手里吗？上推到上古夏商周，末代君王无不栽在女人的手里。妹喜迷惑夏桀，妲己迷惑商纣王，褒姒迷惑周幽王，哪一个不是女色误国，断送大好江山？就算是息妫息夫人，好像错不在她身上，但息国与蔡国因她而灭亡却是不争的事实。这女色误国、红颜祸水，我辈不可不谨记啊！

岐王听了这话点头称是，其他人也纷纷附和。

这时，岐王就对在场的一位关键人物说，王维呀，你何不就此作诗一首，以警后人啊！听了这话，一直默不作声的王维王摩诘，站起身来，只见他丝毫不犹豫，取过笔墨纸砚当即挥毫写下一首旧作，就是这首《息夫人》。

当时所有人看了这诗，立刻都鸦雀无声了，那个夜晚我想也因此留在了历史的灯火阑珊处。

时间到了晚唐，地点仍然是一个文人骚客的诗酒聚会上。

又有人谈红颜祸水，有人谈女色亡国，又有人谈起息妫息夫人，所有文人都力推当时的大文豪杜牧赋诗一首，杜牧也不推辞，就像王维一样挥笔立就，写成一首七绝。诗云：

细腰宫里露桃新，脉脉无言几度春。
至竟息亡缘底事？可怜金谷坠楼人。

同样是大文豪，同样是写息夫人，王维与杜牧的诗却大相径庭，区别在哪儿呢？

我们先按下不表，先来看息妫息夫人，到底是个什么人，为什么在千年以后还让文人们津津乐道呢？

息夫人的故事出自《左传·庄公十四年》，说楚国的周围有两个小国，一个息国，一个蔡国。

息国的国王叫息侯，相传他的祖先是周文王之子羽达。息侯和蔡侯之间本没有多大交往，但是后来两个人的关系发生了重大改变，因为他们娶了一对姐妹花，就是陈国国君陈侯的两个女儿，息侯和蔡侯因此就成了连襟。

蔡侯娶了息妫的姐姐，娶息妫姐姐的时候并没有见到息妫，只是听说小姨子很漂亮，仅此而已。两国之间因为有亲戚关系，所以书信来往，礼仪问答倒也一直相安无事。

坏就坏在有一天息妫突然思念起姐姐来，想到姐姐那儿串串门，走走亲戚，可是你很难想到的是，蔡侯身为一国之君，却是一个彻头彻尾的流氓。在给息妫办的接风宴上，蔡侯一见到息妫立刻目瞪口呆，惊为天人。

男人被女人的美丽所震撼之后，一般会走两个极端。

一种是像段誉看到王语嫣之后，敬爱之情会上升为一种圣洁的情感，所以他只肯远远地追随王语嫣，开始的时候连碰一下手都觉得是一种亵渎。另一种就是像蔡侯见到息夫人之后，喜爱之情立刻就变成污浊的无耻情调。所以他在酒席宴上，就开始污言秽语，动手动脚。

大概他平常在蔡国耍流氓耍惯了，也没人能管他，所以想怎么样就怎么样，在酒席上他是极尽无耻之状。息妫受不了他的侮辱，离座拂袖而去。

回到家之后向息侯这么一哭诉，息侯勃然大怒，做姐夫的居然调戏小姨子，是可忍孰不可忍，于是息侯就要发兵去打蔡国。说起来息侯原来也是一个昏君，在息夫人的规劝下，渐渐改邪归正，息国的国力有了点起色。但息国毕竟是一个力量很小的诸侯国，不要说和楚国比，比蔡国还不如，息侯这时候有心杀贼无力起兵啊，于是他也不跟息夫人商量，就一根筋地跑到楚国去借兵。

楚文王一听你们要打架，好啊。鹬蚌相争、渔翁得利呀，反正春秋无义战，管你们谁对谁错，打去吧！

他也不问息侯是因为什么事儿，反正有热闹不看白不看，就让大将斗丹率兵帮息侯把蔡国给灭了。蔡侯成了阶下囚，被送到楚都郢城软禁了起来。按道理此事就尘埃落定了，恶人有恶报也该了结了。哪知道，一波刚平一波又起，真正的悲剧才刚刚开始。

有一天，楚文王刚巧碰到了蔡侯，顺口就聊了起来。

文王就问，我倒忘了问你了，你和那个息侯咋回事儿啊？他为什么非要灭了你。

小人就是小人，蔡侯一听有说话的机会就起了坏水。

他说楚王啊，你不知道，我是为了一个女人才亡国的。虽然亡国了，但是“牡丹花下死，做鬼也风流”。他就把息夫人的美丽极尽夸张之能事，在楚文王面前描述了一番，末了还来了一句：我虽然亡国了，但我真正见过天下第一美女，死而无憾啊。楚王你虽为泱泱楚国之君，可是没见过息妫息夫人啊，你算白活了！

楚文王一听这个话，立刻抓肝挠肺，怎么也睡不着了。

他虽然没有蔡侯那么无耻，但本质上和蔡侯一样都有流氓本性，于是就派人去跟息侯说，我听蔡侯说，说贵夫人很漂亮，能不能借我看看？

这像人话吗？有借人家老婆看的吗？

息侯当然不肯，而且坚决不肯。于是，楚文王让斗丹二次出兵，又把息国给灭了，把息侯也掳到了楚国。

斗丹冲进息国王宫的时候，息夫人正含泪欲自尽，斗丹就对她说："夫人不欲全息侯之命乎？"也就是说你难道想息侯也死吗，你不要救你老公吗？

息妫一听这话，便只能随斗丹来到楚国。文王一看果然大喜，从此之后"三千粉黛无颜色"，楚文王封息夫人为王后，此后数年宠爱有加。

换作一个普通的女子，故事到此大概也该结束了。

因为在男权社会，女人根本就没有话语权，根本就没有在这种暴政下反抗命运的权利和机会，故事到了这儿，从艺术的角度讲，已经有了丰富的悲剧审美内涵。但事实上，主角不是其他人，而是息夫人，所以真正的高潮还没有到来呢。

我们平常看惯了电影电视剧，对高潮部分的情节大多能想得到，但你肯定想不到，这个故事里的高潮居然只是无声和不言。

《左传》里记载息妫嫁给楚文王之后，"生堵敖及成王，未一言。"楚子问之，对曰："吾一妇人而事二夫，纵弗能死，其又奚言？"也就是说她嫁给楚王之后，生了两个孩子，其中一个就是后来鼎鼎有名的楚成王。

但是，她在嫁给楚王的数年时间里，从来不跟楚王说一句话。有人就问她为什么这样，她回答说，我作为一个忠贞的女子，不幸嫁给过两个丈夫。面对命运的捉弄，我既然没能去死，又有什么脸面去强颜欢笑、去对君王言呢？

其实这话说的是反语，她的不言、不说、沉默，实质上是一种不屑，她的无声实质上是一种沉默中的反抗。这才是那个真实的息妫，这才是那个"看花满眼泪，不共楚王言"的息夫人。

至于息夫人的结局至今已不可考。

据说终于有一天，她趁着文王外出行猎的机会，一个人溜出宫外，与息侯见面，一对苦命的夫妻劫后重逢，唯有相拥而泣，又知道破镜终难圆，最后双方殉情自杀。鲜血流在地上朵朵状如桃花。

楚人就在他们的溅血之处，遍植桃花，并建桃花夫人庙来纪念他们。于是息夫人又被称为“桃花夫人”。

说完息夫人的故事就要回到开头提到的那两首诗了。

杜牧诗中所说的细腰宫就是楚宫，“楚王好细腰，宫中多饿死”。头两句说的是息夫人居住在楚国王宫里，面对花开花落，无言以度春秋的场景。后两句是议论，也就是杜牧对这事的观点，他说不知道息夫人是怎么死的，但毕竟息国与息侯的灭亡命运都是因你而产生的，从这点看你不在当时就殉节自杀，这就比不上后来坠楼的绿珠了。

绿珠坠楼是《世说新语》里的故事，绿珠是石崇一手培养的歌女，石崇就是那个爱与人比富的纨绔子弟，是个典型的暴发户。后来石崇为孙秀所杀，绿珠跳楼自尽，为主人尽忠。

先不说绿珠为石崇殉节值不值当，就杜牧本人而言，自己也说自己，“楚腰纤细掌中轻”，“赢得青楼薄幸名”。你既然也是青楼薄幸人，也就是说并不是一个情感忠贞的人，又有什么资格去指责息妫呢？所以说，站在道学和男人的立场上理解息夫人是很困难的，只有站在真情的立场上，才能真正去理解那位息夫人。

幸好公元 737 年的那个晚上，岐王宅里，毕竟还有一个真情的人，他就是王维。

“莫以今时宠，能忘旧日恩。”息夫人的处境真可谓两难，面对两个深爱自己的男人，一个因自己而做了亡国奴，一个对自己百般宠爱还生了两个孩子，真是爱又爱不得恨又恨不得。

“看花满眼泪，不共楚王言。”是说虽然在矛盾里，虽然在两难的处境里，虽然内心有着无限的凄楚，她也要在沉默中慢慢地学会坚强，也要在爱与恨之间恪守自己最脆弱，却又同时是最牢不可破的底线。

我喜欢一位作家的一段评论，他说文天祥的“人生自古谁无死，留取丹心照汗青”，这是男人的贞洁；而息夫人的“看花满眼泪、不共楚王言”，则是属于女子的坚定。

说得真是太好了。

看花满眼泪，不共楚王言。

爱情，既是一种纯洁的信仰，又是一片滚滚的红尘

李白《怨情》

李白虽然是谪仙人，向来浪漫挥洒，十分天纵不群。但情诗、情词写来却也是别有一番韵致风味。

《怨情》是一首李白的五言小品，一首实在是太过精彩的五言绝句。诗云：

> 美人卷珠帘，深坐颦峨眉。
> 但见泪痕深，不知心恨谁。

这是一首标准的五言绝句，而且在用韵上非常独特，是平起不入韵的典型。所谓“诗言志，歌咏言”，夫子也说“兴于《诗》，立于礼，成于乐”。真正的诗仙如李白，确实有着高超的境界。

“美人卷珠帘，深坐颦峨眉。”这个“美人”不能平常视之。美人当然要很美，但这个“美人”和我们今天称呼美女不是一回事。在中国古代韵文中，比如《离骚》就有著名的香草美人之喻，而《诗经》里说“有美一人，清扬婉兮”，指的是容德俊美的年轻女子，象征着最

美好的生命状态。在古诗词里，在中国传统文化里，“美人”一词其实寄寓了在时间长河里对生命最美好的期望。

“美人卷珠帘”，说明这是一个闺中品行俱佳的女子。卷珠帘是一个动作，紧接着却说“深坐颦峨眉”。既然卷起珠帘又坐下，怎么能说是“深坐”呢？

一个“深”字用得貌似突兀，细想又精彩至极。首先，这是一个品貌俱佳的闺中女子，所谓“庭院深深深几许，杨柳堆烟，帘幕无重数”。一个“深”字，可以看出这个卷珠帘的美人应该是深闺独坐，深院独坐。“深”还有时间长久的意思。从卷珠帘到久久地独坐，这不是更能看出她在时间深处的怅惘与愁思吗？

在深坐的背景下，“颦峨眉”就显得非常精彩。颦是蹙眉的动作，是“才下眉头，却上心头”的细节。一个“颦”字，体现了李白极细腻的笔触。当然一句“深坐颦峨眉”，让人不由得想起一个叫“颦颦”的女子来。

《红楼梦》中黛玉初进贾府，宝黛初次相逢，宝玉便问黛玉尊名。黛玉告诉他之后，又问表字，黛玉答无字。宝玉便笑道，“我送妹妹一妙字，莫若‘颦颦’二字极妙”。然后探春就追问何出，宝玉一番议论说：“《古今人物通考》上说，西方有石名黛，可代画眉之墨，况这林妹妹眉间若蹙，用取这两个字，岂不两妙。”请注意他说的是——岂不两妙？

之后，颦颦、颦儿就成了林黛玉的专有称呼，不仅大观园中的姐妹们这么称呼她，甚至曹雪芹自己也这么称呼她，第二十六回“蜂腰桥设言传心事，潇湘馆春困发幽情”，黛玉因误解宝玉，独自一人在花荫下哭泣，作者曹雪芹便亲自出面赋诗一首云：“颦儿才貌世应稀，独抱幽芳出绣闺。呜咽一声犹未了，落花满地鸟惊飞。”可见书里书外，颦儿都是黛玉最好的名字。

林黛玉的命运是寄人篱下，且要以泪还情，所以终日愁眉紧锁，楚楚可怜，这当然是“颦”字一妙。可是宝玉说的却是“岂不两妙”啊？那么还有一妙在哪儿呢？

其实在我看来，宝玉给黛玉取名颦颦远不止两妙，简直就是“四个土地庙”，妙妙妙妙，至少有四妙。

第一妙，就是点出了黛玉之美。《红楼梦》里形容黛玉的外貌，最有名的一段描写，是说她“两弯似蹙非蹙罥烟眉，一双似泣非泣含露目。态生两靥之愁，娇袭一身之病。泪光点点，娇喘微微。闲静时如姣花照水，行动处似弱柳扶风。心较比干多一窍，病如西子胜三分”。所以“颦”就是“两弯似蹙非蹙罥烟眉”啊。而“颦”最早是形容四大美女之首的西施的。

《庄子·天运》记载：“西施病心而颦其里，其里之丑人见而美之，归亦捧心而颦其里。其里之富人见之，坚闭门而不出；贫人见之，挈妻子而去之走。彼知颦美而不知颦之所以美。”这就是著名的“东施效颦”这个成语的出处。西施捧心而颦，人人倍觉其美，而东施效颦，人人则倍觉其丑。所以并不是什么人都能叫颦颦，都能叫颦儿。

在时间之河的两端，大概只有前面的西施，后面的黛玉，中间还有李白那个“深坐颦峨眉”的女子，才可以当得起这个颦字吧。所以颦字一妙，在见其美。

颦字第二妙，则见其苦。西施之所以捧心而颦，病心而颦，其实她是有心绞痛的疾病。而黛玉呢，体弱多病自不待言，病如西子胜三分，连她自己都说：“从会吃饮食时便吃药，到今日未断，请了多少名医修方配药，皆不见效。”所以颦字二妙则为情节伏笔。

颦颦的第三妙，则是为命运伏笔。众人眼中的黛玉，表面上总是愁眉紧锁，泪下涟涟。世人便以为她是寄人篱下，做楚楚可怜状，其实黛玉蹙眉落泪，是为了以泪还情，是因为绛珠仙子与神瑛侍者的命运相连。所以脂砚斋在批语里说："黛玉泪因宝玉，而宝玉赠曰颦颦，初见时已定盟矣。"

当然宝玉为黛玉取名颦颦，除了有见黛玉其美、其苦、其命运之悲的妙处，其实还有一个妙处。即，当宝玉取完颦颦二字，探春笑道："只恐又是你的杜撰。"宝玉笑道："除四书外，杜撰的太多，偏只我是杜撰不成？"于此又是一妙。不仅能见出黛玉其美、其苦、其悲，还能看出宝玉蔑视权贵、不同流俗的性格。所以一个颦儿，一个颦字，即使得宝玉与黛玉这两大主人公形象立刻鲜明丰富起来。

一个颦字能有这么大的作用，更何况李白诗中"深坐颦峨眉"的美人呢。所以"深坐"与"颦峨眉"的细节描写其实已经决定了一切。连幽怨的时光都仿佛停在了"深坐"与"颦峨眉"的那一刻。

但接下来却是更妙，"但见泪痕湿，不知心恨谁"。"泪痕湿"的"湿"字说明是情不自禁，说明是暗暗地流泪。"不知心恨谁"，一个"恨"字，终于点题点到了怨情的题目，明明是思念，明明是爱，却偏偏要用一个恨字，《唐诗训解》里说："不知恨谁，最妙！"那么，这个恨字又妙在哪儿呢？

我觉得至少有两妙。一是由恨字点出了怨情的题目，怨恨、怨恨，由怨而恨，是程度的叠加。你看，即使晏殊的《蝶恋花》"独上高楼，望尽天涯路"，在这之前也还是有"明月不谙离恨苦，斜光到晓穿朱户"的哀怨，不仅怨远方人，还要怨斜光到晓、天涯共见的明月，有着仿佛全已说出，却又有无数说不出来的内容。第二妙则在一个"恨"字，可见"深坐"，可见"泪痕"，可见"颦峨眉"的美人，相思已不自知。

我们刚才说到由怨而恨，是程度的叠加，是程度的加深。到一定程度，也就到了一定的境界。所以另一妙在于，正如后人评说太白词句，说“恨之不可解除，即己亦不自知”。就是说这位相思的女子将自己的生命、身心，沉浸在这段爱情之中，浑然不自知，全然不能挣脱，这才是最精彩的情诗啊。

因为爱情，爱情的本质，就是让人轻易地沦陷，失了自我，眼中心中念念皆在，只有那个日思夜想的人。

越是恨，越是爱。对一个女子来说，当一点恨都没有的时候，大概也就是爱寿终正寝的时候，李白此诗之所以精妙，就在于他精准地捕捉到恋爱中的女子，由神态、形态而心态的典型形象。

只有深爱过的人，只有在爱情中彻底沦陷过的人，才能这么精准凝练得只用二十个字就写透了爱与恨，写透了那颗心心念念、一往情深的心。

这真是“入我相思门，知我相思苦。长相思兮长相忆，短相思兮无穷极”。爱情，既是一种纯洁的信仰，又是一片滚滚的红尘。

入我相思门 知我相思苦

李白《三五七言》

意犹未尽，我们再来品读一首李白的佳作，这是一首非常有特点的情诗之作——《三五七言》。

这首诗的标准诗题其实就叫《三五七言》，后人又称之为《三五七言诗》，也叫《秋风词》，这是根据它的诗意而提炼出来的诗名。

这个诗题“三五七言”就很有意思了。虽然这首诗确实有三言、五言、七言，尤其是它的上半段是两句三言，两句五言，两句七言组成的。那么，这种形式，就能叫诗题吗？

这还真是李白的一种创新。诗云：

秋风清，秋月明，
落叶聚还散，寒鸦栖复惊。
相思相见知何日？此时此夜难为情！
入我相思门，知我相思苦，
长相思兮长相忆，短相思兮无穷极，
早知如此绊人心，何如当初莫相识。

我们知道，“兴于《诗》，立于礼，成于乐”，诗本身是和乐的，达到最和乐的程度，最典型的就是词的出现。词本来就叫作宴乐，从唐诗到宋词，其实就是文学与音乐的紧密结合之路。

词又叫长短句，其实就是二、三、四、五、六、七言的这种灵活组合。李白最擅长的是歌行和绝句，绝句当然属于格律诗，比较严谨，但相较于律诗来讲，它灵活自由得多，歌行体那就更灵活自由了。

李白天纵奇才，汪洋恣肆，不拘一格，挥洒自如。所以他的创作当然要时不时地突破一下所谓格式与技巧的规范。所以，他也是最早实践写词的人。比如说很有名的《忆秦娥》：“箫声咽，秦娥梦断秦楼月。秦楼月，年年柳色，灞陵伤别。乐游原上清秋节，咸阳古道音尘绝。音尘绝，西风残照，汉家陵阙。”当然，还有《菩萨蛮》：“平林漠漠烟如织，寒山一带伤心碧。暝色入高楼，有人楼上愁。玉阶空伫立，宿鸟归飞急。何处是归程？长亭连短亭。”像《尊前集》里就著录李白创作的词有十二首之多。当然，有些作品也让人存疑，但是李白率先突破格律诗的规范，在诗歌创作中运用多种多样的灵活形式，确实是他的一大风格。

这首《三五七言》其实就是他在创作上的一个创新。

虽然严羽《沧浪诗话》中把这首《三五七言》之作，放在了隋代郑世翼的名下，但是后代学者大多认为严羽此说无据。而各种史料基本可以证明，这首《三五七言》就是李白之作。清代大史学家赵翼甚至认为，三五七言起于李太白，而这种诗体正是《江南春》词牌的源起。

不过，说到《江南春》的词牌，如今也只能看到一首寇准留下来的《江南春》的词作。词云：“波渺渺，柳依依。孤村芳草远，斜日杏花飞。江南春尽离肠断，蘋满汀州人未归。”刚好就是两句三言，两句五言，两句七言。

当然，可能有人会问，李白为什么创作的是《三五七言》诗，不是“三四五六七言”，不是“一三五七九言”？实际上在李白之前，古人还确实有人作过一三五七九言诗。

比如初唐时，僧人义净就作过一首《在西国怀王舍城》，诗云：“游，愁。赤县远，丹思抽。鹫岭寒风驶，龙河激水流。既喜朝闻日复日，不觉颓年秋更秋。已毕耆山本愿城难遇，终望持经振锡住神州。”

这是歌颂佛陀，说他的佛法东传。上来“游，愁”，一字成句，全诗五联，每联两句，字数分别是一、三、五、七、九，形成宝塔状，又叫宝塔诗。但是一言和九言实在太奇特，偶一用之可以，普遍创作就不太适用。所以，李白在创作《三五七言》的时候，就把一言和九言去掉。

那么，为什么不用二言或者四言与六言呢？其实《诗经》的传统就是四言诗为主。但是汉魏以来，四言和六言结合在一起，渐渐形成了骈文的创作方式。所以骈文，又叫“四六骈文”。骈文当然也属于韵文，但三、五、七言合在一起，更容易朗朗上口，成为诗化的语言。四言、六言，更容易成为骈文化的语言。所以李白刻意把三五七言拎出，形成一个独特的诗体，也就是这首三五七言的名作《秋风词》了。

我们去看这首诗，知道李白的创作动机，就知道他是何等的天才。他信笔拈来，进行诗歌形式上的创新，就写出这样的千古名作。

“秋风清，秋月明”，这是两句三言，是起兴，所以后人因此命题，叫它《秋风词》，就像《诗经》里“蒹葭苍苍”，即以“蒹葭”为题，“关关雎鸠”，即以“关雎”为题，“青青子衿”，则以“子衿”为题一样。

既然以“秋风”“秋月”起兴，那么就点明了时令，点明了情感的氛围。所以第二联就说“落叶聚还散，寒鸦栖复惊”。你看那风中的落叶啊，时聚时散，而寒鸦本已栖息，又被冰冷的明月惊起。这还是在渲染氛围。说实话，这种抒情诗，以秋景渲染氛围，并无难处，难就难在景色描写的铺垫之后，诗人突然宕开一笔，直指本心，落笔即成千古名句：“相思相见知何日？此时此夜难为情！”

这就是李白啊，这就是千古奇才的青莲居士。随意宕开一笔，便直指本心。夜夜相思，却不知何时才能相见。这个秋天，这个夜晚，相思的人啊，梦难成。一句“此时此夜难为情”，简直明白如话，浅如口语，却又轻易地触动每一个有过相思经历的心灵。

本来这三联已经各有两句三言，两句五言和两句七言，至此已经完成了标准的三五七言诗体，像我们刚才讲到的词牌《江南春》。那样，就成为一支小令，到此为止了。可是李白的才情实在是如水满则溢，“绣口一吐，就是半个盛唐”。如今，笔势宕开，几乎刹不住车，所以借相思之意的出现，很快再来了一组，两句五言和四句七言，也就是两联七言的创作。紧接着一句“入我相思门，知我相思苦”，就很像宋词中上下片的过片句。所谓过片，就是要承上启下，既承接上片结尾的意思，又直接转入下片的意境，开拓出一个新的局面。

我们刚才说“此时此夜难为情”，已经非常口语化，已经浅白如话了，哪知道，他还有更浅白如话，更相思刻骨的句子——“入我相思门，知我相思苦”，这是何等惊心动魄的语句！

诗的上半段虽然说到了“相思相见知何日？此时此夜难为情！”虽然语句清新，别出机杼，但所说的相思之意，还只是常套而已，但一句“入我相思门，知我相思苦”，对于所有经历过相思之苦的人来讲，没有比它更直接、更犀利的了。这就是李白，你永远不知道他下一句要说什么。这一句直白的宣言与感慨，也一下子就超过了前一句“此时此夜难为情”的描述，反倒成了这首诗最有名的代言。

好吧，既然说相思苦，那又苦到怎样呢？

“长相思兮长相忆，短相思兮无穷极”，漫长的相思自不待言，自然会在人生中，积淀下永远的回忆。但即使短暂的相思，也无止境啊！这便是“相思一念起，思便无涯矣”，这就是对“一入相思门，永知相思苦”的最好解释。

所以，诗人模仿小儿女态，在最后突然对入骨的相思埋怨起来：“早知如此绊人心，何如当初莫相识。”对比一下温庭筠的“玲珑骰子安红豆，入骨相思知不知”，还只是在追问那个相思的人，而李白的“早知如此绊人心，何如当初莫相识”，已不是在埋怨那个相思的人，而是在埋怨相思本身了。早知道一段相思会如此地在心中牵绊，不如当初不要相识，不要相思。这种极具生活情态的埋怨，把这种小儿女态极为灵动地表现出来，反过来又反衬了那一句“入我相思门，知我相思苦”的深刻，使之成为古往今来最浅白如话的千古名言。

不得不感佩李白的天才、天分，真是诗中谪仙人啊。杜甫虽为诗圣，论及李白，也不得不佩服地说“白也诗无敌，飘然思不群”。他的诗，真堪称无敌。这样一首《三五七言》诗，谁又模仿得来，谁又能够写出与之并驾齐驱的作品呢？

李白的思路，他的创作轨迹，他的联想逻辑，包括他的语言，简直就是神鬼莫测，像他的《蜀道难》《将进酒》《宣州谢朓楼饯别校书叔云》，都是“飘然思不群”的典型之作，即使在随意创作的《三五七言诗》这样的作品中，他笔锋轻宕，笔墨轻点，也是信手就写出“相思相见知何日？此时此夜难为情”“入我相思门，知我相思苦”这样的千古名句。

当然，除了天分与天赋之外，我想，李白能写出《三五七言》诗这样的名作，能写出“入我相思门，知我相思苦”这样的警句，最关键的原因还是他一直葆有一颗赤子之心。因为青莲居士，本身也是一个多情、痴情、深情的人。“情不知其所起，一往而深”，情之为物，“直教生死相许”，所以，“入我相思门，知我相思苦”，这大概可以算是千古深情、痴情之最好宣言了吧。

多好的汉语诗词啊，多好的三五七言，至今念来，琳琅满口：秋风清，秋月明，落叶聚还散，寒鸦栖复惊。相思相见知何日？此时此夜难为情！入我相思门，知我相思苦，长相思兮长相忆，短相思兮无穷极，早知如此绊人心，何如当初莫相识。

干净而永恒的爱情

李白《长干行》（其一）

我生活在南京，算一算，在故都已经生活三十年了，对这个城市的一草一木，一花一树，一城一砖，都有着别样的感情。

我经常在明城墙上散步，走过中华门，走过长干桥，走过古长干里，每每会想起李白那首千古流芳的《长干行》。诗云：

妾发初覆额，折花门前剧。
郎骑竹马来，绕床弄青梅。
同居长干里，两小无嫌猜。
十四为君妇，羞颜未尝开。
低头向暗壁，千唤不一回。
十五始展眉，愿同尘与灰。
常存抱柱信，岂上望夫台。
十六君远行，瞿塘滟滪堆。
五月不可触，猿声天上哀。
门前迟行迹，一一生绿苔。

苔深不能扫，落叶秋风早。
八月蝴蝶黄，双飞西园草。
感此伤妾心，坐愁红颜老。
早晚下三巴，预将书报家。
相迎不道远，直至长风沙。

李白的这首《长干行》，因为取自乐府旧题，读来明白如话，浅显晓畅，是历来传诵的名篇。但其实从训诂学的角度来看，这首诗存在着重重的难题。

《唐诗三百首》里记载着李白的《长干行》就有两首，这首最著名的是第一首，那么还有一首“忆昔深闺里，烟尘不曾识。嫁与长干人，沙头候风色”，也是一首歌行，但风格和内容与第一首的差异还是比较大的。所以有人怀疑，第二首是他人如李益所作。

另外一个难题就是，长干行的“干”这个字的读音。为什么要读长干 gān，不读长干 gàn？其实“长干”两字牵扯到李白这首诗的情感主旨与终极归宿，这是一个非常根本的问题，我们留到最后再说。

所以说，这首诗上来就困难重重，前六句是大家最熟悉的“妾发初覆额，折花门前剧。郎骑竹马来，绕床弄青梅。同居长干里，两小无嫌猜”，所谓“青梅竹马”“两小无猜”，六句诗里沉淀出两个成语。

前四句是回忆青梅竹马的场景。“妾发初覆额”，头发刚刚盖住额头的时候，这就是“黄发垂髫”中的那个“垂髫”的年龄，应该就是四五岁或者六七岁。不能再小了，如果是两三岁的话，那不应该有这么清晰的记忆。一般通行的解读，都把它理解成，这是长干女在回忆往事，回忆纯真欢乐的儿时生活。

长干女说，我自己小的时候常常在门前采些花花草草，玩游戏，你有个小竹竿放在胯下当马骑，这就叫竹马，男孩子小的时候都玩过这种游戏。我们追逐嬉戏，这就是青梅竹马的状态。因为我们都住在长干里，是邻居，从小无拘无束，不避嫌疑，这就叫两小无猜。

一般从训诂释义的角度，很多作家在解读时把注意力都放在那个“床”字上，“绕床弄青梅”，包括“床前明月光”的“床”到底是什么，学术界争议非常大，有说是供人躺着的器具，有的说是供人坐的器具，还有一种非常流行的说法，说床是井边的围栏。这里的“绕床弄青梅”的“床”，一般都解读为井边的围栏。我认为，像《说文》解释“床”的本意，说“床，安身之坐者”，说明床最早一定是用于坐的器具，就是板凳。因为许慎强调的是安身之坐，也说明它是一个重要的支撑，所以这个床的引申义就变成了车床、机床，以及琴床，它有支撑的作用。所以，我觉得即便是“井床”，也不是井边的一个木栅栏，而是那个辘轳，就是打水上来的那个底座，支撑它的底座。当然，井口周边的那个石砌的围栏，也可以称之为“井床”，那其实也是一个重要的底座。因为往往是用石头砌成的，所以就经常被称为“银床”。

不论怎样，绕床的“床”一定和这个井有关，因为在古人来讲，院中的井，往往代表着家的象征。“绕床弄青梅”，包括“床前明月光”其实都包含着对家的记忆，但是就头几句来讲，其中还有一个字非常关键，即“妾发初覆额，折花门前剧”的“剧”。

这里有几个问题，第一，“剧”这个字，现在很多词典把它解释为游戏的意思，但其实除此之外，“剧”本身在古文中，很少有表示游戏的意思。“剧”的甲骨文本意是虎与豕，就是与野猪相斗，剧烈相斗；或者人与虎，与豕相斗，所以《说文解字》说“剧，尤甚也”。我们常用剧烈，剧痛，剧变，其实是表示程度和难度的。当然，有人说戏剧、话剧，那是一种游戏表演，其实是外来词，不是古文中“剧”的本意。

而且还有一点，“绕床弄青梅”若解读为两个小朋友在玩青梅，在追逐打闹，掷青梅，这里的前提就等于是说青梅落了一地。

两个小朋友，个子很矮，还不可能摘到树上的青梅，而且说“折花门前剧，绕床弄青梅”，就说明这个院落里有梅树，当然就是青梅树。我们熟悉的腊梅树是不结青梅果的。梅树有很多种，那么像青梅树，它既开梅花，也结青梅果。到了青梅熟透，变成黄梅的时候，就是“梅子黄时雨”，那时候的梅子就有可能落一地。而青梅的时候，应该是早春的时节，梅子不可能落一地的。所以根据“剧”字的训诂本意，包括这个青梅的时节，前四句有可能就变成另外一个场景，就不是简简单单的——在我小的时候，我在门前玩那个梅花，你骑个竹马来，我们绕着井栏跑啊，掷青梅。

这种场景虽然很生活化，很真实，但因为太普通，反倒未必能成为这个小姑娘心底最深刻的记忆。

但是假想一下，如果是另外一个场景呢？

长干女小的时候想去折树上的梅花，但是小女孩个子不够高，够不到，这个时候男孩子骑着小竹马来了。竹马是什么呢？是一根小木棍啊，然后他就用自己的小竹马来帮她。两人沿着井栏去够树上的青梅。你看，这个时候，在这个长干女的回忆中，她的邻居小哥哥就不是简单地骑着竹马，和她绕着井栏追逐打闹，而是变成一个小侠客一样，来帮助这个邻居小妹妹。这样的场景，小姑娘长大之后，也就牢牢地烙印在她的回忆里，这才更合情、更合理，才是更温馨的“青梅竹马”“两小无猜”啊。

我们回忆我们自己幼年的生活，如果只是和邻居小朋友在一起打打闹闹，追逐嬉闹，那种幼年的场景，虽然能让我们回忆的时候有所兴奋，但不至于感动。

我记得小的时候，条件很艰苦，那时刚上小学，经常回家还要去捡木柴烧灶。每到秋天，都要拿个麻袋去捡那些干枯的树叶，因为树叶特别容易点燃，作为引火，烧灶时特别好。

我邻居的一个小女孩就比我小一两岁，我每次去捡树叶，她都跟着我去。我们拿着长长的铁丝，往地上一叉，一撸一串，很像我们现在吃的撸串，但是我们撸的是树叶。邻居的小女孩，她个子小，力气也小，她捡不了多少树叶，我就先捡好，捡一麻袋树叶先倒给她，把她的麻袋装满了，然后再重新去叉树叶，再去装自己的麻袋。这种小小的帮助，直到今天回想起来，内心还有一种别样的温馨和感动，这就叫作"青梅竹马""两小无猜"呀。

因此，前六句的"青梅竹马""两小无猜"，回忆幼年的生活场景，应该很生动，很鲜活，但我觉得它不应该是普通的生动鲜活，对于当事人来讲，一定是一种特殊的生动和鲜活。这样特殊的回忆就可以支撑长干女一生的情感。

接下去，直接从"青梅竹马""两小无猜"，就到了"十四为君妇，羞颜未尝开。低头向暗壁，千唤不一回"。这四句写得特别妙。古代女子十四及笄，就可以嫁为人妇。这个十四岁的女孩子长大之后，如愿以偿嫁给了两小无猜的邻居哥哥。可是她虽然如愿以偿，她虽然已做人妇，却整整一年的时间"羞颜未尝开"。哪怕那个小时候帮她摘花弄梅、从无嫌猜的夫君，叫她很多遍，她也不好意思回头，依然羞涩地低头向暗壁，就是面对着墙。

这种娇羞，我们今天可能很难理解啊。已经嫁做人妇了，有什么不好意思呢？这就是李白的生花妙笔，他其实写的是一个纯净的女孩子，她即使成为新嫁娘，成为他人妇之后，对那种所有人都觉得理所应当的角色转换，她要适应，也需要很长的时间。甚至对她再熟悉不过的夫君，因为角色的变换，因为夫妇的生活，也让她羞涩难当，这更体现了她的纯洁与纯粹。

这样一直到了十五岁。“十五始展眉，愿同尘与灰。常存抱柱信，岂上望夫台。”多么漫长的适应啊，一直到了十五岁，结婚一年之后，才变得大方起来，常常笑逐颜开，所有的幸福也终于在眉眼间流淌，心中常常暗暗誓愿，两人即便如灰尘，也要同甘共苦，永不分离。这个纯洁而纯粹的长干女，为了表达这种誓愿，居然用到两个典故，“常存抱柱信”，是说尾生抱柱而死的典故。庄子记载尾生和一个女子相约桥下相会，尾生先到，女子还没来，忽然水涨，尾生为了不失信，抱着桥柱继续等候，一直到被水淹死。后人就称守信为抱柱信。“望夫台”的典故就非常多了，一般都说丈夫出门在外，常年不归，妻子站在山上，长久眺望就能化为望夫石、望夫山。“常存抱柱信，岂上望夫台”，是说两个人对爱情的坚贞与信心。

可是他们毕竟是住在长干里的人家，在新婚两年之后，丈夫终于要远行经商了。“十六君远行，瞿塘滟滪堆。五月不可触，猿声天上哀。”这是长干女在想象她心爱的丈夫离家远行经商，要经过瞿塘峡滟滪堆。滟滪堆是三峡中最危险的一段。古人常常用滟滪堆，来讲长江行船中的危险。长干女担心她的丈夫，说五月间三峡水涨浪急，堆石隐没，亲爱的人啊，千万要小心。沿江上下，两岸猿啼哀鸣，声声在天，让人心惊胆寒。猿猴的叫声犀利哀愁，古乐府说“巴东三峡巫峡长，猿鸣三声泪沾裳。巴东三峡猿鸣悲，猿鸣三声泪沾衣”，所以用“瞿塘滟滪堆”，想见其丈夫之艰难；用“猿声天上哀”，想见其思念之悲切。

越担心，越思念，越挂怀，于是长干女又把笔触拉回到自己身上。“门前迟行迹，一一生绿苔。苔深不能扫，落叶秋风早。”丈夫走后，她常常倚门而望，等待变成了生活中最最重要的事，她在门前反复徘徊的足迹，一一长满了绿苔。苔痕深深，不能清扫，而时间飞逝，落叶飘零，扫不去青苔与相思的肠肝瘀滞的哀叹。

秋风来的是那么早啊，“八月蝴蝶黄，双飞西园草。感此伤妾心，坐愁红颜老”。春天里的蝴蝶就是五颜六色的，而到秋天里的蝴蝶却以黄赤居多，“八月蝴蝶黄”这个意象的选取实在是太精彩了。蝴蝶翩翩飞舞，双双飞到西园草地上，看它们成双成对，自由自在，而我对影自怜，只能更加伤心了。

她伤心的是什么呢？同样是年华的老去，在东汉末年的乱离之世，“行行重行行”里的思妇，只求平安即好，说“岁月忽已晚，思君令人老”，而李白笔下的这个长干女却说“坐愁红颜老”，“坐”就是因为的意思，我的伤心，就是因为我为你而生的容颜与年华，都在一天天老去啊。这里的“老”其实还遥遥呼应着两小无猜的美好，从“妾心只愁红颜老”里，其实也可以看到长干女心思的干净。即使她的忧愁，也都是那么直接简单。她说，那个曾经骑着竹马，来为我弄青梅的小哥哥啊，你再不回来，我的美丽容颜就都老去了。

这时候，对她心爱之人的期望，宛如又回到童年“折花门前剧”的时候，在所有不如意的时刻，在所有为难的时刻，她的那个心心念念的梦中人，哪怕只骑着一根竹马来，都能像盖世的英雄，把她从现实的困境里带回幸福的天地。这种干净的希望，其实也是一种素朴的坚信。所以，思念中哀伤的长干女，到最后竟然突然变了一种姿态。

“早晚下三巴，预将书报家。相迎不道远，直至长风沙。”“三巴”就是巴郡、巴东、巴西，泛指蜀地。“早晚下三巴”，其实就是内心的呼喊，你快回来吧，无论什么时候，只要捎个信来，我就去迎接你，再远都不远，我会一直走到七百里外的长风沙。“长风沙”是地名，在安徽安庆市的长江边，陆游的《入蜀记》就说，金陵至长风沙七百里。为迎接她心爱的人，那个曾经“折花门前剧”的小姑娘，那个新婚后曾经久久不知所措的小新娘，那个后来终于把两个人的爱情当成一生的追求和理想，那个在思念里也有过无尽的忧思与彷徨的长干女，她说我也可以溯江而上，迎着你回乡的步伐，不论多远，都要走到你的身旁。

这是什么？这就是最长情的告白。

这样的长干女，只有在李白笔下才可以这样纯粹，才可以把爱情当成一生的信仰！那么，为什么李白会写出这样一个与很多思妇诗里截然不同、别具形象的长干女来呢？这与开始留的那个《长干行》不读“长干 gàn 行”的问题有关吗？

我每次走过长干里，走过长干桥都感慨万千，因为世事变化，沧海桑田，今天的长干里已经看不到它原来的风貌了。

事实上，长干里其实可以算南京这座名城最早的记忆之一。虽然吴王夫差曾经在南京打造兵器，所以它最早叫作冶城。但是，南京真正的建城史始于商圣范蠡，在今天的中华门外也就是长干里这一带建越城。

为什么范蠡会选择这个地方建越城呢，这也就是长干里的这个“干”字要读“gān”的原因所在了。“干”的甲骨文本意，指的是一个树杈，树干加上树杈，古人拿它当作进攻的武器。后来，它由进攻的武器演变为防御的武器，所以“几曾识干戈”，“化干戈为玉帛”，“干”就变成了盾牌的意思。所以“干 gàn”字的本音，确实应该读平声的 gān。

那么，在自然界中最像“干”的树枝、枝杈状分布的山川地貌，河流的两岸，就被称为“河干”。比如《诗经 · 伐檀》“置之河之干兮”。据《建康实录》记载，南京人之所以会把古长干里这一带称为长干，是因为山垅之间曰干。秦淮河流经这一段平原地区，因为向南有群山倚仗，而这一带平原地区又有河流经过，并最终汇入长江，所以土地肥沃，交通便利，宜于居住。所以范蠡在此建越城，这里迅速成了百姓聚集之地。

尤其到了后来，三国吴立大市，更是商贾云集，而南京城也正是因为有了越城，有了长干里，有了这片长长的河岸地带，有了聚集的人气，便迅速地发展起来。更为关键的是，当时长干里的河水直通长江，而当时长江的故道也是紧靠着南京城的西侧。不像现在，因为长江改道，不停地向西，其实已经远离了石头城。当年李白说“凤凰台上凤凰游，凤去台空江自流”，说“三山半落青天外，二水中分白鹭洲”。当时的凤凰台、白鹭洲其实都离长干里不远，可是随着长江不断西移，原来属于江中的白鹭洲，早已经成为陆地了。

长干里土地肥沃，又有河流舟楫之便，紧接长江，而长江是当时古中国最重要的运输黄金水道，所以长干里这个地方可以算是当时最大的物流中心。所以虽然说商贾云集，但“商”和“贾”还是不一样。古人说“行商坐贾”，“贾”就是开店做买卖，而“商”主要是货运。长干里的人家便大多以舟为家，以贩为业，所以那个小新郎结婚两年之后就要溯江而上去从商，而身为长干女的小新娘在长期的爱情告白中也愿毅然溯江而上，迎接她心爱的人，“相迎不道远，直至长风沙”。

李白写的是怎样的一首《长干行》啊，他写的又是怎样一个长干里啊！

因为长干里在中国古代城市史与货运史上的独特性，自汉乐府以来就是很多诗人吟咏的一个话题。所以《长干行》《长干曲》本就是乐府杂曲歌辞中的名篇。不止李白，有很多人写过著名的《长干行》《长干曲》。

比如崔颢的《长干曲四首》，“君家何处住？妾住在横塘。停船暂借问，或恐是同乡？家临九江水，来去九江侧。同是长干人，生小不相识”。又如无名氏的《长干曲·古辞》：“逆浪故相邀，菱舟不怕摇。妾家扬子住，便弄广陵潮。”长干里中居住的其实是中国历史上最早一批具有市民精神的商贾儿女。

而这种精神，这种纯粹，到了李白的《长干行》才终于把它淋漓尽致地表现了出来。

如今我一回回走过长干桥，走过长干里，仿佛还能看到李白笔下那青梅竹马、两小无猜的身影，仿佛还能看到那个一天天长大并最终如愿以偿，嫁给心爱人的小新娘，还有那个背负着与生俱来的商人使命，不得不奔赴远方的小新郎。他们的分离，不像中国古诗词中绝大多数写到的情况，因为战争，因为功业，因为求取功名。商人在中国传统文化中向来是不被看重的一个独特群体，只有拥有一颗赤子之心的李白，才能够从最本真的人性出发，把长干里中的爱情写得这样唯美而坚贞。

因为有《长干行》，南京城，幸甚至哉！因为有李白，《长干行》，幸甚至哉！

只有用一颗纯洁而包容的心，去感知最基本、最本真的人性，我们才能真正触碰到干净而永恒的爱情。

当音乐遇见爱情

杜甫《琴台》

《琴台》是杜甫的名作。这首诗虽然是杜甫所作，写的却是司马相如和卓文君的爱情。所以杜甫的这首五律《琴台》，其实可以作为千古以来司马相如和卓文君爱情争论的一个明证。

诗云：

茂陵多病后，尚爱卓文君。
酒肆人间世，琴台日暮云。
野花留宝靥，蔓草见罗裙。
归凤求凰意，寥寥不复闻。

虽然从古到今不少人都认为司马相如的手段——追求卓文君的双簧计的手段是一种欺骗、是一种阴谋。但是事实上也有很多人，尤其在文学作品中，大家都盛赞他们的爱情。也就是说，即便司马相如在追求卓文君的过程中，使用了一些小手段，但是历朝历代的文人在提及他们这段故事的时候，仍然愿意相信在那段曲折的故事背后，司马相如和卓文君故事真正的底色还是人世间唯美的爱情。

像《乐府诗集》里提及司马相如、卓文君，说“歌喧桃与李，琴挑《凤将雏》。……风云更代序，人事有荣枯”；像唐代的许浑说“闻说携琴兼载酒，邑人争识马相如”；像李商隐的《寄蜀客》说“君到临邛问酒垆，近来还有长卿无？金徽却是无情物，不许文君忆故夫”；像李白有一首《白头吟》，最后说到司马相如和卓文君，说“覆水再收岂满杯，弃妾已去难重回。古来得意不相负，只今惟见青陵台”；而与李白双峰并峙的杜甫，就有这首著名的《琴台》。

这些诗作无一例外，都以爱情视之。连向来沉郁顿挫的杜甫，也盛赞司马相如和卓文君的感情是一段唯美的爱情，这就更有说服力了。

“茂陵多病后，尚爱卓文君。”“茂陵多病”其实暗含了我们在《白头吟》里讲到的司马相如和卓文君的情变。司马相如后来出使巴蜀，为平定西南一隅立下汗马功劳。司马相如向来有消渴疾，其实也就是有糖尿病，因为汉武帝的恩宠，得以两千石的官职享受高级待遇，在茂陵休养。

休养期间，司马相如曾经移情别恋，预纳一茂陵女子为妾，还写过一封家书给卓文君。卓文君还以家书，说：“皑如山上雪，皎若云间月。闻君有两意，故来相决绝。”一曲《白头吟》，一句“愿得一心人，白头不相离”，大度从容、淡定又智慧地挽回了将要失去的爱情。

司马相如闻之，浪子回头，悬崖勒马，重新回到卓文君的身边，重新面对当年他们爱情的誓言。

我能想到最浪漫的事，就是牵着你的手，听着你的歌，一起和你慢慢变老。后来司马相如积病沉疴，最终死在他爱人的怀里。当他离开人世间的时候，身边陪伴他的人依然还是卓文君。

杜甫一句“茂陵多病后，尚爱卓文君”，这是多么浅白的一句总结啊！一句“尚爱卓文君”，虽然平白质朴，但却显露出少陵野老心中的感慨，这是人世间多么难得的真爱！虽然经历坎坷与波折，但最终相携终老，最终一起牵手，走完这荒凉的人世。这种陪伴、这种坚持就是最长情的告白，就是最本真、最纯洁质朴的爱情。

杜甫既然持如此观点，那么证据何来呢？

颔联就提供了两个非常重要的证据：“酒肆人间世，琴台日暮云。”“酒肆人间世”讲的是文君当垆的故事。

前面我们说过，司马相如和县令王吉演出了一场双簧戏，这出戏非常有名，叫作“琴挑文君”。司马相如丰神玉朗，一出场，“一座尽倾”。但他落座之后却并不说话，不是因为傲骄，其实是因为他有口吃的毛病。

他不能说，他可以唱，他唱的比说的好。所以王吉就请他弹琴，说“窃闻长卿好之，愿以自娱”，那意思是说，司马相如琴艺横绝天下，我们不敢说请您为我们大家演奏一曲，您就自己随便弹弹，聊以自娱，我们用耳朵蹭着听一下。

王吉的谦恭之词已到极致。

这时候，司马相如为答谢王吉与在座宾客，所以操琴弹唱。

《史记》记载说，“是时卓王孙有女文君新寡，好音，故相如缪与令相重，而以琴心挑之”。这一句话细读非常重要。就是司马相如当时所弹琴曲，在表面上是答谢王吉以及在座宾客，但是琴音里另外有一层意思，有一种内在的境界，叫作“琴心”，却是弹给卓文君听的。

卓文君听懂了琴心里的意境与内涵，所以夜奔相如，才有了历史上著名的两大“夜奔”佳话。一是红拂夜奔李靖，一是文君夜奔相如。

因为卓文君与司马相如的私奔，卓王孙觉得脸面丢尽，真相大白之后，与女儿断绝父女关系。而卓文君跟着司马相如回到成都之后，才发现司马相如家中真的是一贫如洗。主张骗财骗色说的观点，一般都认为这个时候卓文君虽然看到惨痛的现实，也不得不把自己的命运和司马相如绑在一起。

其实我觉得这种理解非常迂腐，即便杜甫也不会这样理解。卓文君作为天下首富的女儿，最不缺的大概就是钱了。当她看到她心爱的人，什么都有，就是没钱。那么天下首富的女儿，她会因此而感到沮丧吗？我想大概恰好相反，她觉得可以用她的才情、她的智慧以及她的财富去帮助她心爱人的时候，十七岁就新寡了的少妇，而今又重新收获爱情的卓文君，又怎么会为此而有上当、沮丧的感觉呢？

正是在卓文君的提议下，文君与司马相如后来回到临邛，就在他老爹家的街对面开了一家小酒馆。司马相如当酒保，卓文君则当垆，二人就这样坦坦荡荡地挑战卓王孙。后来在王吉以及很多亲友的帮助下，卓王孙终于回心转意，认了女儿和女婿，司马相如才重新走上仕途，开创了人生的一番新局面、新事业，这就是"酒肆人间世"。多么跌宕的情节，多么传奇的人生啊！

而"琴台日暮云"，就更为关键了。仇兆鳌先生曾经题注曰："《成都记》：琴台院，以相如琴台得名，而非其旧。旧台，在城外浣花溪之海安寺南，今为金花寺。元魏伐蜀，下营于此，掘堑得大瓮二十余口，盖所以响琴也。"这是一段非常关键、非常重要的考证，这是说司马相如和卓文君后来终其一生，大多时间都住在成都。他们因为是音乐上千古难逢的知音，在他们的住所旁，专门建有琴台，后来成都就留下了琴台院。仇兆鳌先生考证，真正的琴台院，其实离杜甫草堂不远。杜甫住在浣花溪旁，就屡屡去琴台院缅怀古迹。

史料记载，"元魏伐蜀"，"元魏"其实就是北魏，拓跋氏后来改姓元，所以叫"元魏"。北魏拓跋氏的大兵伐蜀的时候，曾经在琴台院驻营，那么扎营寨的时候挖壕沟，就挖到琴台院下有大缸二十余口。

为什么司马相如和卓文君的琴台底下会有二十余口大缸呢？

《说文解字》说：“琴，禁也。神农所作。”是说古琴是神农氏所创。最早的古琴，长三尺六寸六。琴其实是中国阴阳文化综合的一个典型代表。琴音的作用在传统文化里，像《说文解字》就认为是让人约束欲望的放纵，让人安顿自我的心灵。

古琴的音质中正和平、冲淡高雅，音量并不是很响。司马将如和卓文君在琴台之下，埋下二十多口大缸，就起到了音箱和功放的作用。

这就说明，司马相如和卓文君的音乐境界，在当世是无与伦比的，也就是说他们彼此之间是音乐上真正的知音与知己。这也可以和我们前面讲《史记》里的那句“缪与令相重，而以琴心挑之”相互参读。

所谓“琴挑文君”，其实本质是琴心挑文君。司马相如当时所奏之曲，在场宾客都以为是答谢之曲，却只有卓文君能听出表面的琴音之下，另外的深沉蕴藉的境界。而那层境界、那种琴心，却只弹给卓文君一人所听。

所以当音乐遇见爱情，大概真相是旁观者迷、当局者清吧！从“琴心挑文君”到“琴台日暮云”，到他们终于在琴声中得以相伴终老，这还不能称之为爱情，又能是什么呢？

一联“酒肆人间世，琴台日暮云”，文君当垆的佳话、千古难觅的知音，老杜随手写来，其实已见他的向往与倾心。接下来颈联说“野花留宝靥，蔓草见罗裙”。虽然斯人已矣，仙踪不再，但琴台旁一丛丛美丽的野花，就仿佛是文君当年脸颊上的笑靥；而一丛丛嫩绿的蔓草，就仿佛是文君昔日所做的碧罗裙。这里的蔓草，那就像我们在《诗经・野有蔓草》里分析的，最好读作 wàn，虽然大多数注本都注音为 màn。杜甫这是从眼前的野花野草，引发眼中的幻象、心中的联想，仿佛透过花草的美丽与生机，可以重睹卓文君那绝世的风采。由此可见，杜甫其实也有浪漫的一面。

所以尾联最后说“归凤求凰意，寥寥不复闻”，这又是多么直截了当，却又多么深邃的感慨呀！

民间传说，司马相如琴挑文君的时候，当时随琴而唱情歌一曲，所谓“凤兮凤兮归故乡，遨游四海求其凰”。所以“归凤求凰”即点出“以琴心挑文君”的故事，那美丽的音乐，那深情的歌声，在相如文君之后，哪里还能得闻呢？在相如文君之后，竟成这世间的绝响，想来便不觉让人为之怅惘。

所以当诗遇见琴，当音乐遇见爱情，我们若能在如诗如歌的岁月里，携手慢慢老去，那就是能想到的最浪漫、最幸福的事吧！

假如爱有天意

顾况《叶上题诗从苑中流出》

“诗豪”刘禹锡虽然是千古公认的向民歌学习而创作《竹枝词》，并使之具有人格精神的开创者，但最早写作《竹枝词》的却是中唐的大诗人顾况。

顾况在诗歌理论上，主张“诗言志”，主张诗文载道，强调诗歌的思想内容，尤其注重教化。

所以，他为人虽风趣，写诗却很少言情。这样的顾况，又为什么会有一首为上阳宫女写的情诗呢？这首诗就是他的《叶上题诗从苑中流出》。诗云：

花落深宫莺亦悲，上阳宫女断肠时。
君恩不闭东流水，叶上题诗寄与谁。

顾况一生官位并不是很高，但当时年轻的白居易进京考进士，还是首先要去拜见顾况。唐人的笔记《幽闲鼓吹》就记载说：“况睹姓名，熟视白公曰：‘米价方贵，居亦弗易。’乃披卷，首篇曰：‘离离原上草，一岁一枯荣。野火烧不尽，春风吹又生。’却嗟赏曰：‘道得个语，居即易矣。’因为之延誉，声名大振。”这是顾况拿白居易的姓名开玩笑，可是读到白居易“离离原上草，一岁一枯荣。野火烧不尽，春风吹又生”，不由得赞叹说：能写出这样的诗来，京城米价再贵、房价再贵，但有这样的才华，什么都不是难事了！

因为有了顾况的推许，年轻的白居易声名大振。从这件事便可以看出来，顾况是非常有意思的一个人，更有意思的是，他写的情诗并不多，他的诗论也不主张“诗言情”。但我们今天要来赏读的却是一首他的情诗，而且这首情诗和中国文化史、中国爱情史上一种重要的现象有着紧密的关系。

其实啊，这就是生活的魅力。从诗题上我们可以看出，它的题目叫《叶上题诗从苑中流出》，是一种典型的记事诗题，看来所写的是自己的亲身遭遇。那么，他到底写的是一种怎样的遭遇呢？

幸好孟棨的《本事诗》把这段奇事完整地记录下来：“顾况在洛，乘间与三诗友游于苑中，坐流水上，得大梧叶，题诗上曰：‘一入深宫里，年年不见春。聊题一片叶，寄与有情人。’况明日于上游，亦题叶上，放于波中，诗曰：‘花落深宫莺亦悲，上阳宫女断肠时。帝城不禁东流水，叶上题诗欲寄谁？’后十余日，有人于苑中寻春，又于叶上得诗，以示况，诗曰：‘一叶题诗出禁城，谁人酬和独含情？自嗟不及波中叶，荡漾乘春取次行。’”

通过这段记载，我们可以看到顾况这首诗，《本事诗》中记载的第三句，和《顾况集》中记载的第三句略有不同。《本事诗》中作“帝城不禁东流水”，而《顾况集》中作“君恩不闭东流水”。虽略有不同，诗意上并没有本质的差别。

这说的是一件什么事儿呢？

是说顾况年轻的时候，有一次在洛阳跟几位诗友到宫苑外游春，在宫墙外下池村的御沟中，看到水中漂浮着一片大梧桐叶，而叶子上仿佛还有字迹。顾况就到水边把这片叶子捞起来，发现果然写着一首小诗。诗云："一入深宫里，年年不见春。聊题一片叶，寄与有情人。"

顾况看到这片梧桐叶以及题诗，感慨万千，第二天就来到宫墙外的御沟上游，把一片同样写着一首诗的梧桐叶放入水中，而这片梧桐叶上所写的诗就是这首《叶上题诗从苑中流出》。诗云"花落深宫莺亦悲"，这是以花喻人。所谓深宫深锁，锁着多少青春生命。所以张祜有《宫词》曰："故国三千里，深宫二十年。一声何满子，双泪落君前。"而后来的元稹既有鸿篇巨制《连昌宫词》，又有和张祜一样的五言绝句《行宫》，诗云："寥落古行宫，宫花寂寞红。白头宫女在，闲坐说玄宗。"那年轻的生命，便如那寥落寂寞的宫花，从缕缕青丝到最后的白头，那些被深锁的年轻生命，在无可奈何的命运中，被时间、被岁月荒芜，终至凋零，这是人世间多么可悲的事！

因此顾况第二句说，"上阳宫女断肠时"。上阳宫是唐高宗李治迁都东都洛阳时修建的。上元年间，唐高宗在这个地方处理朝政。后来，武则天被唐中宗逼迫退位之后，就一直居住在上阳宫中。唐玄宗也经常在上阳宫处理朝政和举行宴会。上阳宫南邻洛水，其实洛水也穿宫而过，御沟就这样穿上阳宫而过。王建曾有诗说："上阳花木不曾秋，洛水穿宫处处流。画阁红楼宫女笑，玉箫金管路人愁。"这里顾况所说的"上阳宫女断肠时"，绝对是实写其情。

接下来两句就是实写其事了。"君恩不闭东流水，叶上题诗寄与谁。"可是再深的深宫，也锁不住青春的向往，也锁不住东流之水，也锁不住那水中的叶、叶上的诗。可是写下这叶上题诗的你，你的诗、你的情，又是要向谁倾诉呢？顾况所云还是比较含蓄的，但是他的同情之意、慈悲之心，在诗中若隐若现。

他以为他能捡到那水中的叶上题诗，已是非常侥幸。他按捺不住心中的激动，回了这样一首诗，重新放入御沟的上游，让它流入宫中。其实本来并不抱希望，只是循着心中的情感，本能地去这么做。哪知道，世间无奇不有。十多天后，有人在东苑游春的时候，又在水中捡到一红叶题诗，知道顾况有前此所作，立刻带回来交给顾况。这片红叶上的题诗竟然就是回复给顾况的，诗云："一叶题诗出禁城，谁人酬和独含情？自嗟不及波中叶，荡漾乘春取次行。"这是慨叹自己的命运不如那水中飘零的梧桐叶，尚能乘着春景，来到有缘人的手中。那种对命运的希望、那种对情感的归依，其实已呼之欲出。

《本事诗》并没有交代最后的结果，但民间传说却并不希望这样美好的缘分没有结果。相传"安史之乱"爆发后，顾况在乱世流离中终于找到了那位与他传诗的宫女，帮她逃出了上阳宫，二人最终结为连理。而"红叶传情"也作为爱情的象征被广为传颂。

对于这样的红叶传情，今人会觉得匪夷所思，但其实命运的奇妙有时无所不在。《本事诗》认真地记载这些事，并不只是当作传说、传奇。根据唐人的习惯，他们是很认真地把它当作真事来记载下来。对于这样奇特的缘分，《本事诗》在顾况"红叶题诗"的前面，还记载了一件与此类似的"衣上题诗"的爱情。

"开元中，颁赐边军纩衣，制于宫中。有兵士于短袍中得诗曰：'沙场征戍客，寒苦若为眠。战袍经手作，知落阿谁边？蓄意多添线，含情更著绵。今生已过也，重结后身缘。'

"兵士以诗白于帅，帅进之。玄宗命以诗遍示六宫曰：'有作者勿隐，吾不罪汝。'有一宫人自言万死。玄宗深悯之，遂以嫁得诗人，仍谓之曰：'我与汝结今身缘。'边人皆感泣。"

这段记载是说开元年间，当时要赐给边军冬衣，因为人手不够，要让宫中的女子帮助缝制。冬衣寄到边疆，一个士兵从分到的短袍中看到了一首诗。这个士兵读罢衣上之诗，感动莫名，告知于元帅，元帅也为此感动，更向玄宗汇报。

唐玄宗李隆基也是一个多情、深情之人。他以此诗遍示六宫，询问是谁写了这首诗，并讲明绝不加以怪罪。这时候就有一宫女承认这首诗是她所作。玄宗“深悯之”，然后就下旨把她嫁给那个士兵，二人终结良缘。这样的“衣上题诗”亦如“红叶题诗”，读之真让人感慨万千。

我一直相信，最好的爱情冥冥中自有天注定。像顾况的“红叶题诗”，在历史上其实发生过很多次，而且都有明确的文献记载。

晚唐时，又有一件“红叶传情”的故事。唐僖宗时有个落榜考生，叫于佑。于佑当时心情沮丧，某日于东苑御沟之侧，见水中漂浮一片红叶，红叶之上隐约有墨迹。捞起来一看，红叶上果然有诗。诗曰：“流水何太急，深宫尽日闲。殷勤谢红叶，好去到人间。”于佑读此叶上题诗，大为感动。

他不像顾况那么含蓄，便直接题了一首心意之作，写在红叶之上，到御沟上游放入水中。他写的是：“曾闻叶上题红怨，叶上题诗寄阿谁？流水无情何太急，红叶有意两心知。”

写完之后，他也渴望能像顾况那样收到红叶题诗的回复，可是他没有顾况那么幸运，再也没有等到过御沟中流出的红叶题诗。于是，心怀落寞、一腔愁绪的于佑，怀揣着早先的那片红叶，永远告别了科举的考场。

后来为了谋生，于佑到河中府贵人韩咏家去当家庭教师，也兼文字秘书。命运就是那么神奇。时逢天下大旱，皇帝遣散宫女三千，以显其施政的仁厚。其中有一个宫女叫韩翠萍，被遣散后无家可归，被同族的韩咏收留。

一天，韩咏突发奇想就给于佑做媒，于佑也爽快答应了。成亲之后，韩翠萍偶然在于佑的书箱里，见到了那片夹在书中的红叶，不由得大吃一惊，说："这是我所作的诗句，这是我亲手放在御沟中的红叶，相公是怎么得到的？"于佑就把捡到红叶的始末告诉了韩翠萍。

韩翠萍听后热泪盈眶，从自己贴身的锦囊中拿出一片红叶，说："真是千巧万巧，我后来也从御沟中捡到一枚红叶，不知道是什么人所作。"于佑一看，正是自己当年写的那片红叶。当时夫妻俩热泪盈眶，真是只觉一切皆有天定。

一枚小小的红叶，因替世人传情，获得了极为独特的文化价值。自唐以后，用红叶或红叶题诗来表达爱意，几乎成了东方独有的文化现象。

二十世纪初，香山脚下，与张爱玲、萧红、庐隐一起合称为民国"四大才女"的石评梅，就收到了高君宇的一片红叶。红叶上写着两行字："满山秋色关不住，一片红叶寄相思。"

收到红叶的石评梅心潮起伏，久久不能平静。她很喜欢高君宇，但高君宇在乡下有一个包办婚姻的妻子，她自己也有一段痛苦的感情经历。因此石评梅表示，宁愿牺牲个人的幸福，也不愿侵犯别人的幸福。

高君宇的红叶传情，遭到了石评梅的拒绝。她在红叶的背面写了一句现代诗，"枯萎的花篮，不敢承受这鲜红的叶儿"。不久，高君宇劳累过度，病逝京华，葬在了陶然亭。

石评梅整理他的遗物时，又看到了那片红叶。红叶依然，却已物是人非，只有那份曾经的感情还依然鲜艳、炽烈。

石评梅悲痛欲绝、心如刀割，怀揣那片红叶，亲笔在高君宇的墓碑上写下了一句话：“君宇，我无力挽住你迅忽如彗星之生命，我只有把剩下的泪流到你的坟头，直到我不能来看你的时候。”

不久之后，石评梅也去世了，和高君宇一起葬在了陶然亭。

虽然他们没能像于佑和韩翠萍，像顾况和宫女那样结为连理，但因为那鲜艳的红叶，他们的命运同样也紧紧地连在了一起，这不就是生命的奇迹、爱情的奇迹吗？

所以，假如爱有天意，不可不信缘！

所恨不如潮有信 潮打空城寂寞回

李益《江南曲》

李益是一个争议非常大的人物。

就才情与才华而言，李益在“大历十才子”中，甚至在中唐诗坛都非常突出。不仅边塞诗的创作，在情诗创作中也多有佳作。《江南曲》就是他的情诗代表作之一。诗云：

> 嫁得瞿塘贾，朝朝误妾期。
> 早知潮有信，嫁与弄潮儿。

这首《江南曲》非常有名，从中可以看出李益的才情和才华。

这既是一首拟乐府之作，也非常合乎五绝的要求，实质则为近体诗的创作，同时又完全不影响其拟古乐府的民歌风格。可见，李益的诗歌创作的技巧，近体与古体、乐府与绝句，已经到了运转自如、运化自如的境地。

《江南曲》是《乐府诗集·相和歌辞》的曲名，自汉乐府以来，就有很多《江南曲》的名作，或长或短，像我们前面讲到的“江南可采莲，莲叶何田田，鱼戏莲叶间。鱼戏莲叶东，鱼戏莲叶西，鱼戏莲叶南，鱼戏莲叶北”。这是特别典型的民歌特色，借“莲”说“怜”，借“怜”说“爱”，故有东西南北的复沓。

自民歌中来的《江南曲》，如果配上乐曲的话，其中情意一定是缱绻有致，缠绵不尽。因为这种鲜明的民歌特色，后世诗人多有拟作《江南曲》。像为“四声八病永明体”奠基的沈约，像韩愈的弟子张籍都作有《江南曲》。但就唐人作《江南曲》而言，最为精彩、最为突出、最为有名的还是李益的这首《江南曲》。

民歌与乐府来写情爱这一类题材的时候，大多直抒胸臆，直写相思、相恋、相念之情。李益继承了乐府的这种风格，写起来直白如话，但写的不是相思相恋，却是向前一步，写的是相怨之情。

“嫁得瞿塘贾，朝朝误妾期”，是真悔恨嫁作瞿塘商人妇啊！“商人重利轻别离”，只会天天把相会的佳期白白地耽误。瞿塘是瞿塘峡，长江三峡之一，贾就是商人，我们在《长干行》里讲过，在中国古代长江流域做买卖的商人，其实是古中国早期形成商人群体最主流的部分。一个“瞿塘贾”指代的其实是所有的商人，就像白居易在《琵琶行》里所说，“门前冷落鞍马稀，老大嫁作商人妇。商人重利轻别离，前月浮梁买茶去”。那个“同是天涯沦落人”的歌女，才会“去来江口守空船，绕船月明江水寒。夜深忽梦少年事，梦啼妆泪红阑干”啊！

而在李益的《江南曲》中，这位女子就比《琵琶行》中的那位女子要决绝得多，她说“早知潮有信，嫁与弄潮儿”。这两句实在太过精彩，语言平易、朴实无华，但是内容却陡起波折，忽发奇想，忽出奇语！早知道潮水是有信的，那凌波逐浪的弄潮健儿，该是会随潮按时地来去。早知道嫁给这个屡屡延误归期，让自己无数次白白等待的经商的丈夫，还不如嫁给会随着潮水按时有信到来的弄潮儿啊！

这样的怨语，细想来既是痴语，也是苦语。虽然近乎想入非非，她也未必是真的要嫁与弄潮儿，只是心中一股怨气无由说出，脑海中想到潮有信与弄潮儿，便率而直言，脱口而出。正是因为其直率、真切，反而成了千古传诵的奇句名言。贺裳的《载酒园诗话》就评说："诗又有无理而妙者，如李益'早知潮有信，嫁与弄潮儿'，此可以理求乎？然自是妙语。"就是说这一句突如其来，仿佛无理，细想却甚奇妙，那个脱口而出"早知潮有信，嫁与弄潮儿"，充满了怨气的小女子情态，她的形象、她的情绪，一时间让人感觉如在目前。所以这一句的妙，就妙在她直言怨情、直抒情绪，却将人物的形象和盘托出。

每想到李益的这首《江南曲》，每读到这句"早知潮有信，嫁与弄潮儿"，我就不由自主地会想到另外一个与李益有关的、极其鲜明的形象，那也是一个充满了怨气与怨情的女子，那个女孩子的名字叫霍小玉。

后人读《霍小玉传》，经常会提到李益的这首《江南曲》，觉得李益写下这样的语句简直就是莫大的讽刺。

说到霍小玉与《霍小玉传》，这实在是李益一生的污点。蒋防的《霍小玉传》在《唐传奇》中影响十分巨大，声名绝不逊于《李娃传》与后来的《莺莺传》。因为影响太大，后世大多把它当作李益的亲身遭遇来看待。写下《江南曲》的李益、写下《夜上受降城闻笛》的李益，也因此常被看作是负心汉的代表。

《霍小玉传》说的是霍王的小女儿小玉，因为庶出（母亲不过是霍王宠爱的婢女而已），霍王死后，众兄弟因为她母亲的身份低贱，不愿意收留，分给她一些资产后就把她赶了出去。小玉虽流落尘俗，但资质艳美、情趣高雅，诗书、琴乐无不精通。

李益在长安应举时，经人介绍认识了小玉，小玉慕李益才情，李益羡小玉姿容。两个人一见倾心，琴瑟相合，遂郎情妾意住在了一起。然而，情投意合、两情相悦的爱情虽然无比甜蜜，沐浴在爱河中的霍小玉却无比清醒。当她对两个人的将来露出忧患之意时，李益往往指天发誓，甚至引谕山河，指诚日月，援笔成章，句句恳切，把爱情的誓言写下来，让霍小玉珍藏。

两人同居两年之后，李益“以书判拔萃登科”，被授郑县主簿。

这时清醒的霍小玉，与李益有一番长谈，说“以君才地名声，人多景慕，愿结婚媾，固亦众矣。况堂有严亲，室无冢妇，君之此去，必就佳姻。盟约之言，徒虚语耳。然妾有短愿，欲辄指陈。永委君心，复能听否？”这是说啊，以李郎你的才学和名声，多为人仰慕，愿意和你结为姻亲的人一定有很多。何况你堂上有严厉的双亲，家室里也没有正妻，你这次回家一定会缔结美满的姻缘。当初你给我盟约上的话，只是空谈罢了。然而我有个小小的愿望，想当面陈述，愿它永远记在你心上，不知李郎你还能听取吗？

这时候，李益惊讶地说，我有什么罪过？你居然说出这样的话，小玉你有话就说，我一定铭记在心。

这时，霍小玉说了一番话，就像“早知潮有信，嫁与弄潮儿”一样，十分地出人意料。她说：“妾年始十八，君才二十有二，迨君壮室之秋，犹有八岁。一生欢爱，愿毕此期。然后妙选高门，以谐秦晋，亦未为晚。妾便舍弃人事，剪发披缁，夙昔之愿，于此足矣。”这是说啊，我今年才十八岁，李郎你也才二十二岁，到您三十而立之时，还有八年。我和你一辈子的欢乐爱恋，希望在这八年里把它享用完。然后你去挑选名门望族，结秦晋之好，也不算晚。而我就抛弃人世之事，剪去头发，穿上黑衣，过去的愿望，到那时也就满足了。

李益听了这番话，“且愧且感，不觉涕流”，对小玉说：“皎日之誓，死生以之。与卿偕老，犹恐未惬素志，岂敢辄有二三。固请不疑，但端居相待。至八月，必当却到华州，寻使奉迎，相见非远。”这就是立下誓约，非小玉不娶。李益说好回家之后，过一段时间就派人来迎娶小玉。可一旦转身离去，与小玉却成永别。

原来李益回到家中，李益的母亲素来严毅，早已为他定下姻亲，是出身范阳卢氏的表妹。卢氏既是唐代五姓七宗中的望族，与李益出身的陇西李氏可谓门当户对，加之母亲威严异常，李益不敢有丝毫反对。但名门望族结亲，聘礼需有百万之约。李益素来家贫，为了婚事又不敢违拗母亲，只得下江淮向亲友借贷，这一去遥遥无期。

李益“自以孤负盟约，大愆回期。寂不知闻，欲断期望。遥托亲故，不遗漏言”。既然事已如此，又辜负了小玉曾经约定的迎娶之期，李益便从此断绝了一切与霍小玉的联系，希望霍小玉能够就此死了心，但霍小玉偏偏不是可以自绝希望的女子。她到处打探李益的消息，终于知道李益即将另娶的消息之后，也只求与李益一见。

李益后来又回长安，不论霍小玉如何相求，绝不相见，也不通消息。霍小玉心有不甘，遍请亲朋，多方招致，甚至为此积病成疴，卧床不起，可是李益狠下一条心终不肯相见，晨出暮归，欲以回避。

霍小玉日夜涕泣，期一相见，竟无因由。这事一下子在长安流传开来，说“长安中稍有知者。风流之士，共感玉之多情；豪侠之伦，皆怒生之薄行”。后来因缘际会，一次李益在和朋友游春赏春之际，被一豪侠之士骗至霍小玉家附近。

这时，李益转头欲走，这个爱打抱不平的豪侠之士遂命奴仆数人，抱持而进，疾走推入车门，便令锁却，报云：“李十郎至也！”这是硬生生地把李益绑架到了霍小玉的家。霍小玉本来重病在床，“忽闻生来，欻然自起，更衣而出，恍若有神。遂与生相见，含怒凝视，不复有言”。

这时，豪侠之士又令仆人送来酒肴数十盘，让二人在酒席宴中相见。这时，霍小玉在众人面前侧过身来，眼看着李益好久，随即举起一杯酒浇在地上说，我身为女子，薄命如此！君为大丈夫，负心却到了如此地步，可怜我这美丽的容颜，小小的年岁，就将满含冤恨地死去。慈母在堂，不能供养。绫罗绸缎、丝竹管弦，从此也将永远丢下。我只有带着痛苦走向黄泉，这都是李郎你造成的。李君，李君啊，今天我将与你永别！我死之后，一定变成厉鬼，让你的妻妾，终日不得安宁！说完，小玉伸出左手握住李益的手臂，把酒杯掷在地上，高声痛哭了几声之后便气绝身亡。

这一段话、这一种怨气与怨情、这一种决绝的形象，这比“早知潮有信，嫁与弄潮儿”的形象来得更鲜明、更刻骨铭心！

这就是那个决绝的女子霍小玉，这就是小玉与李益爱情的终结与归宿。李益从此成了负心汉的代表，而且后来果如小玉所说，他和卢氏虽然成了婚，却总是猜忌卢氏与他人私通，为此常常粗暴地鞭打卢氏，百般虐待，最后诉讼到公堂把卢氏休掉。卢氏走后，不论再娶什么人，李益都变得嫉妒猜忌到极致，一生再也没有幸福的婚姻与家庭，世人便都以为这是李益辜负霍小玉所得的报应。

《霍小玉传》太过有名，况且又是与李益同时代的蒋防所作，虽然当时叫李益的有好几个人，但是，所谓“十郎”就明确所指是陇西李氏的李益，就是写下《夜上受降城闻笛》的李益了。因为李益族中排行就是第十，平常大家都称他为“李十郎”。

不过，说到把李益钉在历史耻辱柱上的《霍小玉传》，其实还有很多值得商榷的地方。比如霍小玉这个形象、这个女子，按蒋防所说她是霍王的小女儿，其实不是姓霍，那么她应该姓什么呢？霍王也就是唐高祖李渊的第十四子，是唐太宗李世民的异母同父之弟，叫李元轨，后来被封霍王。

小玉虽然是霍王与婢女所生，其实也应该姓李。而大唐李氏，李世民、李元轨他们这一支，包括李渊这一支明确地从族系上排就属于陇西李氏。所以李益也是陇西李氏，那么小玉也属于陇西李氏。按照唐朝的律法，两人本来就不可能结亲的。

另外，据后来考古发现的李益墓志铭和李益亲笔所撰妻子卢氏墓志铭中的材料来看，《霍小玉传》中所说的他和妻子卢氏的情况也与事实不符。再者，很多史学家考证，霍小玉传中写到的很多关于李益南下江淮，以及任郑县主簿，这些时间都与李益生平不符。那么，《霍小玉传》中所写李益这段负心汉的历程，以及霍小玉那种为情舍生赴死的历程，到底是实有其事，还是纯粹小说家言呢？这一争论直到今天，还莫衷一是，未为定论，但李益为人，晚年为人所诟病，这倒确实是事实。

虽然李益和高适两人都是前后边塞诗派中的领军人物，但他和高适不同的是，晚年的高适依旧不坠青云之志，有着高尚的情操与人格，而后来飞黄腾达的李益不仅卷入了“牛李党争”，甚至与宫廷御用僧广宣等奸佞小人整日混在一起，再加上性格愈发偏激，气量愈发狭小，所以民间多传他有“妒疾”，甚至把“妒疾”这种病就叫“李益疾”。像《新唐书》和《旧唐书》，在《李益传》里都说到，李益“防闲妻妾苛严，世谓妒为‘李益疾’”。不仅对家人猜疑嫉妒，甚至“同辈行稍稍进显，益独不调，郁郁去”。也是说他气量狭小，嫉妒成性。

这样的性情与性格，再加之他后来任科举主考官的时候，取了反对朝廷削藩政策的李宗闵、牛僧孺为中等，遭到李吉甫一班执政者猜忌与防患，更成了“牛李党争”中被“李党”疯狂攻击的一个典型。

而写下《霍小玉传》的蒋防正是“李党”的一个重要成员。

所以说蒋防的《霍小玉传》可能确实别有用心，但李益自身的晚节不保，以及他猜忌妒忌的个性与愈发自私的性格，也给人找到了口实、留下了把柄。所以写下“早知潮有信，嫁与弄潮儿”的李益，最终却是在霍小玉“我为女子，薄命如斯！君是丈夫，负心若此”的呵斥中，以一个典型的负心汉的形象留名于后世，这也实在是一种莫大的讽刺。

人生在世何其不易，找到一个能够托付终身的人，又何其不易，“早知潮有信，嫁与弄潮儿”。对于男人来说，也是同样，“早知潮有信”不如去做一个弄潮儿，又何必把大好青春、大好生命交与仕途、官场与名利场呢！

李益这样的人生，真是“所恨不如潮有信，潮打空城寂寞回”。

当时遇见，青青在否？

韩翃《章台柳》

情诗，之所以是情诗，是因为它来自人性最本真的情感，甚至很多优美的情诗往往来自人生最本真的生活。

下面我们所要解读的就是一首来自真实生活、来自历史真实、来自传奇人生的情诗。这便是“大历十才子”之一韩翃的《章台柳》。诗云：

> 章台柳，章台柳，颜色青青今在否？
> 纵使长条似旧垂，也应攀折他人手。

这首诗流传太过广，导致后来也有好几个版本。比如说第二种版本就是：“章台柳，章台柳，颜色青青今在否？纵使长条似旧垂，也应攀折他人手。”还有一种比较有名的版本：“章台柳，章台柳，往日依依今在否？纵使长条似旧垂，也应攀折他人手。”对比之后我们可以发现，几个版本的不同之处都在于那句深情的问句，“颜色青青今在否”“昔日青青今在否”“往日依依今在否”。这一句看似平常之问，其实最是饱含深情，所以在后世流传中竟衍生出各种各样的版本，这也可以反证其流传之广与深得人心。

历史上有两个章台：一是春秋时楚国的离宫，又叫章华台；另外一个著名的章台，就是战国时候秦国王宫中章台殿。《史记·廉颇蔺相如列传》中说："秦王坐章台见相如，相如奉璧奏秦王。"可见著名的"完璧归赵"的故事，就发生在章台殿。

章台因为太过有名，西汉时长安城内就有一条著名的章台街。《汉书·张敞传》记载说，张敞"罢朝会"之后，"过走马章台街，使御吏驱，自以便面拊马"，后世故有"章台走马"之说。崔颢有诗云"斗鸡下杜尘初合，走马章台日半斜"，欧阳修则有词云"玉勒雕鞍游冶处，楼高不见章台路"。章台最初是宏阔而雅正的，而韩翃的《章台柳》是纯洁而美丽的。

韩翃的《章台柳》其实还有个小题叫"寄柳氏"，可见这个"章台柳"的"柳"还是个谐音双关，既指柳树，也指他倾心相爱的那个柳氏姑娘。所谓"章台柳，章台柳，昔日青青今在否"，那么昔日的韩翃与柳氏，他们的青春相遇，又是怎样开始的呢？

孟棨的《本事诗》和《太平广记》的《柳氏传》都记载了这个美丽的故事。当然，《太平广记》的《柳氏传》来自唐人许尧佐的《柳氏传》。据《本事诗》和《柳氏传》记载，韩翃名属"大历十才子"，他"少负才名，孤贞静默，所与游者皆当时名士"。这是说韩翃年轻的时候即才华横溢，且长得俊逸潇洒，加之性格冲静、沉毅，虽然出身寒门，但所交游者大多是名门豪士。

据说天宝年间，年轻的韩翃西入长安求取功名，结识了一位姓李的公子，这位李生也倾慕韩翃才华，每每邀其赴家宴。在李生的宴饮席上，他的一位美艳爱姬柳氏出场了。席间，她与韩翃四目相对、彼此凝视，目光中不知不觉就擦出了火花。柳氏追求人生可遇而不可求的爱情，主动地向李生表明心迹。而李生虽然只是一个富户公子，却也真的不辜负生在大唐。他豪情磊落，不仅亲手撮合，将柳氏嫁与韩翃，并掏出三十万钱以为嫁资。这样大度的李生，虽然是纨绔子弟，但慷慨之举、成人之美颇有几分侠义风范。

柳氏和李生的眼光确实都不差。韩翃虽然出身寒门，性格偏于内向沉静，但他却是一只潜力股。韩翃虽早年沉郁下僚，但后来一篇《寒食》名传天下，连德宗皇帝都非常喜欢。而那篇《寒食》堪称具有韩翃风格的千古名作，可以和杜牧的那首《清明》相互参看。

上巳节、寒食节与清明节的由来，以及介子推传说故事的背后，其实都是中国人、中国文化对生命与生机的崇拜，是要“熄旧火、祀新火”，这其中其实充满了对自然的敬畏以及对光明的追求，还有对生命无限生机的追求。韩翃这首《寒食》讲的其实就是“停薪”“熄旧火、祀新火”这个转折的时间当口。“春城无处不飞花，寒食东风御柳斜”，说的是暮春时节，长安城里处处柳絮纷飞、落红无数，寒食节的东风吹拂着皇家花苑的柳枝；而“日暮汉宫传蜡烛，轻烟散入五侯家”，则是说夜色降临，宫里忙着传蜡烛，甚至皇帝要把新火赐予权贵之臣，所以袅袅青烟，早早就散入了王侯贵戚之家。

这一联里其实有两层意境，一是表面上的王侯贵胄之家的烟火气，而且他们能得到皇帝的“赐新火”，仿佛代表着无上的荣耀，当时长安城的贵戚豪门也都因此纷纷传颂韩翃此作。可是，韩翃内敛的性格与张扬的才气，使他的诗绝不像表面上写得那么简单。所谓“五侯”，有人认为是汉成帝时封王皇后的五个兄弟，王谭、王商、王立、王根、王逢时“皆为侯”，一时贵甲天下。但也有另一种训诂解读认为，这里的“五侯”是跋扈将军梁冀之“五侯”，而梁冀之“五侯”后来为宦官所灭。所谓轻烟散入的五侯之家，其实正是天下之痈疽、朝廷之毒疣，但这一层深意却不容易读出。吴乔《围炉诗话》云：“唐之亡国，由于宦官握兵，实代宗授之以柄。此诗在德宗建中初，只‘五侯’二字见意，唐诗之通于《春秋》者也。”这就是盛赞韩翃的《寒食》实在是有“春秋笔法”。

后来，韩翃大志难伸，称病在家。一个姓韦的朋友突然半夜来敲门，而且叩门声很急。韩翃出来相见，这个朋友恭喜他升任驾部郎中，并告知皇帝命他起草文书与诰令，这是翰林学士才能享有的荣耀。韩翃听了很吃惊，认为一定是搞错了，姓韦的朋友透露内情说，最近皇帝刚好缺人，中书省两次提名，德宗皇帝都没批。最后，德宗皇帝亲批说：“与韩翃。”当时官场还有一个和韩翃同名同姓的人，而且官列江淮刺史，位高权重，中书省就以为要用那个韩翃。结果，德宗皇帝又做了长长的批示说，要用的是那个“春城无处不飞花，寒食东风御柳斜。日暮汉宫传蜡烛，轻烟散入五侯家”的韩翃。所以姓韦的朋友说，这不就是您的名作嘛！结果，第二天诏令下达，韩翃果然因一篇《寒食》终得一展凌云之志。

这样的韩翃，并非池中之物。柳氏慧眼识珠并敢主动追求，而且与韩翃两情相悦，终成眷属，实在也是人间奇女子，并成就了人世间的一段爱情传奇。

可是当年的韩翃还年轻，初遇柳氏时还没有功名，只是一介寒士。就在一切都向着美好徐徐前行的时候，渔阳鼙鼓动地而来，“安史之乱”猝然爆发，从此盛唐不再，大唐江河日下。韩翃此前尚未及授官，又逢家中有难，只能匆匆与柳氏告别，在战乱的时代浪迹天涯。

韩翃于漂泊之际入淄青节度使侯希逸幕府，被辟为掌书记。但是两京沦陷、柳氏无踪。韩翃念念不忘，后来好不容易有了柳氏的消息，便托人带去一囊碎金并这首《章台柳》，寄与天涯遥望的柳氏。诗中虽情意缱绻却也别含隐忧：我那相爱的人啊，在这离乱的尘世间，你会不会还在等我？“章台柳，章台柳，昔日青青今在否？纵使长条似旧垂，也应攀折他人手。”

这首诗、这封信，会不会寄到柳氏的手中？那个曾经慧眼识英才，大胆追求自己的爱情并最终收获幸福的柳氏，在沦陷的长安城里又是如何自保？她能否安然度过那战火中命如草芥的岁月，又如何守望她相爱的人呢？

万幸的是，这首《章台柳》终于交到了柳氏手中。面对韩翃“昔日青青今在否”的牵挂，面对“纵使长条似旧垂，也应攀折他人手”的犹疑，柳氏挥笔作答，写下了一首同样非常有名的《杨柳枝》。

韩翃问“昔日青青今在否”，柳氏便答“一叶随风忽报秋”。韩翃叹“纵使长条似旧垂”，柳氏便答“纵使君来岂堪折”。这是说时光飞逝、岁月流淌，昔日青青不在，岁月蹉跎如此。纵使江湖重遇，当年的青青之柳，大概早已不堪攀折！这样的语句里充满了深深的哀叹，以及对乱世流离中悲伤命运的深切感知。

当时长安沦陷，韩翃一去又杳无消息，柳氏深恐自己被乱兵所辱，就剪发毁形，寄居尼庵之中，因此方躲过战乱，殊为不易。如今长安收复，韩翃亦终于遣人遗金赠诗而来。按道理柳氏应该高兴，为什么回复的《杨柳枝》却充满了深深的哀叹呢？

这就是柳氏的兰质蕙心之处了。

她当年不仅敏锐地把握了自己的幸福，如今也敏锐地感知到命运的无奈。《柳氏传》记载柳氏作答《杨柳枝》时“捧金呜咽，左右凄悯”，应该是既感动于韩翃的牵挂，又哀叹于自己如柳枝般任人攀折的命运。果然没多久，在韩翃回到长安之前，柳氏便因艳名被平乱有功的蕃将沙吒利掠到府中强纳为妾。等到侯希逸当了左仆射，韩翃随之回京，到了长安却再也找不到柳氏的下落，唯有哀叹不已。

一天，韩翃正在道上落寞独行，一辆篷车从他身边走过。忽然车中有人轻声问："莫不是韩员外吗？"原来车中所坐之人正是柳氏，她让女仆悄悄地告诉韩翃，说自己已被沙吒利占有，碍于同车之人，不便交谈，请韩翃第二日清晨在道政里门等着。

第二天一早，韩翃如期前往，只见柳氏的车来。柳氏并未下车，只于车中递给韩翃自己的妆盒，含泪曰："当遂永诀，愿置诚念。"这就是柳氏知前路无望、知命运无望，与心爱的人做最后的诀别。

韩翃知道沙吒利的威势，当时朝廷平叛，包括收复长安，皆借助蕃将之力不少。现在沙吒利强占柳氏已成定局，自己一介文士，又能如何？韩翃无限伤感，落拓而回。当日，淄青节度使帐下各位将领正好在酒楼聚会，派人去请韩翃。韩翃虽伤感，也只好勉强答应，但席间神色颓丧，出声哽咽。有个年轻的虞侯叫许俊，平生慷慨义气，见韩翃"意色皆丧，音韵凄咽"，便抚剑说："必有故。原一效用。"就是说您有什么为难事，尽管对我说，我愿意为您出力。韩翃到此只得如实相告。

许俊是个天生的侠士，而且是个行动派，他立刻让韩翃写下给柳氏的字条，然后穿上军服，带上双弓，让一个骑兵跟着就直接来到沙吒利府前。等沙吒利出门，离家一里多路时，许俊就披着衣服拉着马缰绳冲进大门，又闯进里面的小门。许俊登堂入室，拿出韩翃的信交给柳氏看。然后，夹着柳氏跨上鞍马，一路飞驰来到酒楼，把柳氏送到韩翃面前，说"幸不辱命"。当时四座惊叹，而韩翃与柳氏此时唯"执手相看泪眼"。

许俊入门夺人虽然潇洒快意，但沙吒利毕竟位高权重。韩翃、许俊事后无奈，只得来找侯希逸。侯希逸听闻此事，大惊曰："吾平生所为事，俊乃能尔乎？"就是说，我平生敢干的事儿，你小子许俊也敢干啊！于是，侯希逸向皇帝奏明此事原委，说沙吒利违法乱纪，强占民女，而许俊见义勇为，夺柳还韩，虽然冒失了一点，但是心中充满了正义。代宗闻此，赐给沙吒利两百万钱以为安抚，并专门下了诏书，明确将柳氏判还给了韩翃，有情人终成了眷属。

回头来看这段故事，让我感动的并不是韩翃和他的《章台柳》，而是柳氏和她的《杨柳枝》，还有许俊，还有侯希逸，甚至还有代宗皇帝。

就在柳氏故事的同一卷中，还有一个著名的故事。《本事诗》记载说，玄宗的哥哥宁王宪，一时贵盛，家中宠姬数十人，皆绝艺上色，可宁王却不满足。宁王府旁边有一个卖炊饼的，妻子长得纤白明晰、美丽异常。宁王给了卖饼者一笔钱，便把别人的妻子抢占而来。

一年之后，在一次宴会上，宁王突然问这位已经宠爱了很久的美丽女子，问她是否还记得卖炊饼的夫君，并让两人于堂前相见。饼者妻一见自己原来的丈夫，只是定定地望着他，虽然不能说什么，却热泪满面。

当时座上有客十余人，皆当时文士，宁王见此场景便让众人赋诗。一个年轻人提笔慨然写就："莫以今时宠，能忘旧日恩。看花满眼泪，不共楚王言。"这就是那首《息夫人》。而这个作诗的年轻人，就是王维。据说宁王读到这首《息夫人》，也突然感慨良多，有所悔悟，于是将饼者妻归还饼师，让他们夫妻团聚，重回自己的生活。

我想当时堂上那个写下"莫以今时宠，能忘旧日恩"的王维，不也像豪侠仗义、登堂入室，替韩翃抢人而还的许俊一样吗？他们心中不平，对弱者充满了同情。正是这种伟大的同情心，让他们一则抚剑，一则提笔，因那相同的侠义之情，让荒凉的人间多了一段希望和美好的佳话。

当然，更让人感动的是柳氏，是那位饼者妻，不以“今时宠”，忘却“旧日恩”。那位饼者妻看着自己的丈夫默默垂泪，那泪水里该有怎样一种坚韧的力量。就像柳氏，虽然知道“可恨年年赠离别”的命运，可她却努力珍惜自己亲手赢得的爱情，在战乱中削发毁形，寄身尼庵，路遇韩翃，寄言相见。她是多么珍惜自己的爱情，多么不甘那样被人摆布的命运。

好在人世间有许俊、有王维这样的人，让饼者妻又回到饼师的身边，让柳氏又回到韩翃的身边。我们因此可以相信，人世间有一种善良而温暖的力量，可以为美丽而纯真的爱情护航。

让我，再看你一眼

李端《听筝》

前面我们讲过叶上题诗和衣上题诗的红叶传情。

下面我们再来讲一首因乐而传情的情诗，这就是被称为是“大历十才子”之一的李端的名作《听筝》。诗云：

鸣筝金粟柱，素手玉房前。
欲得周郎顾，时时误拂弦。

这是一首短小精致的五言绝句，写的事情也非常简单，就是在听一个女孩子弹筝曲。

现在有很多孩子在学古典音乐，我发现男孩子、女孩子都有学古琴的，但是学弹筝的明显比学古琴的要多。确实，作为弹拨的弦乐器，筝就和瑟一样，不论是它的音量，还是它的表现特色，明显都要比古琴绚烂得多。

古人称筝，一般都称之为秦筝，认为它产生于秦地。像唐代赵璘的《因话录》就说：“筝，秦乐也，乃琴之流。”

再谈古琴，我们知道，伏羲制琴瑟。筝其实就是琴瑟的一种变流。古瑟五十弦，李商隐《锦瑟》也说“锦瑟无端五十弦”。所以《因话录》说：“古瑟五十弦，自黄帝令素女鼓瑟，帝悲不止，破之，自后瑟至二十五弦。秦人鼓瑟，兄弟争之，又破为二。筝之名自此始。”这说的是筝这种乐器，尤其是秦筝，有一个很有名的传说，是说秦人有兄弟二人为了争一把瑟，把古瑟最后各分一半，就变成了筝。

当然这个传说也有父子争瑟的说法，比如《集韵》：“秦俗薄恶，有父子争瑟者，各入其半，当时名为筝。”因为争着要，所以最后这个乐器就加了竹字头就变成“筝”了。这个传说影响很大，也非常有名，但我个人觉得，这明显有典型的民俗夸张特点。就算是争古瑟，也不可能劈一半啊，劈一半剩下来的，是不是就能变成另外一种乐器呢？

当然还有另外一种讲法，从文字训诂的角度、音韵的角度来看就合理多了。汉末刘熙的《释名》是一部训诂的书，书中说：“筝，施弦高急，筝筝然也。”就是说，筝的弹奏因为“施弦高急”，所以发音“筝筝然”。相对于瑟较舒缓的音色而言，筝的音色体现了“筝筝然”。因为音色、发音的特点，所以被命名为筝，这也确实符合汉字造字的时候，或象形，或有拟音功能的这种特点。

至于筝这种乐器的原创者，汉代的《风俗通》里把它归于蒙恬，说：“谨按《礼乐记》：‘（筝）五弦，筑身也。’今并、凉二州筝形如瑟，不知谁所改作也。或曰蒙恬所造。”后来像傅玄的《筝赋序》里，也明确地说是“以为蒙恬所造”。在古代蒙恬造筝的这个说法也非常有名。

说起来蒙恬也真的很神奇，我们知道毛笔是他改良的，筝其实也是他改良的，而且他又是大秦名将，当时第一勇士，曾率三十万秦军北伐匈奴，收复河套，击退匈奴七百余里。可惜，我们不知道蒙恬他自己的情感经历。不过我想这样一个文武全才，一个真正的男子汉，可以保家卫国，又精善音律，而且还善于发明创造，这实在也是世间难得的奇男子、大丈夫，想来他的人生、他的情感，也一定必有其精彩。

因为李端的这首诗叫《听筝》，所以我们先要把“筝”说清楚，事实上它虽然属于琴之流，但是它和瑟一样，甚至比瑟在表情上更为丰富、更为鲜明。

到了唐代，文人诗文里提到弹筝之事已经非常普遍了，像李商隐的《无题》：“八岁偷照镜，长眉已能画。十岁去踏青，芙蓉作裙衩。十二学弹筝，银甲不曾卸。”王昌龄的《青楼曲》也说：“楼头小妇鸣筝坐，遥见飞尘入建章。”有意思的是，唐代有个诗人叫柳中庸，他和李端一样，也写过一篇《听筝》。

李端的《听筝》是一首五言绝句，而柳中庸的《听筝》则是一首七言律诗，诗云：“抽弦促柱听秦筝，无限秦人悲怨声。似逐春风知柳态，如随啼鸟识花情。谁家独夜愁灯影，何处空楼思月明。更入几重离别恨，江南歧路洛阳城。”写得也非常不错。

既然有那么多鸣筝诗、听筝诗、写筝曲的诗，李端的这首《听筝》到底有什么独特的地方呢？

“鸣筝金粟柱，素手玉房前。”“鸣筝”不用说，那这个“金粟柱”到底是什么呢？其实这个“柱”，就是那个定弦调音短轴；而“金粟”是指那个短轴上面有金星一样的花纹。“素手”，这不用说，是指“弹筝女子”，她的手纤细洁白；那个“玉房”又是什么呢？“房”其实是筝上面架弦的枕，“玉房”就是玉制的筝枕。所以第一联的“金粟柱”，还有这个“玉房”其实都是筝的专业术语。“鸣筝金粟柱，素手玉房前”，说的就是这个弹筝的女子，纤手拨筝，表现的是弹奏的那个状态。

其实这种状态也没什么，独特和出彩的地方在接下去的一联。

这一联用了一个非常有名的典故。有一个成语，叫作“周郎顾曲”。《三国志·吴书·周瑜传》记载，周瑜“少精意于音乐，虽三爵之后，其有阙误，瑜必知之，知之必顾，故时有人谣曰：‘曲有误，周郎顾。’”《三国志》里的周瑜，真是丰神俊朗、人间极品啊！可惜这样一个周瑜周公瑾，生生地被《三国演义》给耽误了。

《三国志》里的这段话是说，周瑜年少的时候就精通音律，精通到什么地步呢？即使是在喝了三盅酒之后，弹奏者只要有些微的差错，他都能察觉到，而且因为他水平太高了，本能地就会扭头去看那个出错的人、出错的地方。又因为周郎长得实在太帅了，绝对比当时的什么花样美男、小鲜肉要帅多了，而且他后来作为东吴水师都督大破曹军于赤壁，正是“遥想公瑾当年，雄姿英发”呀！

这样潇洒俊逸又精通音律的周郎，再加上他有这么独特的习惯，只要发现谁有错，就会回头去看，那些奏乐的女子，为了博得他多看一眼，往往就故意将曲谱弹错。不过话说回来，即使李端的《听筝》用了“曲有误，周郎顾”的这个典故，好像把那个弹筝的女子写得非常独特、写得活灵活现，但说实话，也并不让人觉得有什么非常奇特之处，怎么这首《听筝》就那么有名，当时就为人所传诵呢？

最好的诗，都和生活、都和时代、都和人生息息相关。

李端的这首《听筝》就和曹植的《七步诗》一样，背后也有一个生动的生活故事、爱情故事，这才使得这首诗在当时就为人所推崇，为人所传诵。

李端是“大历十才子”之一，而且他是十才子中比较年轻的，是被称为才子中的才子。他有一个好朋友叫郭暧，戏曲中有一出著名的《打金枝》，说的就是他的故事。

郭暧是大唐中兴名臣郭子仪的第六个儿子，而且还是代宗皇帝的女婿，唐代宗把女儿升平公主许配给了郭暧。这个升平公主既然是公主，当然就有公主病，有些刁蛮任性。在公公郭子仪大寿之日，自恃皇家身份不前往拜寿，郭暧面子丢尽，怒而回宫，居然就打了公主，这个就叫《打金枝》。

公主回娘家告状，要治郭暧的罪，郭子仪也绑子上殿请罪，但是代宗皇帝还比较明事理、顾大局，不以势压人，作为父母之道，先教育自家的孩子，反而到最后还加封了郭暧。

这出戏在民间非常有名，之所以有名，是因为它把民间的那种家庭矛盾，用一种特殊的关系表现出来，这就非常吸引人，非常有戏剧冲突，不过由此也可以看出郭暧这个人还是有几分血性的。

后来到了建中年间，“泾原兵变”即“朱泚之乱”，叛军攻入长安，唐德宗一直逃到奉天去了，奉天就是陕西的乾县。郭暧夫妇未及逃走，叛军就逼着郭暧为官。郭暧就是有血性，坚辞不受，最后偷偷地潜出长安到了奉天。唐德宗特地嘉奖了郭暧。

所以郭暧这个人呢，大节不亏。但平时，作为富二代，那是声色犬马、飞鹰走狗，就喜欢帅哥美女，以及有才华之士。

李端本身长得比较帅，再加上又非常有才华，就和郭暧成了好朋友，成为郭暧府上的座上客。

李端曾有诗《赠郭驸马》说：“青春都尉最风流，二十功成便拜侯。金距斗鸡过上苑，玉鞭骑马出长楸。熏香荀令偏怜少，傅粉何郎不解愁。日暮吹箫杨柳陌，路人遥指凤凰楼。”这诗写得漂亮，前面就说郭暧不是大器晚成，是大器早成，二十功成便封侯了，然后斗鸡走马、俊逸风采。后面就夸奖他像风流少年荀彧和英俊的何晏一样多才多艺，说当时的人对郭暖都非常仰慕，把他当成时尚的标杆。

李端肯把郭暖吹捧到这个样子，可见两个人的关系怎么样呢？关系也未必真的非常铁。要是真的铁，就不用这样拍马屁了。

李端是郭暖府上的座上客，郭暖每次宴饮郊游，一请他，他就去。

为什么呢？

是因为郭暖的府中，有一个叫镜儿的婢女，不仅容貌艳丽，关键是弹得一手好筝。每次席间宴乐助兴之际，李端时不时地就忍不住要把自己的目光递送过去，镜儿也总会在李端目光的余光中，偶尔回望他一眼。

两个人眉目传情，况且又在酒席宴上，虽然是悄悄地，但是次数多了，郭暖就看了出来。但是郭暖不提，作为客人的李端也没办法，只能每次酒席宴上，与镜儿相见。

终于又有一次，在宴会之上，快到曲终人散的时候，郭暖突然站起身来，当着满场的嘉宾对李端说，李兄心意，我已知之，李兄若能以“弹筝”为题，即兴成诗，而且在座的客人、在座的嘉宾都认为是好诗的话，我就“名剑赠侠士，美人送英雄”，就把镜儿转赠给你。

李端一听，喜不自禁，看看镜儿，镜儿也满脸绯红。郎情妾意，看来是你情我愿，在场的人都看得出来。但关键是李端能不能即兴吟出诗来，而且吟出怎样的诗来。

这时候，李端突然把几案上的酒拿起来一饮而尽，不要说走七步了，一步都没迈，看着镜儿和她身前的秦筝脱口而出：“鸣筝金粟柱，素手玉房前。欲得周郎顾，时时误拂弦。”

这诗一出，当场轰然叫好。

好就好在这个第二联用得巧妙，因为李端在席上总是偷偷地看镜儿，虽然他自己是偷偷地看，但是在场的人都看得出来、都知道，连郭暖都已经很明确地看在眼里了，但是李端这里用了一个“曲有误，周郎顾”的典故，就聪明地化解掉了他此前偷看镜儿的尴尬。

那就不是他贪恋镜儿的美色，而是说明他自己妙解音律，是镜儿的知音啊。这一句“欲得周郎顾，时时误拂弦”，既化解掉了李端和镜儿在席间彼此偷看的那种尴尬，又把二人的你情我愿，上升到了一种知音的层次。

这样一首五言绝句、一首五言小品，不仅精彩，而且就像润滑剂一般，一下使得所有的相逢、所有的心愿、所有的欲望、所有的场景，与所有可能的结果，都变得美好，都变得风雅有趣。

郭暖一听，也大为称赞，所以当时就解赠镜儿，让有情人终成眷属。所以诗与情、与乐、与爱密不可分，诗歌与音乐，其本质都是情与爱的流淌。

“欲得周郎顾，时时误拂弦”，就像有首流行歌曲里唱的一样，“让我，再看你一眼”。

人间自有情诗，此爱不关情事

张籍《节妇吟·寄东平李司空师道》

中国古代有一种现象，就是一些典型的爱情诗，很多人都喜欢解读为政治讽喻诗。之所以如此，是因为中国古代向来有将政治上的关系通过情诗来表达的习惯。

我们就来讲一首与“爱情”无关的“爱情诗”，这就是张籍的《节妇吟·寄东平李司空师道》。诗云：

君知妾有夫，赠妾双明珠。
感君缠绵意，系在红罗襦。
妾家高楼连苑起，良人执戟明光里。
知君用心如日月，事夫誓拟同生死。
还君明珠双泪垂，恨不相逢未嫁时。

这一句“恨不相逢未嫁时”实在太过有名，成为千古名句。后人处处、时时引用，表达的心情倒真的是“恨不相逢未嫁时”。可是写出这样句子的原作者张籍，写诗的时候心中却未必是真的恨。

但是，世上的事儿往往就是“有心栽花花不成，无心插柳柳成荫”。张籍并不为恨而写“恨不相逢未嫁时”，却成了后来无数伤心人的肺腑之言。那么为什么会这样呢？我们先来看看这首短短的七言歌行，到底写的是什么？为什么说张籍所说的“恨不相逢未嫁时”，却并不是真的恨。

这首诗的表面意思，写的是一种有理、有据、有节地拒绝婚外恋追求的状况。诗里开始说“君知妾有夫，赠妾双明珠”，是说你明明知道我已经有了丈夫，还偏要送给我一对夜明珠。这种贵礼背后的心意我不是不知道，所以“感君缠绵意，系在红罗襦”，我心中感激你情意缠绵，所以把你赠我的明珠系在红罗短衫之上。可是，你不要以为这样就意味着我接受了你的情感。“妾家高楼连苑起，良人执戟明光里”，“连苑起”是连着皇家的花园。就是说我爱的人和我嫁的那个家庭、那个家族，是很有背景的，你未必能惹得起，我家的高楼就连着皇家的花园。为什么会这样呢？是因为良人。“良人”是旧时女子对丈夫的称呼，“明光”是汉代“明光殿”，这里就指皇宫。所以“良人执戟明光里”，是说丈夫拿着长长的戈戟，在皇宫里值班。如此一来，丈夫与夫家的身份地位不言而喻。

我们知道，唐代是十分讲究家族背景与士族背景的。就像我们讲虢国夫人的嚣张，不仅凭的是和妹妹杨玉环的关系，更因为她是河东裴氏的儿媳。有时交代家族背景，尤其是与皇族的关系，在唐人那里是非常有效、非常管用的。所以说，虽然这个婚外恋的追求者可能自命不凡，但是女子的潜台词中却说，我夫家的背景不是你能想象的，不是你的地位、你的实力所能凌辱与侵犯的。这一句，可以算是非常直接的拒绝与回击了。

但是，别人毕竟赠与一双明珠，虽然背后有可能图谋不轨，但是表面上毕竟还是善意的。所以在“妾家高楼连苑起，良人执戟明光里”的还击与坚硬的语气之后，诗人开始放缓语气，继而有理有据地分析说：“知君用心如日月，事夫誓拟同生死。”这里的“用心如日月”是肯定对方的动机与追求的目的，至少在表面上说我知道你对我的爱是光明磊落的，没有什么不堪的成分。可以说，这种理性的判断对对方来说是一种非常好的安慰。可是还有另一面，除了“知君用心如日月”，但希望你能够知道，“事夫誓拟同生死”。虽然我知道你是真心朗朗地追求我，但很遗憾，我已和我的良人结下生死之愿。这是理性的告知，告知彼此双方都是光明磊落的心，光明磊落的爱。既肯定了追求者，也肯定了自己对丈夫的爱，这样的分析真是充满了理性的光辉色彩。

但是，不论分析得再怎么理性，结果终究是拒绝。所以在坚决地拒绝之后，为了安抚对方那颗有可能破碎的心，诗人最后还要说一句缠绵的情话。可这一句不小心就说出了千古名言——“还君明珠双泪垂，恨不相逢未嫁时”。这是想彻底地安抚对方，想隐约地表达一种“投我以木桃，报之以琼瑶”的情绪，却一不小心写得深情婉转、缠绵悱恻至极。这样的话语说出来，那种缠绵之意，言有尽而意无穷，直击每个人心中最柔软的那处空间。既感化了心灵，又消弭了矛盾，让一切危机消于无形，这简直就是拒绝艺术的最高超表现。

张籍不愧才华出众，把拒绝追求、拒绝爱都能说得那么温婉感人。当然可能会有人问，难道一定是拒绝吗？难道不会是他确实有着“恨不相逢未嫁时”的情绪？确实，诗里文本语言的夸张会让人产生这种感觉。但是这首诗的题目叫作《节妇吟》，“节妇”毫无疑问就是有节操的人，尤其是对丈夫忠贞的妻子。更关键的是，诗题中还交代了写作的对象——寄东平李司空师道。“李司空师道”究竟何人？乃是当时权倾一方的平卢淄青节度使李师道。作为藩镇割据的一方诸侯，李师道同时又兼着检校司空、同中书门下平章事的头衔，所以张籍称之为“李司空师道”。

中唐以后，导致唐代灭亡，最终有两个根由：一是藩镇割据，一是宦官乱政。而中唐以后“藩镇割据”之势渐成，地方尾大不掉，继而威胁中央，破坏统一。李师道等人用各种手段勾结、拉拢甚至威逼文人、官吏。许多不得意的文人、没有气节的官吏，往往要去依附这些地方诸侯。张籍作为韩愈的大弟子，自然是李师道以及很多地方诸侯重点争取的对象。而我们知道，韩愈坚持儒家正统思想，坚持“文以载道”，所以被苏东坡称为“文起八代之衰，而道济天下之溺”。韩愈以及韩门子弟都是讲究儒家正统与“大一统”天下论的，张籍毫无疑问也是反对藩镇割据，主张维护国家统一。

显然，这首诗就是张籍面对李师道的拉拢、利诱甚至是威逼所作。但政治上的事，用政治语言回答就很容易撕破了面孔，而用情诗来表达自己的政治立场，就显得辞浅意深、意在言外。既有理、有据、有节地予以拒绝，又细致入微、温婉曲折，别有动人之处。据说就是因为这首诗情词恳切，连李师道本人读了之后也深受感动，不再勉强张籍。所以，张籍的这一曲《节妇吟》表面上是一首爱情诗，其本质倒与爱情无关，是一首真正的政治诗。

但是我们不禁还是要问，一首政治拒绝诗，为什么能写得这么缠绵悱恻呢？甚至比一般的情诗还要有情？尤其最后一句“恨不相逢未嫁时”，戳中了无数代人心中的痛点与泪点，成为很多人心中、生命中遗憾的代言。

这就要说到诗歌创作中的一条规律：用心之深、用情之深，自然能“处处皆情语”“处处皆心语”。

张籍算是一个“痴情”诗人的典型代表。他才学很大，后来诗名更甚，尤其是他和王建的乐府创作被称为“张王乐府”，是中唐“新乐府”运动的典型与代表。张籍作为韩愈门下的大弟子，有着典型的儒家士大夫“家国天下”的情怀，所以以乐府诗体现民生疾苦。他最崇拜、最推崇的诗人，不是才华横溢的李白，而是沉郁顿挫的杜甫。

张籍学杜诗、学杜甫，痴到什么地步呢？据冯贽的《云仙散录》记载，因为太迷恋杜甫的诗歌，张籍就把杜甫的名作一首首地抄下来，然后再一首首地烧掉，烧完的纸灰拌上蜂蜜，每天早上吃三勺。

一天，张籍的朋友们来拜访他，刚好看到他正在拌纸灰，很不理解，就问他为什么把杜甫的诗烧掉，又拌上蜂蜜吃了呢？张籍就回答说：吃了杜甫的诗，我就能写出和杜甫一样的好诗了！朋友们听后，啼笑皆非，但无不赞佩张籍的这份痴情痴心。有了这份痴情痴心，张籍落笔，每每所言虽不过是生活琐事或政务之事，却妙笔生花，总有深情宛致之语，就像唐人行卷之风中那个著名的问答故事。

在行卷风气下产生的最著名的一首诗，就是朱庆馀所写的《近试上张水部》。诗云：“洞房昨夜停红烛，待晓堂前拜舅姑。妆罢低声问夫婿，画眉深浅入时无。”洞房里昨夜花烛彻夜通明，等待拂晓拜公婆讨个好评。打扮好了轻轻地问新夫婿一声：“我的眉毛画得浓淡可否？公婆看了可否高兴？”这是借新婚嫁娘与新婚夫婿的问答，希望得到主考官的重视与好评。

而朱庆馀这首诗是写给谁的呢？诗题中的“张水部”就是张籍，张籍时任水部员外郎。韩愈也有一首名作，叫《早春呈水部张十八员外》，就是那首“天街小雨润如酥”，也是写给张籍的。然而，张籍并不是那一年的主考官，朱庆馀却写给张籍，希望通过张籍弘扬他的名声，引起主考官重视。由此可见张籍的引荐作用之大，也可以看出张籍在士大夫、在文人中的影响之大。

朱庆馀别出机杼，而张籍更是因痴心痴情著名，他读了朱庆馀的这首《近试上张水部》之后，非常肯定这个年轻人的创意，于是也回了一首《酬朱庆馀》。诗云："越女新妆出镜心，自知明艳更沉吟。齐纨未足时人贵，一曲菱歌敌万金。"朱庆馀刚好是越州人，所以一句"越女新妆出镜心"简直妙不可言。这是说你就像那个刚刚修饰打扮好，从清澈明净、风景优美的鉴湖中走出来的采菱女啊！采菱女当然知道自己的美丽、自己的内涵，但面临人生重要关节的时候，也难免要有所疑惑与思量。我想告诉你，尽管有许多姑娘，身上也穿着齐地出产的精美绸缎做成的衣服，但是徒有其表，并不值得世人看重。唯有你这样的采菱女，"一曲菱歌"才值千金万金。这就是张籍给朱庆馀的一个肯定回复，你不像那些徒有其表、华而不实的人，你的内涵、你的才学，我很欣赏。

所以朱庆馀的那首小诗要表达的意思是："张老师，您看我怎么样？这次进士考试有希望吗？"而张老师的回答简洁有趣，不过就是一句："我看好你哟！"这样的张籍，这样的朱庆馀，他们的问答不关情事，却写得浓情有趣，成为千古美谈。

撇开张籍的原诗而言，那一句"还君明珠双泪垂，恨不相逢未嫁时"实在感人至深！人世间有多少爱，多少恨，抵不过一句"错过"。于千万年时光的无涯中，于千万世无边的人海中，如果能刚刚好遇见，又不是"君生我未生，我生君已老"，也不是"恨不相逢未嫁时"，那样的相遇才可以真正地抚慰人生，才可以让我们在荒凉的人世间，放心地说一句："哦，原来你也在这里！"

最深的爱 最好的你

元稹《离思》（其四）

如果说元稹对感情不忠贞，为什么他对亡妻韦丛的怀念又如此真切感人？

最美的情诗背后，难道不应有一颗最真的心吗？人终归是复杂的，但最美的情诗却是永恒的。此诚所谓“曾经沧海难为水，除却巫山不是云”。

下面我们要品读的就是唐代诗人元稹的名作——《离思》其四。诗云：

曾经沧海难为水，除却巫山不是云。
取次花丛懒回顾，半缘修道半缘君。

其实诗意不难理解。字面意思是说：曾经见识过沧海的波澜壮阔，别处的水就不足为顾了；曾经见识过巫山的云蒸霞蔚，别处的云便不能称其为云。我仓促地从花丛中走过，甚至懒得回头去顾盼一下，其中的缘由，一半是因为修道人的清心寡欲，一半是因为曾经拥有过你。

如果只是从字面意思来看，诗也不足称奇。但如果读不出字句背后的伤感，也许你将错过最美的情诗。

一般认为，这首诗是元稹为悼念他那二十七岁死去的妻子韦丛而作。

首联“曾经沧海难为水，除却巫山不是云”，其实暗藏了两个典故。

第一句“曾经沧海难为水”是从《孟子·尽心篇》的“观于海者难为水，游于圣人之门者难为言”化来。孟子说，孔子登上东山，鲁国就变小了；登上泰山，天下都变小了。观看过大海的人，很难被其他水所吸引；而在圣人门下学习的人，便难以被其他言论吸引了。这里“观于海者难为水”其实是为了证明“游于圣人之门者难为言”，是一种比兴的手法运用。但元稹只取“观于海者难为水”，化为“曾经沧海难为水”，甚是巧妙，所以这一联最后还浓缩成一个成语，就叫“曾经沧海”。

第二句“除却巫山不是云”，巫山有朝云峰，下临长江，云蒸霞蔚。宋玉《高唐赋》说楚王“尝游高唐”，白天睡着了，梦见一妇人走入梦中，愿荐枕席。此女即巫山之女。最后在离别的时候，她对楚王说：“妾在巫山之阳，高丘之阻，旦为朝云，暮为行雨，朝朝暮暮，阳台之下。”楚王醒来亲自去看过，果如其言，就在巫山之下为她立庙，庙号叫“朝云”。这也是“巫山云雨”的典故出处。宋玉所言巫山之云也就是朝云，其实是巫山之女的化身。

元稹所谓“除却巫山不是云”，字面的意思是说除了巫山上的彩云，其他地方所有的云彩都不足为观。其实他是巧妙运用了朝云的典故，把云比作心爱的女子，充分表达了对发妻韦丛的真挚感情。

事实上除了这首《离思》，元稹还有好多诗作怀念爱妻，都写得真切感人。但是后人却普遍怀疑元稹对妻子的真情。因为在韦丛去世的当年（元和四年），元稹就和著名才女薛涛有一场轰动当时的姐弟恋。即便在韦丛死后，在他信誓旦旦地说过“取次花丛懒回顾，半缘修道半缘君”之后，他也很快娶了同事的妹妹做小妾。

几年之后，元稹又再度续弦，娶了裴淑为妻。加之他年轻的时候曾经有一段著名的恋情，和一个叫崔莺莺的女子演绎过一场“西厢记”。我们熟知的王实甫《西厢记》就来源于带有元稹自述性质的传奇《莺莺传》。而在莺莺为他付出真情之后，元稹“始乱之，终弃之”，也最终为人所不齿。因此，后人大多认为元稹对感情并不忠贞。

那么问题就来了，既然元稹对感情不忠贞，为什么他对亡妻韦丛的怀念又如此真切感人？最美的情诗背后，难道不应有一颗最真的心吗？

其实，元稹的情感经历和他的成长经历、和他的性格息息相关。

元稹的童年非常不幸，他出生在唐大历十四年，也就是公元779年，祖先是鲜卑贵族，汉化后以元为姓。我们知道拓跋氏汉化之后改姓为元，从北魏到隋代，地位都非常显赫，不过到元稹这一代时，家族早已经衰败了。他的遗传基因里，多少还有鲜卑族的特性在里面。因此元稹的性格也算是特立独行的。

元稹的母亲本来是填房，就是他父亲第一任妻子去世后再娶的，和他父亲相差二十岁。元稹出生的时候，父亲五十岁左右，而母亲刚三十出头。在这个老夫少妻的家庭里面，元稹上面还有三个哥哥，大哥二哥都不是他母亲所生，只有三哥元积和他是一母同胞。元稹八岁时，父亲去世，大哥二哥拒绝养活他和母亲。万般无奈之下，生母只好带着他回他姥姥家。从小父亲早亡，寄人篱下，家中贫困甚至读不起书，我想这种人生的经历在元稹的心中一定留下了深深的阴影。

后来在舅舅和其他亲戚的帮助下，元稹奋发努力，希望通过科举来摆脱寄人篱下的日子。这种心境使得他在以后的人生中往往为了追求成功，甚至急功近利，不择手段。

元稹后来考中科举，最好的运气是找到了一位好妻子，交了一位好朋友。好妻子就是韦丛，好朋友就是比他大八岁的白居易。元稹和白居易同为新乐府运动的领袖和旗帜性人物，也是人生知己，后来二人并称为“元白”。

元稹初入仕途，虽然官卑身微，但是却被朝中权贵韦夏卿看中，把自己最喜爱的小女儿韦丛嫁与他为妻。想来还是有道理的，因为元稹长得特别帅，白居易曾羡慕地称他为“仪形美丈夫”。而且他又多才多艺，据历史记载，元稹擅长书法、音乐，尤其是诗歌，他的诗歌在当时流传非常广，以至于皇帝在宫中经常让嫔妃吟唱他的诗，曾经御口亲封他为“元才子”。

但是家中实在是贫困，再加上元稹刚入仕途官职卑微，贫穷的生活和多次的生育极大地损害了韦丛的身体健康。在元稹三十一岁时，年仅二十七岁的韦丛就去世了。有理由相信，当时元稹对妻子的思念确实是发自真心的。韦丛刚刚去世的时候，元稹悲痛之下，才三十出头的他，突然开始生出很多白发。他邀请大文人韩愈为妻子撰写墓志铭，他则写下很多感人至深的悼亡诗。

除了像“曾经沧海难为水”这一组《离思》之外，元稹还写过《遣悲怀》三首，其中最有名的是第二首，诗中写道“昔日戏言身后事，今朝都到眼前来”。尾联最为有名：“诚知此恨人人有，贫贱夫妻百事哀。”就是说，曾经一起同贫贱共患难的夫妻，一旦永绝，比起共富贵的夫妻来说更加让人悲伤。“贫贱夫妻百事哀”这一句后来更成为中国文学中对家庭生活最有概括力的名句之一。

后来的元稹急功近利不择手段，甚至投靠宦官，为人所不齿，但是我想，在韦丛去世那一刻，他的伤痛是真实的，是真切的，他的痛彻肺腑并不是作秀，而是发自真诚的本心。

事实上，人生总有那样的时候——

为了心爱的你
痛彻肺腑的一瞬间
便抵过
人世间　所有岁月的沧桑

未果初恋 永世伤痕

白居易《夜雨》

唯美的爱情里，最难忘初恋情人。

当沧海桑田，世事变幻，我们目及内心深处的伤痛与温暖，才发现，其实我们一直站立在原地，是时光，经过了我们！

白居易的《夜雨》，相信很多人对这首诗并不熟悉，但我个人却非常喜欢这首诗，这是一首歌行体的古风。

我有所念人，隔在远远乡。
我有所感事，结在深深肠。
乡远去不得，无日不瞻望。
肠深解不得，无夕不思量。
况此残灯夜，独宿在空堂。
秋天殊未晓，风雨正苍苍。
不学头陀法，前心安可忘？

用现代诗翻译一下，应该是这样的——

我有深深思念的人啊，却相隔在远远的异乡。

我有深深感怀的事啊，牢牢地刻在心上。

我不能去到她的身旁，每一天，徒然张望。

我也不能化解内心的伤痛，每一夜，独自思量。

这样枯灯黄卷的长夜，孤独与我一起，对坐空堂。

秋天尚未来临，风雨竟已苍茫。

要不学那四大皆空的佛法，我如何能忘记，你曾经苦苦思念的目光……

真是“世间安得双全法？不负如来不负卿”啊。

我年轻的时候，特别喜欢白居易的这首《夜雨》，曾经也仿写了一小段，叫作《心雨》：

生有所念人，寂寂在远乡。
去有所念事，结结在深肠。
远乡何其远？深肠何其殇！
所念与所去，旦夕费思量。

当然，我仿写得很一般。之所以仿写，可以充分看出我对这首诗的热爱。

白居易这首诗写于元和六年，也就是公元 811 年。这一年，白居易四十岁。这一年的春天，发生了一件唐史中颇轰动的事情，就是白居易的母亲看花的时候不小心跌落井中，坠井而逝。时间恰是他写这首诗的这一年春天。请记住这个巧合。

有学者认为，这首诗既然说“独宿在空堂”，可以看出他是为一个相爱的女子而写的。现在大多数学者考证，认为这个女子就是白居易在他的诗作中多次提到的“东邻婵娟子”，一个叫湘灵的女子。而湘灵，就是白居易刻骨难忘的初恋情人。

白居易生于唐代宗大历七年，也就是公元 772 年。他出生于河南新郑一个小官僚的家庭，父亲白季庚后来做到彭城县令，因为有功被升任徐州别驾。但当时徐州正有战乱，白季庚就把家迁到安徽宿州的符离安居，白居易在那里度过了他的童年、少年和青年时光。

事实上，白居易总共在符离生活了二十二年，所以他一直把符离当作自己的故乡。年轻的白居易在符离时读书十分刻苦，读得口都生了疮，手都磨出了茧。据说白居易年纪轻轻，头发都读白了。

白居易十八九岁的时候，曾经写过一首《邻女》，就是邻家的女孩的意思。

诗云：

娉婷十五胜天仙，白日姮娥旱地莲。
何处闲教鹦鹉语，碧纱窗下绣床前。

写的就是他的邻居，比他小四岁的湘灵那种美丽的姿态。当时湘灵十五岁，白居易已经十九岁，两个人，一个阳光男孩，一个美丽少女，又是邻居，便日久生情，初尝恋果。

当然这段恋情不被人所知晓。他们的约会，都是秘密约会。有人便认为，白居易那首著名的“花非花，雾非雾。夜半来，天明去。来如春梦不多时，去似朝云无觅处”，说的其实是他和湘灵的约会。

纸包不住火，两人的感情最终还是被他母亲知道了。白居易毕竟是官僚世家，而湘灵只是普通农户家的女孩。唐代，是门第观念非常强的一个时代，我们知道后来唐代著名的牛李党争，其实就是知识分子中贵族和庶族之间的斗争。两个人虽然青梅竹马，并山盟海誓，结下终生之愿，但白居易母亲知道这段恋情之后，严防死守，最后逼着白居易外出求学，与湘灵分离。

据说白居易不得不与湘灵分离的时候，写下一首《潜别离》，这也是一篇名作。开篇说："不得哭，潜别离。不得语，暗相思。两心之外无人知。"可见白居易的痴情。最后又说："惟有潜离与暗别，彼此甘心无后期。"暗暗地、悄悄地与心爱的湘灵，伤心地别离，那种揪心的感觉，那种充满了愤懑和遗憾的感觉，都洋溢在字里行间，简直就是摧肝裂肺！

求学中途，白居易又曾回过故乡，也与湘灵重新见面。但是母亲不可能同意这桩婚事，两人多见一次面，也不过多增加一次伤痛而已。到公元 800 年，二十九岁的白居易考中科举。公元 803 年，经吏部考核授予他校书郎的官职。他回符离搬家，结束了长达二十二年的宿州符离的生活，也同样结束了他和湘灵长达十数年的感情。

白居易在古人中是非常特别的，为什么呢？

他是一个晚婚晚育的大龄青年。三十六岁之前，虽然母亲反复地催逼，他却一直不肯结婚成家，其实他内心中有一种挣扎和抗争。很多人都熟悉白居易的作品，其中《长恨歌》最是有名。

《长恨歌》为什么写得那样缠绵悱恻？正所谓："七月七日长生殿，夜半无人私语时，在天愿作比翼鸟，在地愿为连理枝，天长地久有时尽，此恨绵绵无绝期。"这哪是唐明皇与杨贵妃的爱情？这完全是白居易借他人之酒杯，浇自己心中之块垒。

另外一个很重要的证据是，这首诗写于白居易三十五岁。当时他已经任今陕西周至县的县尉，和友人陈鸿、王质夫到仙游寺附近游览，谈到李隆基和杨贵妃的故事。王质夫提议，他和陈鸿各写一首诗，一篇文，白居易写的就是《长恨歌》，而陈鸿写了一篇传记，就是《长恨歌传》。

这首《长恨歌》其实是白居易对自己长达数十年的初恋恋情，一种最后的绝望的祭奠。

白居易三十五岁写完《长恨歌》之后，三十六岁终于放下初恋的伤痛，奉母命娶同事杨虞卿的从妹为妻。杨家据说也是名门望族，和弘农杨氏有关系，我们知道，杨贵妃其实就是弘农杨氏。

后来，白居易四十四岁的时候贬官九江，所谓"江州司马青衫湿"。据说四十四岁的时候，他在浔阳江头又偶遇湘灵，当时湘灵随父一路卖唱乞讨，江湖相遇，两个人"执手相看泪眼，竟无语凝噎"。

白居易四十五岁的时候写了著名的《琵琶行》，我以为应该和他前一年遇到湘灵的经历息息相关。《琵琶行》里说："夜深忽梦少年事，梦啼妆泪红阑干。"这是歌女在诉说自己少年的初恋。"我闻琵琶已叹息，又闻此语重唧唧。同是天涯沦落人，相逢何必曾相识！"这千古名句，哪是随意道出，分明是有岁月和深情的伤痛与激烈啊。

白居易最有名的两大名作《长恨歌》《琵琶行》之所以感人，我想和白居易的人生经历，和他的初恋经历，和他几十年的初恋伤痛是分不开的。

虽然约定他年在符离老家再见，可是过了几年之后，白居易再回符离老家的时候，已经再也得不到湘灵的音讯和消息了，两人在浔阳江头的江湖偶遇竟成人生最后一别。

二十年后，白居易还是难以放下这种情感。他六十四岁的时候，又经过宿州，重过故乡符离，写下一首诗，感伤地说："三十年前路，孤舟重往还。”其中有一句，想象湘灵还在思念他的情状：“啼襟与愁鬓，此日两成斑。”四十七年前的恋人却已不知道在哪里了。

白居易晚年寄情诗酒，放纵私欲，家中有许多侍妾，最出名的便是“樱桃樊素口，杨柳小蛮腰”。根据弗洛伊德的精神分析学说，我想这种放纵，一定是对少年时初恋伤痛那种难以遣怀的郁闷的补偿。

湘灵是白居易的终身之痛，绝不只是他四十岁的时候，在那个孤灯秋雨的夜晚所说出的“我有所念人，隔在远远乡。我有所感事，结在深深肠”。

当沧海桑田，世事变幻，我们目及内心深处的伤痛与温暖，才发现，其实我们一直站立在原地，是时光，经过了我们!

难忘最是初恋人。

刘郎一曲竹枝词，道是无情却有情

刘禹锡《竹枝词》（其一）

刘禹锡所作的《竹枝词》，是一首具有创新精神的千古情诗。词云：

> 杨柳青青江水平，闻郎江上唱歌声。
> 东边日出西边雨，道是无晴却有晴。

这真是一首绝妙的情词情歌，首句仿佛《诗经》，使用了起兴的传统手法。“杨柳青青江水平”是说杨柳青，青青如水，江水平，平平如镜。在这样清丽婉柔的春日里，江边的姑娘听到江上的情郎，在船上的踏歌之声。

接下来两句最为精彩，“东边日出西边雨，道是无晴却有晴”。这纯是生活的场景。我们在现在的生活中，还经常可以看到这样的场景，尤其暮春时节，或者是盛夏时节，真的会是“东边日出西边雨，道是无晴却有晴”。但是，这个精炼的生活场景的总结，放在这首情词里，显得太有韵味了。我们既可以把它理解成是小伙子在唱“东边日出西边雨，道是无晴却有晴”，也可以把它理解成江边的姑娘，听了江上的情郎的歌声，心中宛转起伏，心潮难平，便有了“东边日出西边雨，道是无晴却有晴”的感慨。

这里的“有晴”“无晴”，相信所有的人都能听出，这不是晴朗的晴，而指的是和谐情感的情。少女听了情郎的歌声，心情固然起伏难平，但她却是一个聪明的女子，辨得清她的情郎对她是有情的。“道是无晴却有晴”，重点当然是在“有情”了，所以她的内心不禁喜悦起来。

这时的杨柳青青、江水平平，这时的春日春景，在她的眼中、在她的心中一下子都无比地鲜活、有情起来。这样的《竹枝词》读来真是朗朗上口，让人诵之、歌之不禁心生欢喜，不禁对人生、对生活生出一种别样的热爱来。

不过，像这样美丽的《竹枝词》，刘禹锡不只做了一首，这首著名的“道是无晴却有晴”只是他《竹枝词》二首组诗中的第一首。

第二首诗则云：“楚水巴山江雨多，巴人能唱本乡歌。今朝北客思归去，回入纥那披绿罗。”

这里的“纥那”是说踏曲的和声。这一首诗是说，巴山楚水之地不仅雨水多，而且巴人善歌，唱歌时就有踏曲的和声。刘禹锡另有《纥那曲》就说：“杨柳郁青青，竹枝无限情。周郎一回顾，听唱纥那声。”是说巴人的这种踏曲的和声，音乐太过优美，如果三国妙解音律的周公瑾听到了之后，也会为之频频回顾吧？这里的楚水巴山，不禁让我们想起他的名作“巴山楚水凄凉地，二十三年弃置身”来，为什么同样的“楚水巴山”，却带给刘禹锡截然不同的感觉呢，并创作出这样风格大相径庭的诗作来？

我们把这个小小的疑问暂时放下，接着来看他的《竹枝词》。

其实，他的《竹枝词》还不止这两首，在这两首之前，更有一组有名的《竹枝词九首》之作，其中也有和“道是无晴却有晴”一样名动千古的情诗、情词之作。比如其二云：“山桃红花满上头，蜀江春水拍山流。花红易衰似郎意，水流无限似侬愁。”再比如写世情的名作，其七云：“瞿塘嘈嘈十二滩，此中道路古来难。长恨人心不如水，等闲平地起波澜。”还有写民情与生活的名作，比如其九云：“山上层层桃李花，云间烟火是人家。银钏金钗来负水，长刀短笠去烧畲。”这么多《竹枝词》的名作，经刘禹锡之手集中创作而出，在诗史上产生了极其巨大的影响。

在刘禹锡的影响下，中国诗史上出现了一种极其壮观的奇葩现象，既出人意料又在情理之中。那就是《竹枝词》的创作开始大量涌现。在刘禹锡的时代，与他同时的很多诗人开始用《竹枝词》与刘禹锡唱和，比如他的好朋友白居易，也曾作有四首《竹枝词》，而稍后于“刘白”的太子舍人李涉也有《竹枝词》的创作。

在刘禹锡和白居易等人的示范之下，宋之后《竹枝词》的创作一下子兴盛起来。宋、元、明、清，尤其到明清之际，《竹枝词》的创作大量涌现，而宋代像黄庭坚、杨万里都有《竹枝词》的创作。

尤其是杨万里，刻意学习《竹枝词》的创作，比如他的名作“月子弯弯照几州，几家欢乐几家愁。愁杀人来关月事，得休休处且休休”。这是写纤夫、舟子的劳苦，但“月子弯弯照几州，几家欢乐几家愁”很容易让我们想起民歌中的名作：“月儿弯弯照九州，几家欢乐几家愁。几家夫妇同罗帐，几家飘零在外头？”从文人的《竹枝词》创作到民间的民歌俚曲，很容易让我们想起它们之间那种千丝万缕的关系来。

到了明清之际，《竹枝词》的创作可谓大行其道，十分兴盛，连曹雪芹的好朋友爱新觉罗·敦诚，作为清室宗亲，也在他的文集中留下了《东皋竹枝词》八首的创作。有学者统计，自刘禹锡《竹枝词》的开创之功算起，由中唐而下，宋、元、明、清文人《竹枝词》的创作，其总量、规模加起来的话，在数量上甚至会超过全唐诗的总量，这在诗史上可谓是蔚然大观。

说到《竹枝词》创作在中国诗史上的独特现象，说到刘禹锡在《竹枝词》创作上的开创之功，我们不禁要问一个问题。从诗史上来看，有很明确的证据表现，《竹枝词》的创作最早并不是刘禹锡开始创作的，但为什么诗史上都言之凿凿地说《竹枝词》的开创之功、开辟之功就是刘禹锡呢？

像宋代郭茂倩的《乐府诗集》记载《竹枝词》的源流就说："《竹枝》本出于巴渝。唐贞元中，刘禹锡在沅湘，以俚歌鄙陋，乃依骚人《九歌》，作《竹枝》新辞九章，教里中儿歌之，由是盛于贞元、元和之间。"这几乎是一种纯客观的记述，却在字里行间毫无疑问明确了刘禹锡的开创之功。《新唐书》则云："禹锡谓屈原居沅、湘间作《九歌》，使楚人以迎送神。乃倚其声，作《竹枝辞》十余篇。于是武陵夷俚悉歌之。"《旧唐书》也说刘禹锡"乃依骚人之作，为新辞"云云，而历代文人诗话也大多以为，刘禹锡因黎庶之曲、依骚人之作、以七绝之体而作《竹枝词》，成为后世纷纷师法、效仿的楷模。

但这样说来，我们不免要问，与刘禹锡同时的像白居易、元稹，都作有《竹枝词》，为什么《竹枝词》的开创之功偏偏要归在刘禹锡身上呢？

而且就算不提元白，在刘禹锡、白居易之前还有一位大诗人顾况。他其实要早于元稹、白居易、刘禹锡很多年。前面说过，白居易年轻时入京，就曾经去拜见顾况。顾况早就作有《竹枝词》一首，云："帝子苍梧不复归，洞庭叶下楚云飞。巴人夜唱《竹枝》后，断肠晓猿声渐稀。”

既然顾况早就有明确的《竹枝词》创作，题目也是明确的，就是“竹枝词”三字，又是为了什么诗史上却要把《竹枝词》的首创之功，偏偏归之于诗豪刘禹锡呢？

这个问题，还是要回到诗本身。

刘禹锡先是有《竹枝词九首》的创作，然后才有了包括今天讲的这首“杨柳青青江水平”在内的《竹枝词》二首。

在原《竹枝词》九首的创作中，它的诗题写作“《竹枝词九首》并引”，也就是说有一个诗引，其实就是一个诗序，是刘禹锡交代了这套组诗的创作缘由。他在诗序里说：“四方之歌，异音而同乐。岁正月，余来建平，里中儿联歌《竹枝》，吹短笛，击鼓以赴节。歌者扬袂睢舞，以曲多为贤。聆其音，中黄钟之羽，其卒章激讦如吴声，虽伧伫不可分，而含思宛转，有淇濮之艳。昔屈原居沅湘间，其民迎神，词多鄙陋，乃为作《九歌》，到于今荆楚鼓舞之。故余亦作《竹枝词》九篇，俾善歌者飏之，附于末。后之聆巴歈，知变风之自焉。”

这段话按理说很清楚地交代了刘禹锡自己的创作缘由，但是，大概刘禹锡自己也始料不及，却为后人留下了纷争不断的话题。

这种纷争与杜牧的《清明》里有关杏花村的纷争，有相同的地方。就是对于刘禹锡这个《竹枝词》的诞生地，各地学者多有争议。有的主张这个建平就是夔州，这也是文学史上的主流说法。但有学者认为建平在历史上也称过朗州，尤其是刘禹锡在贬夔州之前先贬到朗州，并在朗州待了长达十年之久，那么他向民歌学习的这段历程应该是在朗州开始的。

事实上，刘禹锡在朗州先贬了十年，后来又在连州贬了四年，然后才到夔州，而夔州和朗州在历史上都称过建平。夔州也就是奉节了，属重庆；而朗州呢，则是湖南的常德。但是学术界的主流观点还是认为，刘禹锡应该是在夔州创作了《竹枝词》的组诗。

我觉得刘禹锡创作《竹枝词》这个组诗，最重要的不是他在哪里创作，最重要的是他为什么会创作这样的《竹枝词》，为什么在后世会产生那么大的影响？

刘禹锡在诗引里明确说了，他是学习屈原向当地民歌学习而作《九歌》的创作精神，旗帜鲜明地主张向民歌学习，学习民歌的音乐形式和文辞的创作形式，然后用文人七绝创作的这种载体把它固定下来。所以，刘禹锡的《竹枝词》表现出非常鲜明的民歌特色，也可以非常清晰地看出他极用心地向民歌艺术学习的这种成果。

从诗歌的格律和音乐音律上去看，这首最有名的“杨柳青青江水平”当然是很标准的七绝的形式，但是他的《竹枝词九首》里的很多作品，其实在平仄格律上都突破了，可以说在不同程度上突破了七绝的创作格式规范要求，而更贴近生活、更贴近民歌的艺术表达特色。

从内容和艺术手法上来看，刘禹锡的《竹枝词》和白居易、元稹、顾况的《竹枝词》有一个根本的不同。那就是白居易、元稹、顾况等的《竹枝词》创作，其实只是形式上借用一下民间民歌的这种音乐形式，本质和其他的诗歌创作没什么不同，都是“借他人之酒杯，浇心中之块垒”，依然是即景抒情，依然是借景抒怀，讲的都是个体人生、自己的人生际遇与仕路感慨。而刘禹锡的《竹枝词》系列就不一样了，他写女孩子的“闻郎江上踏歌声”，写“道是无晴却有晴”的欢喜，写纯粹、活泼的民间恋情。

除了鲜活的民间恋情，他还用《竹枝词》写了风俗、写了祭祀，写了原生态的民间生活。其中的世俗与风情早就超越了一己之悲欢，是真正的文人俯下身来为生活、为民间的创作。这正是刘禹锡在《竹枝词》的创作上超越元白、超越顾况等人的地方，这也正是他作为诗豪为后世诗史所推崇的地方。

我们前面留下了一个疑问，刘禹锡在《竹枝词》中说："楚水巴山江雨多，巴人能唱本乡歌。今朝北客思归去，回入纥那披绿罗。"同样的楚水巴山，他在名作《酬乐天扬州初逢席上见赠》中却说："巴山楚水凄凉地，二十三年弃置身。怀旧空吟闻笛赋，到乡翻似烂柯人。"

为什么同样的楚水巴山，在同样是刘禹锡的笔下，两首诗中却是截然不同的两种境界呢？

"巴山楚水凄凉地，二十三年弃置身"，交代的是事实。我们前此说过，包括在和柳宗元的比较中，说到"永贞革新""二王八司马"事件，在这场失败的改革中，受到打击最严重的就是柳宗元、刘禹锡，尤其是刘禹锡，整整被贬了二十三年。所以他才说"二十三年弃置身"，连白居易都同情地说他"亦知合被才名折，二十三年折太多"。可刘禹锡是怎么样的人呢？他就是一个蒸不熟、煮不烂、捶不扁、响当当一粒铜豌豆。

我们讲过，刘禹锡之所为诗豪，他的豪放比之李白、比之杜牧、比之苏轼、比之辛弃疾，那是一种人生本色的豪放。即便是说"巴山楚水凄凉地"，他也会笔锋一转，"沉舟侧畔千帆过，病树前头万木春"。他是一个极坚韧、百折不挠的一个人。他到了贬所之后，不像柳宗元那样，在凄苦之境里体会"千山鸟飞绝，万径人踪灭。孤舟蓑笠翁，独钓寒江雪"，而是迅速地和当地百姓打成一片，在别人看来穷困不堪、逼仄不堪的困境里，重新觅得生活的生机与乐趣与不尽的快乐。

他每到一个地方，都向民歌学习。他在贬谪的过程中，从朗州到连州、到夔州，每一个地方都交了很多平民朋友、农民朋友，他甚至模仿农民劳作之时的号子、山歌而作著名的《插秧歌》。有音乐史学者认为，现在川东包括渭南这些稻作地区的薅秧歌，其实源头即是刘禹锡所作的《插秧歌》。因为这种坚韧、这种积极、这种快乐、这种永不屈服、永不低头的昂扬的精神，才让他积极地向民歌学习，产生了《竹枝词》的大量创作。

事实上，刘禹锡在长达数十年的贬谪历程中，有题为《竹枝词》的这样的组诗创作，也有未题作《竹枝词》但其精神与《竹枝词》完全一致、完全匹配的创作，所体现的都是他积极主动向民歌学习，以一颗诗人的灵魂、文人的灵魂、士大夫的灵魂，向生活、向劳动、向人性回归的那种积极、昂扬与努力!

有这种积极的心态、姿态，再加上他无与伦比的才情，所以刘禹锡的《竹枝词》一作而开百代之先，成为古今《竹枝词》创作的开创之先，从而超越元白、顾况，更是千古而下的人心所向、诗坛定论。

所谓“杨柳青青江水平，闻郎江上唱歌声”。如今听来，这里的歌声便是刘郎的歌声啊！刘郎一唱竹枝词，道是无情却有情。

不可不信缘

崔护《题都城南庄》

所谓三生三世，十里桃花，其实就真实性和唯美性而言，远不如那首传诵千古的桃花诗。

就是简简单单的一首七言绝句，寥寥二十八字，没有典故，也没有难懂的字句，却为什么可以改变一个人留给世人的印象？又为什么可以让一段情在历史的尘埃里永不磨灭呢？

我们就一起来品读崔护的这首《题都城南庄》。诗云：

> 去年今日此门中，人面桃花相映红。
> 人面不知何处去，桃花依旧笑春风。

崔护字殷功，博陵人，也就是今天的河北定州人。他在唐德宗贞元年间中举，最终做到了岭南节度使，也算一方诸侯了。不过，崔护官虽然做得很大，却不像唐代其他诗人那样给我们留下很多作品。《全唐诗》记载崔护所作的诗总共才六首，其中五首也属平常之作。但就因为一首诗，也就是题为《题都城南庄》的桃花诗，让崔护最终作为一个多情诗人，而非一个节度使、一方诸侯留在了后人的心中。

何以如此？这就要说到这首诗背后那个纯美的爱情故事了。唐人孟棨所作的《本事诗》最早记载了这个故事。因为本事诗的意思就是挖掘诗的创作由来，所以我们有理由相信，引发这首诗的故事应该是一段真实的感情。

故事是这样的。唐贞元十一年，崔护来到京城郊外春游，春游的过程中他邂逅了一位叫绛娘的女子。

根据史料记载，导致崔护去郊外春游的背景应该有四个方面：第一，这一年崔护进京参加科举考试，但不幸落榜了。落榜生崔护在离开京城前百无聊赖，心情很差，有机会当然想出去走走。第二，正好这一天是清明节。唐人清明节已有郊祭的习惯，所以晚唐时杜牧就说"清明时节雨纷纷，路上行人欲断魂"。为什么路上有那么多行人呢？就是到野外去。第三，《本事诗》记载，崔护是一个"孤洁寡合"之人。也就是他的个性比较内向，朋友也不多，因此他应该是一个人去郊外春游的。第四，因为崔护没有什么亲戚在京城，郊外也没有什么祖坟可以祭拜。他到郊外的目的，也就纯粹变成了郊游散心。

不要小看这四个背景，在这四重背景下，崔护带着郁闷又轻松的心情，漫无目的地游走。要知道这种心态很重要，这让后来整个事件的发展都显得那么自然、那么纯粹，也让这段爱情故事在当时显得有些不合礼数，然而在后人眼里却丝毫没有做作矫情的成分。

崔护在野外漫无目的地游玩半天之后，在大自然美好景物的熏陶下，心情渐渐明朗起来。他走啊走啊，不知不觉离城已远，来到一处山坳里。本来觉得没路了，哪知"山重水复疑无路，柳暗花明又一村"。转过山坳突然发现满眼的桃花、杏花，花开满地，落英缤纷，景色非常美，还有一户农家就坐落在那桃花盛开的地方。

看到有人家，崔护感觉口渴，于是朝那户农舍走去，边走边想不知谁把家安在如此风景绝佳之地，会不会是当世的什么大隐士。最后来到院墙外，只见柴门紧闭，只有院里的桃树的数枝桃花出墙来。

于是崔护轻轻叩门，同时说："小生赏春路过，可否讨口水喝。"过了不一会，听见有人走进院里来，然后门吱呀一声开了。崔护琢磨着开门的应该是个白发长髯、拄杖芒鞋的老者，这样才像隐士，哪知道走出来的却是一位妙龄少女。这个少女虽然一身粗布衣服，却有着清俊脱俗的气质。

女孩看他没什么恶意，就让他进院引入草堂落座，自己就去张罗茶水。

崔护打量四周，只见室内窗明几净，一尘不染，靠墙放着一排书架，架上放满了诗书，桌上铺着笔墨纸砚，墙壁上还挂着一副对联，写着"几多柳絮风翻雪，无数桃花水浸霞"，此句雅致情趣不俗，绝对不是一般的乡野农家的风格。临窗书桌的纸上写着一首《咏梅》诗，"素艳明寒雪，清香任晓风。可怜浑似我，零落此山中"，这是借梅花感慨身世，一下子引发了崔护的共鸣。

正在端详之际，女孩端茶走了出来，崔护连声道谢，但喝了两口茶就觉得别扭。为什么呢？因为草堂就两个人。这个人和人在一起不说话，除非是亲人或者感情非常好，否则就很尴尬。总不能让人家女孩先说吧。于是崔护只能期期艾艾地把自己的姓氏祖籍报了一下。你看人家都没问他，他急着先说我姓甚名谁。但是他说了之后，女孩也只好回答说小女绛娘随父亲蛰居在此。说完这话，女孩就不再说什么。崔护只得将话题一转，大赞此地景色宜人，如同仙境，是春游不可多得的好地方。绛娘只是听他高谈阔论，含笑颔首，似是赞同却并不说话。崔护本来就内向，说了几句就没什么好说的了。两个人一个坐在草堂的门口喝水，一个站在满树的桃花下默默静立。四下里山野寂静悄然无声，只有春天的气息和两个年轻人的静静的呼吸。

在这种情况下，一对正值青春年少的男女心里很难不荡起一圈圈细密的涟漪来。但是圣人讲，发乎情，止乎礼。即使风乍起，吹皱了心里那一池春水，但这时候又能怎样呢？两个人就在这幅美丽的乡村图景下，默默地度过这段既漫长又短暂的春日下午的安静时光。

春日的午后，静谧的院落，满树的桃花下，一个斯人独立，一个在背后深情凝望。在这种浪漫满园的氛围之下，一个女子大概会比一个男子更容易动情吧。崔护不懂女孩子的心情，他以为绛娘不说话是不高兴了，只好起身道谢，恋恋不舍地向少女辞别。事实上他这一走，已经带走了这个女孩的一颗芳心。后来的故事也证明绛娘对这一段不知从何而来感情的投入，远比崔护深得多。

崔护回乡之后，虽也经常想起曾有一面之缘的绛娘，但学业的压力使他渐渐淡忘了这件事。第二年，崔护再次赴长安赶考。功夫不负有心人，终于考中了进士。这时的崔护就想到了去年在城南郊外偶遇的绛娘。

科考的压力释放之后，崔护首先想到的就是绛娘，说明他对绛娘还是心有所属的。于是事隔一年之后，他又在春天的下午去寻找降娘。好不容易找到桃花谷里那处小小的院落，可是崔护在门口等了很久，也不见有人来，只见院里的桃树将无数盛开的桃花伸到院墙外来。想起去年的场景，仿佛历历在目，崔护不由得深深感慨。于是，他冲动地在门上题了一首诗，这就是那首“去年今日此门中，人面桃花相映红”。

崔护乘兴而来，败兴而归，心里却总也放不下。脑子里总像有个声音在问，她究竟去了哪里？他思来想去，越想越觉得对绛娘难以忘怀，尤其是她人面桃花中的倩影时常萦绕在心头，以至于茶饭不思。

过了几天，他再去城南寻访。这一次，他熟练地找到了那间村舍。可还没走近，就远远听到屋里传来阵阵的哭声。崔护心里一紧，连忙快走上前高声询问。

一个白发苍苍的老者，颤颤巍巍地走出来，泪眼模糊中上下打量着崔护，问他可是崔护？听到老者一口道出自己的姓名，崔护有些惊讶，忙点头称是。老者一听悲从中来，哭着说：都是你害了我的女儿啊。

崔护惊讶莫名，急忙询问原委。老者涕泪横流，哽咽着诉说道：女儿绛娘自从去年清明见过崔护便日夜思念，只说你若有情，必定再度来访。结果，春去秋来，总不见崔护的踪影。绛娘朝思暮想、惘然若失，事过一年本已绝望。前几天到亲戚家小住，归来见到门上题诗，痛恨错失良机，以为今生不能再见，因此不食不语，愁肠百结，一病而终。

崔护听完老者所言，心中酸痛，方知绛娘对自己竟是如此深情。《本事诗》里写到这一段时说，“崔请入哭之，尚俨然在床。崔举其首枕其股，哭而祝曰：‘某在斯！某在斯！’须臾开目。半日复活矣。”这是说崔护踉踉跄跄进屋，也不再管什么礼俗了，抱着绛娘的尸身放声大哭。一边哭一边说：“我在这儿！我在这儿啊！”

幸好，不只是女人的眼泪可以感天动地，崔护的眼泪也同样感动苍天。估计绛娘也就是一口抑郁之气郁积在胸中，属于医学上的假死现象，被崔护这么抱着一摇一晃，顺过气儿来了，于是也就复活了。

但是我们想问的是，致使绛娘假死过去的那口抑郁之气又是什么？是为了去年春天那场人面桃花的相会吗？假如崔护从此再也不来，绛娘也会死吗？

我觉得崔护如果从此再也不来，绛娘会黯然神伤，但应该不会抑郁而终。《本事诗》里记载绛娘的死因是，“暮归，见左扉有字。读之，入门而病，遂绝。”是说她回到家后之后，看到了那首诗后，随即就死了。也就是说导致她死亡的因素，是她感觉到有可能错过了这场美丽的爱情。

事实上，如果理智一些来分析的话，崔护既然能够在时隔一年之后再来到绛娘的门前，说不定还会再来呀。况且诗里面说“人面不知何处去”，也就是说崔护并不确定碰不到绛娘的原因是什么。若他真的对绛娘有情，他就应该会继续寻找。但是，身在局中的青年男女又怎么会这么想呢？那种擦肩而过、失之交臂的巨大痛苦与悲凉的感觉，只有身在情爱中的人才能切身地感受到。这也是绛娘可以看到门上题诗而殒命、可以闻崔护一呼而苏醒的关键所在。绛娘能够为爱而死，为爱而活，这就有了后来《牡丹亭》里杜丽娘那种为爱穿透生死的爱情至上主义的身影。

既然连生死都能从属于情爱，最后的结局当然是完美的。《本事诗》记载，绛娘之父“大喜，遂以女归之”，有情人终成了眷属。这就让我想到著名导演郭在容拍的一部电影，片名叫《假如爱有天意》，另外一个名字翻译过来又叫《不可不信缘》。

人世间大概真的有冥冥中注定的缘分，可以让我们把爱情最终当成一种信仰。就像人面桃花，就像崔护与绛娘。所以，假如你的手中还握有爱，请你相信爱自有天意，不可不信缘。

万里桥边女校书，枇杷花里闭门居

薛涛《牡丹》

薛涛外貌秀丽、多才多艺，不仅擅长写诗，还精通音律，更创制了风行一时、流传千古的“薛涛笺”。

出众的才情使薛涛闻名遐迩。而她的诗作《牡丹》更是唐诗中一种独特的声音。诗云：

去春零落暮春时，泪湿红笺怨别离。
常恐便同巫峡散，因何重有武陵期？
传情每向馨香得，不语还应彼此知。
只欲栏边安枕席，夜深闲共说相思。

唐贞元元年（785年），韦皋出任剑南西川节度使。一次酒宴中，韦皋让薛涛即席赋诗，薛涛提笔写就《谒巫山庙》，诗中写道：“朝朝夜夜阳台下，为雨为云楚国亡。惆怅庙前多少柳，春来空斗画眉长。”韦皋看罢，拍案叫绝。从此薛涛声名鹊起，成为侍宴的不二人选，也很快成了韦皋身边的红人。

薛涛本是官家小姐，少时就十分聪慧灵秀。因父亲薛郧早逝，与母亲相依为命。后来，为了生活不得不入乐籍。

身为闻名遐迩的才女，加上受到士大夫们的赞美、宠爱甚至追捧，二十芳龄的薛涛不免恃才傲物、恃宠而骄，以致惹恼了韦皋，被罚去边地松州。松州地处西南边陲，人烟稀少，兵荒马乱。生活的猝然剧变使薛涛从迷幻的梦中清醒，开始后悔自己的轻率与张扬，不得不低头认错，请求原谅，表示愿意脱离乐籍。为此，薛涛连续写下了《罚赴边有怀上韦相公》五绝二首、《罚赴边上韦相公》七绝二首，以及那动人的《十离诗》十首。

当薛涛的诗送到韦皋手上时，百炼钢顿时化为绕指柔。韦皋心软了，将薛涛召回成都。于是，薛涛便隐居成都浣花溪畔，并脱离了乐籍，过起了王建在《寄蜀中薛涛校书》中所描绘的“万里桥边女校书，枇杷花里闭门居”的生活。晚年，薛涛居碧鸡坊，建吟诗楼，并在居所附近种满一丛丛的修竹。薛涛不仅爱竹，还爱菊。不论人生的际遇如何，她的内心深处永远都是高傲自负的。她自诩“兼材”，始终追求的是高洁的品质，曾作《浣花亭陪川主王播相公暨寮同赋早菊》等诗。

所以，薛涛后来即使低调做人，却仍高调入世，关心时局。剑南西川幕府历来精英荟萃，人才济济。名相裴度、节度使段文昌等皆出自剑南西川幕府。薛涛前后历事十一任节度使，对剑南西川的各种情况了如指掌。历届川主也往往把她视为没有幕僚身份的幕僚；从外地入蜀的文人、政要也常常将薛涛作为咨政议政的对象。韦皋和武元衡镇蜀时甚至向朝廷奏报，希望聘薛涛为校书郎。最终虽然没有得到朝廷的认可，但是进出蜀中的官员、士绅私下都称薛涛为“女校书”。

薛涛死后，时任西川镇帅李德裕专门写诗祭悼，并将悼诗寄给远在苏州的刘禹锡。刘禹锡郑重写了和诗，又将这一消息及诗作送寄给白居易。白居易在《与刘禹锡书》写到他曾反复吟诵其诗，遂生不胜世事沧桑之感。而二度任西川节度使的段文昌，则为薛涛撰写了墓志，表达惋惜与追慕之情。

而要讲薛涛的人生，更加要讲、不能不讲的便是她和元稹那场轰动当时的姐弟恋。我们所要品读的这首《牡丹》，也与这场轰轰烈烈的爱情有关。

关于这首《牡丹》诗的作者归属，其实还有不同的看法。这是因为《全唐诗》中，这首《牡丹》诗被分别收在薛涛与薛能的集子中。因此有人认为，这首诗是薛涛所作，而有的则认为应属薛能所作。

持肯定说的认为，据《后村诗话》可知，“薛能诗格不甚高，而自称誉太过”，认为《牡丹》诗的格调，是薛能所不具有的。《牡丹》诗，因为既收入《薛涛诗》，又收入《薛许昌集》，可算是并属文了。诚如葛洪在《抱朴子》中说：“夫才有清浊，思有修短，虽并属文，参差万品。”试将薛能与薛涛的诗两相比较，就可发现二人的气质、格调，都各有体。

《牡丹》语调细腻优美，读来如闻一个女子的轻吟低唱，显然是薛涛在美好希望破灭之后，诉说自己无可奈何，只能与牡丹共话相思的情境。而薛能诗有的固然清新，却无此格调，所以《牡丹》诗是薛涛作品应属无疑了。

持否定说的则认为，《唐人选唐诗》十种之一的《才调集》也选录了这首牡丹诗，署名薛能。编者韦谷选诗偏重晚唐，而薛能为晚唐诗人。另外，历考今存之唐人选唐诗各种选本，均未见此诗署名薛涛者；而在薛能的诗集《薛许昌集》中收有此诗。且这首诗在《薛许昌集》中是《牡丹四首》之一。四诗虽有五、七言之分，排、律之别，而俨然为一有机整体，分割不得。

不过，每一位诗人都有其独特的风格、气韵。从这首诗的诗句中，我们其实可以探寻到一些历史的影踪，可以触摸到那位蕙质兰心的奇女子的心灵世界。

美丽的女子总会有无数的传说，也多会有动人心魄的爱情故事，更何况聪明而又美丽的薛涛呢？

薛涛与元稹相恋是在元和四年（809 年），也就是元稹的发妻韦丛去世的当年。元稹被任命为东川监察御史，来到成都。韦皋宴请，薛涛出席。元稹风度翩翩，一表人才，此前因悼亡诗已誉满诗坛。薛涛不由得为之动心了。而元稹自命风流，也为薛涛的姿色与才情所倾倒。二人一见钟情，相见恨晚。

那时薛涛已四十二岁，却爱上了三十一岁的元稹。元稹以巡阅川东卷牍为名，待在成都近一年，两人在蜀地共度一段美好的爱情时光。接下来，元稹离川返京，重新踏上他的仕途。分别已不可避免，薛涛十分无奈。令她稍感欣慰的是，很快她就收到了元稹寄来的书信，同样寄托着一份深情。劳燕分飞，两情远隔，此时能够寄托她的相思之情的，唯有一首首诗了。

薛涛喜欢写绝句，平时常嫌写诗的纸幅太大。于是，她对当地的造纸工艺加以改造，在成都浣花溪采木芙蓉皮为原料，加入芙蓉花汁，将纸染成桃红色，裁成精巧的小八行纸。这种窄笺特别适合用来写情书，人称“薛涛笺”。

“去春零落暮春时，泪湿红笺怨别离。”面对眼前盛开的牡丹花，却从去年与牡丹的分离着墨，把人世间的深情厚谊浓缩在别后重逢的场景中。“红笺”，其实指的就是“薛涛笺”，就是诗人创制的深红小笺。“泪湿红笺”句，说明诗人自己为爱而哭，为爱而苦。由此也可看出，此首《牡丹》应为薛涛所作。

“常恐便同巫峡散，因何重有武陵期？”这里化牡丹为情人，笔触细腻而传神。“巫峡散”化用了宋玉《高唐赋》中楚襄王和巫山神女梦中幽会的故事，“武陵期”则是把陶渊明《桃花源记》中武陵渔人意外发现桃花源和传说中刘晨、阮肇遇仙女的故事捏合在一起，为花、人相逢戴上了神奇的面纱，也写出了一种惊喜欲狂的兴奋。

“传情每向馨香得，不语还应彼此知。”为什么“不语还应彼此知”呢？因为彼此“传情每向馨香得”。诗人把“花人同感，相思恨苦”的情蕴十分清晰地勾勒出来了。花与人相通，人与花同感，正所谓“不语还应彼此知”。诗人笔下的牡丹，显然已经被人格化了，化作了有情之人。这首诗把牡丹拟人化，是用牡丹来写情人，写自己对情人的思念，显得格外新颖别致。

而诗的最后两句，更是想得新奇，写得透彻：“只欲栏边安枕席，夜深闲共说相思。”“安枕席”于“栏边”，如同与故人抵足而卧；深夜时分，犹诉说相思，可见相思之苦，思念之深。关注薛涛，就要关注她的情感世界，关注她的喜怒好恶。

薛涛性爱深红，爱着红衫，爱赏红花，性情热烈。《试新服裁制初成三首》中就有“紫阳宫里赐红绡”的句子，《寄张元夫》中写“前溪独立后溪行，鹭识朱衣人不惊”，《金灯花》中则写“阑边不见蘘蘘叶，砌下唯翻艳艳花。细视欲将何物比，晓霞初叠赤城家”，都是极好的佐证。而她所制的“薛涛笺”也是如此。

薛涛喜竹，但她的内心深处却有着火热的一面，而这火热的一面在她与元稹的感情中被完全地激发出来。唐人喜吟牡丹，但在众多吟咏牡丹的诗作中，薛涛的《牡丹》诗之所以写得别开生面，正是因为薛涛内心的这份火热，因为她把人与花之间的情意写得缠绵深挚。诗人看似写花，其实是写人，更是写情，把一个多情女子的缠绵悱恻的内心情感表达得淋漓尽致，因此读来感人至深。

但是，薛涛深深爱着的元稹最终却没有回来，两人的感情无疾而终。

或许是因为两人年龄相差悬殊，三十一岁的元稹正值男人的风华岁月，而薛涛即便风韵绰约，毕竟大了十一岁。或许是因为薛涛乐籍出身，相当于一个风尘女子，而元稹更加看重的常常是对仕途的助力。

面对生活中的不幸，面对元稹的寡情，薛涛并不后悔，也没有像寻常女子那样郁郁寡欢、愁肠百结，而是更加坚强地面对人生的得失。

后来，在回忆与元稹的一段旧情时，薛涛写下了《寄旧诗与元微之》："诗篇调态人皆有，细腻风光我独知。月下咏花怜暗淡，雨朝题柳为欹垂。长教碧玉藏深处，总向红笺写自随。老大不能收拾得，与君开似好男儿。"她生活在浣花溪畔，自写红笺小字，将对元稹的一番深情化为对自己、对人生、对生活的体验。

薛涛的诗作以绝句为多，今存九十一首作品中，绝句达八十四首，而与元稹有关的诗却多非绝句。这或许是她内心的深情需要更多的空间、更长的篇幅来表达吧。

不能不说，薛涛实在是唐代诗坛一个非常独特的存在，发出了带有特殊魅力的女性声音。

用一首诗拯救我们的爱情

崔郊《赠去婢》

人生多多少少总有这样那样的无奈与悲哀。不过，人之为人的魅力就在于可以在人生的无奈面前去努力、去争取，正所谓“谋事在人，成事在天”。

爱情也是如此。

下面这首诗讲述的就是一个真实的故事，一个在命运的无奈面前因努力、因争取、因人性中的善良，而使得有情人终成眷属的美丽故事。

记载这个故事的那首传诵千古的七言绝句，即唐代诗人崔郊的《赠去婢》。诗云：

公子王孙逐后尘，绿珠垂泪滴罗巾。
侯门一入深似海，从此萧郎是路人。

尾联“侯门一入深似海，从此萧郎是路人”，很多读者应该都听说过这一千古传诵的名句。

据唐末范摅《云溪友议》记载：崔郊是唐元和年间的秀才，年轻时寓居在襄州（也就是今天襄阳）的姑母家中。姑母家有一个婢女，长得姿容秀丽，又温婉多情。崔郊就与这个婢女互生爱恋，私订终身。所谓“海誓山盟”“两情相悦”，正是青年男女健康而自然的情感。

可是命运常常捉弄人，姑母因为家境日败，便将这个姿容秀丽、温婉多情的婢女，卖给了当时著名的连帅于頔。

于頔时任襄州刺史，并任山南东道节度观察使。其人能力非凡却独断专行，在平“蔡州之乱”后势力骤大，俨然成一方诸侯，并要求朝廷将襄州升为大都督府。于頔后来权大势重，在很多事上肆意妄为。他的骄横为天下所闻，所以当时人称不遵法度的节度使就为“襄样节度”，就是指于頔那样骄横的节度使、一方诸侯。崔郊心爱的婢女，就被姑母卖到了于頔家中。

而且于頔这一次与以前不同，之前他有时候是强抢民女的，这一次他居然掏出了四十万钱买下这个美丽的婢女。一介书生崔郊面对这样的现实，可谓是徒唤奈何。然而爱情中的青年男女，有着让人难以想象的潜能。崔郊不甘心命运的安排与捉弄，他便每日跑到于府附近，一片痴心地希望能够再见到自己心爱的人。

皇天不负有心人，到了寒食节那一天，崔郊终于在于頔府外的一条小路上碰到了心爱的人。我们知道，上巳节、寒食节本来就离得很近，而上巳、寒食、清明是可以去郊外踏青的，上巳其实就是古代的情人节。所以崔郊可以在路边守候，等到他心爱的人，也是非常合情合理的。

“公子王孙逐后尘”，这是在说心爱之人的美丽：我心爱的人啊，你为什么那样美啊？让公子王孙都争相追求，甚至追逐你身后的清尘。而你呢，“绿珠垂泪滴罗巾”，你却如同绿珠一样，泪水湿透了罗巾。

说到绿珠，就要说一说著名的“绿珠坠楼”的典故。

据说绿珠是白州人，也就是现在广西的博白县人。绿珠生得美艳，且善吹笛歌舞。相传西晋那个喜欢斗富的石崇做交趾采访使的时候，用三斛珍珠买来了绿珠，然后置之于金谷园中，以示宠爱，更作为炫耀的资本。后来石崇失势，权臣孙秀就派人向石崇索取绿珠。遭到拒绝之后，孙秀就在赵王司马伦面前诬陷石崇，致使石崇被灭族。

孙秀派兵来抄家之前，石崇对绿珠说：“我今为尔获罪。”绿珠含泪答曰：“愿效死于君前。”于是坠楼而死。“绿珠坠楼”就成了女子有气节、有节义的一个典故和表现。

杜牧《金谷园》诗云：“繁华事散逐香尘，流水无情草自春。日暮东风怨啼鸟，落花犹似坠楼人。”而他在《题桃花夫人庙》中则说：“细腰宫里露桃新，脉脉无言几度春。毕竟息亡缘底事？可怜金谷坠楼人。”其意是拿绿珠坠楼和绿珠的节义，来对比桃花夫人（即春秋时的息夫人）的再嫁与苟活。由此可见，杜牧对绿珠这种节义和气节的推崇。

崔郊引用这个典故，说“绿珠垂泪滴罗巾”，是说两个人心心相印，彼此忠诚。可是这样美的你，这样与绿珠一样深情、多情，甚至忠贞于爱情的你，在命运面前，又能如何呢？忘了我吧，忘了我吧！

“侯门一入深似海，从此萧郎是路人。”一旦嫁到豪门、嫁入侯门，就像是深陷大海，从今以后便把你那萧郎般的情郎当成陌生的路人吧！这里的萧郎和周郎一样，都是泛指美好的男子，或者女子爱恋的情郎。当然，萧郎不像周郎，这一典故到底指谁，在历史上还是有争议的。

周郎指的是周瑜，“曲有误，周郎顾”“遥想公瑾当年，雄姿英发”，这是毫无疑问的。而萧郎呢，至少有三种说法：一是指萧史。也就是那位以平民的身份，因擅长音乐、擅长弄箫而获取了秦穆公之女弄玉的芳心，最终萧史乘龙、弄玉跨凤，两人终成神仙眷属。二是指昭明太子萧统。王维的《相思》云：“红豆生南国，春来发几枝。愿君多采撷，此物最相思。”江南最有名的红豆树就是江阴顾山的那棵千年红豆树，传说那是昭明太子萧统和慧如的爱情见证。所以深情的太子、俊逸的萧统，后来就成了最理想情郎的代表。当然还有一种说法，说萧郎是指梁武帝萧衍。萧衍雄才大略，又风流多才，待人尤其宽厚善良，所以在当时的江南也成为美好男子的代称。

当然，不管萧郎到底指的是谁，“从此萧郎是路人”里的“萧郎”，显然应该是崔郊的自喻。

张籍的千古名句“还君明珠双泪垂，恨不相逢未嫁时”，写尽人生的无奈与悲哀。人生该有多少“君生我未生，我生君已老”，或者是“君我相逢不同时”“君我相逢已嫁时”的悲哀呀！

时间的错过已让人无奈，但若时间正好，却还有命运的无奈，人生与爱情便因此更显苍白。那样美好的你我，既然能“君生我已生，我生君未老”，既然能相逢于未嫁之时，那该是多好的爱情、多好的姻缘啊！可惜天不从人愿，哪怕一切都刚刚好，可还有侯门，还有这不公平的人世间。而你我这样如草芥般的平民，面临着社会的不公、权势的不公、命运的不公，又能怎样呢？不过一声哀叹、一声悲叹，不过“侯门一入深似海，从此萧郎是路人”罢了。

这一声哀叹，太过沉重，所以千年而下，因这两句诗，更凝练出了“侯门似海”与“萧郎陌路”两个成语。

崔郊写罢伤心诗、送别伤心人之后，踉跄而还。没有想到的是，这首诗不胫而走，一下子在当地流传起来。

可见这种因生活而来、发自鲜活心灵的创作，它的影响力与生命力是巨大的。有小人想陷害崔郊，就把这首诗写下来拿给于頔看。哪知性格专横的于頔，看了这首诗之后竟被深深打动，感慨万千。于頔叫人把崔郊召到府上。开始的时候，左右之人还猜不出于頔的用意，崔郊自己也提心吊胆，但逃也逃不掉，只好硬着头皮去见。

于頔一见崔郊，竟然放下身份，上前握着他的手说："'侯门一入深似海，从此萧郎是路人.'原来这诗就是你写的呀！四十万钱不过是一笔小钱罢了，怎能抵得上这首诗呢。"然后于頔盛情款待崔郊，最终将婢女赐还，让有情人终成眷属。据说，于頔后来还赠送了很丰厚的妆奁。而这一段佳话也为于頔——那个曾经专横的于頔赢得了非常好的名声。

可见，一首好的诗既能赢回一段爱情，也可以帮专横之人发现内心的善良。所以《礼记》说"温柔敦厚,《诗》教也"，诗词的作用不可谓不大呀!

崔郊不仅因为这首诗拯救了、挽回了自己的爱情，更因此留名史册，成为一种不朽!

我不能说出哪一个你　是我的爱人

李商隐《无题·昨夜星辰昨夜风》

我曾经在远离尘嚣、远离城市的一个地方，看到秋夜夜空里的月亮和星星，心有所感，想起了范成大的《车遥遥》篇。

我还写了一首小诗，记录自己的心情，诗题叫《我最靠近月亮》。小诗云："默契这东西，怎么说才好呢？凡有边界的，都如狱中，人世间最高级的自由，是忠于自我、信仰与追求的坦荡，等思念升起，我最靠近月亮。"后来重读自己写的这首小诗，突然发现它的境界虽然貌似跟《车遥遥》"愿我如星君如月，夜夜流光相皎洁"的意境相合，但细细想来，倒是跟另外一首名作更为贴近。

回头去看那彼此依偎的星辰，已经是昨夜的星辰，缱绻的晚风也已是昨夜的风，今天我们就来赏读一下李商隐的那首千古名作《无题·昨夜星辰昨夜风》吧，诗云：

> 昨夜星辰昨夜风，画楼西畔桂堂东。
> 身无彩凤双飞翼，心有灵犀一点通。
> 隔座送钩春酒暖，分曹射覆蜡灯红。

嗟余听鼓应官去，走马兰台类转蓬。

第一个问题，其实也是最难的一个问题，就是这首诗到底写的是什么？写的是谁？与诗人“心有灵犀一点通”的那个人到底是谁？它是一首爱情诗，还是一首政治讽喻诗，历来争讼不已，莫衷一是。

其实，不光是这一首《无题》，李商隐共作有十六首《无题》，还有他著名的《锦瑟》，都是文学史上著名的谜题。

这一首《无题》，李商隐到底跟谁“心有灵犀”？粗粗数一下，大概就有不下八九种解答。比如有一种观点认为这个心有灵犀的对象是皇帝，认为李商隐是在用爱情诗的笔法，写政治的期望，这就把李商隐的无题诗都当作政治讽喻诗来看了。在这种观点支撑下，又有一说认为李商隐“心有灵犀”的政治讽喻也不是皇帝，而是李商隐的发小，后来子承父业做了宰相的令狐绹。事实上令狐绹后来大权在握，李商隐确实写了不少诗给他，希望得到这位发小的帮助和提拔。

当然，文学史上绝对主流的观点还是认为，这是一首爱情诗。而李商隐心有灵犀的对象，有的说写给他的夫人王夫人的，有的说是写给一个貌美的女道士，还有的说是写他岳父王茂元的姬妾，也有人说这是令狐宰相家的姬妾。也有观点认为是一位娼门妓女，像纪晓岚甚至说，“直是狭邪之作”。甚至还有观点认为李商隐的这个“心有灵犀”的对象根本不是女子，而是少年得志的某位帅哥。这些答案简直五花八门，让人眼花缭乱。李商隐生错了时代，如果他生在今天的话，绝对是娱乐八卦媒体重点报道的对象。

那么，到底该怎么面对李商隐的这一首《无题》，那一组《无题》，以及《锦瑟》这些名篇呢？

我觉得，在面对李商隐这些谜题式的创作时，除了要用训诂解读法，要用意象、意境解读法，尤其是面对李商隐，最最根本的，还是要用到知人论事、知人论诗的解读方法，也就是必须先把握他的人生，然后通过他的人生，去了解、触碰他的心灵、他的灵魂，去体会他的性格、他的个性、他的情绪表达方式，然后才有可能真正触碰到他文字背后、诗歌背后的情感。

说起李商隐的人生，不禁让人扼腕叹息。

李商隐出身小官吏之家，还不到十岁，他的父亲李嗣就去世了，李商隐只得随母返乡，寄人篱下，过着极艰苦清贫的生活。

他是家中长子，早早就背负上了养家糊口的重任，很小的时候就为人“佣书贩舂”以贴补家用。所谓“贩舂”也就是给别人家舂米，要当苦力。而“佣书”呢，就是替别人抄书。穷人的孩子总是早当家，李商隐做舂米这样的力气活不知道做得怎么样，但是他抄书的时候很用心，书法也越来越漂亮。

他族中的一个堂叔非常欣赏这个既用心又很有才气的孩子，就主动教他经学、小学与古文的创作，所以少年时候的李商隐文章就已经写得很漂亮。

后来有两个很关键的人物，成为李商隐的伯乐，一个是白居易，一个是令狐楚，也就是令狐绹的父亲。宋人蔡居厚《蔡宽夫诗话》里说，白居易晚年的时候，非常喜欢李商隐的诗，曾经开玩笑说，希望我死后能够投胎当你的儿子。后来，李商隐的大儿子出世的时候，就取名叫白老，但这个儿子却十分的蠢笨，而小儿子却十分聪慧。大家都开玩笑说，看来白居易投胎投的是这个小儿子。

我们知道，所谓“元白”新乐府运动，白居易倡导的是诗文创作的通俗化运动，而令狐楚则是唐代数得着的骈文大家，也是一代宗师。令狐楚还是唐代“牛李党争”中“牛党”的重要核心人物，他的政治地位和文学地位在当时都不可小觑。经过白居易的推荐，令狐楚一见少年的李商隐，便极为喜欢，甚至是如获至宝，以文坛盟主、当朝重臣的身份，与少年李商隐结为忘年交，主动教他骈文的创作，两人亦师亦友。令狐楚见李商隐家境贫寒，就让他给自己的儿子令狐绹伴读，给他一份不菲的收入以资家用，令狐楚对李商隐的知遇之恩确实世所罕见。

可以说，令狐楚对李商隐的喜欢甚至超过对自己儿子的喜欢，而聪明绝顶的李商隐跟着令狐楚学骈文创作，没过多久，水平就丝毫不逊色于令狐楚，这让令狐楚倍感欣慰。令狐楚后来不论走到哪里，都把李商隐带着，逢人便讲李商隐的才华。

令狐楚对李商隐的喜爱到什么地步？据史料记载，说令狐楚但凡听到有人夸奖李商隐，就会欣喜若狂；要是有人诋毁李商隐，就会大发雷霆。所以，令狐楚临终留下两个遗愿，一是给皇帝上《谢恩表》，一定要让李商隐写；另一个是自己的墓志铭，一定要让李商隐写。可见，在骈文一代宗师令狐楚那里，能入他法眼的大概只有李商隐一人，而从长辈对晚辈的情感来看，令狐楚对李商隐的喜爱与呵护，甚至超过了对自己的孩子。

不过在令狐楚生前，李商隐一直没能考中进士。后来还是令狐楚死后，在令狐绹的帮助之下，李商隐才终于考中了进士。由此看来，令狐一家对李商隐的知遇之恩世所公认、世所周知。可是，在文学上无比聪慧、天资绝顶的李商隐，他在政治上的眼光就和李白一样。真正绝顶的文学家像李白、杜甫、屈原、苏东坡，大概都不适合从政，李商隐也是这样。

令狐楚死后，泾原节度使王茂元看好李商隐的才华，就把自己漂亮的女儿许给了李商隐。李商隐出身低微，当然愿意攀附，不仅做了王家的女婿，还供职于王茂元的幕府。这本来好像是件好事，但李商隐却不知不觉犯了官场的大忌。

李商隐到底犯了什么大忌呢？我们前面说过，令狐楚是“牛李党争”中“牛党”的核心成员，而李商隐的老丈人王茂元则是“李党”的核心成员。对于唐代著名的“牛李党争”，国学大师陈寅恪先生就认为“牛党”代表进士出身的官僚，而“李党”代表北朝以来山东士族出身的官僚。

李商隐大大受恩于“牛党”领袖令狐楚，却在令狐楚死后，联姻投身“李党”领袖王茂元，所以“牛党”普遍认为他背信弃义、忘恩负义，是个小人。连《新唐书》《旧唐书》对他的评价，都是“无行”“无行文人”，完全是从“牛党”的角度进行评价。但反过来“李党”鉴于他原来和令狐楚的关系，鉴于他的成长历程，又对他根本不重视，所以后来李商隐的一生基本上就是在夹缝中求生存。

当他醒悟到这一点的时候，已经是木已成舟了。连答应了父亲要照顾李商隐的令狐绹，也和他几近于绝交。李商隐一步错，步步错，后来进退失据，一生屈居下僚。再加上他自幼经历的苦难，从小忍辱负重、苦楚难言，这加剧了他本来就非常内向的心理，也养成了他趣旨幽微、言近意远的诗文创作习惯。

“诗家都爱西昆好，只恨无人作郑笺。”历来解读李商隐的诗都费尽思量，根本的原因其实就在于李商隐自己的心情、心绪本来就凄苦难言。对于这样政治前途黯淡，又在夹缝中求生存的李商隐，我以为他那些无比美丽却又隐晦晦涩的爱情诗，其实就是他自我灵魂的救赎。现实沉重而荒凉，他只有活在自己深情的世界里，才能真正获得温暖与缱绻。

什么才是真正的“心有灵犀”呢？

其实不仅李商隐，这个世界上的绝大多数人，都生活在生活的夹缝中，都有过进退失据、不能转身的困惑。人世间最高级的自由，只能是内心深处，忠于自我追求的坦荡。所以虽是“身无彩凤双飞翼”，却能与你“心有灵犀一点通”。

那么，最美的“昨夜星辰昨夜风”是如何让思念升起的呢？在了解了李商隐的心路历程与心境之后，在知人之后，我们终于可以论诗了，可以面对他的“心有灵犀”了。

“昨夜星辰昨夜风，画楼西畔桂堂东。”这一句“昨夜星辰昨夜风”，立刻就让我想起邓丽君当年的名曲，“昨夜的，昨夜的星辰已坠落，消失在遥远的银河”。说到邓丽君，我想起前段在网上看到一个黑科技，日本人居然用声光电技术重新复活了邓丽君，让人觉得如在目前。看到邓丽君复活的那一刻，宛如昨夜星辰又在目前，眼中一下湿润，感觉要有泪水夺眶而出，心中万千感慨，难以诉说。其实你我在这世上沉沦已久，凡有边界的，都如狱中，只有那些心灵深处唯美的情感与信仰、与追求，才能温暖我们彼此的灵魂。

为什么我会讲李商隐的这首《无题》，是因为我们都有“愿我如星君如月，夜夜流光相皎洁”的美好期盼。你看，李商隐首联所选取的四个意象，读来便让人不自觉地生出温暖与期盼。星辰与星辰下的夜风，大概是暗夜里的我们可以借此摆脱这世间的牢笼，获得灵魂自由的最直接的凭仗。人世间最高级的自由，是忠于自我内心追求的坦荡。等思念升起，抬头仰望，仰望星辰，感受夜风，这种姿态就给人一种向往。

“画楼”与“桂堂”一般指贵族聚会的场所，但是仔细想一想，它们与“星辰”和“夜风”放在一起，“雕栏玉砌应犹在”，应该留下多少浓郁的怀想。而“桂堂”只是形容厅堂的华美吗？“独有南山桂花发，飞来飞去袭人裾”，身处那桂木做成的厅堂，是不是不知不觉间就会嗅到一种灵魂的芬芳。更何况还有两个“昨夜”，“昨夜星辰昨夜风”。当时间沉淀下来，沉淀下你我的过往，所有的过往就会变得纯粹而浓郁。

昨夜的星辰与夜风，昨夜的“画楼西畔桂堂东”，这样精致的落笔，一个随手写来的意象，已经不知不觉间触及我们内心最柔软的地方。于是，我们和诗人一样，柔软的内心深处不由得生出一种巨大的渴望。“身无彩凤双飞翼，心有灵犀一点通”，我想这绝对应该是人世间所有痴情人的一种心声。

李商隐本就是一个内向而多情的人，在政治上选择错误，进退失据，只得夹缝中求生存之后，爱情与爱情诗几乎成了他灵魂上的救赎。

当时，李商隐与温庭筠并称“温李”，两个人都擅长写情诗、情词，但李商隐的长相儒雅风流，叫人一见即心生欢喜，不像温庭筠长得那么让人心生恐惧。所以，长相儒雅、文采风流、情感细腻的李商隐，本来即以爱情为生命的救赎，故而他很容易被异性所欣赏，也很容易在人群中找到所谓异性的灵魂知己。

从整首诗所描写的环境来看，这毫无疑问应该是贵族男女聚会的场所。在这种聚会中，最容易发生的事就是所有的热闹与喧嚣，都沉淀成一种背景，只要当一道深情的目光遇上另一束深情的目光。其实像李商隐这种性格，这种情感特质的人，他最大的特长，应该就是能迅速地从人群中，发现一束可以和他碰撞出火花的目光，然后通过那样的目光与凝视找到灵魂的知己。

不需要千言万语，不需要地久天长，只要短暂地彼此凝望，当目光碰上目光，当灵魂碰上灵魂，那短短的几秒深情地凝视，瞬间即永恒，这就是“心有灵犀”呀！所谓“灵犀”，是指犀牛角中心，它的脊髓质像一条细细的白线一样，贯通上下。李商隐是第一个用“灵犀”，来借喻相爱的两人双方心灵的感应和暗通。这个比喻实在是奇妙而精彩，把彼此目光里的你我，不足与外人道却又无比微妙的情感，写得玲珑精致而通透。故而，这一句“心有灵犀一点通”，经过时光的沉淀，终于凝练出“心有灵犀”的成语来。

大概在这人世间，灵魂与灵魂之间，心灵与心灵之间那种微妙的感知，没有比这一句“心有灵犀”更形象、更生动的了。朋友之间、同事之间的心有灵犀，还可能伴以会心的一笑，而情人、恋人之间的心有灵犀往往只需要一举眸、一望眼。所谓“一见钟情”，便是一望便沦陷在你目光的海洋里。

我想李商隐定是在这样的晚宴上，在这样的目光里沦陷了，而以他的“心有灵犀”一定也能感知到，对方也同样会沦陷在他的目光的海洋里。他们不需要说话、不需要语言，只需要彼此的凝视、深深的凝望，便可以看透对方的灵魂，看透对方内心的喜欢与欢喜。这种“心有灵犀”的一点通，是多么难能可贵，却又是多么举步维艰啊。

他们就在同一场酒会之中，他们彼此间也不过隔着几米远，可身份的不同，现实的差异乃至俗世的规矩与礼法简直就是不可跨越的天堑与鸿沟。所以虽然“心有灵犀一点通”，但却“身无彩凤双飞翼”，这才是现实的无奈和悲叹！我就在你身边，能看懂你眼底的欢喜与心里的喜欢，却不能与你比翼双飞，不能跟你一诉衷肠。人生既然遇见，却又咫尺即天涯，那样沉重的现实与礼法，生生地折断了爱情比翼双飞的翅膀与理想。这真是一重无奈、一重欢喜。无奈与欢喜交织、纠缠在一起，这就是李商隐那隐约、不可捉摸的情绪根源。

不论怎样，心有灵犀的爱情毕竟会带来温暖，这也是李商隐的生花妙笔无比依恋于爱情诗的关键。所以接下来他说，“隔座送钩春酒暖，分曹射覆蜡灯红”。这是唐人酒宴上经常出现的两种游戏，一个叫“送钩”，一个叫“射覆”。“送钩”是把玉钩藏在手中，隔座传送，让另一队猜这个钩的所在以及钩头的指向，猜中的话握钩人罚酒，没有猜中的猜者罚酒。“射覆”，就是把一个东西藏在碗里、盆里，或者供盂之下，上面盖住它，让人猜。至于隔座送钩，还有分曹就是分组，这就可以想象了。

在这种游戏的过程中，虽然限于礼法，李商隐不能和他心爱的人直接交谈，可是能握着她手中传递过来的玉钩。因此饮酒、罚酒的时候，那玉钩、那酒，在诗人的手中、口中、心中都是无比温润而温暖的。同样，能和“心有灵犀”的她分作一队，共同进行“射覆”的游戏，在这旖旎的时光中，身边“故烧高烛照红妆”的蜡烛，都因此显得那么明艳动人，这就是“心有灵犀”的爱情最美妙的状态啊。因为“心有灵犀”，所以和你有关的一切，不论是手中的玉钩还是春酒，无论是身旁的烛火还是共度的这夜晚的时光，都是那么温暖而动人。

所以，连那一夜的星辰和风，连那一处的“画楼”与“桂堂”，都因此成为诗人心中永恒、唯美而不灭的印象。可是在一起的美丽时光总是飞快地流逝而过，终于天要亮了，“嗟余听鼓应官去，走马兰台类转蓬”。李商隐此时应该在秘书省任职，当然也不过就是校书郎一类的低级官吏。《旧唐书·百官志》说，秘书省，龙朔初改为“兰台”。所以“走马兰台”说的就是无聊的低级公务员的生涯，每天一大早要去兰台点卯、应差。

古代羯鼓报时，楼内笙歌未歇，楼外鼓声已响。诗人想想自己的仕途命运，自叹像随风飘转的蓬草身不由己，却又前途无望，而这彻夜欢宴中难得一遇的心有灵犀的爱情，不也如那渺茫而无望的命运一般吗？在等级森严的礼法中，在世人三人成虎、积毁销骨的议论中，这样心有灵犀的爱情大概也只能永远埋藏在心底罢了，这不是一样的渺茫和无望吗？一句“嗟余听鼓应官去，走马兰台类转蓬”，从玉钩春酒之暖，到蜡灯烛火之红，一下跌入冰凉的现实。尾联的悲叹，其实不只是仕途与命运的悲叹，同样也是“心有灵犀”的爱情终究渺茫而无果的悲叹啊。

对于晚宴中这种心有灵犀的情感遇见以及现实的悲叹，这种解读还有一个非常重要的现实的证据，就是这首《无题》诗在组诗里有两首，一首七律就是“昨夜星辰昨夜风”，还有一首七绝与这首七律并为一组，可见写于同时。

这首七绝说：“闻道阊门萼绿华，昔年相望抵天涯。岂知一夜秦楼客，偷看吴王苑内花。”“阊门”是传说中的天门，“萼绿华”则是传说中的仙女。“闻道阊门萼绿华，昔年相望抵天涯”，是说早就听闻那个美丽女子的声名，但是她身份高贵，对卑微的我而言，总觉得她如在云端，如在那遥远的天涯。

“岂知一夜秦楼客，偷看吴王苑内花”，“秦楼客”是说萧史弄玉的典故。萧史不过是个平民，但是因为善吹箫、作凤鸣，秦穆公就以女弄玉妻之。最后，不过是一介平民的萧史与贵为公主的弄玉结成伉俪，二人在秦楼之上乘龙、跨凤而去。诗人用这个典故是说，没想到我们身份隔着那么大的差异，而今天我却能像萧史那样在参加盛宴之后，可以窥见吴王深宫之内最美的那一朵花。这一首绝句的用典和寓意，其实应该是非常明确的。说的是自己想也不敢想的一段情感经历，那个无比高贵、无比美丽的女子是诗人可望而不可即的。但是因缘际会，命运弄巧，他们终于在一场盛宴里相会，而且目光之间“心有灵犀”，身份卑微的诗人竟然可以走入她的内心，触碰到她目光里的灵魂，并最终和她一起度过那样美丽那样欢乐的夜晚。

所以即便现实沉重，这样的相思终究无果，这样的爱情终究无望，但是内心无比敏感、情感无比丰富的诗人，却愿意一遍遍地怀想，怀想“昨夜星辰昨夜风”，怀想“画楼西畔桂堂东”，怀想“隔座送钩的春酒暖”，怀想“分曹射覆的蜡灯红”，怀想暗夜里那场可以拯救灵魂、拯救无望人生的心有灵犀的美丽相逢。

我来到昨夜的星辰之下，我站立昨夜的夜风之中，夜色的慵懒与沉默涂满了我的嘴唇，我不能说出哪一个你是我的爱人，我喜欢你是你、我是我的时候，我们是两颗穿过黑暗彼此默默凝望的星辰。

一寸相思　一米阳光

李商隐《无题·飒飒东风细雨来》

有朋友跟我交流，说李商隐的《无题》诗，事实上很有可能写的是真实的爱情生活啊，每一件事读起来都如在目前。

我跟朋友说，其实我并不反对说李商隐的《无题》是爱情诗，其有着丰富而真实的现实情感经历。甚至有些诗，比如说我们讲过的《无题·昨夜星辰昨夜风》，一定是有着现实生活基础的。我反对的其实是“索引派”式的硬凑，这和把李商隐的爱情诗解读为政治讽喻诗的生搬硬套，是两个极端。在李商隐的生命中，内心的情感世界是他最重要的追寻与支撑。

说到与现实的关系，我倒认为他很多著名的《无题》诗，确实有现实恋情的身影。比如这首《无题·飒飒东风细雨来》。诗云：

飒飒东风细雨来，芙蓉塘外有轻雷。
金蟾啮锁烧香入，玉虎牵丝汲井回。
贾氏窥帘韩掾少，宓妃留枕魏王才。
春心莫共花争发，一寸相思一寸灰。

这首诗写的是一位深锁幽闺的女子，爱情幻灭的绝望之情。最有名的是尾联，“春心莫共花争发，一寸相思一寸灰”。真是化平淡为神奇，具有一种惊心动魄的悲剧美。

在解读这首诗之前，我特别想说一段李商隐的真实情感经历。当然也是他的另外一组作品，叫作《柳枝五首并序》。这一组五首以《柳枝》为题的五言绝句，其实写的是李商隐一段非常独特的情感经历。

第一首云：“花房与蜜脾，蜂雄蛱蝶雌。同时不同类，那复更相思？”这是说的各自命运不同相思无望。第二首云：“本是丁香树，春条结始生。玉作弹棋局，中心亦不平。”“弹棋局”是唐人经常玩的一种游戏，棋盘的中心是凸起的。这一首写的是心中万千感慨，为柳枝，也为自己的命运不平。第三首说：“嘉瓜引蔓长，碧玉冰寒浆。东陵虽五色，不忍值牙香。”这是对正当妙龄的柳枝的一种赞美。第四首说；“柳枝井上蟠，莲叶浦中干。锦鳞与绣羽，水陆有伤残。”这是说“世界上最遥远的距离，是鸟与鱼的距离，一个在天，一个却深潜海底”。“锦鳞与绣羽”写的是飞鸟与鱼的爱情，后世经典的段子，其实最早的创意却来自李商隐。第五首说：“画屏绣步障，物物自成双。如何湖上望，只是见鸳鸯？”这是对自己与柳枝不能成双成对的伤感与感慨。

这五首绝句虽然是爱情诗，却把自己和柳枝的情感经历，交代得十分清楚，再加上这组诗还有一个非常明确的序，李商隐的这段著名的情感经历就呼之欲出了。序云：

柳枝，洛中里娘也。父饶好贾，风波死湖上。其母不念他儿子，独念柳枝。生十七年，涂妆绾髻，未尝竟，已复起去，吹叶嚼蕊，调丝擫管，作天海风涛之曲，幽忆怨断之音。居其旁，与其家接故往来者，闻十年尚相与，疑其醉眠梦物断不娉。余从昆让山，比柳枝居为近。他日春曾阴，让山下马柳枝南柳下，咏余《燕台诗》，柳枝惊问："谁人有此？谁人为是？"让山谓曰："此吾里中少年叔耳。"柳枝手断长带，结让山为赠叔乞诗。明日，余比马出其巷，柳枝丫鬟毕妆，抱立扇下，风鄣一袖，指曰："若叔是？后三日，邻当去溅裙水上，以博山香待，与郎俱过。"余诺之。会所友有偕当诣京师者，戏盗余卧装以先，不果留。雪中让山至，且曰："东诸侯娶去矣"。明年，让山复东，相背于戏上，因寓诗以墨其故处云。

这一段序明确交代了李商隐的这段恋情故事，也是他这一组《柳枝》五言绝句的来由。

李商隐说，柳枝是洛阳人，她的父亲是一个经商的商贾，死于经商路上。母亲在众多的孩子中独独垂怜柳枝，因为柳枝才情高妙、才艺双绝，年十七便可"作天海风涛之曲，幽忆怨断之音"，可见其音乐境界之高。

李商隐的堂兄李让山，刚好和柳枝是邻居。有一天李让山在吟诵李商隐的一组《燕台诗》。这组《燕台诗》，是写一个女子一年四季的相思之情的，也是一组爱情诗。

柳枝姑娘听到之后，引为知己，问："谁人有此？谁人为是？"探听是谁创作出这么美好的作品。

李让山就说，这是我的堂弟所作。柳枝即手断长带以之为信物，请李让山转赠给李义山，向他乞诗。这其实就是明白而大胆地表露爱意，表达倾慕之情。

第二天，那时想来还年轻的李商隐，在堂兄家门口的巷子里，遇见了美丽的柳枝姑娘。只见她在巷口，窗扇之下，梳着双髻垂手而立，盈盈而笑，含羞看他。然后她微启朱唇对年轻俊逸的李商隐说：“后三日，邻当去溅裙水上，以博山香待，与郎俱过。”这就是和李商隐相约。

三日之后正是月末，女孩子可以去郊外、河边溅裙祓除，就是去河边用河水弄湿衣裳以驱除邪气以禳灾祈福，这个时候女孩子是可以去郊外嬉戏的。柳枝这么说，其实就是约李商隐三日之后去郊外私订终身，以身相许。

李商隐诺之，也就是一见柳枝也心生欢喜，两人心有灵犀实在是一种传奇佳话。可是李商隐这时正准备要赴京参加科举考试，他有一个损友知道了这件事之后，就偷偷地把他的行李都偷跑，带到京城去了。李商隐没有办法，只好去追他的行李，追他那位损友，也就因此错过了与柳枝的相会之期。

后来时光变迁，李商隐再遇到他的堂兄李让山，李让山告诉他，柳枝姑娘已经被一诸侯强娶而去，李商隐因此无限怅惘，作《柳枝五首》，嘱托堂兄让山回到洛阳之后，替他题写在柳枝故宅之上，算是对她罗带乞诗的答谢，更是要兑现当年欠她的那个爱的承诺。

这样一段还未开始的爱情，即让李商隐念念不忘，为之终身怅惘，所以这样的情感经历对应他的《无题》诗，对应“飒飒东风细雨来”即可看出李商隐的别有怀抱。

首联说：“飒飒东风细雨来，芙蓉塘外有轻雷。”飒飒东风，细雨蒙蒙，仿佛一片生机；而“芙蓉塘外有轻雷”，则暗用了司马相如《长门赋》中，“雷殷殷而响起兮，声象君之车音”这样的典故。“芙蓉塘”就是莲花池了，莲花又被称为水芙蓉。池塘边有轻雷之响，这在南朝乐府诗和唐人诗作中经常被用来指代男女相悦之情。“轻雷”指的就是恋人车来的时候的车响、车音。所谓“芙蓉塘外有轻雷”其实是一种暗示，暗示那个独处深闺之中却风华正茂的女子对爱情的向往。于是芙蓉塘外一有声响，她都会错以为是恋人将来，可是现实却终究是一场空。

颔联说：“金蟾啮锁烧香入，玉虎牵丝汲井回。”这与芙蓉塘外的响声相对应，写了相思女子所居之处的一片孤寂。“金蟾啮锁烧香入”，如同李清照的“薄雾浓云愁永昼，瑞脑消金兽”，说的是惟见闭锁的香炉与常日相伴的燃香。而“玉虎牵丝汲井回”是指摇动用玉虎装饰的那个辘轳，牵引绳索汲上井水来。这两句其实是写眼前所见，所见惟闭锁的香炉和汲井的辘轳，它们就反衬出这位女子幽处孤寂的情景和长日无聊、深锁春光的惆怅。事实上，香炉和辘轳在诗词中常和男女之情联系在一起，“烧香入”的“香”，“牵丝”的“丝”二者合在一起，其实就是“相思”啊。

颈联用了两个重要的典故，“贾氏窥帘韩掾少，宓妃留枕魏王才”。“贾氏窥帘韩掾少”说的是《世说新语》里的一个故事。韩寿是晋代的一个大帅哥，当时名臣贾充增辟他为僚属。“掾”这个字其实原来就有辅助的意思，后来引申为僚属。有一次韩掾到这个贾充家里汇报工作，贾充的女儿呢，在帘子后面就窥见了韩寿，对大帅哥一见倾心，最终与韩寿私订终身。后来，这个豁达的老爹贾充发现之后，没有像卓文君他爹卓王孙那样，反而玉成其美，直接就把女儿嫁给了帅哥韩寿。

“宓妃留枕魏王才”的这个故事，就更有名了，这就是《洛神赋》的由来。李善在《文选·洛神赋》里注解说，原来最喜欢甄宓的其实是她的小叔子，也就是曹植。曹丕心狠手辣，并不珍惜甄宓，最后还将甄宓赐死，并口中塞糠，以发覆面。当然据说他后来良心发现，又知道自己的弟弟曹植对甄宓的感情，就将甄宓的遗物，一个玉带金镂枕送给了曹植。曹植带着甄宓的这个遗物离京归国，途经洛水，梦到已经成为洛水之神的甄宓对他说："我本托心君王，其心不遂。此枕是我在家时从嫁，前与五官中郎将，今与君王。"曹植遂感而作《感甄赋》。后来，甄宓的儿子也就是后来的魏明帝，把这篇《感甄赋》改名为《洛神赋》。"宓妃"就是洛神，这里代指就是甄宓。

所以，"宓妃留枕魏王才"和"贾氏窥帘韩掾少"一样，都是指女子主动追求爱情的强烈愿望。这里主动以身相许的贾充女儿和主动入梦以枕相留的甄宓，难道不是像极了那个闻诗生爱、并主动相约李商隐的柳氏姑娘吗？

李商隐一定在心里一遍遍地后悔过，后悔没能赴那后三日之约；他也一定一遍遍地在心里怀想过，怀想过那个像贾氏、像宓妃一样的柳枝姑娘。可是，现实沉重、命运弄人，他又能怎样呢？

一个损友恶作剧般地拿走了他的行李，即可让这段美丽的爱情成为幻影、化为泡沫，这在今人看来，是多么无厘头、多么不成理由的理由啊。可是李商隐却觉得没有办法，命运就是这样。

内向的诗人最后发出一声哀叹，其实是一种命运的哀叹："春心莫共花争发，一寸相思一寸灰。"这是在替那个闺中相思、孤寂的女子哀叹吗？李商隐这是在替自己整个的人生与命运哀叹啊。可是即便说"春心莫共花争发"，可所有遇见爱情的心灵，却都是欲罢不能。爱情本来就是，即使有一万个理由告诉我"不可以"，还是不可以不爱你。一寸相思即使终将成灰，可对于真正深情的人生来说，那一寸相思也就是一米阳光，这才是悲剧中的美，这才是崇高的悲剧美！

多想让时光流转，回到那一天，在巷口，在窗扇下，她还梳着双髻，垂手而立，盈盈地笑着，含羞看他。她的一寸相思如一米阳光，刚刚好，温暖着年轻的义山的胸膛。

我们爱的不是爱情，而是爱情里的你我心甘情愿

李商隐《无题·相见时难别亦难》

李商隐的诗后人非常喜欢，但其中的情感幽微、所言难寻，诚如元好问所说“诗家总爱西昆好，独恨无人作郑笺”。他一系列的《无题》诗，可以说是唐代诗歌史上，也是中国爱情诗歌史上一个独特的经典，人人都喜欢，但要说清楚可是难上加难。

我们已经分析了他的两首《无题》，今天就再来赏读一首特别有名的《无题·相见时难别亦难》。诗云：

> 相见时难别亦难，东风无力百花残。
> 春蚕到死丝方尽，蜡炬成灰泪始干。
> 晓镜但愁云鬓改，夜吟应觉月光寒。
> 蓬山此去无多路，青鸟殷勤为探看。

为什么这样的诗，既然大家都说不清楚，却能打动每一个人呢？

当然有人说能说得清楚，就像我们在解读他的“昨夜星辰昨夜风”一样，文学史上就有人认为这是一首政治讽喻诗。但我个人感觉这样

读诗，其实失去了一颗真正的诗心。

今天要讲的这一首《无题》是爱情诗而非政治讽喻诗，应该是很明确的。当然还有一种观点就认为，这确实是一首爱情诗，而且它的爱情很清晰。这是李商隐在十六七岁的时候，在玉阳山学道时所创，是写给他初恋的情人宋华阳，这样一来，这首诗也就落实了。

这么明确地说，是不是有道理呢？乍听一下，好像很有道理。首先李商隐和宋华阳的初恋，确实是晚唐的一桩公案。历代学者不遗余力地努力考证他和宋华阳的这段初恋情感。较为通行的说法是宋华阳是一位女冠子，也就是一位女道士。

唐大和元年，公元 827 年，也就是在李商隐十六七岁的时候，来到河南济源的玉阳山，学仙求道。

某一个春日的黄昏，李商隐策马于玉阳山路中独自前行，遇见一个年轻貌美的女道士，坐于七香车内。两人四目相对，年轻貌美的女道士，突然对马上的李商隐嫣然一笑，于是一段感情，一段美丽的初恋情感就此展开。

所以李商隐另有一首《无题》诗云："白道萦回入暮霞，斑骓嘶断七香车。春风自共何人笑，枉破阳城十万家"。很多人认为这里写的就是李商隐与那个年轻美丽的女道士的初次相逢。这里要特别注意的是，身着女冠的所谓女道士的宋华阳，其实是陪公主学道。唐代的很多公主们都喜欢出家当女道士，这也是一个十分特殊的爱好，唯在大唐盛行一时。

宋华阳与年轻的李商隐在玉阳山中陌上相逢，一个正当妙龄，一个年轻潇洒，两人人生相遇，正是"心有灵犀一点通"，迅速擦出了爱情的火花。可是他们的隐秘恋情，终究纸里包不住火。甚至还有一种说法，说宋华阳最终为之有了身孕，而李商隐因此被逐下山。他们的恋情固然无终无果，甚至二人还为此背负了不好的名声。

当然最重要的结果就是，这段恋情为李商隐留下了心中永远的伤痛。甚至有不少人以为，李商隐之所以后来写下如此多的艳情诗，追根溯源都在这一场失败的初恋。而宋华阳这个初恋情人，她的名字这么确定，也是因为李商隐自己的诗作中就明确提到了宋华阳的名字，甚至像《月夜重寄宋华阳姊妹》，再比如《赠华阳宋真人兼寄清都刘先生》，这些诗题中都提到了宋华阳的名字。所以很多人认为这更是李商隐为宋华阳，为这段初恋写下《无题》诗的明证了。

于是这一派的观点言之凿凿地确认，“隔座送钩春酒暖”的是宋华阳，和他一起“分曹射覆蜡灯红”的也是宋华阳。那么这首“相见时难别亦难”呢？这一派观点就认为，这就更是写的宋华阳，写的那位著名的女冠子了。你看他们本来就是偷偷地相会，所以叫“相见时难别亦难”。而这种爱情又是无果而无望的，所以说“东风无力百花残”。可是即使面对无望的爱情，诗人也信誓旦旦为之海誓山盟，所以说“春蚕到死丝方尽，蜡炬成灰泪始干”，这是对爱情的执着与坚韧。至于说“晓镜但愁云鬓改，夜吟应觉月光寒”，正是一个写镜前叹息的宋华阳，另一个则是月下相思的李商隐。最后说“蓬山此去无多路，青鸟殷勤为探看”，那就更是落实了是写李、宋二人之间的关系，蓬山就是仙山嘛，就是宋华阳跟随公主在修炼的玉阳西峰，而李商隐就住在玉阳东峰，所以说咫尺相望，并不多路。而“青鸟殷勤”，“青鸟”本来就是西王母的使者，是信使，是说恋爱中的两人想尽了办法互通款曲、互递音信、互诉相思之情。这样看来，句句切合，不应该是很明确的吗？

我个人以为，第一类把这种美丽的爱情诗硬要解读为政治讽喻诗的，类似野蛮城管式的生搬硬靠。而第二类将之硬凑为初恋情事诗的，则是娱记式的八卦解读。我不否认李商隐的天纵奇才，但你非要说他在十六七岁的初恋中就能写出“相见时难别亦难”、写出“春蚕到死丝方尽，蜡炬成灰泪始干”这么深刻的人生况味，那我只能说凭我人到中年的人生阅历，是绝不能相信这是真的。

还是回到开始的那个问题，为什么李商隐的这些《无题》诗，每个人读来都能有一种拨动心弦的深切感受，都能有一种回味悠长的人生感慨呢？

因为他写的不是道理，不是规律，不是文以载道，甚至不是人生的志向、自信，或誓言一类的情绪。“相见时难别亦难”固然不是，“春蚕到死丝方尽，蜡炬成灰泪始干”其实也不是。

那他写的到底是什么呢？他写的是每个人心中、生命中都有的那种属于个体生命底色的，甚至是不足与外人道的真实的情感。

华夏文明讲究薪火相传，这固然非常好，但在儒家正统文化影响下，一切要求文以载道其实是过犹不及的。李商隐的独特和价值，正在于他是第一个主动脱离了文以载道的创作体系的。

你看他的诗题，为什么一组诗都叫《无题》呀？事实上，李商隐的《无题》在中国文学史上其实属于一种崭新的创作。

一首诗为什么要有题目？就是因为它能够凝练地记载客观事实与主体诉求，而这种所谓的主体诉求，就直接指向了文以载道。不管出于怎样隐约难言的原因，李商隐连题目都放弃了，就说明他不想进行一种所谓的价值诉求——所谓的文以载道。所以像李商隐的《无题》诗，在历代都被直接称之为“艳情诗”。其实在儒家正统社会里，“艳情诗”这个说法，多少是带有贬义的色彩的。

之所以会这样，主流文坛之所以会这样称呼，其实就是因为李商隐对文以载道正统的主动放弃。因为不需要文以载道，因为没有明确的所谓价值诉求，所以李商隐可以用他的笔，回到自己的内心深处。现实沉重，他不想和外在的现实，在诗里发生什么样的关系，他只需要用他的诗去摹画他最真实、最纯粹的心灵。这样一来，他的笔，他的诗，就得到了一种解放。因此他所写的诗里的那一颗心，既是他李商隐的那一颗纯粹的心灵，同样也是千千万万世中、千千万万人，每一个人的真实的心灵感受。

你看“相见时难别亦难”，虽然曹丕早就说过“别日何易会日难”，而南朝宋武帝在《丁都护歌》里也说，“别易会难得”。意思虽然大致相同，但是李商隐一句“相见时难别亦难”却一下子击中了每个人的心灵。如果你爱过，如果你恨过，如果你在爱情里激动过、幸福过，又痛苦过、绝望过，你就会知道什么叫作真正的“相见时难别亦难”。

有人说这首诗的诗眼是那个“别”字，因为这是一首送别诗。我却不这么以为，我认为其实最关键的倒是那两个“难”字。

当我们的生命陷于万丈红尘，当我们的心灵在爱情中沦陷，你才会知道人世间的情感十有八九并不如意，所有故事的结局大多留给人的是一声浩叹，“欲笺心事，独语斜阑。难，难，难”！所以“相见时难别亦难”，固然可以说“欲相见，不忍别”，可是一则爱情本身的艰难，二则爱情中的男女在万丈红尘中的举步维艰，只通过两个“难”字，就把所有人心中的感慨都一下子宣泄了出来。也因此，所见是“东风无力百花残”。亚里士多德说，诗才是一个时代最好的历史。在盛唐，李白高歌：“长风几万里，吹度玉门关”，而在晚唐，李商隐李义山眼前的东风已然无力，“流水落花春去也”，竟是“如此人间”。

其实春风有力还是无力，百花是开放还是凋残，在此时的李商隐的眼中、笔下，都不再只是外在世界的象征物，而变成了内在情感世界的象征物。只有这样，我们才能真正理解颔联“春蚕到死丝方尽，蜡炬成灰泪始干”的深刻内涵。

我们现在经常引用这一联，而且经常用来说老师这个职业。我自己就是老师，其实我是很喜欢“蜡炬成灰泪始干”的这种譬喻。我经常说，这种譬喻其实一点都不悲情，因为人生的终极追求就是追求光明与温暖，而对一支蜡烛来说，在它燃烧的时候，在它释放光明和温暖的时候，其实得到最大光明和最多温暖的就是蜡烛自己啊！

但是，回到诗的角度上，我相信李商隐永远也不会去这样理解，他写下的这一联千古名言，我们后人的这种解读，大多数带有明显的价值诉求，再过一步其实就是文以载道。而我相信李商隐之所以选择“春蚕到死”和“蜡炬成灰”的意象，去写“丝方尽”，去写“泪始干”，他并不是为了去表达一种爱情的信心和理念。所有的信心和理念都是面对世界，都是向外的，而他要说的是人生的一种状态，一种向内的、面对自我的，甚至可以宽慰自我、升华自我的人生状态。

请注意，向外的诉求就是一种人生的理念，向内的诉求就是一种生命的状态，这两者之间其实是有着根本性的区别的。这样说或许太抽象，还是回到我们生命的状态里来说吧。

这句话为什么大家都很喜欢？我们生命中每个人，其实都有这种“春蚕到死丝方尽，蜡炬成灰泪始干”的状态。爱情当然是一种最典型的状态，你深陷在爱情之中，当你一片痴心的时候，你就像那“春蚕吐丝”渐渐地包裹起来自己，你就像那“蜡炬成灰”心甘情愿地为之流泪。即便不是爱情，即便如亲情、如友情，生命里一定有过这样的时候。为了某些人、为了某些事心甘情愿，那种心甘情愿甚至可以打动、感动你自己。事过境迁，回头去看，那时心甘情愿的自己，才是生命中最美、最温暖的样子，那就是“春蚕到死丝方尽，蜡炬成灰泪始干”的生命状态。

理解了这一点，我觉得才算是解了诗味，否则，从诗的技巧上都说不通。因为首联、颔联、颈联、尾联讲究的是起承转合，既然首联说“相见时难别亦难，东风无力百花残”，一“难”一“残”，明确可见诗心的哀叹，那么紧接着颔联“春蚕到死丝方尽，蜡炬成灰泪始干”，要是一种爱情的誓言、要是一种人生的理念，怎么去和首联相承呢？起承、起承，就看不出这种承接来了。但如果把它还原成一种向内的生命状态，一种心灵的、精神的心甘情愿，那么自然就能在一片哀叹中画出一种痴情来。

谁说“一片痴心画不成”？李商隐妙笔生花，就是能随手用两个意象便画出一片痴心来。正是因为画出了一片痴心，一片心甘情愿，再因此外化到人物形象便水到渠成了。“晓镜但愁云鬓改”，这确实是镜前的恋人，看着鬓间的颜色，在哀叹跨不过时间的沧海。而“夜吟应觉月光寒”，更让我们看到一个“似此星辰非昨夜，为谁风露立中宵”的痴情形象，黄仲则写痴情、写痴心便直接写来，李商隐写痴情、写痴心却竟是这样的幽婉。

尾联“蓬山此去无多路，青鸟殷勤为探看”，仿佛一改“相见时难别亦难”的情感底色，仿佛有爱情的使者为爱情带来了希望。其实他还是在写痴情、在写痴心啊，在写内心永远放不下的追求，在写心甘情愿落泪的蜡烛，在写不死不休、吐丝的春蚕。

为什么这样连题目都没有的诗，却如此地动人？

就是因为我们每个人都能从中找到自己生命的影子，都能为那个曾经痴心痴情、心甘情愿的自己所温暖、所打动。生命与红尘确实很难，但我和你曾经的时光却那样温暖。我曾经像一支蜡烛那样为你流下滚烫的热泪，我曾经像一只小小的春蚕为你吐丝成茧。如今我们回头去看，原来我们爱的不是爱情，而是爱情里的你我，心甘情愿。

我爱你 我愿意

李商隐《无题·重帏深下莫愁堂》

李商隐的七言律诗《无题·重帷深下莫愁堂》，和前此所讲的“春心莫共花争发，一寸相思一寸灰”一样，尾联“直道相思了无益，未妨惆怅是清狂”又是一句千古名联。

诗云：

重帏深下莫愁堂，卧后清宵细细长。
神女生涯原是梦，小姑居处本无郎。
风波不信菱枝弱，月露谁教桂叶香。
直道相思了无益，未妨惆怅是清狂。

这一首《无题·重帏深下莫愁堂》，可以说是研读李商隐《无题》诗系列绕不过去的一个重要作品。

为什么这么说呢？在我看来，这一首诗其实是整个《无题》系列的一个总结性的宣言。

我们先来看一下作品本身。首联说：“重帏深下莫愁堂，卧后清宵细细长。”这还是李商隐所擅长的，总是从一个孤寂、相思的女子形象写起。“重帏深下”是帘幕低垂，讲她所居住的环境。一个“重帏”，一个“深下”，不由得让我们想起后来欧阳修的名句“庭院深深深几许，杨柳堆烟，帘幕无重数”。可见，虽然说不幸往往是各有各的不幸，但是因哀情见哀景，所见到的眼中景色大多相同。

这个“莫愁堂”也很有意思，李商隐很喜欢写莫愁，像他的咏史名作《马嵬驿》最后就说：“如何四纪为天子，不及卢家有莫愁！”这个卢家莫愁是传说中的人物，不过也可能实有其人。像南北朝的时候梁武帝萧衍就有一首著名的《河中之水歌》，歌咏的就是卢家的莫愁。诗云“河中之水向东流，洛阳女儿名莫愁。莫愁十三能织绮，十四采桑南陌头。十五嫁为卢家妇，十六生儿字阿侯。”

今天的南京城里还有著名的莫愁湖，离我住的地方不远，我经常从莫愁湖公园旁边经过，脑海里总会想起“如何四纪为天子，不及卢家有莫愁”，或者“重帏深下莫愁堂”。其实不止李商隐，还有很多后代诗人为什么特别喜欢写莫愁呢？就包括金庸先生写《笑傲江湖》，出场的线索性人物也叫李莫愁。因为“莫愁”这两个字太凝练了，总结了人生的况味。

莫愁，其实是人生最好的期望与愿景，可是“举杯消愁愁更愁”，却是人生最无奈的现实与最痴情的感慨。“何处合成愁？”吴文英说是“离人心上秋”。其实不独离人，不独离别伤悲之人，所谓“情之所钟，正在我辈”，只要是深情之人、痴情之人、用情之人，又哪能漠视或者躲避得掉生命中的愁绪与惆怅呢？

庭院深深，重帷深下，主人公所居之处居然叫“莫愁堂”，这就显得别有意味了。在莫愁堂中，在帘幕无重数中，一句“卧后清宵细细长”写尽了时光深处的寂寥与无奈。我们一再提到过，相比较对空间的感知，中国文化其实更擅长对时间的感知，因为中国文化本质上是关注生命本身的，对时间的感知更容易触碰到生命的本质和真相。连生命的本质和真相都能触及，就更不用说爱情的真相了。

那爱情的真相是什么呢？就是颔联：“神女生涯原是梦，小姑居处本无郎。”这两句里有两个非常重要的典故。仔细品味，你就不得不叹服李商隐真是用典的大家。为什么“诗家总爱西昆好”，因为即使只从诗歌创作技巧上来看，李商隐律诗的用语和用典往往是既精巧之至又浑然天成，有时如“羚羊挂角，无迹可寻”，真是诚为大家。“神女生涯”用的是“巫山云雨”的典故。我们在讲元稹的“除却巫山不是云”的时候提到过，说巫山有朝云峰，下临长江，云蒸霞蔚。宋玉的《高唐赋》说，楚王曾游云梦高唐之台，白天睡着了，梦见一妇人走入梦中，愿荐枕席。这个人就是巫山之女。离别的时候，她在梦中对楚王说：“妾在巫山之阳，高丘之阻，旦为朝云，暮为行雨。朝朝暮暮，阳台之下。”楚王梦醒之后亲自去看，果如其言，就在巫山之下为她立庙，庙号就叫“朝云”。所以成语“巫山云雨”或者说“楚天云雨”都是来自这个典故，借喻的是男欢女爱、两情相悦的美好愿望。可是李商隐偏偏说“神女生涯原是梦”，一反前人用这个典故时，往往要寄寓的美好愿望，点出残酷的现实。那不过是楚王的一个梦境而已，最美好的愿望其实都像一个泡影，只能在梦中呈现。

下联“小姑居处本无郎”，这个典故就更用得不着痕迹，妙用无形了。乐府诗中有《神弦歌》，其中有一首叫《青溪小姑曲》，是一首短短的四言诗，诗云：“开门白水，侧近桥梁。小姑所居，独处无郎。”这个小姑是什么人呢？又和南京息息相关。所谓“青溪小姑曲”，“青溪”就是发源于钟山，也就是紫金山里的一条小河。所谓“钟山风雨起苍黄”，“钟山”也就是紫金山，南京人都知道，它又有一个别名叫蒋山。现在紫金山下的公交车站，有一站就叫蒋王庙。为什么叫蒋山、叫蒋王庙呢？因为这个小姑就姓蒋，当然这个女孩子不可能称为蒋王，这个“蒋王庙”包括“蒋山”的得名，还源于她的哥哥蒋子文。

蒋子文的本名叫蒋歆，字子文，东汉末年为秣陵尉，也就相当于南京市的公安局局长。这人性格非常独特，喜欢喝酒，还经常声言自己骨相清奇，死后将封神，工作非常敬业，忠于职守。后来他追逐强盗到钟山脚下，也就是紫金山脚下，因与盗匪激战而以身殉职。之后有人说看到蒋子文在钟山脚下的大道上乘坐白马，手执白羽扇，和他生前的样子一模一样。故而吴王孙权封他为钟山之神，当地百姓都把钟山改称蒋山，山脚下有蒋王庙。

后来据《搜神记》,《太平寰宇记》这些书记载，说蒋子文经常显灵，护佑一方百姓，甚至帮助谢玄在扬州一带大破前秦军。后来扬州、高邮，这一带也都建白马庙，以祭祀蒋子文。而“青溪小姑”就是蒋子文的三妹，说她兄妹情深，在蒋子文殉职之后伤心而死。当时人即将她配祀蒋王庙。传说青溪小姑貌美才绝，歌声尤其动人，而这样一个芳华正好的女子，还没有遇见爱情，便因孝悌之情，成为历史中的忠孝节义一种楷模、一种榜样。

她的形象就像曹娥一样，属于封建社会所标榜的《列女传》的这一类的典型。李商隐却能不落前人窠臼，以一句“小姑居处本无郎”，替那美丽的年轻生命发出深深的惆怅与叹息。所以“神女生涯原是梦，小姑居处本无郎”既是一种残酷的爱情真相，又是一种无奈的生命惆怅。

当然，更让人惆怅的不只是爱情，还有命运本身。所以颈联说：“风波不信菱枝弱，月露谁教桂叶香。”有关这一联，向来理解比较困难，其实是因为李商隐的语言技巧、语序技巧实在太过精深，需要慢慢地仔细体悟。“风波不信菱枝弱”，是说命运就像柔弱的菱枝啊，却偏偏遭受风波的摧折。麻烦的是这个“不信”，到底风波是主语，它不信菱枝弱而故意摧折枝，还是倒装，说菱枝不信自己的命运已然这样弱，风波还要无情地摧折枝？下句也是这样，“月露谁教桂叶香”，是说月露本可以滋润桂叶，然后让桂叶飘香，但月露却不肯这样做，可见月露之无情。一个“不信”，一个“谁教”，粗粗一看仿佛有点无厘头，有些难以索解，但仔细地揣摩，这两个词其实是加重了这一联中深重的命运感慨，就像开始说的“莫愁”那个名字，莫愁总是良好的生命愿望，而愁和惆怅才是真实的生活现实。“不信”和“谁教”其实都是良好的愿望，可风波的摧折、月露的无情才总是生命乃至命运的真相。

所以说，颔联“神女生涯原是梦，小姑居处本无郎”，是爱情的真相与惆怅。而颈联“风波不信菱枝弱，月露谁教桂叶香”，则是命运的惆怅与真相。可是在这种惆怅与真相面前，李商隐突然一改他素来的深幽婉转，尾联少见地突然豪放起来，说：“直到相思了无益，未妨惆怅是清狂。”

当然，他的这种豪放和李白的、杜牧的都有本质的区别，他的豪放是一种惆怅的豪放，是不改命运悲剧底色的豪放。“直到相思了无益”是再写爱情与命运的真相，既然爱情的真相、命运的真相是那样让人悲伤、让人惆怅、让人无望，那么再那么相思还有什么用处呢？所谓“春心莫共花争发，一寸相思一寸灰”，便说的是“直到相思了无益”，这可谓是灰色命运里最悲伤的哀叹了。可是一句“未妨惆怅是清狂”，却在揭露了爱情与命运的真相之后，一下子揭开了《无题》诗的真相，揭开了李商隐精神世界的真相。即便相思全然无益，也不妨我怀抱痴情而惆怅终身。

“惆怅”不必说，这是全诗表面上的诗眼，“惆怅”的身前就是爱情与命运残酷的真相，但“惆怅”的身后是“清狂”，那两个字才是全诗真正的诗眼。所谓清狂，古人谓之不狂之狂。

什么叫作不狂之狂呢？所谓狂放如杜牧、杨过、“竹林七贤”、嵇康、阮籍，他们或笑吟山岳，或好为“青白眼”，或放荡不羁，或惊世骇俗。可是杨过最终被称为“西狂”，却是到他历尽沧桑快到中年时候，这时外在行为形式的狂放已然收敛，化为内心真正的痴情与不羁。所以“清狂”“不狂之狂”，就不是表面的狂放。恰恰相反，表面看不出狂来，而内心却不顾世俗的标准，只按照自我内心终极的追求，一往情深，所以“清狂”即内在的痴情、内在的一往情深，而且是与外在世界无关的，不需要向外在的世界交代的。

如果用现在的流行歌曲来表现，就是那首著名的《我愿意》。而且这种愿意，既不需要向世界交代，也不需要向爱的人交代，正所谓“我爱你，但与你无关”，我只需向自己那颗纯洁的心灵交代，只需向自我永恒的精神世界交代。

“未妨惆怅是清狂”就是一句“我愿意”的美丽宣言，这也就是李商隐《无题》诗的真相。看透了命运的真相，尝尽了人世的沧桑，在夹缝中求生存的李商隐终于放下了外在喧嚣的世界，借助爱情、借助爱情诗、借助《无题》诗，回到自己坚贞纯洁、永恒、自我的精神世界中，从而获得一种灵魂的升华与生命最后的支撑。

你看，唐诗的发展，其实也有脉络可寻。从“初唐四杰”的昂扬之志所表现出的担当与使命意识，到张若虚的《春江花月夜》、陈子昂的《登幽州台歌》对命运以及对天地宇宙的思考，由此带来的盛唐之作明显地表现出两大方向来：一是以王昌龄等人为代表的边塞诗，表现出对天地、对世界甚至对宇宙的关怀；而另一方面是以王维、孟浩然为代表的田园诗派，表现出对生活、对土地、对田园的现实关怀。

这两大指向的厚积薄发，直接产生了中国诗歌史上的两大巅峰：一是李白，所谓“诗仙”，天地自然无所不包，整个世界、整片寰宇尽在他的胸怀；一是杜甫，所谓“诗圣”“诗史”，落脚在最现实的生活土壤中，即对每个生命个体、又对整个社会有着强烈的人文关照，有着强烈的现实关照与人文关怀。但不论是李白还是杜甫，不论是边塞还是田园，他们的归结都在两个字：“胸怀”，或者说“情怀”。这是一种由内而外的包容。所谓“胸怀”，所谓“情怀”自然要拥抱天下、拥抱世界、拥抱生活。

后来的所谓“元白”、所谓“韩柳”其实同样延续了这种两大发展脉络。可是到了晚唐，到了小“李杜”，再也没有这种拥抱的气魄与气象，因为没有时代底蕴的支撑。杜牧向前走了一小步，把豪放变成了放荡不羁，而李商隐则选择在现实的无奈中默默地转身。他在转身的时候，“转角遇到爱”，当他放下了外在的全部世界，回到内心的精神世界，那种虽然“直到相思了无益”但却“未妨惆怅是清狂”的痴情、一往情深和“我愿意”，最终帮助他痛苦而无奈的灵魂完成了生命的救赎与升华。所以他不管不顾，甚至不需题目，独与爱情往来，独与自我的灵魂与心灵往来，才能写下这样缠绵悱恻、这样打动人心、却又这样难以索解的《无题》诗来。

哪怕爱情的真相、命运的真相如此让人悲哀，也没有关系；哪怕全世界的人都不明白我的所言所语、所爱所求，也没有关系；我只想在心灵的最深的深处“未妨惆怅是清狂”地对你说：“我爱你，我愿意。”

入骨相思知不知

温庭筠《新添声杨柳枝词》（其二）

温庭筠的《新添声杨柳枝词》（其二），诗云：

井底点灯深烛伊，共郎长行莫围棋。
玲珑骰子安红豆，入骨相思知不知？

这首诗的题目，其实我们可以简称为《杨柳枝词》。那为什么要叫《新添声杨柳枝词》呢？因为杨柳枝是乐府曲名，本来是汉乐府横吹曲《折杨柳》，到了唐代改名《杨柳枝》，到开元年间已经变成了教坊曲。之所以又叫“新添声”，还得益于白居易。

白居易是乐府诗作的高手，也是唐代乐府运动的旗帜性人物。他依旧曲作词翻为新声，他自己写《杨柳枝》词的时候，就说“古歌旧曲君休听，听取新翻杨柳枝”。因为白居易的影响很大，所以当时诗人纷纷唱和，新翻声的杨柳枝词，就像刘禹锡作的《竹枝词》一样，流传和影响非常广。

“玲珑骰子安红豆，入骨相思知不知”，这两句我相信很多人都很熟悉，因为它太有名了。温庭筠的这首诗为什么写得那么动人呢？这和它的独特性有关。

这首诗最独特的地方是，出神入化地运用了汉语谐音双关的技巧。这首诗设置的场景，是一位妻子，要送别她即将远行的丈夫。这种时候，一个玲珑剔透的女子，会给她的爱人说些什么呢？

第一句，“井底点灯深烛伊”。很有意思，点灯，没有问题，但为什么要到井底去点灯？原来井底点灯是为了深烛啊，那蜡烛放在井底不就是深处之烛么。深烛，又是深嘱的谐音，就是深深地嘱咐。嘱咐谁呀？“伊”是所谓“伊人”，这里是人称代词，指代“你”。“深烛伊”，就是我要深深地叮嘱你。

你看这个玲珑剔透的女子真是太有意思了，她说我要叮嘱你的时候不是直接说，而是说我要像井底点一支蜡烛那样，深深地嘱咐你。这一句话就体现出这个女子非常有趣的形象来。她这么俏皮生动的开场，到底要嘱咐些什么呢？

第二句就是她嘱咐的内容了，“共郎长行莫围棋”。这里的长行和围棋都是两种游戏。围棋我们都很熟悉，长行是一种简单的赌博游戏。唐人笔记记载，投色子来赌博的叫长行局。《唐国史补》里更记载说，“王公大人，颇或耽玩，至有废庆吊、忘寝休、辍饮食者”，就是说大家玩这种长行局玩得都废寝忘食了。围棋不用说了，围棋是华夏文明为人类贡献的形式最简单、内容最复杂、技巧最智慧、变化最无穷的一种游戏。

难道这个女子这时候是要说，要和她远行的丈夫一起玩游戏吗？当然不是。

“共郎长行”，这个“长行”又指代远离远别，要远行了。所以你的人虽然离开我要远行，但我的心却是跟你要一起走的呀。所以，不要惦记着家里牵挂你的我。莫围棋，其实是莫违期。不要过了约定的时间你还不回来，要早点回来啊。

这种生动俏皮的叮嘱，不由得让人想起邓丽君的那首名作《路边的野花不要采》。但温庭筠的这首诗，可能更俏皮一些。而且不只是俏皮，它真正的曼妙却是在言语的俏皮之上更上一层，那是什么呢？是深情，是入骨的深情。

“玲珑骰子安红豆，入骨相思知不知？”既然上两句已经用了谐音双关的表现手法，深烛、长行、围棋，那么最后一联就更不用说了。不仅谐音，意象的选取也是触目惊心。骰子呢，就是色子。

相传，骰子是三国时候曹操的儿子曹植发明创造的。最开始的时候是玉做的，后来变成骨质的。因为它那上面的点，要着色，所以又称为色子。标准的色子是个六方体，六个面儿上面分别刻着从一点到六点。其中一点和四点是红色的，其他四个是黑色的。

那为什么一点和四点是红色的呢？

传说唐明皇和杨贵妃都酷爱掷色子，有一次轮到唐明皇掷色子的时候，唯有两粒骰子都掷四点，他才能赢了杨贵妃。这个骰子在转动的时候，唐明皇很激动，就在那儿叫着说双四双四，要两个四点。等色子停下来的时候，果然是两个四点。唐明皇见此大为高兴，觉得这是吉兆，就以皇帝的身份，命令太监把所有色子四点这一面都涂成朱红色。那么和四点对应的一点那一面，也被涂成了朱红色。后来就引发了民间的效仿，并且一直流传到今天。

色子上那个一点和四点的点像什么？就非常像那个相思的红豆。所以叫“玲珑骰子安红豆”。“入骨相思”，我们刚才讲了，最早的那个色子是用玉做的，后来都用骨头做了。所以，这个像红豆一样的那个红点，深陷在那个骨头里了，叫作入骨相思。这个意象上的选取和这种一语双关的隐语表现，实在是太精彩了。所以“共郎长行莫围棋”，还只是轻轻地叮嘱；到了“玲珑骰子安红豆，入骨相思知不知”，简直就是惊心一问。既无尽缠绵，又深情婉转，一语脱口而出，叫人为之销魂！

这首《杨柳枝词》虽然是用了谐音的表现技巧，但是温庭筠的水平就是不一般。

现在广告里也经常用到谐音的表现方式。如“衣衣不舍”写成衣服的衣，这肯定是卖服装的；卖胃药的宣传“一步到胃”，变成了肠胃的胃；卖酒的“有口皆杯”，石碑的碑变成了杯子的杯；卖洗澡时用的热水器，叫“随心所浴”，欲望的欲变成沐浴的浴；卖洗衣机的叫“闲妻良母”，就是让妻子闲下来了，贤惠的贤变成空闲的闲；连那个止咳药的广告都叫“咳不容缓”，刻不容缓变成咳不容缓。这种广告很多，这种谐音的手法也有很多。

但是，温庭筠的谐音运用，会让我们轻轻地放下那些技巧性的东西，随着他情绪的表达而感动。你明明知道他用了谐音的技巧，但到最后你根本不在意他用什么样的技巧。

最后一句“入骨相思知不知”，简直是画龙点睛之笔。那么温庭筠为什么能够出神入化？为什么能把这种看似小小的谐音技巧，写到如此拨动心弦，打动灵魂的地步呢？这就要用到我们常说的知人论诗、知人论世的方法了。

温庭筠的作品中有大量的以女子的口吻来创作的诗词，所以在爱情诗词的创作上，当时无人可出其右，也就李商隐和他齐名，所以当时人称之为“温李”。

李商隐善于写诗，温庭筠善于写词，所以温庭筠后来又被称为“花间词派”的鼻祖。别看温庭筠的才情很高，但是他的一生有三大遗憾：第一个是长得特别丑，唐代史料里甚至称他为温钟馗。第二，仕途偃蹇不得志。温庭筠出身名门，是唐初著名的宰相温颜博之后，可是他终身都没考上科举。才情超绝，又是名门之后，所以孤标傲世，不容于世。而他又往往恃才狂放不羁，喜欢讥讽权贵。

史料记载温庭筠科考的时候，才思敏捷到什么地步？“每入试，押官韵作赋，八叉手而八韵成”，所以时人称他为“温八叉”。就是手叉八下就可成八韵之诗。才思比曹子建七步成诗，还要来得快。当时便有人说他，“多犯忌讳，为时所憎”，所以一生潦倒。

温庭筠的第三个遗憾就是，错失了一段本来可以非常美丽的爱情。温庭筠和唐代著名的才女鱼幼薇，也就是鱼玄机的爱情，说起来让人扼腕叹息。温庭筠本来是鱼玄机的启蒙老师，而鱼玄机出身娼门，温庭筠惜其才情，不以其贫贱，主动做她的老师。鱼玄机在这个过程中，深深爱上了温庭筠。

可是温庭筠，一是觉得自己太丑；二是担心时人的道德评议，怕自己不能给鱼玄机带来爱情，带来幸福。他不仅内心深深地克制住了对这个美丽女学生的爱，还为她介绍了后来导致鱼玄机悲惨命运的一个负心郎——李亿。

李亿虽然也非常爱鱼玄机，但是他更爱他那个出身名门世族的妻子家的财富和地位。一代才女鱼玄机，在倍受李亿原配夫人的欺凌之后，又被李亿无情地抛弃，因此，鱼玄机曾经有过“易求无价宝，难得有心郎”的感慨。写得出“玲珑骰子安红豆，入骨相思知不知”的温庭筠，又岂能不明鱼玄机对他深深的爱恋。然而温庭筠是她的老师，发乎情止乎礼，温庭筠自我的克制，却让入骨的相思，最终都变成相思血泪抛红豆。

温庭筠是个孤傲的人，他出身名门，却一辈子讥讽权贵。他又是一个深情的人，身为男子，却最喜为女儿代言，以女子口吻作词。在那个豪门成势、男权本位的社会里，我觉得温庭筠的心已经像后来的曹雪芹一样，跨越了那个时代的天堑——既挺直脊梁，蔑视权贵；又俯下身来，为女子代言发声。这不就是一个男子最宝贵的东西么？不屈的风骨，和一颗柔软、理解、同情、温暖的心。只可惜他不能跨出那一步，不能改变他和鱼玄机的悲惨命运。

多想替那个叫鱼玄机的女子问一问温庭筠啊——

“玲珑骰子安红豆，入骨相思知不知？”

春风十里不如你

杜牧《赠别》（其一）

我们今天流行说“春风十里不如你”，其实源头来自杜牧。

我们真的应该好好跟杜牧学一下，如何赞美心爱的人。杜牧的《赠别》（其一）堪称是字、词、句、意都够美的情诗。诗云：

娉娉袅袅十三余，豆蔻梢头二月初。
春风十里扬州路，卷上珠帘总不如。

杜牧这两首《赠别》诗作于唐大和九年（835年），当时，他由淮南节度府掌书记升任监察御史，要离开扬州，奔赴长安。离别之前，他为在扬州结识的一个心爱的歌妓写下了这两首《赠别》诗。

《赠别》第一首是赞叹其美丽。第一句，“娉娉袅袅十三余”，这是写他意中人的年龄。首先是“娉娉袅袅”四字叠词运用，非常精彩，念起来琳琅上口。事实上，我们常用的词是“娉婷袅娜”，杜牧偏偏不用这样的词组，偏偏要用叠词，让人念来还未想见词意之美，已先感受到音乐之美。“娉娉”当然指“娉婷”，这两个字都是指女子身材细长的样子。

虽然我们都说唐代以肥为美，但看来那是初唐、盛唐时期。到了中晚唐，人们的审美倾向也变得纤弱了。“袅袅”两字，袅娜原来是指柳条细长柔软的样子，这种细长柔软还有一种动态美。所以我们又常说，炊烟袅袅。所以“娉娉袅袅”尽显细长柔软、动静相宜之貌。这个形态完美到极致的女子才十三岁多，还不到十四岁。

有人可能用现在的眼光质疑杜牧，为什么他的情人年龄这么小？这个年龄的问题，我们且先放下，等会再说。

形态已然如此完美，接下来还能怎么写呢？

要知道女子形态之美几乎被《诗经》写尽了。《诗经》里的那首《硕人》写庄姜：“手如柔荑，肤如凝脂，领如蝤蛴，齿如瓠犀。螓首蛾眉，巧笑倩兮，美目盼兮。”这七句可以说几乎写尽了女子的形态之美。从描写的角度看，实在难以超越了。后人没有办法，只好另辟蹊径，再说女子之美的时候，只能用夸张的手法：沉鱼落雁，闭月羞花。

杜牧则很聪明，把这两种方法综合运用。第一句“娉娉袅袅十三余”，是写形态之美。第二句立刻比拟，转向“豆蔻梢头二月初”。是说你看那姿态美好，举止轻盈，正是十三年华，活像二月初含苞欲放的一朵豆蔻花。“豆蔻”产于南方，其花成穗时，嫩叶卷之而生，穗头深红，叶渐展开，花渐放出。南方人喜欢摘其含苞待放者，美其名曰：含胎花，以此比喻纯洁无瑕的少女。所以杜牧以二月初的豆蔻花，比喻十三余的女子，恰到好处，由此也产生了一个著名的成语，就叫“豆蔻年华”。所以“豆蔻年华”指的就是十三四岁。

形态描写以花作喻，到了极致，甚至浓缩出成语来。成语，就是最浓缩的语言精华。

接下来该怎么办呢？杜牧笔锋一转，竟然直抒胸臆：“春风十里扬州路，卷上珠帘总不如。”

为什么春风十里的一定要是扬州的十里长街呢？是因为在唐代，有所谓“扬一益二”之称，扬州排第一，成都排第二，这是天下最繁华的地方，也是美女如云之地。当时的扬州大概就相当于现在的纽约，当时要举行选美大赛的话，美女们都一定要云集于扬州。但是即便美女如云，即便处处都是舞榭歌台，当卷上珠帘看见高楼红袖时，就会知道，所有美人的美都不如眼前的你啊。“卷上珠帘总不如”，要所有美人的美衬托一人的美，这一下便如众星拱月，让一人之美美到极致。所以春风十里总不如你。这样的情话、情语，这样的赞美，谁听了不会陶醉呢？

是啊，“娉娉袅袅十三余，豆蔻梢头二月初。春风十里扬州路，卷上珠帘总不如”。念起来都如此朗朗上口，相信读了这诗，所有人对杜牧说情话的本领都会感到佩服。

那么，我们就要回头来解决一下那个豆蔻年华的问题了，也就是十三余的问题。

一来杜牧的意中人一定当时就是这个年龄；二来杜牧为什么选择这样年龄的女子做他的意中人呢？而且杜牧确实是深爱着她的。这从这组诗的第二首也可以看出来，我们后面会分析到《赠别》(其二)。这就要回头说到我们一开始说到的那个审美的话题。

喜欢《红楼梦》的朋友都会发现，《红楼梦》的年龄是一大谜团，黛玉初进贾府的时候，到底几岁？宝玉深爱着林妹妹的时候到底是几岁？这在红学上是一个争论纷纷的话题。其实当他们深陷爱情、心智成熟的时候，也不过都是十三岁到十五岁的年龄。

其实我认为，曹雪芹之所以把年龄，包括时间、空间都写得很含混，是有讲究的。地点上，这个故事到底是发生在北京、南京还是长安，其实也是模糊的，年龄上更是这样。

他想要写什么呢？为了要写生命之美，生命最美的时间是什么时间呢？就是豆蔻年华的时间，十三岁到十五六岁之间。这是青春，这是生命，最纯净、最纯美的绽放时期。曹雪芹要为生命，为青春写一首最美的赞歌，所以《红楼梦》里人物的恋爱年龄集中在豆蔻年华。

杜牧也是一样，杜牧出身名门。他的远祖杜预是西晋时期著名的政治家，也是名将，曾以破竹之势一举歼灭东吴，帮助西晋完成统一。他的曾祖曾是玄宗时期的边塞名将，以勇闻名，而祖父杜佑则是中唐著名的政治家，曾经任德宗、顺宗、宪宗三朝宰相。杜牧对自己的身世很自豪，他曾经说自己家叫“旧第开朱门，长安城中央。第中无一物，万卷书满堂。家集二百编，上下驰皇王”。所以说，他对人生的期待远异于常人。不论是经史子集，还是兵法阴阳，他都擅长。可是杜牧生不逢时，大唐王朝江河日下，他满腹才华，却一直沉于下僚，不为所用，只能把满腹才华发之于诗，发之于情，后人因此评价他说“人如其诗，个性张扬，如鹤舞长空，俊朗飘逸”。

情感上，杜牧也是狂放得近于放浪，他自己都曾经自嘲说：“十年一觉扬州梦，赢得青楼薄幸名。”事实上，他在扬州任淮南节度使牛僧孺的幕僚期间，天天沉醉于秦楼楚馆、舞榭歌台。

此次他离开扬州，入京赴任，牛僧孺曾经好心劝他要适当节制，杜牧开始还不好意思承认。这时候牛僧孺让手下拿来一个匣子，杜牧打开一看，里面写满了他日常生活的记录。比如他某月某日，某时某刻，到了哪家秦楼楚馆，和谁谁谁在一起。

原来牛僧孺特别爱护这个年轻人，怕他出事，经常派人暗中保护他。杜牧知道长者心意后，既感激又狂放地自嘲“十年一觉扬州梦，赢得青楼薄幸名”。诗、文章以及情感，大概是现实不得志的杜牧在人生里另寻的出路了。所以他的绝句，都显得那么随手写出，却又才华横溢，浑然天成。他的情感也是那么张扬挥洒，那么飘逸绝尘。

毕竟是绣口一吐便有锦绣的大唐，晚唐的杜牧也让人觉得，春风十里总不如你。

多好的豆蔻年华啊，多美的纯真情爱，“娉娉袅袅十三余，豆蔻梢头二月初。春风十里扬州路，卷上珠帘不如你”。

瞬间即永恒

杜牧《赠别》（其二）

我们接着来赏析杜牧《赠别》的第二首。

第一首我们说过了，写得好轻灵。“娉娉袅袅十三余”是写意中人，“豆蔻梢头二月初”是从意中人写到花。“春风十里扬州路”，是从花写到春城闹市，“卷上珠帘总不如”，又从闹市写回美人，最后又烘托出自己的意中人。二十八个字挥洒自如，游刃有余。作别不说一个你，再美不说一个美，甚至写花不说一个花字，真是“不着一字，尽得风流”。所以第一首极空灵、极轻灵，那么第二首呢，就极深情。诗云：

多情却似总无情，唯觉樽前笑不成。
蜡烛有心还惜别，替人垂泪到天明。

第一首的空灵轻灵得益于描写、比拟和夸张的手法，那么这一首的深情则用到另外一种非常重要的艺术手法。

“多情却似总无情”，这是多么真实的苦恼啊！诗人在和自己的情人作别，面对自己心爱的人，不想让她伤心，想故作轻松，却又按捺不住自己的离愁别绪。明明是多情的，偏要从无情着笔，一个“总无情”平添了多少无奈，平添了多少怅惘，恁般多情却又无从表露，真是多情又被无情笑啊。所以紧接着说，“唯觉樽前笑不成”。明明心中满是离别的悲苦，偏偏又要从笑字入手，可见他想安抚他的意中人，强颜欢笑，举樽道别，貌似平静，可一个笑不成却不小心透露了一切，所以你看“多情却是总无情，唯觉樽前笑不成”。这是什么？这是一瞬间的一种情态呀，既是一种心态，也是当事人的一种情态。这种情态有些矛盾，是强颜欢笑和心中离别悲苦夹杂的一种心态，所以在这种心态中，诗人有些无所适从，正不知该怎么办好，目光微微低垂，于是找到了寄托。

“蜡烛有心还惜别，替人垂泪到天明。”这个物象找得实在是太棒了，蜡烛当然是有烛芯的，最有名的烛芯就是《大话西游》里的紫霞仙子和青霞仙子。紫霞仙子和青霞仙子是佛祖面前的灯芯，级别要高很多，但本质上和烛芯是一样的。之所以那样的紫霞仙子，让那么多人为之感慨，为之深爱，就是因为紫霞这根灯芯，有一颗深情之心啊。

蜡烛有芯，在诗人的眼里，自然变成了惜别之心，于是蜡烛如人，那彻夜流淌的烛泪，就是在为相爱的人的离别而伤心吧，所以说“替人垂泪到天明”。这可以是一种事实，可见二人难舍难分；也可以是诗人注视到蜡烛时，产生的一闪念，一种希望。这一夜分别的相爱的伤痛，就由这蜡烛替相爱的人流尽！所以你看从“多情却又总无情，唯觉樽前笑不成”的那种情态，到突然找到“蜡烛有心还惜别，替人垂泪到天明”的一种物象寄托，其实是什么？是分别漫长过程中的一个瞬间。

杜牧聪明地用四句诗、二十八个字把这个瞬间，从时间的瀚海中抠了出来，使这个瞬间立刻就有了一种震撼美和永恒美。

怎样才会永恒？其实活得再长也没有办法永恒。时间会掩埋一切，但只有一种永恒的方式——瞬间即永恒。就像我们很多人都喜欢拍照，尤其是以前那种，拿旧式相机拍的那种老照片。为什么我们看到那样的照片都仿佛昔日重来，都一瞬间涌出满满的情怀，是因为照相机把生活中的一个瞬间，从时间的长河里凝固下来，那凝固的瞬间就一下拥有了永恒的魅力。

杜牧才华横溢，特别擅长描绘这种凝固下来的瞬间的画面感。比如他的《秋夕》，说“天街夜色凉如水，卧看牵牛织女星”，再比如他的《山行》，说，“停车坐爱枫林晚，霜叶红于二月花”。这样的语句，都特别具有瞬间即永恒的画面感。当然要想写出这样瞬间即永恒的画面，不仅需要超逸绝群的笔力、俊朗飘逸的才情，还需要一双发现美的眼睛。

杜牧出身世家名门，既才华横溢又能力超群，可是大唐江河日下，杜牧生不逢时，便把满腹才华倾注于文学创作与情感抒发，倾注于诗与情，倾注于对美的发现。这表现在他有时放浪形骸，甚至到了惊世骇俗的地步。

比如杜牧在宣州幕下任掌书记的时候，听说湖州美女如云，便到湖州去游玩。湖州一位姓崔的刺史素知杜牧诗名，盛情款待，把本州所有的歌妓都叫来，供杜牧欣赏。可是杜牧看了又看，最后还是遗憾地说，美还是很美的，但不够尽善尽美。崔君一听大为讶异，怎样才能算美呢？杜牧笑笑说，我希望崔君您能在江边举行一次竞渡的娱乐活动，就是赛龙舟，让全湖州的人都来观看。到时候我在人群中慢慢地走，细细地看，或许凭我的这双眼，就能发现湖州最美的人。于是刺史大人就按照杜牧的意愿，举行了一场盛大的竞渡活动。

这一天两岸围观的人人山人海，可是杜牧在人群里转了一天，眼见着龙舟赛的都已经结束了，也无所发现，打算收船靠岸了。

这时候人群中有一个乡妪，带着一个大约也就十三四岁的女孩子。杜牧看到那个女孩子，突然两眼放光，激动地对崔刺史说，你看这个女孩子，真是天姿国色，先前的那些真是虚有其美呀。

于是当着崔刺史的面，杜牧就把这母女俩接到船上来谈话，表明自己的身份，倾吐一见钟情的爱意。这一对母女都很紧张，崔刺史就从旁解释介绍了杜牧的才华与世家身份。一旦开诚布公，这对母女倒也并不拒绝。

这时候杜牧说，我钟情你家的女儿，但不是马上就娶她，只需要定下迎娶的日期。这时候妇人就说，将来要是违约失信，该怎么办呢？因为女孩子还小，杜牧便说以十年为期，凭自己的才华，必定能够到这儿来做太守。如果十年不来，就按照您的意思，让女儿另嫁他人。

女孩的母亲同意了，杜牧当时就给了贵重的聘礼。

分别之后，杜牧一直想念着湖州，想念着那个女孩子，可是他的官职又比较低，不能提出调任湖州的请求。后来，杜牧又出任黄州、池州和睦州的刺史，其实都不是他的本意。一直等到他的好朋友周墀出任宰相，杜牧就接二连三地写信，请求出任湖州刺史。到了大中三年（849 年），杜牧四十七岁之际终于获得了湖州刺史的职位，但是这个时候距离当年约定的时间已经过去十四年了。

杜牧兴致冲冲赶到湖州，找到这个女孩子的时候，这个女孩子已经出嫁三年，而且已经生下孩子。杜牧把女孩子的母亲叫来责问说，你当年可是答应把女儿许配给我的，为什么没能等我呢？老妇人就说，原来咱们的约定是十年啊，可您过了十年都没来呀，所以我才让女儿出嫁的。

杜牧取出当年的盟约看了看，一声长叹，确实如此，只怪有缘无分啊，与至美擦肩而过，杜牧伤心了许久，并为此写过一首诗《叹花》。诗云：

> 自是寻春去校迟，不须惆怅怨芳时。
> 狂风落尽深红色，绿叶成阴子满枝。

这首诗据说还有一个版本："自恨寻芳到已迟，往年曾见花开时。如今风摆花狼藉，绿叶成阴子满枝。"是说自己寻春赏花去迟，以至于春尽花谢了，与美好的时光擦肩而过。但不论哪个版本，最后那一句"绿叶成荫子满枝"，暗喻那美丽的少女妙龄已过，居然已然结婚生子。这种暗喻毫不直露生硬，而是若即若离，婉曲含蓄。

这就是杜牧，他也很狂放，但他的狂放和李白、和刘禹锡、和苏东坡、和辛弃疾的都不一样。他有些放诞，有些放荡，有些放浪，但他对美的发现与寻找却是别具慧眼的。

大概正因为如此，他才能在竞渡的人群中，发现自己十年后想娶的女子。大概也正因为如此，他才能在与意中人的离别中，轻轻一抬眼，就看到，就明白那"蜡烛有心还惜别，替人垂泪到天明"的深情吧！

慈悲之恋

世上最远的距离

铜官窑瓷器题诗（其一）

当君子碰见淑女，当琴遇见瑟，当钟鼓遇见美丽的爱情生活，那就是中国文化乃至爱情文化最期待的“中和之美”。

最好的爱情与婚姻就是最适合的人，最合适的爱。可是茫茫人世间，这种适合的人、这种合适的爱又是何其难得啊！有时终于在万千人海中，遇见那个对的人，却不是对的地方、对的时间，即使心有慈悲，却最终无可奈何。那种惆怅、那种哀婉，不禁让人扼腕叹息。

唐诗里就有一首小诗，短短二十个字，却说尽了那种人人皆有、欲诉则难的怅惘与痴情。这是一首有题目而没有作者的小诗。诗云：

君生我未生，我生君已老。
君恨我生迟，我恨君生早。

这首诗，很多朋友读来都会觉得熟悉。有些人所熟悉的，远不止这短短四句。不过，后面的各种版本，都是在这首五言短诗的基础上做出的拓展式创作。这首五言短诗与无数首这样的短诗、小诗合起来，被统称为“铜官窑瓷器题诗”。

长沙铜官窑的窑址位于今天湖南长沙市望城区的丁字镇附近。唐代“安史之乱”后，从北方迁来的工匠大量聚集此地，他们与当地的居民共同烧造陶瓷，因为旁边有著名的石渚湖，所以称之为“石渚窑”。当时北方战乱、南方偏安，长沙铜官窑又紧邻湘江，北近洞庭湖滨，水路运输极其方便，所以长沙铜官窑出产的陶瓷曾广销海内外。后来它与浙江的越窑、河北的邢窑并称为唐代“三大出口瓷窑”。

当时的瓷器，南方以青瓷为主，北方则以白瓷为主，色彩都比较单一。长沙的铜官窑，突破性地把釉下彩、印花、贴花等技术手法运用到瓷器制作上，显示出从注重釉色发展到注重装饰的瓷器审美新方向，在中国陶瓷史上具有重要地位。

铜官窑瓷的艺术表现形式不只有颇具特色的釉下彩，心灵手巧的工匠们甚至创造性地把一些短小诗句烧制于陶瓷之上。虽然我们并不完全知道这些精美的五言小诗，到底是来自民间，还是陶工的自由创作，但它们在某种意义上却弥补了《全唐诗》的不足，对研究唐诗而言有着极为重要的价值和意义。因此《全唐诗补编》《全唐诗续拾》都专门收录了长沙铜官窑瓷器题诗。而在已知整理编辑的铜官窑瓷器题诗中，最有名的就是这首“君生我未生”。

从诗歌体裁来看，绝大多数铜官窑瓷器题诗都像这首诗一样属于“五古”，当然也有类似于绝句的作品和极少数六言、七言。我经常猜想，这首“君生我未生”，或许最初未必只有四句，可能是由于要题写在瓷器上，空间有限，陶工只题了四句而已。因为我们一读“君生我未生，我生君已老。君恨我生迟，我恨君生早”，就觉得意犹未尽，就有无限的怅惘与人生的无奈，总觉得其后还有无尽隽永的意味仿佛要脱口而出，所以后来才衍生了许多比原诗长得多的二次创作。

每读这首诗，我的心中便生出无限的感慨，眼前便浮现出鲁迅与许广平、沈从文与张兆和、徐悲鸿与孙多慈、郁达夫与王映霞、张爱玲与赖雅……这里面有修成正果的，比如鲁迅与许广平、沈从文与张兆和；也有不为世人所理解的，比如张爱玲与赖雅。但我觉得最契合这首诗的诗境的，就是徐悲鸿与他的学生孙多慈之间的“慈悲之恋”。

徐悲鸿在很长一段时间里曾执教于南京国立中央大学，是令人景仰的前辈大师，艺术成就世所公认。但我每从校园中的徐悲鸿塑像前经过时，便总是忍不住地想起这首“君生我未生”来。

徐悲鸿和夫人蒋碧薇原本也是一见钟情，蒋碧薇遇见徐悲鸿时已经定了亲，可她既然遇见了徐悲鸿和他的爱情，便不甘心只慨叹一句“恨不相逢未嫁时”。当时的社会礼法制度犹在，幸而“生同时”的蒋碧薇与徐悲鸿在经历种种挫折后，于 1917 年一起私奔，东渡去了日本，过起了二人世界。

按理说，夫妻两人原本是琴瑟之合，然而，所谓“七年之痒”，所谓“婚姻竟成爱情的坟墓”。后来数年间，两人曾有过甜蜜、温馨的日子，但也因性格上的问题而渐渐产生了很多矛盾。

就在徐悲鸿任职南京国立中央大学期间，一位名叫孙多慈的姑娘，作为旁听生来到南京国立中央大学艺术系，跟随徐悲鸿学画。孙多慈比徐悲鸿整整小十八岁，也是徐悲鸿认为所有学生中最有天赋，尤其在绘画上最能与徐悲鸿心境相通的一名学生。加之孙多慈清秀俊丽、性格温婉，二人几乎不必说“君生我未生，我生君已老”，或者“我生君未生，君生我已老”，便自然而然如水到渠成般产生了感情。

据资料记载，徐悲鸿曾与孙多慈合绘一幅《台城夜月》图，画中悲鸿先生席地而坐，而孙多慈侍立一旁，围巾飘扬，天际一轮明月朗朗，意蕴清幽。那种师生之间的情谊、男女之间的情感无需多言，一切跃然画幅之上。

台城就在今天的玄武湖边，我每于月下散步于台城，要么想起“无情最是台城柳，依旧烟笼十里堤”，要么就会想起徐悲鸿与孙多慈的那幅《台城夜月》图来。可惜，蒋碧薇的激烈性格不允许，也不能容忍这样的事情发生在她的家庭中。

在得知二人的隐情之后，蒋碧薇到学校，甚至到宿舍大闹。她直接冲到女生宿舍找到孙多慈，说要给她颜色看。这与其说是一个警告，不如说是一个女人捍卫婚姻的本能。但是蒋碧薇的个性让她逐渐丧失了理智。据说，她一方面在家里跟徐悲鸿大闹，另一方面指使人对孙多慈进行人身攻击，把她的名字写在黑板上，用不堪入目的污秽之言加以诋毁，还派人用刀把孙多慈的画作捅破，恫吓她“我将像对付这张画一样对付你”。那幅著名的《台城夜月》图，最终被蒋碧薇发现，撕得粉碎。

徐悲鸿与孙多慈无奈之下，各自转身。即使这样，蒋碧薇也不能原谅。在徐悲鸿的南京公馆落成的时候，孙多慈曾以学生的身份送来一百棵枫树树苗，但蒋碧薇盛怒之下，让佣人把枫树苗全部折断，当柴火烧掉。徐悲鸿痛心无奈之余，遂将公馆称为“无枫堂”，称画室为“无枫堂画室”，并刻下“无枫堂”印章以记此事。

后来抗战爆发，孙多慈一家辗转流离到了长沙。乱世之中，徐悲鸿伸出援助之手，将孙多慈全家接到桂林。此时的徐悲鸿与蒋碧薇早已分居多年，在桂林与孙多慈度过了一生中最快乐的几个月时光。几个月后，徐悲鸿痛下决心，在《广西日报》上刊出与蒋碧薇“脱离同居关系”的启事。他的朋友沈宜申拿着这张报纸去见孙多慈的父亲，想极力促成徐悲鸿和孙多慈的婚事。

哪知孙多慈的父亲孙传瑗，那位大军阀孙传芳的族亲，在这件事上坚决反对，甚至带着全家离开了桂林。后来徐悲鸿应邀去印度讲学，直到 1942 年春才回国。而这时的孙多慈已迫于父命，嫁给了时任浙江省教育厅厅长的许绍棣。经历了红尘情劫之痛的徐悲鸿续娶廖静文为妻，为二人的“慈悲之恋”，画上了无奈的句号。

之所以说“慈悲之恋”，一则徐悲鸿的“悲”、孙多慈的“慈”，合起来正是“慈悲”二字，二则他们的恋情在世人看来那么无奈、那么伤感。

在这一场爱情与婚姻的战争中，没有一个胜利者。此后，蒋碧薇重又投入张道藩的怀抱，却终究不得名分，晚年孤独终老；孙多慈所嫁的许绍棣，虽然位高权重，却是一个超级党徒，人品极其卑劣，而且还是好色之徒，后来还成为郁达夫、王映霞婚变的第三者；徐悲鸿“哀莫大于心死”，虽有廖静文的照料，却不到六十岁便因病而逝。这是怎样让人唏嘘感慨的“慈悲之恋”啊！

在这样的人世间，在这样的人生中，在这样的恋情里，很难简单地评判对与错。只能怪命运，只能怪造化弄人，只能怪“君生我未生，我生君已老”，只能怪“我生君未生，君生我已老”。

无此等伤心事 无此等伤心诗

陆游《沈园二首》

陆游的两首《沈园》作于其七十五岁高龄的时候，这两首诗需要合着那两首《钗头凤》，放在一起对照着读，才能读懂、读尽最美情诗里的人生况味。

我们先来看看《沈园》二首。

其一诗云：

城上斜阳画角哀，沈园非复旧池台，
伤心桥下春波绿，曾是惊鸿照影来。

其二诗云：

梦断香消四十年，沈园柳老不吹绵。
此身行作稽山土，犹吊遗踪一泫然。

“城上斜阳画角哀”，残阳如血自不必说，“画角”是古代的一种军乐器，常于清晨或者黄昏吹奏，其声凄厉哀怨，所以秦观秦少游《满庭芳》说：“山抹微云，天连衰草，画角声断谯门”。姜夔姜白石也说：“渐黄昏，清角吹寒。”所以斜阳与画角声，眼中景、耳中音，无尽悲哀。

为什么如此悲哀呢？

因为诗人又来到了沈园。可沈园呢？“沈园非复旧池台”。年老的陆游晚年屡屡去沈园，去寻找曾经留有芳踪的旧池台。可是那么久的时光，流淌而过，就连旧池台都不可辨认。要唤起对芳踪的回忆，似乎都成了不能再得的奢望。因此连桥都变成了伤心的桥了，只有看到伤心桥下的绿水，才能清晰地感受到这个世界居然还如当年的春天。

“伤心桥下春波绿，曾是惊鸿照影来。”这里沿用了曹植《洛神赋》“翩若惊鸿，矫若游龙”的典故。只有这伤心桥下的春水呀，才能把数十年前那道美丽的身影，送到如今伤心人的眼前来。

那么，数十年到底是多少年呢？第二首诗中就准确地回答了。

“梦断香消四十年”，梦断沈园指的是当年的沈园之痛，香消玉殒指的是唐琬的离世。“梦断”和“香消”之间，就是陆游和唐琬曾经写下的两首《钗头凤》。

事实上，陆游写这首诗的时候，唐琬离开人世已经四十多年了，诗里说四十年只是取一个整数而已。这么多年的时光啊，连沈园里的柳树都苍老得不能在春天开花飞絮了，所以才有那一句“沈园柳老不吹绵”。

然而，四十多年的时光，虽然改变了沈园，甚至改变了沈园里的柳树，可四十多年来的伤痛与哀叹却依然每日萦怀。所以陆游说“此身行作稽山土”，但“犹吊遗踪一泫然”。就是说自己终究也将化为会稽山的泥土，可是割不断那一线的情丝，让他每天不自觉的还要来到沈园，寻找当年那找也找不到的踪迹。时光漫漫，唐琬不再，四十多年来日日怀念她的陆游只能泪下泫然。

陆游晚年经常来到沈园，来凭吊他和唐琬当年逝去的青春与爱情，而《沈园》两首也是他数十年来怀念之作中最具代表性的作品。通过这两首诗，我们固然可以看出陆游的用情之深，可是也难免要问，难道四十多年还是不能放下这段感情吗？除了深情之外，会不会还有其他一些什么呢？

要解答这个问题，就要去看看那两首《钗头凤》，去看看四十五年前陆游和唐琬在沈园的遇见。

我们还是来回忆一下那两首《钗头凤》吧！陆游捧着那杯唐琬送来的酒，眼含着热泪在沈园的墙壁上提笔写下：

红酥手，黄縢酒，
满城春色宫墙柳。
东风恶，欢情薄，
一怀愁绪，几年离索。
错、错、错！
春如旧，人空瘦，
泪痕红浥鲛绡透。
桃花落，闲池阁。
山盟虽在，锦书难托。
莫、莫、莫！

陆游在词中说，你红润酥软的手中，捧着盛着黄縢酒的杯子，满城荡漾着春天的景色，而你却像那宫墙中的绿柳般遥不可及了。春风是多么的可恶，欢情就那样被吹得稀薄，那满杯的煮酒像是一怀忧愁的情绪，离别以来的我又是那样的萧索。回想当年，只能感叹：错、错、错！

美丽的春景依然如旧，只是人啊，却白白地相思消瘦，泪水洗净脸上的胭脂红，又把薄绸的手帕全都湿透。满城的桃花凋落在寂静空旷的池塘楼阁之上，永远相爱的誓言还在，可是锦文书信再也难以交付，回想当年啊，只能感叹：莫、莫、莫！

请注意这里的黄縢酒，一般我们可以泛指美酒，宋代的官酒以黄纸为封，所以黄封就代指这种美酒。但是刚才我在白话译文里也提到一个词叫煮酒，就是我们常说的青梅煮酒论英雄的煮酒。

宋人包括陆游在诗词里经常提到“青梅煮酒”，也有说“煮酒青梅”。我的一位老师考证，其实自三国演义以来我们大多都犯了一个集体无意识的偏差错误，以为是用青梅来煮酒。其实青梅和煮酒是两样东西，煮酒就是黄縢酒就是黄酒，泥封之前加煮过了就叫作煮酒，放到第二年春天再去打开喝，没有煮过的那种就叫清酒。

所以煮酒，也就是黄縢酒放在这儿，也还是有深意的，一是它特别醇厚绵密，二来它当年封藏的时候其实是加过温的，是有温度的。所以那样美好的红酥手，那样曾经有温度的黄縢酒，和这满城的春色宫墙柳，都已然遥不可及。即便物还是，酒尚温，可人已非，情已非，愁已深，所以说错、错、错！三个错字寄予了陆游最痛彻心扉的懊恼与悲愤。

在陆游饮尽杯中的黄縢酒，踉跄而去之后，当时表现沉静、内心却实难割舍的唐琬，事后又一个人来到沈园，在陆游的《钗头凤》的下面和作一首《钗头凤》。词云：

世情薄，人情恶，
雨送黄昏花易落。
晓风干，泪痕残，
欲笺心事，独语斜阑。
难、难、难！
人成各，今非昨，
病魂常似秋千索。
角声寒，夜阑珊，
怕人寻问，咽泪装欢。
瞒、瞒、瞒！

唐琬说，这世间人情的凉薄啊，就像黄昏冰冷的雨丝，将那花儿无情打落，晨风吹干了昨夜的泪痕，写不下千言万语的心事，只有我一人独倚危阑，难、难、难！

往事已矣，咫尺天涯，我病中的魂魄就像那秋千索，画角声寒、夜色阑珊，我的心何尝不是如夜似寒，如今谁又知我强颜欢笑的日子里默默流泪的容颜，瞒、瞒、瞒！

其实细读这两首词，我们就会感觉到，在各自抒情的背后仿佛还隐藏着一点什么。那么，除了深情之外还有什么呢？

话说回头，要说唐琬的命不好，其实我认为她多少要比晚年的李清照幸福得多。像唐琬和李清照都曾再嫁，可是晚年的李清照嫁了个狼子野心的张汝舟，唐琬却嫁了个豁达温情的赵士程。

唐琬和陆游在沈园的相遇之情，赵士程不会看不出来，而唐琬当时就介绍了前夫陆游，可见赵士程对唐陆以前的感情是相当了解的。在这种情况下妻子主动给陆游送酒，他也完全支持，不会因此心里就打翻了镇江陈醋瓶。而唐琬过后重回沈园，赵士程也未必就不知道，可见赵士程对于唐琬还是非常体谅，非常大度，甚至是非常体贴的。嫁给这样的丈夫，按道理说可以平息往日的伤痛吧，最起码可以好好地过日子吧，可唐琬的幸福生活又怎么会突然断裂了呢？

写完这首《钗头凤》之后，唐琬泪流满面回到家里一病不起，没过多久就香消玉殒了。堪称幸福的再婚生活，都没能让她从重遇陆游的伤痛里解脱出来；反过来也可以看出她对陆游的爱有多么深，而唐琬本人对那段情又是多么难以释怀，难以自拔。她当着赵士程的面介绍陆游时候的从容，或许只是掩饰突然相遇时的心情激动，而后来又当着丈夫的面送酒给陆游，这实在是想做些什么，完全不是我们局外人理解的大度和知礼节。

而当她在陆游的《钗头凤》下题写自己的绝命之作时，她终于回到了她童年时做过无数次的过家家的梦里。她心里再也放不下别人，哪怕像赵士程这么好的人，她的心里只有她的表哥陆游，于是她带着生命离开，回到她表哥的梦里。

我曾经在沈园，站在那两首《钗头凤》面前，不止一遍地想，陆游在写那三个“错、错、错”的时候，心里该是如何的悔恨；而唐琬在写那三个“难、难、难”的时候，心里又会是如何的哀婉，当时他们的心中会是怎样的一种滴血之痛啊！

我当年在沈园看镌刻在碑上的那两首词，都是红色的，就像鲜血一样。陆游后来是在先得知唐琬逝世的消息之后，才又在沈园读到了唐琬的那首《钗头凤》，一旦了解了表妹对自己的刻骨之爱，陆游一下子就明白了唐琬真正的死因。我想这时候的陆游一定受到了巨大的心理冲击，所以从这一刻起，沈园就成了他一生魂牵梦萦、解不开的结了。

那么这个巨大的心理冲击是什么呢？我个人觉得应该是由懊悔引发了歉疚与怀念，还是要看这两首《钗头凤》。

陆游词里最后一句是，“山盟虽在，锦书难托，莫、莫、莫”，意思是当年我们海誓山盟仍在，可如今我即便就在你的面前，也无法把我写满相思的情愫传递给你看，罢了罢了罢了。这三个“莫、莫、莫”毫无疑问是三声哀叹。但除了哀叹旧情不在，我们还是能从其中读出一些陆游当时的心情，在激愤之下甚至对唐琬生出一些埋怨来。也就是说我陆游还是个伤心人，而你唐琬却已经平淡从容了。你看你向你的赵士程介绍我的时是多么平和啊，而我们当初的那些海誓山盟呢？

我们当然不能说陆游就是个小气的人，不能说他会把唐琬当着丈夫给他送酒看作是对他的奚落。但是，面对自己心爱的女人嫁作他人妇，要说陆游心里一点都没有怨懑之气，我觉得也不一定。

所以你看唐琬的词里也说“欲笺心事，独语斜阑。难、难、难！”“怕人寻问，咽泪装欢。瞒、瞒、瞒！”这里头固然有对红尘的无奈，但也应该有对表哥的解释，至少是要追求与陆游达到情感的共鸣，而这种努力正可以反证出陆游词境中那种孤愤的情绪。

正是这种情绪在唐琬死后，尤其是知道她是思念自己为情而死，就让陆游产生巨大的心理负担与负罪感。其实伤痛不一定会让人背负一生，而负罪感反而会容易让人背负终身。

因此我觉得，陆游此后数十年对沈园的情绪就几乎类似于深厚的宗教情绪。陆游后来的人生曾经浪迹天涯，也曾经金戈铁马，可到了晚年生命绚烂之极归于平淡，最珍贵的东西才浮泛出来。一是他的爱国情怀，一是他对沈园、对唐琬类似于宗教式的情感。所以他说，“伤心桥下春波绿，曾是惊鸿照影来。”

之前我们解读过，这里是用了曹植《洛神赋》的典故，曹植写梦中与甄宓相会，说甄宓的身影是“翩若惊鸿，矫若游龙”。要知道曹植的话是在说一个梦，而陆游这样说那就不是在说白日梦了，那就是苏轼所说的“不思量，自难忘”，以至于想都想得有些精神恍惚了。

设想一下，唐琬这时已经离开人世四十多年了，这四十多年中陆游又岂止是到晚年才这样恍恍惚惚的呢？那个“铁马冰河入梦来”的抗金英雄，原来也生活在另一种沉痛的梦里啊。所以石遗老人陈衍在《宋诗精华录》里评《沈园》二诗说：“无此绝等伤心事，亦无此绝等伤心之诗。就百年论，谁愿有此事？就千秋论，不可无此诗。”

如果说唐琬是把生命赠给了陆游，那么陆游就是把沈园相遇之后五十年的沧桑岁月，一起赠予了唐琬。因为那个清纯的表妹，和那片小小的沈园是陆游生命中的不能承受之轻。

错、错、错！难、难、难！

来自星星的你

范成大《车遥遥篇》

秋夜，看见天空里有一颗明亮的星，依偎在明月的身旁，一时间心有所感，想起范成大的《车遥遥篇》。

今天，我们就来共同赏读这样一首美丽的诗篇。诗云：

车遥遥，马憧憧。
君游东山东复东，
安得奋飞逐西风。
愿我如星君如月，
夜夜流光相皎洁。
月暂晦，星常明。
留明待月复，
三五共盈盈。

《车遥遥》其实是《乐府诗集·杂曲歌辞》中的名篇，到了唐代元白“汉乐府”运动之后，很多诗人都喜欢以此为体，拟作《乐府》之作。范成大的《车遥遥篇》其实也是拟《乐府》之作。

当然除了“乐府诗体”，也有其他体裁的创作。像魏晋时期的傅玄，就同样有《车遥遥篇》，但用的却是“离骚体”创作，而非“乐府体”创作。想来大家之所以这么喜欢用“车遥遥”进行不同体裁的诗歌创作，大概是因为以前的日子很慢，车、马、邮件都慢，一个问候要等上好多天。而“车遥遥，马憧憧”的意象就成为悠长岁月里，一份容易拿起却难以放下的挂牵。

所以不论是范成大的“车遥遥，马憧憧”，还是傅玄骚体诗里说“车遥遥兮马洋洋”，都是从车马的姿态入手，去写时光，去写思念。我甚至认为像杜甫的名作《兵车行》，开篇起句的“车辚辚，马萧萧”，应该也是从《汉乐府》的“车遥遥”演化而来，只不过是将乐府之作演化为歌行体而已。当然，杜甫是“诗史”，是“诗圣”，他的写实更为沉重，他的车马之别所反映的现实也更为惨痛，而范成大的这首《车遥遥篇》则更为唯美。

开篇说，“车遥遥，马憧憧”，“遥遥”是说你坐的马车渐行、渐远、渐无穷，而“马憧憧”是说拉车的驿马的身影，在眼中来回晃动，摇曳不定。车马的身影其实在很短的时间就远得望不见了，可是在多情人的目光中，仿佛还一直在眼中来回晃动。仿佛只要还能看见车马的身影，就可以安慰自己那颗思念的心，就可以告诉自己，思念的人啊还未走远，还在我的眼里，还在我的身边。

“车遥遥，马憧憧”，一个努力要留住车马身影的愿望，就可以看出那个相思女子内心的不舍和期盼。接下来诗人索性舍去所有的艺术手段，直接披露相思人的心声，“君游东山东复东，安得奋飞逐西风”。“东山”应该是在东海之巅、大海之边，学者大多认为应该是在泰山的东侧，因为这里可以观看日出时的美景，有所谓“日观峰”，也称东山。“君游东山东复东”，是指所念良人东游身影的去向，而“安得奋飞逐西风”则是写相思迫切的心情。

想来这应该是一个秋天，良人东去，该如何能追上他的身影，不如化身于那秋风之中，这样便可飞去他的身旁吧。所谓“西风”就是秋风，而这个追逐的“逐”字，它其实是一个入声字，最好读得短而促，这样更能体现出那种相思的迫切心情。现代人喜欢唱“你是风儿，我是沙”，而《车遥遥》里的这位相思的女子却愿意“你若远行，我就是风”，我愿追随你的脚步一程又一程。

“安得奋飞逐西风”，这样的相思固然真切，但仔细一想，却又显得有些过于迫切。凡事凡物过犹不及，过于迫切、甚至操切总难以持久。于是，相思的人儿放下“奋飞逐西风”的愿望，理了理相思的情绪，突然说出一种更恒久、更绵长的爱情之语来，“愿我如星君如月，夜夜流光相皎洁”。

这也是这首《车遥遥》里最为世人传诵的名句。我只愿我是一颗星星，而你是那皎洁的明月，在浩瀚的夜空里，你我夜夜流光洁白，相互辉映。在银河般的岁月里，我们常相厮守，哪怕黑暗、哪怕夜晚、哪怕沧海桑田，也改变不了你我穿过黑暗，彼此默默凝望、陪伴的光芒。

这该是一种多么唯美的爱情啊！这也是我看到秋夜里的那颗星与月，忽然想起范成大的这首《车遥遥》的关键所在。

关于选取物象以为爱情的比拟，范成大在一篇之内就有两种比拟，先是写了“安得奋飞逐西风”，但只一句“愿我如星君如月”，就彻底转向星月之比。

我们前面提到的，魏晋时期傅玄的那首“骚体诗”的《车遥遥》篇，其诗曰：“车遥遥兮马洋洋，追思君兮不可忘。君安游兮西入秦，愿为影兮随君身。君在阴兮影不见，君依光兮妾所愿！”

这一篇相思的比拟也同样非常有特色，车马里坐的良人不是去东方，而是去西面，“君安游兮西入秦”。怎么样才能让我的相思追上你的身影呢？傅玄没有写“我是风儿，你是沙”，而是说“愿为影兮随君身”，我愿化作你的影子，长久跟随着你，这样你走到哪里，也不可能摆脱我的追随与思念。

这个设想确实非常奇特，但更奇特的是顾影自怜的相思人，突然发现影子的存在是需要光的，若是身在背阴之处影子就会不见的。这样的发现简直让她有些焦急、有些抓狂，所以她在最后其实是在向她的爱人发出一种呼喊、呼唤，“君在阴兮影不见，君依光兮妾所愿！”我心爱的人啊，你可不能去那背阴处啊，你一去我就会消失不见了，你站在阳光下好吗？那样我可以永远做你的影子，那可是我的一片心愿啊！

这样的设想、这样的比拟非常奇特，但不论是“愿为影兮随君身”，还是“安得奋飞逐西风”，虽然这样的思念确实很真切、很生动、很形象，可是细想来却很难恒久绵长。

真正美好而恒久绵长的爱情，不是简单的依附，不是因为爱你而丢失了自我，或者成为一个卑微的自我，而是因为爱情让我遇见这个最好的你，也让我遇见一个更好的自己。最好的爱情，一定不是简单的占有，不是盲目的依附，更不应该是卑微的从属关系，而应该是如星如月那样交相辉映的。虽然星月各有不同，但却在暗夜里各有其人生的光芒。这种“夜夜流光相皎洁”的辉映，才能让人看到，因为美丽爱情而各自获得升华的美好生命。所以从愿做一片风随你前行，到愿为一颗星与君辉映，从风中一片雨做的云到来自星星的我，这样爱情的成长与升华的历程，读来真是让人感慨。

其实从今人的角度，重新去揣摩这种星月之比，我觉得它还有一个非常深刻的地方。就像诗里接下来说的，虽然星月交相辉映，但“月暂晦，星常明”，月亮也有朔望之变。农历每月初一为“朔”，而每月十五为“望”，每月最后的一天就是“晦”。

朔、晦之日，月亮都在地球和太阳的中间，我们在地球上看月亮就看到它背光的一面。这时的月亮，最多只有个牙儿，甚至一点都看不见了。而到了每月十五、十六，在地球上只能看到月亮全部受光的一面，这时看到的是一轮满月，所以即使是皎洁的明月，也有朔与晦的暗淡。

这不禁让我想到，夜空里美丽的星星和月亮，如果我们能走近的话，会发现它们身上也有满目的荒凉与沧桑。我们知道，其实月亮上满是陨石坑，嫦娥和玉兔住的地方，可以说是满目疮痍。夜空里所能看到的每一颗星星也是如此。如果你走近，你会发现每一颗星或炎热或冰冷，不论怎样都是无法居住的，都是不近人情的，这也有点像残酷现实里的爱情，有些美真的只可远观而不可近玩焉。

这个世界上其实没有绝对完美的爱情，所有世人看到的所谓完美爱情，也一定有它不如人意的一面。“不如意事常八九，无奈何时岂二三。”这种感慨又岂止是人间事呢，其实也一定囊括人间情啊。

但是，应该怎么去超越这种无奈呢？怎么跨越人世间的所谓“七年之痒”，所谓“婚姻终成爱情的坟墓”，所谓“靡不有初，鲜克有终”，所谓“围城”的现实沉痛呢？最好的解决与超越之道，想来还是应该像星星和月亮那样，虽然各有各的沧桑，但因为要彼此辉映，要在夜空里绽放出各自生命的光芒。

“留明待月复，三五共盈盈”，努力地升华自我，释放生命的光亮，一直陪你到三五之夜，也就是朔望之日的望日，也就是农历十五。这时你又如那满月一般，朗朗清辉，明照古今。而我每晚都在你的身旁，在你暗淡时光亮相依，在你明亮时默默陪伴。我就是这样一个来自星星的我，在永恒的距离里与你相依相偎，我对你的爱从来都默默地释放着永恒的光亮，从不因你的坎坷或成就而黯然失色。

这就是最好的爱情啊。如李清照之于赵明诚，如杨之华之于瞿秋白，如杨绛之于钱锺书，虽现实沉重，虽命运坎坷，虽暗夜茫茫，却能因各自的光亮，因交相辉映的光芒，成为这个茫茫寰宇中最永恒的恒久与绵长。

如花美眷 似水流年

汤显祖《牡丹亭·皂罗袍》

我曾经来到姑苏的昆曲传习所，在那唯美的园林之中，隔水听曲，宛如东风拂面，心中百感交集。

当时，很多朋友不知道我们当时所在的那个园子，就是1921年，贝晋眉、徐镜清、张紫东，还有吴梅、汪鼎丞这些昆曲界前辈们筚路蓝缕，在世事艰难之中，用一腔热血建立起来的著名的昆曲传习所。

因为有前辈前贤与大师们的筚路蓝缕，苦心孤诣，才能有今天昆曲生命艺术的再次美丽绽放。其实，不只昆曲如此，华夏文明向来如此。我们每个人其实都可以是文明薪火相传上的一环，努力发出自己生命的光和热，也就有了华夏文明的传承与灿烂。

话说回头，唱不尽的游园惊梦，说不完的木石前盟。所谓不到园林，不知春色如许。那首著名的《皂罗袍》，有云：

> 原来姹紫嫣红开遍，似这般都付与断井颓垣。良辰美景奈何天，赏心乐事谁家院！朝飞暮卷，云霞翠轩；雨丝风片，烟波画船。锦屏人忒看的这韶光贱。

所谓诗而歌之，宋词更自宴乐而来。曲则更不用说，“皂罗袍”本来就是曲牌名。所以这段词说的、念的、诵的一定不如唱的好。

我个人也非常喜欢昆曲，也是发烧友。当然票友算不上，因为唱的水平非常差。这首曲子我很喜欢唱，也敢唱。我一唱，柯军老师他们就说我唱的和标准唱段大相径庭，有典型的学者气、书卷气。

这其实是因为我经常加入一些个人的理解在里面。比如说像这个“原来”，“yuan~lai~”我会把这个腔拖得还要长一些。我相信，有些性子急的朋友可能早就按捺不住了。就像一位朋友也曾问我，这个一字一句咿咿呀呀拖这么长，为什么不能唱快点儿呢？当时我听到他这个问题，一口茶差点没笑喷出来。后来，他也是感慨万千。现代人已经接受不了慢节奏的东西了，尤其是我们传统文化中的慢节奏的东西。这实在是一件非常值得深思的事情。

好吧，我们把这个慢节奏的问题先暂时放下。转换一下节奏，看看《牡丹亭》中杜丽娘、柳梦梅的爱情故事。

这段《皂罗袍》出现在《牡丹亭》的第十出“惊梦”部分，也就是我们常说的《游园惊梦》。

《牡丹亭》是汤显祖的代表作，汤显祖作有《牡丹亭》《南柯记》《紫钗记》《邯郸记》，合称“临川四梦”。而汤显祖自己说：“一生四梦，得意处唯在牡丹。”

《牡丹亭》一出可谓惊艳当世。娄江有一女子名俞二娘，因阅《牡丹亭》伤心而逝。有一名伶曰商小玲，因演《牡丹亭》绝地而亡。还有一女子名曰冯小青，在不幸的婚姻里，因慕《牡丹亭》而魂归离魂天。这些都是真实的事情，便如汤显祖所说：“情不知所起，一往而深，生者可以死，死者亦可生。”

这些生生死死的痴情人，都因为一部《牡丹亭》，就都像杜丽娘那样，用至情穿越生死，用生命书写传奇。

剧中的杜丽娘是南宋时期南安太守杜宝的独生女，才貌端妍，气质出众，又正当芳华妙龄，从师陈最良读书。杜丽娘由《诗经》的《关雎》而伤春、寻春，在丫鬟春香的帮助下，来到她从未到过的杜家的后花园，所以她一到园中便说："不到园林，怎知春色如许"，继而唱出了这段著名的《皂罗袍》。

"原来姹紫嫣红开遍，似这般都付与断井颓垣"，我个人喜欢唱那句"原来"的时候会把那个中间的迤音拖得更长一些。因为一句"原来"，真是既让人感慨，又让人悲哀。

这样在我们看来最普通不过的春景，对于那个礼教牢笼中的杜丽娘来说却是那么难得一见。而花园中的姹紫嫣红的春天，就像她美丽绽放的生命无人欣赏，无人共醉，都只能付与"断井颓垣"。

"良辰美景"与"赏心乐事"本出自谢灵运。谢灵运说："天下良辰、美景、赏心、乐事，四者难并。"一句"良辰美景奈何天"，一句"赏心乐事谁家院"，"奈何天""谁家院"，凸显了杜丽娘心中的向往和现实的悲哀。就像艳丽的春光和黯然的心情，这种巨大的矛盾，让这个十六岁的女孩在痛苦中产生出一种巨大的、要挣脱的力量。所以"朝飞暮卷，云霞翠轩；雨丝风片，烟波画船"，在这堵院墙之外应该还有更美的春光，更美的世界，而"锦屏人"却被一道墙、一道屏风、一座宅院画地为牢，被牢牢地困在生命的死角。所以既然觉醒，那么为了这种追求，哪怕付出生命的代价也在所不惜！

整段《皂罗袍》其实代表了一个十六岁的姑娘杜丽娘心灵的觉醒。

于是接下来杜丽娘回到闺房做了一个梦，梦见她命中注定的爱人柳梦梅，珍惜她的容颜，珍惜她的情感，珍惜她对生命之美的追求。

梦醒之后杜丽娘更是深深的悲哀，更因为这个梦一病而逝。

杜丽娘是带着无奈和痛苦与阳间诀别的，她在生命殆尽之际，还在憧憬着梦中情人的出现，于是她将自画像藏在梅花庵的柳树之下，后来她的梦中情人柳梦梅入京赶考，路过梅花庵因梦与杜丽娘相会，找到杜丽娘的自画像并开棺使得杜丽娘复活。杜丽娘为了追寻自己的爱情敢于和阎罗对话，敢于在生死之间自由游走，最后甚至直面自己迂腐的父亲。因为杜丽娘的这种坚持、自信和勇气，她最终和柳梦梅有情人终成眷属。

《牡丹亭》的故事，其实原型来自话本小说《杜丽娘慕色还魂》，但是汤显祖的创作使得杜丽娘的形象和她的穿越生死、一往情深，成为文学史上的经典。文学史上有一个很重要的观点，认为《牡丹亭》正是《红楼梦》最重要的过渡与铺垫。也就是说没有《牡丹亭》，也就产生不了对生命的赞歌写到极致的《红楼梦》。

很多人读《牡丹亭》，都有一个疑问：这位太守家的千金小姐居然从来没有去过自己家的后花园，要知道这时候她已经十六岁了。就算没有去过，那么来到后花园之中看到“原来姹紫嫣红开遍”，产生“似这般都付与断井颓垣”的感慨之后，居然又做了一个春梦，然后因为一个梦，就撒手人寰，毅然决然地离开了人世间。这真实吗？

我们若以生活逻辑推之的话，会觉得这太蹊跷了，太不符合我们的认知习惯了，为什么会这样呢？

当时比较传统的解释是从文本思想和内容上来解释，她的父母，她的家庭，她所住的这个太守的官衙，甚至是她的老师都是封建礼教对她的束缚。那么看到后花园，看到园中的春色，杜丽娘心中对自由、对爱情的向往觉醒了，故而她的“生者而可以死，死者而可以生”，本质上是对压迫人的封建礼教以及当时所谓“存天理，灭人欲”的理学的一种抗争与反叛。

这样说当然没有错，但是我个人觉得依然没有解答“后花园”，以及“后花园中的牡丹亭”和“园中的春色”所存在的意义。

除了在思想、情感上帮助十六岁的杜丽娘情感觉醒、自我意识觉醒，其实在哲学上，这个“后花园”的意义也非常重大。对于年轻的杜丽娘来说，对于青春的生命来说，这个“姹紫嫣红开遍”的后花园，这个能让杜丽娘一梦还魂的后花园，其实意味着一个崭新的、不同于现实世界的内在精彩世界，而进入这个后花园则意味着生命打开了一个崭新的内在世界。在这个内在的世界里头，杜丽娘可以为情而死，为情而生，可以直面一切权威，直面阎罗，直面君王，甚至直面她向来一副家长威权面孔的父亲。这个世界的广阔丰富、美丽深刻甚至要远远超出外在的现实世界。

所以到了《红楼梦》里，看曹雪芹所写的那些美丽的青春女子。他要为女儿立传，描写的却是她们细细碎碎的生活，那些细细碎碎的生活琐事没有惊天动地波澜起伏的所谓历史功业，可是为什么却那么吸引人呢？因为他通过细细碎碎的生活，写到了人心无比丰富的心灵世界。

回过头来，我们就可以解读昆曲的迤音，就是指每个字音后面都拖了长调，不光是昆曲，昆曲是百戏之祖，所谓是京昆不分家，京剧也受昆曲的影响，京剧里头的迤音也非常丰富。我经常举例像《四郎探母》，这也是我最喜欢的一出戏，杨四郎思念母亲，有一句唱，“我好比南来雁失群离散”。他唱这么一句，别人一首《小苹果》都能唱完了，这就是自昆曲以来的这种迤音夸张的表现传统。

我们知道，魏良辅改革昆山腔，其实他主要的成就就是水磨腔，水磨腔充分体现的就是南曲的慢曲子。这样的话，就能使得旋律行进中运用更多的装饰性的花腔，尤其像里面的赠板曲，就是把里面四拍的曲调放慢成四分之八拍，这样在唱每个字的字音的时候一字数转，别有韵味。

韵味在哪里呢？就在于从最简单的对象入手，开拓出一个丰富、崭新的世界来。

中国文化的特点也正在于此。

就像我们以前解读诗歌的时候讲过，有短歌行，有长歌行，短歌长歌指的不是内容的丰富与否，而是指的音调。其实在中国的古诗里，长歌行是主体，为什么呢？道理就和昆曲京剧一样，它要在短小的空间里打开一个崭新的丰富世界。这也就像书法，方寸之间腾挪跌宕。代表了中国民族乐器的古琴，所谓琴音悠扬也是如此。像传统内家武术，更是要运用自己的身体打开内在的精神世界。而像中医，就是直接从内在向外在的追寻。中国文化的深刻正在这个地方。

现代量子物理学的最新成果告诉我们，维持我们这个宇宙生存的物质世界，即我们已知的常提的所谓外在的物质，根本不足以支撑这个宇宙运行。最新的量子物理学理论推测，构成这个宇宙所需的物质与能量中，我们已知的物质只占其中的百分之五左右，百分之九十多的未知物质现在被称为暗物质、暗能量，中国文化中的向内追寻，这种精神世界的构建，可能就是属于这种未知的暗物质、暗能量。想到这一层，就可知中国文化的伟大了。

科技在越来越快地发展，但是科技也是把双刃剑。已故的著名物理学家霍金甚至预言，按人类发展的加速度，必须在一百年里另寻出路，否则将要有灭顶之灾。

面临越来越快节奏的现实世界，与此刻人类危机四伏的所谓当代文明，中国文化的慢节奏，向内追寻，开辟另外一个丰富的精神世界的方式，有可能正是拯救人类文明的一剂良药。

慢下来，停下来，让自己的灵魂跟上来。哪怕只为她“如花美眷，似水流年”，听一曲“原来姹紫嫣红开遍”，叹一声“良辰美景奈何天！”

难将心事和人说

唐寅《美人对月》

我们讲情诗，讲最美情诗，其实是通过那些唯美的诗词，看到诗词背后那多情的人生、那深情的灵魂。

而说到多情与深情，往往又与才情息息相关。在大明王朝里，论及才情二字，首屈一指的恐怕要数唐寅。唐寅有一首名作《美人对月》，诗云：

> 斜髻娇娥夜卧迟，梨花风静鸟栖枝。
> 难将心事和人说，说与青天明月知。

这首短小的七绝，极富深情，又极具画面感。“斜髻娇娥夜卧迟”，是说一个夜晚，还没有睡觉，有一个美丽的女孩子，她是什么样的呢？只用一个细节来体现，叫“斜髻”。“斜髻”是什么？就是一种古代女子的发式。

我们知道，像《礼记》里记载，男子二十而冠，那么女子呢，十五及笄，笄是什么？笄就是要梳这个发髻时，盘头发用的簪子。

十五及笄，就是说十五岁就可以梳髻盘发，就算成年了，可以出嫁了。像《陌上桑》里就说：“头上倭堕髻，耳中明月珠。”这说明她的身份是一个已婚的女子。今天我们从考古发现和很多历史文物中可以看到，秦汉之际就有倭堕髻、堕马髻等各种发髻样式。到了隋、唐、宋，妇女的发髻样式就更多了，比如说盘龙髻、鸳鸯髻、栖鸭髻、如意髻，再加上金钗玉簪，一方面可以显示身份的尊卑，一方面也可以去刻意地装饰，体现出成年女子别样的美丽。

可见，发髻本应是一个成年女子精心装扮时的一项重要的内容。就像现在一些女性，去参加重要的活动，都会花时间把头发好好做一下，道理是一样的。包括有些比较讲究的女孩子，平常也会花大量时间去梳理装扮头发，因为对女性而言，头发的处理是对妆容非常重要的一部分。

而唐寅这首诗一上来说“斜髻娇娥”，这个发髻是斜搭着的、斜盘着的，说明怎么样？说明她是漫不经心地把头发挽了一下，然后用发簪一簪。这个细节就体现了一个对妆容根本不在意的、一个漫不经心，或者说别有心事、别有怀抱的女子形象，所以才说“夜卧迟”。

接下来说“梨花风静鸟栖枝”，风也不再吹了，梨花也不再落了，鸟儿也已经栖枝安歇了，说明世界一切都安静了。可在这安静的世界里，那一颗鲜活的灵魂、女孩子的心却安不下来、静不下来。

下面一句直抒胸臆，“难将心事和人说”。可见她有满怀的心事、满怀的情事，但那情、那心、那事都无法与人诉说。所以只有“说与青天明月知”，这一句有青天明月，仿佛画面清朗之至，但细想却又无尽悲婉凄凉。因为，举目望去，世无知己，一腔心事便无从说起，这是何等孤独，何等悲哀呀。漫漫尘世，大概也只有那青天中的明月，能成为这个女孩子的人生知己，所以题目叫《美人对月》。唐寅很清楚地把这个女孩子定义为是一个美女、美人，而能与这个美丽的女孩子相互对应的只有那青天明月而已。

看到这个题目，我们又不由得想起唐伯虎最擅长画美人图。唐伯虎固然是才子、诗人，但他首先是中国明代画坛上著名的大画家，他擅长山水，又尤其工画人物，特别是精于画仕女图。

明代“后七子”领袖王世贞的弟弟王世懋也是著名的文艺理论家，他曾经评价说，“唐伯虎解元，于画无所不佳，而尤工于美人，在钱舜举、杜柽居之上，盖其生平风韵多也”。王世懋的意思是说，唐伯虎之所以擅长画美人，之所以能写出这样的《美人对月》，大概是因为他一生风韵之事尤多。比如说坊间尽知的“唐伯虎点秋香”。我们忍不住要怀疑这个对月的女人是否就是秋香呢？

关于“唐伯虎点秋香”，我们都知道一个著名的“三笑”的故事，以前还被拍成一部电影，片名就叫《三笑》。到后来周星驰又拍过一部《唐伯虎点秋香》，就更有名了。

很多人都以为周星驰的那部《唐伯虎点秋香》极尽夸张之能事，但是，倘若仔细对照冯梦龙的话本小说《警世通言》中的《唐解元一笑姻缘》来看，还真的没有夸张太多。这个点秋香的历程，倒还真是差不多。

书中说有一天，唐伯虎在苏州阊门的河边作画，渐渐地就进入了艺术的佳境。事实上，艺术家一旦进入艺术的境界往往就目中无人了。

当时，唐伯虎虽然没有像周星驰同学戏弄祝枝山那样，让他脱光了衣服在大宣纸上“墨”爬滚打，但那份艺术气质也确实让人叹为观止。在这种情况下，按道理只有观众瞻仰他的份，不可能有他来看你的份，对吧？可偏偏就有一个人，当时一下子就吸引了唐伯虎的视线。

说起来这位叫秋香的姑娘实在是太聪明了，她只是站在河中的一条船上从这里经过，看到岸边作画的唐伯虎的眼光扫过来，便嫣然一笑。

这一笑啊，明眸善睐，就像是一束穿破乌云的光芒，一下子就把唐伯虎的心从人堆里、甚至从艺术的痴狂里给拽了出来。

我们常说“眼睛是心灵的窗户”，而笑容大概就是窗户上的那个把手，你想推窗就得靠它了。就因为这一笑间的瞩目，唐伯虎从他痴狂的艺术境界里，掉进了更痴狂的生活境界里。他表现得更着魔了，手里的画笔也扔了，眼睛定定地看着那只载着青衫美人渐渐远去的小船。

他突然间抛下一切，跑到河边租了条船也追了上去。据说在这段追船的过程中，还有两笑，一是船靠岸的时候，秋香上得岸来，对还在后面船头的唐伯虎又回眸一笑。唐伯虎追上了岸之后，跟丢了华府的队伍，结果在秋香她们回府之前又偶然碰上，结果两个人相视一笑，这一下就总共有三笑了，所以最初那部电影的片名就叫《三笑》。

但是，我们不禁有点怀疑，唐伯虎与秋香的故事最早见于明代嘉靖年间嘉兴项元汴所做的笔记《蕉窗杂录》上。后来发展到冯梦龙的话本小说《唐解元一笑姻缘》，再后来还有孟舜卿的杂剧《花前一笑》，这些故事从题目就可以看出来，说的都是“一笑”，怎么到后来我们说这个故事的时候，看那些电影的时候，就变成三笑了呢?

其实啊，这也没什么好奇怪的。中国的民俗文化在演绎这些故事的时候，往往会极尽夸张之能事。原来是一笑，但是老百姓渐渐觉得一笑不过瘾，三笑才够劲儿。你没看“三顾茅庐”“三气周瑜”“三打白骨精”，甚至喝酒都是“三碗不过冈”。中国人就喜欢三，如是者三，有个三番四次就能三两成群了，连治水的英雄大禹都得三过家门而不入。所以秋香的三笑，自然也就比一笑来得不负众望了。

当然，不管是一笑还是三笑，唐伯虎这个才情惊艳天下的大才子，被那笑容勾了魂儿才是关键。他不是看不出来那姑娘的打扮只是一个丫鬟，可唐伯虎就是唐伯虎，他根本不管你的身份，他真的就是“我选择我喜欢”。于是他卖身为奴，深入华府，并用他的才学在华府里大展身手，最终做到了华府的总管。在华老爷和华夫人的准许下，他在华家所有的丫鬟里头挑老婆，最终他在百花丛中点中了秋香，接着两个人不取华府一分财物悄悄地离开了。

据说在秋香到来之前，唐伯虎家中原来八个老婆，现在又来了个秋香，家里地方就嫌小了。所以唐伯虎娶回秋香之后，又在苏州的桃花坞买了一个大别墅，叫桃花别业。

说到这个桃花别业，那倒还真不是传说了。

一是有史料证据，证明唐伯虎当时曾向朋友借钱，借了一大笔钱来买这个桃花别业；二是呢，今天我们去苏州还可以见到唐伯虎当年桃花坞的旧址。现在苏州还有个地名就叫桃花坞，有两条街道的名字就叫桃花坞大街和桃花坞桥弄，这说明唐伯虎确实曾在此地购房。

但说到唐伯虎为秋香买下桃花坞别业，这里又有一个很蹊跷的事情了，就是号称“诗、书、画”三绝的江南第一才子的唐伯虎，要买个桃花坞别业，从文献来看，他居然是借款买的房子，也就是说，连唐伯虎也曾经是一个房奴了。我们就很奇怪，唐伯虎的画那么好，这样有才情的大艺术家搁在今天，不要说买一个别墅，买七八个别墅也应该毫不费力呀。怎么从文献上看上去，他居然背了一身的债，才买下了这个桃花坞的别业。

根据记载，唐伯虎在决定购买这处房产的时候，首先是向北京一位当官的朋友借了一大笔钱，而这笔钱是用自己的一部分藏书作为抵押，后来他更是经过两年多的努力作画卖画，才筹足了购房款。他这种行为属于典型的按揭，也可以算典型的房奴了。而且他买的这个桃花坞别墅，在当时其实已经是一个废弃的园林，也就是说，用今天的标准来看，其实是一个死楼盘，根本无人问津。别人不要的，按道理应该不要那么多的钱。唐伯虎为什么要背上那么大的债务，然后去买一块别人不要的死楼盘呢？而且他是不是就是为了那个叫秋香的美女才背上这么大的债务的呢？

听上去好像完全是传说，但其实还真的就是这么回事。当然那个对月的美人未必叫秋香而已，那么即便不叫秋香，唐伯虎会不会为一个婢女去卖身为奴呢？

首先，我们来看看历史上有没有人会为一个婢女去卖身为奴的。

真有一个。

据明代文人笔记《茶余客话》和《耳谈》记载，明代嘉靖年间，有个书生就曾经为了一个大户人家的丫鬟，而卖身为奴，最后两个人还有情人终成了眷属。但这个人呢，不是唐伯虎，他的名字叫陈立超，看来后人是把这个陈立超做的事情安在了唐伯虎的头上。

那么华府有没有一位姑娘叫秋香呢？也确实有。据史学界的考证，明代成化年间，苏州是有个姑娘叫秋香，但她后来到南京做了妓女。算起来，就算是她认得唐伯虎，她的年龄比唐伯虎至少要大十几岁。

那么唐伯虎到底有没有九个老婆呢？说起来，唐伯虎的婚姻比传说中要惨多了，而他的婚姻之所以比传说中要惨，是因为他的人生也非常悲惨。唐伯虎就像那个对月的美人一样，他的人生中有一段“难将心事和人说”的经历，是他后来坎坷人生乃至狷介孤狂的性格的根源所在，那就是他的科举经历。

我们知道，后世称唐伯虎叫唐解元，解元就是乡试的考试第一，就是举人中的第一。举人考试就相当于现在的高考；再往上就是会试，就相当于考硕士，考硕士的第一名就叫会元；最高一级是殿试，是皇帝亲自在金銮宝殿御考，这就像考博士一样，在古代是最高级别的考试，过关的人都叫进士，第一名就叫状元。那么从解元考到会元，再中状元，就叫连中三元。

当时社会上认为能够连中三元的，呼声最高的就是唐伯虎了。因为他在江南考秀才，就相当于中考的时候，就是江南第一。后来乡试考举人，又考中了解元，又是第一。眼见着就要去参加会试、殿试，当时各大八卦媒体纷纷猜测，不出意外的话，这个唐伯虎还是第一。甚至还有独家报道预测，依据唐伯虎当时的气势，估计殿试的时候他还是第一，这样连中三元的神话不久就会上演。

然而，才到会试阶段，唐伯虎就遭遇了巨大的人生危机。原因是唐伯虎交友不善，和他同去考试的江阴巨富家的公子徐经，也就是徐霞客的高祖，在路上和唐伯虎结为莫逆之交。徐经家很有钱，唐伯虎只是一个苏州贫苦小市民家的儿子，徐经非常豪爽，隐然成了唐伯虎这只牛股的大股东。而唐伯虎呢，也对这个豪爽慷慨的徐经心存莫大的感激。

就这样两人结伴而行，进京应试，唐伯虎就糊里糊涂地卷入了徐经的科考案。关于这场科考案的历史真相，直到现在史学家们还争议不止。我研读明代的相关史料，也认为徐经的这场科考案是非常冤的，但是最冤的毫无疑问是被拖下水的唐伯虎。唐伯虎因为这场科考案锒铛入狱，在狱中足足待了一年多的时光才被放出来。放出来之后，也被彻底断送了前程，就是一辈子被禁止参加科举考试。

在中国古代，知识分子自古华山一条路，要想出头的话一定要通过科举取士。唐伯虎那么大的才学，人生的“学而优则仕”之路一下子被彻底断送，这对他来讲——对那个曾经的唐解元来讲，简直是灭顶之灾。

更何况在狱中的那段生活，对他的心理产生巨大的影响，他在给他的好朋友文徵明的信中说：“至于天子震赫，召捕诏狱。身贯三木，吏卒如虎，举头抢地，涕泪横集。”就是说这场牢狱之灾委屈之极不算，在狱中还经常被狱卒打，被狱卒羞辱，作为当时超级男生的代表，一代青年才俊，唐伯虎怎么能忍受这种屈辱呢？所以他在后来的人生中表现出狂士的一面，应该和他的狱中生活以及被科举拒之门外，都有一定程度的关系。

事实上就是因为这场科考案，唐伯虎从一生辉煌的顶点跌入冰点，而他的婚姻、他的感情也因为这场科考案被跌得粉碎。唐伯虎二十五岁的时候，曾经娶过一个同乡姓徐的女子为妻，两个人本来感情很好。可才过了三年，徐氏就病死了，后来他又续娶了一个，可就是因为这场科考案，等他回到苏州老家的时候，这个老婆早就跟别人跑掉了。

唐伯虎又气又累，大病一场。就是在这人生最无望的时候，在这人生患难之际，唐伯虎结识了一位红颜知己。

这个红颜知己，不是秋香，她叫沈九娘。沈九娘姓沈，但至于她的名字叫什么，史料没有记载，只记载她的小名——九娘。大概正是因为他的这位人生知己小名叫九娘，后人才附会出唐伯虎有八房妻妾的传说。

沈九娘也是一个独具怀抱、别有才情的女子，当世人都以奚落不堪的眼神，去打量这个科考案劫后余生的落拓才子唐伯虎的时候，她却伸出了温暖的手臂，在艰难的红尘中，与唐寅成为人生的知己。正是因为有知音沈九娘扶持，唐伯虎才从人生的困境里重新站了起来。

唐伯虎不仅重新站了起来，而且因为这段惨痛的人生经历，更激发了他的艺术创作才情与无尽的潜力。我们都知道他有一方“江南第一才子”的印，但据史学家考证，那方印其实并不是他自己亲自刻的。唐寅作为江南知识分子的象征，经受了莫名其妙的科考案，并因此终身落难，实在是让人扼腕叹息的一件事。这不只是天妒英才的问题，还有社会环境的不公，这就使得唐伯虎对科举考试从此深恶痛绝，并由此激发出对冷酷现实的批判精神。所谓“不炼金丹不坐禅，不为商贾不耕田。闲来写就青山卖，不使人间造孽钱”，这话里全是愤世嫉俗！

唐寅后来半生轻狂，甚至跟祝枝山等人扮成乞丐，在街上唱“莲花落”要钱，然后用讨来的钱去喝酒，这固然开了作家上街乞讨的先河，但他真正的意图，却是要用这种行为来反讽社会。

正是这样的性格、这样的眼光，才使他看中了那片叫桃花坞的废弃荒园。为此他宁愿背上一身的债务，只与他心爱的人生知己沈九娘，远离喧嚣的城市，住进那城外的荒园之中。在那远离尘嚣的荒园中，与桃花为伍，与明月作伴。甚至当花落满地时，他还会像黛玉那样，把满地落红一一拾起，放入锦囊之中，葬在院子里，还为此作有很多落花诗。不过，我们不应该说他像黛玉那样，事实上这种美丽的行为艺术，恰恰是黛玉从唐伯虎那学来的。

此后的唐伯虎就像他自己说的那样，“此生甘分老吴阊，宠辱都无剩有狂”。一切尘世的繁华皆与他无关，他所能拥有的就是那处叫桃花坞的荒园以及坞里的桃花，夜晚的青天明月，与他相伴人间的人生知己沈九娘。

有花、有美人、有月，对唐寅唐伯虎而言，这就是他对抗喧嚣尘世的那片至美、清纯的世界。所以，那美人对月的心声，其实也是这一代才子的心声吧。

只有相思无尽处

曹雪芹《红豆曲》

一首《红豆曲》，非常有名。曲云：

滴不尽相思血泪抛红豆，
开不完春柳春花满画楼。
睡不稳纱窗风雨黄昏后，
忘不了新愁与旧愁。
咽不下玉粒金莼噎满喉，
照不见菱花镜里形容瘦。
展不开的眉头，
捱不明的更漏。
呀！恰便似遮不住的青山隐隐，
流不断的绿水悠悠。

每次读这首《红豆曲》的时候，我的脑海里总盘旋着一种曲调。这首歌年轻的时候特别喜欢，我相信很多朋友对这首歌也都很熟悉。我们称这首曲子为《红豆曲》，也是因为这首歌，而不是因为《红楼梦》里的这首诗。

《红豆曲》是宝玉的一篇杰作，但是在《红楼梦》中并没有诗题，之所以称它为《红豆曲》是因为八七版的《红楼梦》，王立平配乐，男声原唱是叶茅，女声原唱是陈力。

这首《红豆曲》在电视剧里出现过两次，小说里它只出现过一次。因为八七版《红楼梦》太经典、影响太大了，《红豆曲》也因此唱遍了大江南北。电视剧里《红豆曲》的音乐固然精彩，那么小说中这首《红豆曲》又有怎样的作用呢？

我们先来看这首《红豆曲》，它出现在《红楼梦》第二十八回。

这一回，冯紫英请客，宝玉去赴宴。席上有五人，冯紫英、贾宝玉、薛蟠、蒋玉菡，还有云儿。先是云儿在薛蟠的要求下，唱了一首比较俗的俚曲：

> 两个冤家、都难丢下，想着你来又记挂着他。
> 两个人形容俊俏，都难以描画。
> 想昨宵幽期私订在荼蘼架，一个偷情，一个寻拿。
> 拿住了三曹对案，我也无回话。

这是一种典型的民歌俚曲的小调。虽然也很接地气，但毕竟格调不高，所以宝玉就笑道：“听我说来：如此滥饮，易醉而无味。我先喝一大海，发一新令，有不遵者，连罚十大海。”冯紫英、蒋玉菡等都说：“有理，有理。”

宝玉拿起海来一气饮干，说道：“如今要说悲、愁、喜、乐四字，却要说出女儿来，还要注明这四字原故。”这就是要行一个新的酒令了。说悲愁喜乐，却要扣住女儿来说。你看，宝玉不经意间，其实也就是曹雪芹，道出了他写这部《红楼梦》的出发点。

曹雪芹写《红楼梦》是要为女儿立传。他不是简单地写个人的情爱历史，也不是只为了表现家族的沧桑变幻，其实他满心满意要为女儿立传，为那些以青春女子为代表的最美的生命和青春立传。

宝玉说，说完以女儿行悲愁喜乐四字令的酒令之后，要唱一个新鲜时样的曲子，最后还要拿席上的一样东西来结。

宝玉自己身先士卒，就说了四句酒令："女儿悲，青春已大守空闺。女儿愁，悔教夫婿觅封侯。女儿喜，对镜晨妆颜色美。女儿乐，秋千架上春衫薄。"平心而论，这四句话说起来并不是怎么出色。这也体现出曹雪芹用笔之细。从前面的俚曲俗调引向宝玉的《红豆曲》，要有一个过渡。

说完四字酒令之后，宝玉开始唱了，一张口就是这"滴不尽相思血泪抛红豆，开不完春柳春花满画楼"。

有关这首《红豆曲》，有两个疑问其实特别值得注意。

一是这首红豆曲有没有隐喻？我们知道曹雪芹是最擅长写伏笔的，特别喜欢用谐音。这一点，我们在讲温庭筠"玲珑骰子安红豆"的时候就说了。温庭筠和曹雪芹特别相似之处，就是在精神上，他们都蔑视权贵，他们都为女儿代言。在技法上，他们都擅长用隐语谐音，尤其是谐音的手法。那么在席间行令的时候，蒋玉菡后面很清楚地说道，"女儿喜，灯花并头结双蕊"。包括后来他作结的时候，拿着一朵木樨花来，念道："花气袭人知昼暖。"这毫无疑问是隐喻了最后他和袭人的结合。

席间两个雅致的人就是蒋玉菡和贾宝玉。那么蒋玉菡都有隐喻，宝玉的这首《红豆曲》难道没有隐喻吗？当然不可能，所以，上来第一句

“滴不尽相思血泪抛红豆”。《红豆曲》的得名，也是因为这第一句“相思血泪抛红豆”。就这样第一句陡然间就让人想起绛珠仙草来了。

绛珠是什么？绛就是红色，绛珠就是红色的珠子。黛玉的前身就是西方灵河岸上、三生石畔的绛珠草，赤霞宫的神瑛侍者每天以甘露浇灌，使得绛珠草要转世人间以泪相还。所以“相思血泪抛红豆”，肯定讲的是黛玉！

当然，关于绛珠草到底是一种什么草，红学界争议也很大。红学家周汝昌先生认为，绛珠草就是《尔雅》所说的酸浆草。周先生这么认为，是因为酸浆草有一个别名叫作洛神珠，暗含了黛玉投水自尽的结局。但我不太认同这种观点。因为这种酸浆草其实很常见，结酸浆果。如果绛珠仙草竟然是酸浆草的话，那完全没有办法和通灵宝玉相匹配了。所以我觉得绛珠仙草应该是一种杜撰，是结了红色珠子，像极了相思豆、相思子的那种仙草。而不能说是那种结了红色的果子的就是绛珠草。但不管怎样，“绛珠”二字完全可以和“滴不尽相思血泪抛红豆”丝丝入扣。

而“开不完春柳春花满画楼”，也不由得让人想到第七十回黛玉写的《桃花行》。她说，“桃花帘外东风软，桃花帘内晨妆懒”。那不就是“春柳春花满画楼”的时节吗？无论是红香绿玉的怡红院，还是凤尾森森、龙吟细细的潇湘馆，都曾经开满春柳春花。可终究也有一天要面临“物是人非事事休”的悲凉结局。

“睡不稳纱窗风雨黄昏后”，不由让人想起黛玉后来病卧潇湘馆所作的《秋窗风雨夕》。“抱得秋情不忍眠，自向秋屏移泪烛”，所以从春柳春花到秋情不眠，真是“忘不了新愁与旧愁”啊！

“咽不下玉粒金莼噎满喉”，“玉粒金莼”堪比张季鹰的“莼鲈之思”，玉粒金莼说的就是锦衣玉食啊！再美的佳肴也难以下咽。

“照不见菱花镜里形容瘦”，这不就是颦儿的形象吗？提到颦儿二字，真是“展不开的眉头啊，捱不明的更漏”。宝玉初见黛玉时，就为黛玉取字颦颦。是说林妹妹眉间若蹙，不正是展不开的眉头吗？“捱不明的更漏”，则是长夜漫漫，相思难解。

所以，最后一声感慨，“恰便似遮不住的青山隐隐，流不断的绿水悠悠”。一说到青山绿水，我们便要想到《上邪》，“山无陵，江水为竭”；又会想到《敦煌曲子词》，“枕前发尽千般愿，要休且待青山烂”。所以人们常以青山绿水为誓言。而隐隐、悠悠更让人生出相思似流水、抽刀断水水更流的哀叹，所以这句“遮不住的青山隐隐，流不断的绿水悠悠”，其实呼应了第一句“滴不尽相思血泪抛红豆”，点出了相思的主题。

那么，整个曲子都在说什么？

都在说相思呀！宝玉作为富贵闲公子，在酒席宴上随口吟出，心心念念，念念皆在，都是黛玉。

当然也有人认为，这首《红豆曲》并不专指宝玉对黛玉的相思，而是如同整部书一样，是为女儿立传，所以宝玉深情吟唱的是天下女儿纯情的心态。这么说，其实和隐喻林黛玉并不矛盾，黛玉是天下女儿最纯最美浓缩的化身。是什么让宝玉这个富贵闲公子如此深情地吟唱？是黛玉，是天下女儿纯洁唯美的生命，时时刻刻打动着宝玉的灵魂，拨动着他的心弦，让他在不经意间也会如此深情吟唱。

这样一来，就有第二个问题了。

如果说宝玉是在不经意间袒露了他和黛玉的相思之情，有人就会问所谓相思，就像纳兰性德所说“一生一代一双人，争教两处销魂？相思相望不相亲，天为谁春？”要两处销魂、望穿秋水的寂寞，才会有入骨的相思。可是宝玉和黛玉同住大观园，朝夕相处，而且从小就生活在一起，两小无猜，甚至同寝同食、如影相随。这个时候并没有和黛玉诀别或者分处两地，宝玉怎么会作出“相思血泪抛红豆”之语呢？

这就是曹雪芹的妙笔生花之处。

一来爱情里的男女不能以常理度之，就像陕北信天游里唱的“高山上建庙还嫌低，面对面坐着还想你”。二来刚才我们讲绛珠与红豆的关系，我们就知道黛玉原本是灵河岸边的绛珠仙草。宝玉初见黛玉时就觉得眼熟。殊不知，这就是命运。

绛珠仙子下凡就为追随宝玉而来，就是那相思红豆落入凡尘。宝玉对那个红色珠子的记忆是来自灵魂深处的，大概作为神瑛侍者每天为绛珠仙草浇灌雨露的时候，那一抹红色就深深印在灵魂里了。因此，宝玉住的地方叫怡红院，他唱的是《红豆曲》。

《红楼梦》中对人物的服饰描写非常丰富，唯独黛玉，几乎很少写到她衣服的颜色。唯有赏雪时讲到她穿的红色的衣服，系着绿丝绦，红配绿，就因为原来她是绛珠仙草嘛！草是绿的，绛珠是红色的。这应该是一份生命的原始记忆，前生往事的记忆。

宝玉潜藏在心中的思念，不是从这一生这一世才对黛玉开始的，而是从上一世对绛珠仙草的思念、相思开始的。思念成为一种习惯，相思成为一种本能。即使是在姐妹聚会中，宝玉总是本能地悄悄关注着黛玉的心情。而在与冯紫英、蒋玉菡、薛蟠的酒席欢宴上，推杯换盏中，只要开口吟唱，那种本能的寂寞的相思，不留神就脱口而出。

这是前世带来的相思，这是灵魂赋予的痴念。正所谓——“入我相思门，知我相思苦。长相思兮常相忆，短相思兮无穷极”。

宝玉也好，黛玉也好，那些纯洁唯美的生命，在这一首相思的《红豆曲》里，升华成人世间最美的奇迹。

天涯地角有穷时，只有相思无尽处。

不朽的诗都是纯粹的泪

黄仲则《绮怀》（其十五）

明月不能遮望眼，春酒依然在心头，可是今夜的星辰已早非那晚的明月，那时的美酒在今夜也早已被酿成苦涩的悲酒，而这种苦涩，却是永远无法消除的。所以，正如缪塞所说："最美丽的诗歌，应该是最绝望的诗歌，有些不朽的篇章竟是纯粹的眼泪。"

我们因为月亮边的一颗星辰，讲了李商隐的《无题·昨夜星辰昨夜风》，讲了《车遥遥篇》。可是回想那么美的星辰，让我甚至觉得，我们就是那穿过黑暗彼此默默凝望的星辰。

那么，我们再来讲一首和星辰有关的情诗，黄仲则那首著名的《绮怀》（十五）。诗云：

几回花下坐吹箫，银汉红墙入望遥。
似此星辰非昨夜，为谁风露立中宵。
缠绵思尽抽残茧，宛转心伤剥后蕉。
三五年时三五月，可怜杯酒不曾消。

有关那句“似此星辰非昨夜，为谁风露立中宵”，作为千古名联，相信很多人都听说过，但是有关它的作者，那个叫黄仲则的伟大诗人，却不一定有多少人了解。

黄仲则，名景仁，字汉镛，又字仲则。他是北宋大诗人黄庭坚的后裔，是清代所谓“康乾盛世”中一颗如流星般划过的诗坛奇才。诗词到了明清，说实话难免让人生出没落之感。唐诗宋词之后，仿佛好的诗、好的词都已被人写尽了。尤其是到了清代，在血色恐怖“文字狱”的高压之下，知识分子大多噤若寒蝉，埋首故纸堆中。因此所谓“康乾盛世”中“乾嘉学派”兴起，小学盛行，学问盛行，而能够真正直面心灵的诗词创作却依然式微。

但中国文学、华夏文明自有其不朽的生命力。在一片噤若寒蝉的时代氛围里，除了伟大的雪芹先生和他的《红楼梦》，于诗词文化而言，前有纳兰容若，后有黄仲则，可谓是词人中的词人、诗人中的诗人。他们的创作声声带泪、字字泣血，全是直面灵魂、呕心沥血之作，可谓是那个时代最独特的诗词创作了。只是纳兰公子为世人所推崇，为世人所知，正所谓“家家争唱《饮水词》，纳兰心事几曾知”，而才情和寿命几乎和纳兰一样的黄仲则，相对于纳兰就默默无闻得多。

黄仲则是常州武进人，自幼家境贫寒，四岁丧父，少小孤苦，一生贫病交加，三十五岁时便英年早逝，而纳兰也卒于三十一岁。两个人虽然一个生在贫寒人家，一个长在富贵人家，但才情和命运却何其相似，尤其是他们的诗词创作俱属那个时代中难得的深情之作。而且，黄仲则与纳兰容若还有一个相似之处，就是长得都特别帅。

纳兰的风采通过他的《侧帽集》即可看出，至于黄仲则的长相，他的人生知己、最好的朋友，也是同时期的大诗人洪亮吉描述说：“君美丰仪，立俦人中，望之若鹤，慕与交者争趋就君，君或上视不顾，于是见者以为伟器，或以为狂生，弗测也。”就是说，黄仲则的长相和衣着打扮，立于人群之中，简直如鹤立鸡群。

黄仲则既天赋才情，又神行潇洒，况又继承祖先之志，所以自少年时便立下不凡的志向。他有《少年行》绝句：“男儿作健向沙场，自爱登台不望乡。太白高高天尺五，宝刀明月共辉光。”这首《少年行》也是当时世人传诵的名作。

可是，“凡有边界的都如狱中”，所谓“天妒英才”，又所谓“深情不寿”，越是像黄仲则这样杰出的天才，越是在现实与命运中会面临种种坎坷与打击。虽然他卓越的才能、超逸的才情为世人所公认，可是他孤傲的个性以及他纯真的心灵，让他不肯向现实的污浊低头。

他一生屡屡困于场屋，八次乡试皆不能中举，不得已投身幕府以此谋生，却又落落寡合。他虽有洪亮吉那样的人生知己，尽其所有、倾其心力想办法帮助他、资助他，可是孩子一样纯真的黄仲则在那个所谓盛世的时代里，依然举步维艰，最终在外出谋生的过程中，在饥寒交迫之中，因病而逝。后来还是人生知己洪亮吉，四日夜行七百里，为他扶柩还乡。那种现实的悲叹与运命的不堪，则是黄仲则诗中、生命中不能承受之重。

当然，在黄仲则的诗中还有一种生命中不能承受之轻，就是他悲伤的初恋经历。

黄仲则十七岁的时候曾经离家百里求学，当时住在他姑母的家中，与比他小两岁的表妹产生了爱恋的情感。他们海誓山盟，私订终身，定下了百年之约。后来黄仲则要外出应举，写下一首《别意》，赠与心爱的表妹，诗云：“别无相赠言，沉吟背灯立。半晌不抬头，罗衣泪沾湿。”这样的经历又与纳兰何其相似。黄仲则万万没有想到的是，这一次分别，他和他的表妹、他的初恋、他一生心爱的人，将成永诀。

分别之后，姑母家迫于生计，将黄仲则的表妹送入杭州观察使府中做歌姬，后又将她早早许嫁他人。面对表妹如此的命运，年轻的黄仲则徒唤奈何。他只能用自己那一支深情的笔，一遍遍怀念他们曾经深情的岁月，“风前带是同心结，杯底人如解语花”“别后相思空一水，重来回首已三生”“他时脱便微之过，百转千回只自怜”，这些名句缠绵悱恻，感人至深，大概也只有经历过情爱伤痛、至情至性如黄仲则这样的人才能写出。

他二十六岁的时候，做客安徽寿州，听闻表妹嫁于人夫并已育有一子。伤怀之中，模仿李商隐的《无题》诗，写下十六首《绮怀》诗，这就是这一组著名的《绮怀》诗的来历。而“几回花下坐吹箫”就是其中的第十五首，也是世所公认的对应李商隐“昨夜星辰昨夜风”的那一首。

“几回花下坐吹箫，银汉红墙入望遥。”诗人年轻的时候大概也像龚自珍说过的那样，“一箫一剑平生意，负尽狂名十五年”。可是现实沉重，世事苍茫，如今“气寒西北何人剑，声满东南几处箫”。吹箫的我依然还在，可是当年在花下听箫的你，又在何方？那红墙背后的你啊，虽然近在咫尺，却又如那银汉迢迢一般远在天涯。你我之间仿佛举眸可见、举步可达，却又是那样地可望而不可即。如今我于花下吹箫，唯有明月相伴，当年的那个你啊，这片伤心你可知道？

箫声呜咽，如怨如慕、如泣如诉，灵魂深处只能有一声长久的哀叹：“似此星辰非昨夜，为谁风露立中宵。”颔联是最为世人称颂的一联。李商隐说“昨夜星辰昨夜风，画楼西畔桂堂东”，那样的星辰是何等的绮靡、何等的温婉，而黄仲则却说，“似此星辰非昨夜”，星辰之下，唯有一个孑然独立的相思身影。由此想来，昨夜的星辰映衬着花下吹箫的浪漫故事，而今夜的星辰就只有陪伴自己这个伤心的人。

这种星辰之下的昨夜、今夜之比，是人生何等的悲叹。

于是，我们脑海中久久不去的一个印象，就是总能见到诗人于星辰之夜久久迎风而立。他在另一首名作《癸巳除夕偶成》里说：“千家笑语漏迟迟，忧患潜从物外知。悄立市桥人不识，一星如月看多时。”那个“悄立市桥人不识，一星如月看多时”的身影，心中该是有着怎样浓郁的忧患与伤感。我甚至觉得，一夜夜的“为谁风露立中宵”，一夜夜的忧患与伤感，才是真正地摧垮了诗人本来就多病的身体的原因所在。

痴情最是伤人，诗人明明知道，却又欲罢不能，“缠绵思尽抽残茧，宛转心伤剥后蕉”。因是仿李商隐《无题》而作，所以黄仲则虽句句袒露心怀，却又句句皆有所指。“缠绵思尽抽残茧”，自然可以和李商隐“春蚕到死丝方尽，蜡炬成灰泪始干”相对应，而“宛转心伤剥后蕉”，同样又遥指李商隐“芭蕉不展丁香结，同向春风各自愁”。

就以情感而论，虽然用到同样的诗歌意象，李商隐写来深幽难寻，黄仲则写来却是婉转、明白之至。这里“缠绵思尽”的“思”，“宛转心伤”的“心”，借“春蚕”“芭蕉”而言，其实都是谐音，都是指不尽的情思与悲伤爱恋的那颗赤子心。

可是，已然如此悲伤，诗人最后竟然还有比悲伤更悲伤的哀叹：“三五年时三五月，可怜杯酒不曾消。”他与表妹相恋的那年正是表妹的三五之年，也就是十四五岁的时候。他们有多少次在三五之月下，也就是明月之下、满月之下，他为表妹花下吹箫，而表妹为他捧来一杯暖暖的春酒。

如今想来当年的那一轮月、那一杯酒啊，依然牢牢地停在心头。

人生无奈，我们终将是暗夜里彼此默默遥望的星辰。

极品男人的爱情与人生

彭玉麟《梅花百韵》（其一）

彭玉麟这个人，历来公认他是晚清“第一极品男人”。

所谓“极品男人”，既要能凭胯下马、掌中枪驰骋沙场，保家卫国，但下得马来，又能提笔为诗、提笔为文，对所爱的人深情缱绻、温柔以待。下面我们就来讲一讲彭玉麟和他的一首深情婉转的情诗。诗云：

> 平生最薄封侯愿，愿与梅花过一生。
> 安得玉人心似铁，始终不负岁寒盟。

既然称得上是“极品男人”，其实就不只是在情感经历方面，还在于他的为人、为官的经历上，在于他面对国仇家恨、族群危难之际，所表现出来的行动、姿态，是他的舍身为国、高风亮节。

这首“平生最薄封侯愿”是情诗，也是彭玉麟的《梅花百韵》中最有名的一首。我个人特别喜欢这首诗，因为他虽然是写梅花，写他生死不渝的爱情，但第一句却写的是他的“平生”，也就是除去爱情之外，这个极品男人的人生中更让人感慨、感动的地方。

对于“封侯”，陆游说“当年万里觅封侯，匹马戍梁州”；而温庭筠咏苏武则说“茂陵不见封侯印，空向秋波哭逝川”。所以，古时大好男儿多以“封侯”为愿。而彭玉麟却开篇不经意说出“平生最薄封侯愿”，虽然这么说的重点是为了要说“愿与梅花过一生”，可是这种不经意地道出“平生最薄”封侯之愿，却真实地交代了晚清历史上一段感人的真相。

晚清历史上有“中兴四大名臣”之说。一种说法是“曾、胡、左、李”，就是曾国藩、胡林翼、左宗棠和李鸿章；还有一种说法就是“曾、胡、左、彭”，也就是把李鸿章换成彭玉麟。

而且，当时人还特别喜欢拿彭玉麟来跟李鸿章比较，当时民间有句俗语叫“李鸿章拼命想做官，彭玉麟拼命想辞官”。说这话倒不是贬低李鸿章，因为官场上拼命想做官的人多了去了，这话重点是要说彭玉麟的拼命辞官。他的辞官经历，不仅是清代官场上，也可以说是古代官场上绝无仅有的。

彭玉麟一生总共辞过六次官。

第一次是咸丰十一年（1861 年），当时的彭玉麟以安徽布政使的头衔，统领湘军水师，而水师又是湘军战胜太平军的关键，所以彭玉麟可以算是湘军最核心的将领，曾国藩心腹中的心腹。这时候曾国藩升任两江总督，立刻安排三个省的巡抚给他的亲信属下。因为曾国藩的推荐，朝廷就任命彭玉麟为安徽巡抚。

要知道巡抚就相当于现在的省长，是当时最关键的实职，曾国藩自己当年就因为要一个江西巡抚的位置，和咸丰皇帝斗了半天的气。现在一个安徽巡抚，那是人人都巴望的好位置，但彭玉麟接到朝廷的任命之后，却一连三次请辞巡抚的高官，理由是自己熟悉军务，不熟悉民政。

巡抚相当于省长，要处理政务，尤其是民生上的很多问题。在他这种自知之明的坚持之下，朝廷没有办法，最后给了他一个兵部右侍郎的名誉官衔，还是按彭玉麟自己的意思，让他在前线做水师统领。就是因为彭玉麟全心全意扑在水师的建设上，所以才有了后来中国最早期的海军雏形，他也被称为“中国近代海军之父”。

这只是他的第一次辞官，第二次则是在同治四年（1865年）。

这时太平天国农民起义已经被湘军扑灭了，慈禧主政。虽然对湘军很提防，但对湘军中的彭玉麟，朝廷上下人人都是交口称赞。

为什么呢？因为大家都知道彭玉麟是一个“三不要”的英雄好汉。哪“三不要”呢？不要官、不要钱、不要命。彭玉麟为官之清廉、品节之高，出淤泥而不染，在当时人看来几乎无人可出其右。

彭玉麟的名声那是好得不得了。朝廷这时候就给了彭玉麟一个人人都垂涎三尺的肥缺——漕运总督。漕运主管的就是所有经水路送往北京的物资，那是当时最有油水的水上运输业。漕运总督主管苏、浙、赣、皖、湘、鄂、鲁、豫八省的漕政，那真是叫肥得流油啊！可彭玉麟接到任命，在天下人羡慕的眼神中，又是多次谢绝任命，还是做他那个虚衔的兵部侍郎。

第三次，是在同治七年（1868年），彭玉麟连他那个兵部侍郎的虚衔都不要了，说现在国家太平也不打仗，我当年本应该在家为母亲守丧，因为国家危难，才守了一年，就出来从军报国。现在仗也打完了，我还有两年孝没守完呢，我必须辞去一切官职，回家为母亲守孝去。

第四次，彭玉麟回家为母亲守孝四年之后，这一年同治帝准备大婚，朝廷要准备婚庆大典。大典的时候，要有一个德高望重的大臣。

这时，众望所归，朝廷就让彭玉麟重新出山，官复兵部侍郎兼同治帝大婚的弹压大臣。彭玉麟这下不好拒绝了，因为天子婚庆毕竟是大事，这都拒绝的话，就实在不给皇帝和太后面子了，他只好勉强出山。结果庆典一结束，他立刻就上书，要求辞去兵部侍郎和弹压大臣的职务。既然工作完成了，那个虚名就不要了。

这一下连慈禧都感动了，后来朝廷想来想去，专门为彭玉麟设了一个长江巡阅使的职位。只说原来你是水师统领嘛，每年只要巡视长江水师一次就行了，其他时间你也不用上班，愿意做什么就做什么。彭玉麟一看这个位置不错，适合自己淡泊名利、闲云野鹤的生活，所以也就接受了。

第五次，到了光绪七年（1881 年）。这时候朝廷又任命彭玉麟为两江总督兼南洋通商大臣。两江总督是仅次于直隶总督的关键职位，像曾国藩、李鸿章都做过这个职务。再加上南洋通商大臣，那更是晚清后期的要职了。由此可见，当时的清政府对彭玉麟倚重到了什么程序。但彭玉麟呢，就是坚持不肯干。

最后没办法，这个关键的位置就给了左宗棠。左宗棠一点都不拒绝，不客气地接受了任命。

前五次，都是高官厚禄，彭玉麟却根本不为所动，真正地体现了他不要官、不要钱、不要命的“三不要”本色，果然是“平生最薄封侯愿”啊。可是最后一次，第六次，就有些独特了。

同样还是高官厚禄，彭玉麟却在要与不要上，有了一次惊人的反复。

光绪九年（1883 年），这一年朝廷觉得彭玉麟出身行伍，是个军人，推辞任命的时候总说我是个军人，熟悉军务，不熟悉行政，所以再肥的肥缺他也不要。既然这样，就给他任命一个适合军人去干的位置吧。

什么位置呢？当时军人的位置之首，也就是兵部尚书了，相当于现在的国防部长。结果哪里知道，彭玉麟还是不答应，前后数月之内连上了几篇辞职报告。这么拖了好几个月之后，所有人都认为这一次还是要跟以前一样，彭玉麟肯定不会接受这个兵部尚书的位置。可是，出乎所有人的意料，几个月之后，朝廷突然接到彭玉麟的主动报告。报告的意思很简单，说兵部尚书的位置呢，没给别人吧？没给别人的话，赶快给我吧！怎么样？出人意料吧？从来不要官的彭玉麟居然伸手要起官来了。

是他变了吗？还是他想通了？还是他“三不要”的令名晚节不保呢？

都不是。他还是那个傲然独立、傲骨嶙峋、孤标傲世的彭玉麟。他之所以会有平生唯一一次伸手要官，是因为突然爆发了中法战争。军人都有一种信仰，大丈夫保家卫国，当战死沙场、马革裹尸，这样才是死得其所。彭玉麟是一个军人，这时候他虽然已经是六十八岁的高龄了，却“烈士暮年，壮心不已”，要亲自领军前往抗击法军的前线。

我们都知道老将冯子材在镇南关大胜法军，书写了中国近代军事史上少有的几次辉煌，那就是在彭玉麟的领导下完成的。本来在彭玉麟的领导之下，中法战争在广西一线节节胜利。可是当时李鸿章主政，懦弱的清朝廷怕打仗，一味主和。彭玉麟在前线屡次上书，主张有“五可战，五不可和”，说有五个必须一战的理由，五个千万不可和谈的理由，可见其勇战之心、决战之志！可是腐败的清政府，最后还是和谈了事，白白丧失了中法战争的大好局面。

中法战争之后，彭玉麟彻底心灰意冷，上书坚决要求辞职。这辈子就伸手要过一次的兵部尚书这个位置，最后还是坚决地还给了清政府。他用他的一生，印证了他的“三不要”的人生准则，也创造了一个中国历代官场上真正能做到不爱官、不爱钱的典范。

那么如此不爱官、不爱钱，甚至打起仗来不爱惜自己性命的奇男子、伟丈夫彭玉麟，这样的极品男人，他爱的到底是什么呢？

彭玉麟自己说，他爱的是梅花，他“平生最薄封侯愿”，却“愿与梅花过一生”。那我们不由得想问，他是怎么与梅花过一生的呢？难道住在梅花丛中、住在梅花树下、住在梅林之中？你还别说，彭玉麟辞官隐居的时候，他所住之处，遍植梅花。

但是他最爱的是什么呢？是怎么与梅花过一生的呢？是画梅花！

彭玉麟的梅花画——“墨梅”，在晚清绘画史上号称一绝，号称“兵家梅花”。因为他是军人出身，所以他笔下的梅花虬枝老干，傲立霜雪，自有一种坚贞与不屈的精神。当时彭玉麟的墨梅和郑板桥的竹子并称“双绝”。

最惊人的一个事实是，彭玉麟这个极品男人，穷尽他一生的力量，画了上万幅的梅花。

他在五十多岁的时候曾经写诗说：“我家小院梅花树，岁岁相看雪蕊鲜。频向小窗供苦读，此情难忘廿年前。”其实何止二十年，在这首诗之后，他又整整画了二十多年。他活到七十五岁，自他三十多岁经历了人生伤心事起，他整整画了四十多年，画了上万幅的梅花。

今天我们在彭玉麟的墨梅图上，经常会看到他自刻的一枚闲章，说：“无补时艰深愧我，一腔心事托梅花。”连曾国藩初次去寻访彭玉麟的时候，看到他满屋所画的梅花，都为彭玉麟这样一个痴情的极品男人所感动。

彭玉麟为什么对梅花这么痴情、这么钟情呢？是因为他说：“安得玉人心似铁，始终不负岁寒盟。”这是说你看那孤标傲世、傲霜斗雪的梅花，她圣洁地开放，就像那最冰清玉洁的爱人，在天寒地冻、一番寒彻骨中凌寒独自开放，而人生在世风雨兼程，所谓“岁寒，然后知松柏之后凋也”，我们人之为人、男儿之为男儿、大丈夫之为大丈夫的高洁品格，在这荒凉的人世背景中，大概也只有这“冰雪林中著此身，不同桃李混芳尘”的梅花，才能与我们“质本洁来还洁去”的精神追求相映成趣。这就是人世间的岁寒之盟、岁寒之约吧！“安得玉人心似铁，始终不负岁寒盟。”这是知己、知音之情，这是真爱、挚爱之约，所以才“愿与梅花过一生”啊！

可是彭玉麟笔下的梅花，就真的只是梅花吗？他一腔心事所托的梅花，他四十年来的此情难忘，还有他“安得玉人”的相思托付，难道不明明白白的是一段刻骨铭心的爱与痛吗？那么他所爱的那个像梅花一样的人，那个与他、与这个极品男人始终不负“岁寒盟约”的玉人，她到底是谁呢？

她和彭玉麟之间，到底又有过怎样的爱情往事，能让彭玉麟这样的大好男儿为之魂牵梦绕四十年呢？

彭玉麟从小在安徽的外婆家长大。彭玉麟的外婆因为心善，救了一个被拐卖的女孩，并把这个名字叫“梅”的女孩收为了养女。这样一来，彭玉麟就要叫这个女孩姨妈。他有时候称她“梅姨”，有时候也称她“梅姑”。但问题是这个女孩其实年龄并不大，和彭玉麟年龄差不多，两个人就在一起成长、一起生活，渐渐地有了很深的感情。

说到这里，我们就要再来看看彭玉麟的另一首《感怀》诗：

少小相亲意气投，芳踪喜共渭阳留。
剧怜窗下厮磨惯，难忘灯前笑语柔。

生许相依原有愿，死期入梦竟无繇。

斗笠岭上冬青树，一道土墙万古愁。

《感怀》诗首联说“少小相亲意气投”，这就是青梅竹马、两小无猜啊。而“芳踪喜共渭阳留”，交代了两个人很重要的伦理上的关系。“渭阳”这个典故出自《诗经·秦风·渭阳》。后代以“渭阳”表示甥舅情谊，彭玉麟在这引用“渭阳”的这个典故，正说明他和梅姑、梅姨在辈分上，是外甥和姨妈的关系。这就暗暗点出了无奈。

颔联写：“剧怜窗下厮磨惯，难忘灯前笑语柔。”这是什么？这是耳鬓厮磨，红袖添香啊！每天彭玉麟去学堂上学，梅姑就一直送他到学堂；放学再去接他回家。晚上彭玉麟读书写字，梅姑就点灯相伴。

日久天长，两个人心底对对方都有了很深的感情。但因为梅姑是他外婆的养女，名分上是彭玉麟的姨妈，是长辈，所以两个人虽然感情很深，却没有办法捅破这层窗户纸。虽然名分上不可以，但是两个人心底都把对方视为平生的唯一，所以颈联说：“生许相依原有愿，死期入梦竟无繇。”“生许相依”，两个人不用说出来，都明白对方的心意。

这是什么？这就是最美好的爱情啊！最好的姻缘就是时间，就是岁月，就是生活，就是在耳鬓厮磨、红袖添香中慢慢滋生出来的，而且随着岁月越积越厚的两情相依！大概因为这种岁月积淀下来的情感，太自然、太纯粹、太深厚，也太明显，外婆看出苗头来了。

这时，彭玉麟的父亲在湖南老家得了病，外婆就让彭玉麟回湖南老家尽孝。彭玉麟离开外婆家之时，临别之前，与梅姑洒泪相别，说定不负一生情意，其实两个人就有了一生的生死约定。可是彭玉麟的父亲病逝之后，他的母亲坚决不同意这门亲事，另外张罗给他招亲。

彭玉麟是个大孝子，父亲去世之后又不敢违拗母亲，只好谨遵母命，先娶妻生子。古代不像现在，对这个问题还是有解决办法的。我个人揣测不管用什么样的方式，彭玉麟这样痴情的极品男人，他对梅姑梅姨的感情生死不渝的。所以不论怎样，即使他先是因为母命，先要委曲求全，但是他应该绝对不会辜负对梅姑的感情。

但是后来，据说彭玉麟的原配邹氏知道了他和梅姑的感情之后，妒火中烧。便让自己的婆婆，还有彭玉麟的外婆将梅姑胡乱嫁了出去。当时彭玉麟正好在外求学，不在家中。梅姑孤苦无依，为之伤心欲绝，出嫁两年便抑郁而终。

彭玉麟回乡之后闻此消息，心中大痛，悔恨不已。据说这件事还影响了他和发妻的关系。邹氏早逝，他也从此不近任何女色。所以一句“死期入梦竟无繇”，后来他夜夜梦到梅姑的身影，很长一段时间为之消沉颓丧。

即便后来他重新振作，甚至束发从军，成为一代英豪、一代名将，可是“斗笠岭上冬青树，一道土墙万古愁”！“斗笠岭”，中国很多地方都叫“斗笠岭”，因为斗笠在农业社会中，在生活中太常见。中国古代社会，特别喜欢用生活用具来描摹山川地貌，所以很多地方有叫“斗笠岭”，这个地方的“斗笠岭”指的是彭玉麟家乡的一座小山。据说彭玉麟外婆的坟就在斗笠岭上，旁边陪着外婆还有一座稍小的坟，据说就是梅姑的墓。斗笠岭上，冬青之树木已拱抱。而“一道土墙”则是指的墓室的土墙，永远隔开了两个深情相爱的人。土墙的那一边，是本来“愿与梅花共一生”的梅姑，而土墙的这一边却是永远抱憾、身怀万古情愁的彭玉麟。

都说时间是一味良药，那些生命的伤痛，在时间的抚慰下，会慢慢平息、慢慢结痂、慢慢过去，只留下一道疤痕而已。可世间总有这样一类人，他们痴心不改、痴情不改，任红尘变幻，对所念、所爱，念念皆在。

这是一种怎样的人生奇迹呀！“满腔心事托梅花”，“此情难忘四十年”，彭玉麟用他后来四十年的人生岁月，用他出淤泥而不染的高尚品格，用他毕生上万幅的“兵家梅花”，写尽了、画尽了他对他所爱人的痴情与思念。真是“满纸墨梅色，一把深情泪。都云玉麟痴，谁解其中味！”

有一种红尘，叫作爱情

仓央嘉措《情歌》（其廿四）

从所生活的时代来说，仓央嘉措这一讲应该放到黄仲则的前面。那为什么要把他放到品读千古最美情诗的最后呢？

这其实是由于仓央嘉措的情诗情歌虽然创作于17世纪末到18世纪初，但他都是用藏语写就，和我们所熟悉的古诗词创作还是有较大的差异。所以，虽然有非常多的人喜欢仓央嘉措的情诗情歌，但从体例的要求来看，把仓央嘉措的原作放在其中，确实有些不太吻合。幸亏有一个伟大的学者，他的名字叫曾缄，他帮助我们解决了这个问题。

仓央嘉措情歌系列里特别有名的是第二十四首——《不负如来不负卿》。诗云：

曾虑多情损梵行，入山又恐别倾城。
世间安得双全法，不负如来不负卿。

关于仓央嘉措，那是一个谜一般的传奇。

世人喜欢他，都是因为他的情诗。在世人的眼中他是一个情僧，但在历史上他却有无与伦比的身份和地位，他是六世达赖喇嘛，而且是历史上唯一一个非藏族或蒙古族出身的达赖喇嘛。

我们知道，达赖是西藏的宗教领袖，在藏文化中有着无比崇高的地位。不仅如此，对于仓央嘉措而言，除了是六世达赖，还是一个著名的情僧，他的人生经历，尤其是人生结局的扑朔迷离，也让他成为一代传奇。

西藏的民间歌曲一般有排歌、大歌、环歌，还有字母歌，还有一种就是短歌。而仓央嘉措的情歌创作，大多属于短歌的一种，它往往是每节四句，每句六个缀音。藏族同胞日常口头传唱以及跳舞时所唱的都是这种短歌。短歌有点像我们常见到的章节比较固定的白话诗、现代诗，和我们常见的古诗词差异还是非常大的。

仓央嘉措的这些原本是藏语短歌类的情诗，之所以能够翻译并得到广为传播，第一个做出重要贡献的学者便是于道泉先生。于道泉先生翻译的第一本藏文的经典作品就是仓央嘉措的情歌，全称叫作《第六代达赖喇嘛仓央嘉措情歌》，最初发表在 1930 年中央研究院历史语言研究所单刊甲种之五上。于道泉先生共翻译了六十二首，是严格按照藏语短歌的形式进行翻译的，这样的译作就像我们大多数时候看到仓央嘉措的作品一样，都是一种现代诗歌的表现形式。

接着，在仓央嘉措的翻译史上出现了一个关键人物。他的名字叫曾缄。曾缄是黄侃先生的高足，被称为“黄门侍郎”，尤精于古文字学与古诗词。他在北大毕业后到蒙藏委员会任职，历任四川国学专门学校教务长和四川大学文学院教授，还做过西康省临时参议会秘书长，抗战时还曾任雅安县的县长，对汉藏文化都有非常深入的研究。

曾缄看到于道泉先生翻译的《第六代达赖喇嘛仓央嘉措情歌》之后，觉得若用古诗词去翻译，才更近仓央嘉措情歌的境界和深意。于是从 1939 年开始，曾缄用七言绝句的方式翻译了六十六首仓央嘉措的情歌，并结集出版。

我们这里所选的这首《不负如来不负卿》，就是曾缄先生的译本。我个人也最喜欢，因为曾缄的七绝翻译对于仓央嘉措的情歌来讲，确实是一种升华与发挥。

比如这首《不负如来不负卿》，于道泉的汉译本则译为："若要随彼女的心意，今生与佛法的缘分断绝了；若要往空寂的山岭间去云游，就把彼女的心愿违背了。"确实也能表现出两难的处境，但曾缄的七绝译本实在太过精彩了。

"曾虑多情损梵行"，这是说多情的人生有损于佛教徒的修行；"入山又恐别倾城"，这是说要入山修行又恐放不下心中对伊人的深情。"世间安得双全法，不负如来不负卿。"这种质问，这种疑问，简直精彩至极，简直深刻至极！的确，世间没有双全之法，但其实，爱情就是修行本身。因为有一种信仰叫作爱情，有一种红尘也叫作爱情。曾缄的七绝演绎，将那种矛盾的心情以及修行的苦痛表现得淋漓尽致。

当然，后来还出现过很多译本，比如刘希武翻译的五言绝句。而且，还不断有新的仓央嘉措情歌的发现。这里，还牵扯到一个传播过程中的真伪问题。因为仓央嘉措作为情僧的身份太过有名，所以很多著名的情歌都伪托在仓央嘉措的名下。

比如那首《见与不见》：

> 你见，或者不见我，我就在那里，不悲不喜。你念，或者不念我，情就在那里，不来不去。你爱，或者不爱我，爱就在那里，不增，不减。你跟，或者不跟我，我的手就在你手里，不舍不弃。来我的怀里，或者，让我住进你的心里，默然相爱，寂静欢喜。

这首诗后来被改编为《非诚勿扰2》的片尾曲，当时就错误地署名为仓央嘉措，但其实它的原题是《班扎古鲁白玛的沉默》，意思是莲花生大师的沉默，是扎西拉姆·多多在2007年5月所创作的诗。

再比如那首著名的《那一世》：

那一刻，我升起了风马，不为祈福，只为守候你的到来。那一日，垒起玛尼堆，不为修德，只为投下心湖的石子。那一夜，我听了一宿梵唱，不为参悟，只为寻你的气息。那一天，闭目在经殿香雾中，蓦然听见，你颂经中的真言。那一月，我摇动所有经筒，不为超度，只为触摸你的指尖。那一年，磕长头匍匐在山路，不为觐见，只为贴着你的温暖。那一世，转山转水转佛塔，不为修来生，只为途中与你相见。那一瞬，我飞升成仙，不为长生，只为佑你喜乐平安。

很多人很喜欢这首《那一世》，但其实这也是伪托仓央嘉措之名的一个创作。它原来是一首流行歌曲——《信徒》的歌词，词和曲的作者是音乐人何训田先生。2007年，《读者》在未经核实的情况下转载了这首歌词，署名仓央嘉措，一下子就造成了很大的影响。

还有一首很典型的作品，就是《十诫诗》。尤其是桐华的网络小说《步步惊心》中引用了这首诗。“第一最好不相见，如此便可不相恋。第二最好不相知，如此便可不相思。”后来网友继续在这个的基础上进一步发挥。“第三最好不相伴，如此便可不相欠。第四最好不相惜，如此便可不相忆。第五最好不相爱，如此便可不相弃。第六最好不相对，如此便可不相会。第七最好不相误，如此便可不相负。第八最好不相许，如此便可不相续。第九最好不相依，如此便可不相偎。第十最好不相遇，如此便可不相聚。但曾相见便相知，相见何如不见时。安得与君相决绝，免教生死作相思。”

这首流传特别广的《十诫诗》可以说最为典型。它就是一种误传诗创作以及结合原作再创作的典型文本。这首诗前四句确实是仓央嘉措的原作，在于道泉的汉译本中是第六十二首，于道泉原译作是“第一最好是不相见，如此便可不至相恋；第二最好是不相识，如此便可不用相思”。在曾缄的译本里也排在最后，是情歌的第六十六首，曾缄先生翻译的是最后的四句，“但曾相见便相知，相见何如不见时。安得与君相决绝，免教辛苦作相思”。网友把于译放在开头，把曾译放在最后，中间再补上了若干“最好不怎样，便可不怎样”。可见这就是经典作品引发大众参与创作的一种兴趣与热情。

说到底，之所以有这些误传，还是因为仓央嘉措的传奇太过神奇、太过吸引人。而他已有的作品、已有的翻译又太过经典，这就引发了人们趋之若鹜的热情。可以说，根本之处就在于仓央嘉措自身的创作，是一种巨大的经典。

我们不禁要问，作为六世达赖喇嘛的仓央嘉措为什么会有这么经典的情歌创作呢？

说到仓央嘉措的人生，真的让人唏嘘感慨。

巨大的荣耀背后，总有巨大的危机，这可谓是中国人辩证法思维中最深刻的认识了。

身为六世达赖喇嘛，身为西藏的宗教领袖，这个身份一开始就为仓央嘉措的命运带来了悲剧的铺垫。在仓央嘉措做六世达赖喇嘛之前，西藏最高权力层的斗争已经到了白热化的地步。

五世达赖喇嘛罗桑嘉措当时就面临藏巴汗的逼迫。藏巴汗又叫第悉藏巴，意思是“后藏上部之王”，最初的藏巴汗叫辛厦巴才丹多杰，他在 1565 年造反称王，然后用武力挟制整个后藏地区，中心就是日喀则。在藏巴汗的这个武力胁迫下，格鲁派，也就是黄教，受到重创。

五世达赖和四世班禅就一直谋划要摆脱藏巴汗的控制，后来他们与和硕特部的固始汗结盟，引为外援，最终出兵灭掉了藏巴汗。固始汗本名图鲁拜琥，是成吉思汗之弟哈布图哈萨尔的十九世孙。他之所以后来被称为固始汗，是因为达赖五世和班禅四世最后联合蒙古部封他为大国师，又被称为国师汗，固始汗是国师汗的音转。五世达赖和四世班禅后又封他为“丹增却杰”，也就是“执敬法王”的意思，固始汗的地位后来很高。

走了藏巴汗，来了固始汗，黄教所面临的武力胁迫与压榨依然存在。

因此，五世达赖罗桑嘉措着力培养的接班人就是藏王第巴桑结嘉措。到了桑结嘉措，他所考虑的威胁主要就来自固始汗。五世达赖圆寂之时，桑结嘉措还年轻，还不足以抗衡固始汗的力量，所以他就密不发丧，隐瞒五世达赖圆寂的消息，将五世达赖的身体用香料塑封在布达拉宫的高阁之内，对外宣称，五世达赖喇嘛已经入定，进入无限期的修行，一切事物由第巴也就是由桑结嘉措负责。

桑结嘉措不仅如此隐瞒固始汗，也隐瞒了大清的康熙皇帝。他一边隐瞒真相、欺瞒天下，一边迅速派人到民间寻找五世达赖的转世灵童。这样日后一旦真相败露，他也能马上迎六世达赖入宫。于是，他寻找转世灵童的地点就选在了藏南门隅的纳拉山下，这里非常偏僻安定，容易保守秘密。而且，那里的人大多信奉红教，也就是藏传佛教宁玛派。这样如果能诞生一个黄教教主出来，将有利于黄教，也就是格鲁派势力的扩大。

按照当时黄教的规矩，哪个婴儿抓取了前世达赖的遗物，则证明是达赖转生，就这样，一个名叫仓央嘉措的农奴之子被选中了。他在生下来不到两岁的时候，就隐秘地成为五世达赖的转世灵童。而这个秘密世人并不知道，桑结嘉措只是为了政治利益的争斗，选中了这个接班人，然后把他秘密地培养，当作将来政治斗争中一颗重要的棋子。不仅仓央嘉措自己，包括他的父母也都不知道他的命运其实已被注定了是一颗棋子，是一颗政治斗争中将要被使用，也最终有可能被抛弃的政治棋子。

仓央嘉措就这样暗中被保护、被教导，长到了十五岁。在这之前，他在故乡自由自在地生长，既被喇嘛教授佛教经典，同时也可以按照当地红教的习俗，按照门巴族人的生活习惯自由地成长，甚至自由地恋爱。所以在这之前，仓央嘉措其实已经有初恋的情人。然而，到了康熙三十五年（1696 年），也就是仓央嘉措十四岁的时候，康熙皇帝在平定准格尔的叛乱中，从俘虏那里偶然知道五世达赖已经圆寂多年。康熙帝不由得勃然大怒，致书严厉责问桑结嘉措。桑结嘉措一面向康熙承认错误，一面立刻去门巴迎接转世灵童。

这样到了第二年，也就是康熙三十六年（1697 年），十五岁的仓央嘉措自藏南被迎到拉萨，拜五世班禅为师，剃发受沙弥戒，取法名“洛桑仁钦·仓央嘉措”，并于拉萨的布达拉宫举行坐床典礼，正式成为六世达赖喇嘛。

坐镇布达拉宫，成为达赖喇嘛，达到人生辉煌的顶点，仓央嘉措这才认识到命运的悲剧。他其实只是桑杰嘉措的一颗棋子，其实只是坐在布达拉宫里的一个傀儡而已。政治上受人摆布，甚至连生活上也受到各种禁锢。仓央嘉措出身红教家庭，红教教规并不禁止僧侣娶妻生子，但此时他是黄教教主，黄教则是严禁僧侣接近女色的，更不能结婚成家。种种清规戒律、繁文缛节，更是让正处在青春期的仓央嘉措倍感压抑。

内心无比痛苦、抑郁的仓央嘉措在深宫之中，人性深处的反抗欲望不可抑制地迸发出来。他要重新寻找他的爱情，甚至纵情声色，要用这一种红尘去对抗，对抗政治，对抗宗教。

于是，他做出了历届达赖喇嘛中最狂妄、最大胆的举止。他一到晚上就化名达桑旺波，以贵族公子的身份，头蓄长发，当然是假发，身穿绸缎便装，醉心于歌舞游宴，夜宿于宫外女子之家。就像他那首著名的情歌所写：“住进布达拉宫，我是雪域最大的王。流浪在拉萨街头，我是世间最美的情郎。”他用爱情、用红尘对抗着政治与宗教。

后来还有一种传说，说他在故乡的那个情人，那个初恋情人，为了仓央嘉措一直寻到拉萨。仓央嘉措为她不顾严规戒律，夜夜身着便装，潜出布达拉宫，与之私会。后来被桑杰嘉措手下发现了他深夜潜出宫中的脚印，循着雪地上的脚印，找出了仓央嘉措有私情的真相，并最终秘密处死了他的初恋情人。这也直接导致了仓央嘉措后来的放诞纵狂，以及他那些不拘一格的情歌创作。

康熙四十年（1701 年），固始汗的曾孙拉藏汗继承汗位，与第巴桑结嘉措的矛盾日益尖锐。

康熙四十四年（1705 年），也就是仓央嘉措在傀儡的位置上坐了九年之后，藏王桑结嘉措终于先下手为强，他秘密派人在拉藏汗的饭中下毒，却被发现。

拉藏汗大怒，立刻调集大军，击溃藏军，杀死桑结嘉措。并致书清政府，奏报桑杰嘉措谋反，又议报桑结嘉措所立六世达赖仓央嘉措沉湎于酒色，不理教务，屡犯戒律，不是真正的达赖，请清政府予以贬废。于是，康熙皇帝下旨：“因奏废桑结所立六世达赖，诏送京师。”

也就是说，康熙帝亲自要看一看这个六世达赖到底是真是假。

康熙四十五年（1706年），在布达拉宫里整整做了十年傀儡的仓央嘉措，因康熙的圣旨被押解往北京。

行到青海湖的时候，一种主流的说法，是说仓央嘉措在湖边坐下打坐，因此圆寂。还有一种说法是说，他被青海寺的僧兵救出，僧兵与押解的蒙古军队激战了数天，最后仓央嘉措为了避免伤害无辜，独自一人从哲蚌寺中走出，放弃抵抗，并写下著名的绝笔诗——“白色的野鹤啊，请将飞的本领借我一用。”当然，最好的结局也是世间最希望的结局是，仓央嘉措并未在青海湖边圆寂，而是被救出之后留在民间。传说他此后去过五台山，也去过蒙古草原，甚至还游历去了印度，最终回到藏南。仓央嘉措用余生传法诵诗，远离布达拉宫，远离政治权力与宗教的顶端，自由自在地过完了他本来无比向往自由的人生。

通观仓央嘉措的人生，我们就知道情歌、情诗之于他的深刻意义了。

对于六世达赖喇嘛来说，爱情是一片危险的红尘之海。但对于年轻的仓央嘉措来说，爱情却是他对抗一切丑恶的最终救赎。虽然这是红尘里的救赎，却是他向往自由的灵魂与生命必不可少的，甚至是唯一的依赖与解放。

于是，这“世间安得双全法，不负如来不负卿”的叹息里，宗教其实成了另一种枷锁，而爱情却终于成了另一种宗教。事实上不止仓央嘉措，所有人的人生，又何尝不是如此呢？

一个人，孤单而孤独；一群人，喧嚣而迷惑。我们以为在宗教中、在政党中、在组织中、在社会中能找到理想的归宿，但其实大多数个体在其中的命运，不过是被淹没、被忽视、被迷惑，甚至被傀儡，被取消个体的独立性与独特的个体价值。而反过来，只有“一生一世一双人”的时候，彼此灵魂的拥抱，彼此干净的热爱，彼此纯粹的依赖，才可以升华为一种类似于宗教式的情感。

就像卢氏之于纳兰容若，就像那个初恋情人之于仓央嘉措，爱情就是一种终极的信仰，爱情就是人生必将沦陷的红尘。

我与世界　格格不入
我只与你　惺惺相惜
因为一切终将黯淡
只有你才是光芒！

图书在版编目(CIP)数据

是为彼此　来此人世:郦波品读千古唯美情诗/郦波著.—上海:学林出版社,2018.8
ISBN 978-7-5486-1425-8

Ⅰ.①是…　Ⅱ.①郦…　Ⅲ.①古典诗歌-诗歌欣赏-中国　Ⅳ.①I207.2

中国版本图书馆CIP数据核字(2018)第165673号

策　　划　夏德元
责任编辑　许苏宜　胡雅君
封面设计　梁依宁

是为彼此　来此人世
——郦波品读千古唯美情诗
郦波　著

出　　版　学林出版社
（200235　上海钦州南路81号）
发　　行　上海人民出版社发行中心
（200001　上海福建中路193号）
印　　刷　江阴金马印刷有限公司
开　　本　890×1240　1/32
印　　张　12
字　　数　28万
版　　次　2018年8月第1版
印　　次　2018年8月第1次印刷
ISBN 978-7-5486-1425-8/I·203
定　　价　68.00元